Robyn Carr wurde 1951 in St. Paul, Minnesota, geboren und lebt heute mit ihrem Mann und ihren beiden Kindern in Sacramento, Kalifornien.

Von Robyn Carr sind ebenfalls im Knaur-Programm erhältlich:

»Der Liebeshandel« (Band 1433)
»Das Lied des Troubadours« (Band 1434)
»Das Geheimnis des Gobelins« (Band 1435)
»Der königsblaue Falke« (Band 2053)

Deutsche Erstausgabe 1989

Titel der Originalausgabe »Chelynne«

Umschlaggestaltung Manfred Waller
Umschlagillustration Sharon Spiak/Luserke
Satz Compusatz GmbH, München
Druck und Bindung Ebner Ulm
Printed in Germany 5 4
ISBN 3-426-02054-8

Robyn Carr:
Herz auf falscher Spur

Roman

Aus dem Englischen von Traudel Weiser
und Ingeborg Ebel

Knaur®

Für Brian und Jamie, in Liebe.

I

Die vierspännige Kutsche näherte sich Welby Manor. Sie wurde von mehreren Reitern begleitet, und hinten saßen zwei Lakaien. Der Baron stand auf der Treppe seines imposanten Herrensitzes und wartete freudig erregt auf die Ankunft des Fahrgastes. Als sich die Karosse verlangsamte, sprangen die beiden Diener ab und eilten auf die Tür zu, um sie zu öffnen. Lord Mondeloy hielt gespannt den Atem an, als das Gefährt endlich hielt. In der offenen Tür wurde eine kleine Hand sichtbar, die sich leicht auf die des Dieners stützte. Mit der Grazie einer Göttin und königlicher Anmut entstieg der Kutsche eine junge Frau.

Sheldon Mondeloy war von ihrer Schönheit überwältigt. Nur eine Sekunde konnte er ihr Gesicht betrachten, ehe sie vor ihm in einem tiefen Hofknicks versank.

»Milord«, grüßte sie ihn mit sanfter Stimme.

Er lächelte strahlend und verneigte sich. »Milady«, entgegnete er.

Sie richtete sich wieder auf und verschränkte die Hände, während er sie wohlgefällig betrachtete. Ihre zarte, feingliedrige Gestalt erinnerte sehr an ihre Mutter, obwohl sie nicht deren vollen Mund und rundes Kinn geerbt hatte. Aber ihr weiches, braunes, von blonden Strähnen durchzogenes Haar und ihre zart gewölbten Brauen waren die ihrer Mutter. Es schien, als sei die Zeit stillgestanden, als würde Madelynne wieder vor ihm stehen. Diese junge Dame bot einen wirklich atemberaubenden Anblick. Sheldon wurde von einer seltsamen Rührung ergriffen, er konnte nur noch undeutlich sehen, als träten Tränen in seine Augen. Er breitete die Arme weit aus – und hatte dabei das Gefühl, er würde einen Vogel aus seinem Käfig befreien. Sie stieß einen kleinen Schrei des Entzückens aus und ließ sich von ihm umfangen. Er hob sie hoch, sie umklammerte ihn voller Glück. Als sie wieder auf ihren Füßen stand, kicherte sie.

»Bezaubernd«, murmelte er. »Du bist bezaubernd! Ich dachte schon, du hättest deinen Onkel vergessen.«

»Ich glaubte, niemals hier anzukommen«, schwatzte sie. »Ich glaubte, ich würde die Reise nicht überleben, so lange hat sie gedauert. Ach, wie ich Euch vermißt habe, Onkel Sheldon! Wie schön es ist, wieder zu Hause zu sein.«

Er mußte über ihre Begeisterung lachen. »Sollen wir den ganzen Tag hier draußen herumstehen oder ins Haus gehen?«

»Carmel? Wo ist Carmel?«

»Im Stall«, entgegnete er. Sie sprach von der Stute, die er ihr vor ein paar Jahren geschenkt hatte. »Sie ist nicht mehr ganz so jung, aber noch immer ein schönes Reittier. Du willst doch nicht etwa gleich nach deiner Ankunft ausreiten?«

»Doch. Sobald ich kann. Den ganzen Winter mußte

ich mich häuslichen Pflichten widmen, weil Ihr es ja so wolltet.« Sie schmollte etwas, als sie das sagte, lächelte aber wieder, als sie die große Halle betrat. Sie wirbelte mit kindlichem Vergnügen herum und warf ihren Hut in die Luft; sie hatte jede Ähnlichkeit mit einer aristokratisch erzogenen jungen Dame verloren. Sheldon gebot ihrem übermütigen Treiben Einhalt.

»Chelynne!« befahl er. »Beruhige dich. Sind alle meine Versuche, dich angemessen erziehen zu lassen, fehlgeschlagen? Muß ich dich wieder fortschikken, damit du dich endlich angemessen benimmst?«

Sie wurde sehr ernst. »Milord, ich bitte untertänigst um Verzeihung. Ich habe wohl meine ganze gute Erziehung vergessen. Wenn Ihr wollt, bestraft mich für mein ungebührliches Benehmen.« Sie knickste wieder vor ihm – diesmal so tief, daß ihre Nase fast den blankpolierten Boden berührte. Sheldon lächelte. Jeder Zoll an ihr war Frau oder versprach vielmehr Frau zu werden, denn sie besaß noch immer die überschäumende Fröhlichkeit eines Kindes. Aber er liebte sie mehr als sein Leben.

Als sie sich wieder aufrichtete, unterdrückte er ein Lächeln und streckte ihr seine Hand hin. Ihre Finger lagen leicht in den seinen, und er küßte ihre Hand. »Nun gut, Madam. Begebt Euch in Eure Gemächer und erfrischt Euch. Beim Tee gibt es einige Dinge zu besprechen.«

»Ganz, wie Ihr wünscht, Milord. Entschuldigt mich.« Sie knickste.

Er nickte, und sie rauschte davon. Die ersten beiden Stufen nahm sie gemessenen Schritts, doch dann

raffte sie kichernd ihre Röcke und eilte die Treppe hinauf, immer zwei Stufen auf einmal nehmend.
Sheldon schüttelte den Kopf. Er war glücklich und zugleich verzweifelt. Man hätte seine Nichte in Reithosen stecken können, selbst das hätte ihrer weiblichen Grazie keinen Abbruch getan. Er liebte sie so, wie sie war.
Jetzt betrat eine ältere Frau, die mit einem Koffer und zwei Hutschachteln beladen war, die Halle. Sie schimpfte leise vor sich hin.
Lord Mondeloy verbeugte sich leicht vor ihr, aber sie erwiderte seinen Gruß nicht. »Wie war die Reise, Stella?«
»Ziemlich ungemütlich, wie Ihr Euch vorstellen könnt. Ich hoffe, es war das letzte Mal. Mir ist dieses ständige Umherziehen zuwider, mein alter müder Körper verträgt das schlecht. Ich schaue, daß sie ein Bad nimmt und sich umzieht. Dann schicke ich sie runter, Milord.«
»Gibt's denn keinen Diener, der die Sachen tragen kann, Stella?«
»Ach, diese Dummköpfe lassen doch nur alles fallen.« Sie murmelte etwas Unverständliches und sah die Treppe hoch, wo ihre Herrin verschwunden war. Dann blickte sie wieder den Lord an. »Sie ist ein hübsches Ding geworden und auch erwachsen.«
»Mit dem Erwachsensein ist's wohl nicht weit her.«
»Nun, den Rest kann sie wohl nicht allein schaffen«, meinte Stella.
Er lachte, denn er hatte die Anspielung sofort verstanden. »Und dafür ist sie reif?«
»Mehr, als Ihr glaubt, Milord.«

Er hob die Brauen und sah die Frau durchdringend an. »Möchtest du mir etwas erzählen, Stella?«
»Nein, Milord. Ich werde nichts sagen, außer dem einen: Ich glaube, ich weiß, warum wir nach Hause zurückgekommen sind.«
»Und Chelynne kennt den Grund ebenfalls?«
»Falls sie ihn kennt, hat sie nicht darüber gesprochen.« Mit diesen Worten stapfte sie die Treppe hoch. Sheldon starrte verwundert der sich entfernenden Gestalt nach. Stella hatte Madelynne und ihrem einzigen Kind Chelynne von deren Geburt an gedient – bis zu Madelynnes frühem Tod. Und Stella kümmerte sich um Chelynne, als wäre sie ihr eigenes Kind, daran hatte Sheldon nie gezweifelt. Nach dem Tod seines Bruders und seiner Schwägerin war er der Vormund der Waise geworden, aber Stella vertrat Elternstelle an ihr.
Sheldon ging in sein Arbeitszimmer und setzte sich hinter seinen großen Schreibtisch. Ein Mädchen brachte Tee. Doch er wartete mit der täglichen Zeremonie ungeduldig auf Chelynne. Er öffnete eine Schublade und entnahm ihr ein Schmuckstück aus Gold, an dem ein ziemlich zerfleddertes Band befestigt war. Es handelte sich um ein ovales Lesezeichen, das fast die Größe eines Eis hatte. Wenn er zu Hause war, verwahrte er es im Schreibtisch, ging er aus, trug er es immer bei sich. Er öffnete das flache Medaillon und betrachtete die fein gemalte Miniatur: ein Porträt Madelynnes, deren Gesicht dem Chelynnes so ähnelte. Er saß eine Weile nachdenklich da.
Als die Tür des Arbeitszimmers geöffnet wurde,

erwachte das Porträt zum Leben. Da stand sie und blickte ihn mit diesem verführerischen Lächeln an. Einen Moment lang vergaß er die Wirklichkeit. Wenn er sich nicht zur Ordnung gerufen hätte, wäre er wohl aufgestanden und hätte diesen schönen Mund geküßt. Statt dessen lächelte er. »Tritt ein, meine Liebe.«

Chelynne setzte sich auf den Rand des Stuhls vor seinem Schreibtisch. Sie goß für beide den Tee ein.

»Du bist Stella schnell entwischt«, sagte er.

»Ja. Aber es war nicht einfach«, entgegnete sie und kicherte. Dann hielt sie schuldbewußt die Hand vor den Mund, weil ihr einfiel, daß ihr Onkel wollte, sie solle sich wie eine junge Dame benehmen. »Wo ist Lady Eleanor?« fragte sie aus Höflichkeit.

»Sie ruht noch, kommt aber später herunter. Ich bin sehr erfreut, Chelynne. Du siehst blendend aus. Und ich habe lange auf dieses Gespräch mit dir gewartet. Ich schicke dich nicht mehr fort.« Sie lächelte glücklich. »Aber du wirst auch nicht hierbleiben.« Bestürzung zeichnete sich auf ihrem Gesicht ab. »Wenn du über dein Leben zu entscheiden hättest, was würdest du tun?«

Sie dachte kurz angestrengt und mit geschlossenen Augen nach. Sie liebte solche kleinen Spiele. »Ich wäre am liebsten die Königin von England«, überlegte sie laut.

»Und die Gräfin von Bryant wäre dir nicht gut genug?«

»Gütiger Himmel«, murmelte sie verstört. »Ihr habt es getan! Ihr habt mich verheiratet!«

Er konnte nicht anders, er mußte lachen. »Noch ist

es nicht soweit, Chelynne. Hast du schon über eine Ehe nachgedacht? Falls es einen anderen Gentleman gibt, bin ich willens ...«

Sie schüttelte den Kopf, wirkte aber immer noch bestürzt. Sie konnte nicht reden.

»Chelynne, gefällt dir meine Wahl nicht?«

»Doch, natürlich«, flüsterte sie. »Nur dachte ich ... nun, daß ich nicht so bald heiraten würde ...«

»Ich werfe dich nicht den Löwen vor, Liebes. Eine junge Braut ist die beste Braut. Und du bist reif für die Ehe. Wenn die Verlobung erst einmal stattgefunden hat, werden wir mit der Hochzeit nicht lange warten.«

Sie mußte an den Titel Graf denken, und vor ihrem geistigen Auge entstand das Bild eines ältlichen, ausgemergelten Adeligen. Sie schluckte, und ein Schauder lief ihr über den Rücken.

»Sein Vater kommt demnächst, um den Ehevertrag zu besprechen. Außerdem möchte er dich kennenlernen. Der Graf wird alt, und du wirst den Erben des Titels heiraten. Die Familie ist sehr vermögend. Wir können uns glücklich schätzen, daß du überhaupt in Betracht gezogen wurdest.«

»Und warum zieht er mich in Betracht?« fragte sie.

Sheldon entgegnete stolz: »Weil du als Mitgift sehr fruchtbares Land bekommst und weil ich dich als eines der schönsten Mädchen Englands rühmte. Und beides ist nicht einmal übertrieben.«

»Stammt diese Mitgift von meinem Vater?«

»Dein Vater hat dir nur deinen Onkel hinterlassen, Liebes. Leider gibt es nur ein Schmuckstück von deiner Mutter und ein Porträt deines Vaters.«

Manche von Chelynnes Bekannten hatten sogar jünger als sie geheiratet und lebten nun in entlegenen Häusern mit ältlichen Baronen zusammen, denen sie nur Kinder gebären mußten. Obwohl ihr Onkel den Bräutigam nicht beschrieben hatte, konnte sich Chelynne doch ein Bild von ihm machen. Entweder er war ein dummer alter Mann oder ein aufgeblasener junger Galan mit dünnen Beinen und einer langen Nase. Für ihren Onkel bedeutete eine gute Heirat Geld und Prestige. Ein Titel, der zählte.

»Wahrscheinlich ist er reich«, dachte sie laut.

»Reich? Viel reicher als sein Vater, dessen Geld und Titel er eines Tages erbt. Ich habe ihn vor einigen Jahren kennengelernt, und seitdem hat er sicher noch mehr Reichtümer angehäuft.«

»Und er ist dünn«, rief sie.

»Er hat eine gute Figur«, entgegnete Sheldon lachend. »Deine Interessen liegen mir am Herzen, Liebling. Ich will dir auch verraten, daß es viel einfacher ist, dich zu verheiraten, als diesen Gecken, meinen Sohn. Ich werde mich glücklich schätzen können, wenn ich für Harry eine Frau finde.«

Chelynne mußte über die offene Geringschätzung, mit der ihr Onkel von ihrem Cousin sprach, lächeln. Harrys Mutter war in ihren Sohn vernarrt, und da Sheldon Chelynne bevorzugte, rief das im Haus oft beträchtlichen Ärger hervor. Wenn Chelynne jemanden wie Harry heiraten müßte, würde sie sich glatt die Kehle durchschneiden.

Ohne es zu merken, verzog sie bei diesem Gedanken das Gesicht. »Chelynne, kannst du dich mit der Vorstellung zu heiraten so wenig abfinden?«

»Um aufrichtig zu sein, nein«, entgegnete sie. »Ich hatte daran nicht gedacht ... und jetzt bin ich etwas verschreckt.«
Er runzelte die Stirn. »Vielleicht bist du innerlich noch nicht bereit dafür. Aber dein Alter duldet keinen Aufschub. Der Graf ist ein ungeduldiger Mann, wenn er erst einmal einen Entschluß gefaßt hat.«
»Er hat ihn doch noch gar nicht gefaßt, Onkel. Wenn er mich kennengelernt hat, wird er vielleicht ...«
»Chelynne, wenn er dich sieht, werde ich meinen ganzen Einfluß aufbieten müssen, damit er dich nicht auf der Stelle mitnimmt. Beruhige dich nun, Liebling. Du hast nichts zu fürchten. Deine Mutter war ebenso alt, als sie heiratete, und sie wurde glücklich.«
»Werde ich ...« Die Worte schienen ihr in der Kehle steckenzubleiben, aber sie stieß schnell hervor: »Werde ich vom Hochzeitstag an mit ihm leben müssen?«
»Natürlich«, entgegnete Sheldon erstaunt. Chelynne starrte auf ihren Schoß, und da wußte Sheldon, was sie meinte. »Der Vollzug der Ehe wird stattfinden, Liebling. Doch davor brauchst du dich nicht zu fürchten. Wie gesagt, ich kenne den Mann, und er scheint ein Gentleman zu sein. Einmal muß es ja doch geschehen, Chelynne.«
Sie seufzte leise. Sheldon lachte. »Eines Tages wirst du über deine Ängste lachen, Liebes. Wahrscheinlich wirst du sofort schwanger und dich fragen, wovor du dich gefürchtet hast.«
Mein Gott, das war zuviel. Sie konnte sich kaum den Beischlaf vorstellen, und er sah sie bereits als wer-

dende Mutter. Sie wurde blaß. Sheldon merkte es, ging auf ihre Reaktion aber nicht ein.
»Deine Mutter lebte in einer anderen Zeit, als sie verheiratet wurde. Du bist niemals bei Hof gewesen. Und das aus einem guten Grund: Die Sitten dort sind verderbt. Doch als ich diesen Mann für dich wählte, geschah es nicht allein wegen seines Titels und seines Reichtums. Ich möchte, daß du einen Mann heiratest, den du lieben und ehren kannst. Und das erscheint mir bei dieser Verbindung als sehr wahrscheinlich.«
»Wann soll die Verlobung stattfinden?«
»Der Graf wird uns innerhalb der kommenden zwei Monate besuchen, und zweifellos wirst du kurz darauf heiraten. Du mußt diese Verbindung mit Dankbarkeit akzeptieren, Liebes. Eine Ehe bietet viele Vorteile.«
»Ja, Sir«, murmelte sie niedergeschlagen.
»Du wirst Gräfin und bei Hofe vorgestellt.«
Ihre Miene hellte sich etwas auf. Ja, es gibt Vorteile, dachte sie. Jahrelang hatte sie bei adeligen Familien im In- und Ausland gelebt. Sie kannte die großen Damen, die sich rühmten, mit dem König und der Königin bekannt zu sein. Wie jedes Kind wandte sie schnell ihre Gedanken anderen Dingen zu – ein gutaussehender Ehemann, eine Stellung bei Hof, Kleider, Schmuck, Geld ... Sie lächelte Sheldon an.
»Das ist schon besser«, meinte er. »Du wirst dich an den Gedanken gewöhnen.«
Noch lange saßen die beiden im Arbeitszimmer zusammen und sprachen von anderen Dingen. Ihre Beziehung war enger als die der meisten Väter zu

ihren Töchtern. Er war in sie vernarrt und sehr um ihr Wohlergehen besorgt. Nie hatte sie an der Liebe ihres Onkels gezweifelt, deshalb vermißte sie ihre verstorbenen Eltern kaum.

Nur etwas störte dieses ungetrübte Glück auf Welby Manor: die Lieblosigkeit ihrer Tante Eleanor. Und natürlich Harry. Aber Chelynne wurde auch von Stella geliebt, die wie eine Mutter zu ihr war. Schon seit langem hatte sie sich mit Eleanors Kälte ihr gegenüber abgefunden. Diese Frau war immer schlecht gelaunt und behandelte andere mit beleidigendem Hochmut. Nur gesellschaftlich höhergestellten Menschen begegnete sie auf affektierte und schmeichlerische Weise. Sheldon hatte es nicht leicht mit seiner Frau, und obwohl er ein nachgiebiger und gütiger Mann war, duldete er es nicht, daß Eleanor Chelynne schlecht behandelte. Nicht einmal ein böses Wort durfte über ihre Lippen kommen. Doch Harry war viel schlimmer. Er zeigte seine Feindschaft und Eifersucht offen. Jahrelang hatten er und Chelynne gestritten, als sie noch unter demselben Dach lebten. Aus Rücksicht auf ihren Onkel hatte Chelynne den Kontakt mit ihm weitmöglichst gemieden.

Auf dem Weg zu ihrem Zimmer begegnete sie einem großgewachsenen Diener, der ein Tablett trug. Er lächelte, als er sie sah, und sagte: »Es ist gut, Euch wieder daheim zu wissen, Milady.« Dann verneigte er sich.

»Danke, Gordon«, entgegnete sie.

»Jetzt seid Ihr eine richtige Dame geworden. War Eure Reise angenehm?«

»Ja.«

»Ist das für meine Mutter?« ertönte da eine Stimme. Der Butler nickte dem jungen Mann zu, der gerade die Treppe hinunterging.

»Ja, Sir. Ich wollte ihr gerade das Tablett bringen.«

»Dann tu's! Worauf wartest du?«

Gordon, ein großer, distinguierter Mann mit grauen Schläfen, nickte wieder. »Ich habe nur Lady Chelynne willkommen geheißen, Sir.«

»Ach ja. Ihre Königliche Hoheit.« Harry verneigte sich spöttisch. »Bist du gekommen, weil die Hochzeit des Jahrhunderts vor der Tür steht?«

Chelynne versteifte sich. Mit hochgerecktem Kinn ging sie an Gordon und Harry vorbei, während sie murmelte: »Nett, dich wiedergesehen zu haben, Gordon.«

»Wir haben Euer Lachen vermißt, Milady«, entgegnete Gordon.

»Die verwöhnte Prinzessin heiratet also einen Vicomte. Aber wie eine Comtesse siehst du wahrhaftig nicht aus«, sagte Harry höhnisch.

Chelynne drehte sich langsam auf der Treppe um und sah ihren Cousin mit einem bösartigen Lächeln an. »Hast du denn Heiratspläne, Harry?«

Er preßte die Lippen zusammen. »Ich habe noch keine mir ebenbürtige Frau gefunden«, gab er bissig zurück.

»Nun«, meinte sie und taxierte seine dickliche Gestalt verächtlich, »sollte ich ein hübsches Mädchen kennenlernen, das ebensoviel Busen wie du Bauch hast, mache ich es sofort mit dir bekannt.«

Der junge Mann war empört. Chelynne hatte ihn an

einer wunden Stelle getroffen. Würdevoll schritt sie die Treppe hoch und konnte nur mit Mühe ein Lachen unterdrücken. Gordon ging hinter ihr her und sagte oben auf dem Treppenabsatz zu ihr: »Wie schön, daß ihn endlich wieder mal jemand in die Schranken weist.«
»Ich tue mein Bestes«, entgegnete sie lächelnd.
»Ja, tut das, Madam.«

Den Rest des Nachmittags verbrachte Chelynne in ihrem Schlafgemach. Sie dachte über ihre bevorstehende Hochzeit nach. Nie war ihr in den Sinn gekommen, sie könnte nicht heiraten, doch ihre erste amouröse Erfahrung hatte sie erst letzten Sommer gemacht.
Ihr Onkel hatte veranlaßt, daß sie eine gewisse Zeit bei anderen Familien verbrachte, um den letzten gesellschaftlichen Schliff zu bekommen. Also hatte man sie zu Lord Stelanthope geschickt, dessen Frau sie in Etikette und höfischen Manieren unterwies. In ihrer knapp bemessenen Freizeit durfte sie ausreiten. Sie brauchte nicht lange, um den jungen Stallburschen abzuschütteln, dessen Aufgabe es war, sie zu begleiten, denn Chelynne war ein gewitztes Mädchen, das manchmal zu kapriziösem Verhalten neigte.
So hatte sie den jungen Gärtner kennengelernt, der sich um die ausgedehnten Rasenflächen des Herrensitzes kümmerte, einen zwanzigjährigen, außerordentlich gutaussehenden Mann. Ihr junger, kaum erblühter Körper verlangte nach Zärtlichkeit, und so war es für Reuben ein leichtes, sie zu küssen.

Doch leider entdeckte Lady Stelanthope ihr ungebührliches Verhalten und untersagte ihr die Ausritte. Doch Chelynne verließ heimlich nachts ihr Zimmer und traf sich weiterhin mit ihrem jungen Galan, dessen kühne Küsse und Berührungen höchst angenehme Gefühle in ihr weckten.
Aber diesen vergnüglichen nächtlichen Exkursionen wurde eines Tages ein abruptes Ende gesetzt, da Lady Stelanthope sie in ihrem Zimmer erwartete, als sie von Reuben zurückkam. Unter anderem unterzog man sie auch einer peinlichen Untersuchung, um ihre Jungfernschaft festzustellen. Dann wurde sie nach Hause geschickt. Glücklicherweise teilte die Baronin Sheldon nicht mit, aus welchem Grund. Sie gab vor, die Familie wäre nach Hampton Court – wo der König residierte – eingeladen, und sie könnten Chelynne nicht mitnehmen. Das war Chelynnes erste Niederlage, aber auch ihre Rettung.
Nun, mit sechzehn Jahren, würde sie einen dieser alternden Lords heiraten. Ihr grauste davor. Ihr grauste bei dem Gedanken, daß knöcherne, kalte Finger sie berühren würden. Sie fragte sich, wie sie die Hochzeitsnacht überstehen sollte.
»Du bist so nachdenklich«, bemerkte Stella etwas später.
»Ja. Mir geht viel durch den Kopf«, seufzte sie. »Onkel Sheldon will mich verheiraten.«
»Gut. Und wann lernen wir den Bräutigam kennen?«
»Gütiger Himmel! Ich habe nicht darüber gesprochen, was ich zum Dinner essen möchte, Stella! Ich sagte, ich muß heiraten!«

»Ja, Mädchen. Und die Zeit dafür ist reif.«

»Reif? Wie kannst du das sagen? Noch heute morgen hast du mich ein verwöhntes Kind gescholten.«

Stella kicherte. »Meistens bist du das auch. Du brauchst eine starke Hand.«

»Soll etwa so meine Zukunft aussehen?«

»Unter anderem schon. Aber dich erwartet noch viel mehr. Sieh dich doch mal an. Du hast den Körper einer Frau. Das weiß Seine Lordschaft, und er muß dich so schnell wie möglich verheiraten, sonst läufst du in dein Unglück.«

»Oh! Wie kannst du das nur sagen!«

»Es ist die Wahrheit.« Die alte Frau zuckte die Schultern. »Du hast das doch schon früher gehört.«

Chelynne betastete die Goldmünze, die sie um den Hals trug. »Bin ich ihr sehr ähnlich?« fragte sie.

»Wem?« fragte Stella, ohne hochzublicken. Sie räumte das Zimmer auf.

»Meiner Mutter.«

»Ja, das kann man behaupten. Sie war hübsch und sanft.«

»Zieh mir dieses Kleid aus, Stella. Ich muß mich zum Dinner ankleiden. Hat sie meinen Vater geliebt?«

»Das hätte wohl nur sie dir sagen können. Aber sie war ihm eine gute Frau.«

»Er war doch viel älter als sie, nicht wahr?«

»Ja. Das war er. Doch er war ein starker, mächtiger Mann, so wie dein Onkel vor vielleicht zwanzig Jahren. Für einen Fünfzigjährigen sah er sehr gut aus und wirkte viel jünger. Dein Onkel war damals etwa fünfunddreißig, und den beiden Brüdern war kaum ein Altersunterschied anzusehen.«

»Und war sie glücklich?«
»Ich habe niemals eine strahlendere Frau gesehen, als du in ihrem Bauch heranwuchst. Sie hatte blaue Augen, mit goldenen Punkten wie die Sonne darin.«
»Und das ist alles, was mir von ihr geblieben ist«, sagte Chelynne wehmütig und berührte die Goldmünze.
»Das ist ein Geschenk des Königs. Als die große Not über uns alle hereinbrach und wir kaum etwas zu essen hatten, hätte sich Madelynne um keinen Preis von dieser Münze getrennt. Ja, sie gab alle ihre Juwelen, um den König zu unterstützen, aber dieses Stück behielt sie. Sie wäre eher verhungert, als sich davon zu trennen. Während deiner Geburt hielt sie die Münze in der Hand, weil sie glaubte, es würde ihr Glück bringen. Und dir hat sie wohl Glück genug gebracht«, endete sie mit einem entschlossenen Nicken.

In den folgenden Tagen hatte Chelynne viel zu tun und wenig Zeit, über ihre bevorstehende Vermählung nachzudenken. Sie unternahm lange Ausritte auf ihrer Stute Carmel. Schneider kamen und fertigten für ihre Hochzeit eine komplette neue Garderobe an. Lange Stunden spazierte sie durch die Gärten und plauderte mit den Bediensteten, die sie von Jugend auf kannte. Sie begleitete ihren Onkel beim Einkaufen oder wenn er die ihm zustehenden Gelder bei den Gutsverwaltern abholte.
Eines Tages kündigte der Graf von Bryant Lord Mondeloy seinen in Kürze zu erwartenden Besuch an, und in Chelynne entstand eine nervöse Spannung. In

dem Brief stand, daß sein Sohn ihn nicht begleiten würde, da er erst im Juni von seiner Reise zu den Westindischen Inseln zurückerwartet wurde.
Und Lady Mondeloys plötzliche Aktivitäten im Herrenhaus trugen nicht zu Chelynnes Entspannung bei. Eleanors massige Gestalt tauchte ständig unverhofft überall auf, und sie trieb ihre Dienstboten mit der ganzen Grausamkeit einer Sklavenhalterin an. Möbel wurden neu gepolstert, die Wände gestrichen und tapeziert und das Kupfer und Silber auf Hochglanz poliert. Jedes Fenster wurde geputzt, obwohl bis zur Ankunft des Grafen noch eine gewisse Zeit verstreichen würde. Sie wollte anläßlich dieses Besuchs ihre Rolle als vorbildliche Gastgeberin voll auskosten, ungeachtet der Tatsache, daß Sheldon ihr gesagt hatte, der Graf sei leidend und würde ihren Anstrengungen wohl wenig Beachtung zollen.
Drei Tage vor dem wichtigen Ereignis fuhr eine prächtige viersitzige Kalesche die Auffahrt zum Welby Manor hoch. Im Ballsaal arbeiteten noch Handwerker, und Gärtner stutzten den Rasen. Eleanor ruhte. Chelynne nutzte diese Stunde immer zu einem Ausritt. Einfach gekleidet saß sie auf ihrer Stute und beobachtete die Ankunft der Kutsche.
Als sie den Fahrgast sah, der ihr entstieg, hielt sie vor Schreck den Atem an. Es war ein kleiner Mann mit krummen Beinen, doch exquisit ganz in Seide gekleidet. Selbst aus der Entfernung konnte sie den Schmuck sehen, den er angelegt hatte. Er trug eine überdimensionale Perücke und darauf einen Dreispitz mit einer rosafarbenen Feder. Unschlüssig stand er einen Augenblick da, weil niemand ihn begrüßte. Dann sah er sich um.

Als er den Blick in ihre Richtung wandte, konnte sie deutlich seine lange dünne Nase und eine hohe Stirn erkennen. Sie schluckte krampfhaft. Was konnte sie anderes von ihrem Bräutigam erwarten? Er würde eine jüngere Ausgabe seines Vaters sein. So sah also der Mann aus, an den sie für den Rest ihres Lebens gebunden sein würde. Sie konnte schon seine krallenartigen Finger auf ihrer Haut spüren und seine schrille Stimme hören, wenn er ihr Anordnungen erteilte … wie Harry. Oh, mein Gott, dieser Mann würde wie Harry sein!

Dann trat Lord Mondeloy vor das Portal, verneigte sich und streckte dem Grafen die Hand hin. Chelynne gab Carmel entschlossen die Sporen und floh mit einem unterdrückten Aufschrei. Sie merkte nicht, daß der Graf ihre überstürzte Flucht beobachtete. Wenigstens für eine Weile noch wollte sie sich verstecken, um nicht ihrem unausweichlichen Schicksal ins Gesicht sehen zu müssen.

Dann betrat der Graf von Bryant mit seiner Dienerschaft im Gefolge das Herrenhaus.

»Ihr seid früh gekommen, Milord«, sagte Sheldon. »Ich hoffe, Ihr hattet eine angenehme Reise.«

»Ja, danke. Ich denke, wir können die Angelegenheit schnell regeln.« Er sah sich um und bemerkte die vielen umhereilenden Handwerker und Diener und fragte: »Ich komme doch nicht ungelegen?«

»Das sind alles Vorbereitungen für Eure Ankunft, Sir.«

»Habt Ihr einen Raum, wo ich ungestört bin?«

»Alles ist für Euch bereit, Milord«, antwortete Mondeloy lächelnd. Bryant erwiderte das Lächeln. Die beiden Männer verstanden sich.

»Gut. Das ist alles, was ich im Moment brauche, Milord. Wann wird mir die junge Dame vorgestellt?«
»Sie reitet gerade aus. Ich bitte Euch, geduldet Euch bis zur Teezeit.«
Der Graf mußte an das junge Mädchen denken, das er vor kurzem gesehen hatte. Es war hübsch, ein frisches Ding mit vollen runden Brüsten und schönem dickem Haar. Ein angenehmes Gesicht. »Sie hat mir ganz gut gefallen, als ich sie eben sah«, sagte er nachdenklich.
»Sie ist ziemlich eigenwillig, Milord«, sagte Mondeloy lächelnd.
»Das ist gut«, entgegnete der alte Mann und stieß zur Bekräftigung mit seinem Spazierstock auf den Boden. »Dann will ich mich vorher noch etwas ausruhen. Laßt mich rechtzeitig rufen, damit wir noch Zeit haben, uns zu unterhalten, ehe ich ihre Bekanntschaft mache.«
Zwei Stunden später ging Chelynne über die Hintertreppe in ihr Zimmer. Sie schwitzte stark – wie es sich für eine Lady nicht gehörte – und ließ an Stella ihre schlechte Laune aus, wovon sich die alte Dienerin aber nicht beeindrucken ließ. Stella schwieg einfach und bedachte ihren Schützling nur mit mißbilligenden Blicken.
Während der langen Prozedur des Ankleidens war Chelynne nachdenklich. Sie trug ein schlichtes, doch sehr elegantes lindgrünes Kleid, das ihre jugendliche Unberührtheit unterstrich. Es war nur sparsam mit goldener Litze verziert und brachte ihre Figur vorteilhaft zur Geltung. Schmuck hatte sie nicht angelegt, er hätte den Eindruck ihrer strahlenden Jugend nur beeinträchtigt.

Als sie fertig war und sich im Spiegel betrachtete, sagte Stella zu ihr: »Dein Onkel war immer gut zu dir. Du darfst ihn heute nicht beschämen, das wäre die schwärzeste Stunde seines Lebens. Ich hoffe, du denkst ebenso. Er ist erst zufrieden, wenn du verheiratet bist. Und ein einfacher Landedelmann kann genauso unangenehm sein wie ein Graf. Stoß ihn nicht vor den Kopf, mit Harry hat er schon Ärger genug.«
Chelynne nickte. Sie war sich ihrer Lage voll bewußt und konnte keinen Einfluß mehr darauf nehmen. Und da sie ihren Onkel liebte, wollte sie ihm keine Schande machen.
Als sie leise an die Flügeltüren des großen Salons klopfte, straffte sie sich innerlich. Der Graf, Lord Mondeloy und Harry waren bereits anwesend, und ein junges Dienstmädchen servierte ihnen gerade den Tee. Chelynne knickste tief, und der Graf und ihr Onkel erhoben sich, um sie zu begrüßen. Auch Harry stand widerwillig auf. Der Graf maß sie mit offensichtlicher Bewunderung. Schließlich schüttelte er den Kopf und lachte leise. »Ich fand Euch zu Pferd so bezaubernd, daß ich mich fast davor fürchtete, Euch zu begegnen. Ihr habt mich nicht enttäuscht, meine Liebe.«
»Ihr seid zu freundlich, Milord«, entgegnete sie, leicht errötend.
»Ach, wie Euch das Erröten steht. Ich hoffe, Ihr verliert diese Fähigkeit nicht zu bald.«
Er geleitete sie zu einem günstig plazierten Stuhl, damit er sie ständig ansehen konnte. Sie versuchte, heiter und gelassen zu erscheinen, doch ihre Nerven

waren zum Zerreißen gespannt. Sie nippte von ihrem Tee und war froh, daß sie nichts davon verschüttete. Von dem Gebäck aß sie nichts, ihr Magen hätte sonst revoltiert.
Die beiden Männer sprachen über Politik. Harry schwieg gelangweilt. Auf gelegentliche Fragen seines Vaters antwortete er mit unverschämtem Desinteresse. Der Graf ignorierte ihn völlig.
Als Chelynne sich fragte, wie lange das noch dauern sollte, betrat Lady Eleanor in ihrer ganzen voluminösen Pracht den Salon. Der Graf schrak bei ihrem Erscheinen sichtlich zusammen. Überall glitzerten Juwelen: unter ihrem wabbelnden Doppelkinn und an ihren feisten Fingern. Sie war so dick und der Rock ihres Brokatkleides derart ausladend, daß sie ständig in Gefahr geriet, etwas im Salon umzustoßen.
Eleanor reichte ihre Hand dem Grafen zum Kuß, ohne daß sie jemand vorgestellt hätte. Der Graf von Bryant nahm diese Hand nur zögernd, während Lord Mondeloy voller Mißbilligung die Stirn runzelte.
»Welches Vergnügen, Madam«, begrüßte der Graf sie und ließ schnell ihre Hand los.
Eleanor lächelte und senkte wie eine Jungfrau verschämt den Blick. »Aber das Vergnügen ist ganz auf meiner Seite, Milord«, entgegnete sie mit einem törichten Lächeln. Sie wandte sich halb um, und Chelynne konnte ihr voll ins Gesicht sehen. Ihre fetten, weiß gepuderten Wangen zierten rosa Kleckse. Die grellrote Schminke ließ ihre Lippen noch dicker erscheinen, und an einen Mundwinkel hatte sie sich ein Schönheitspflästerchen geklebt. Sie

wirkte monströs. Chelynne hatte Angst, sie würde ihre Röcke heben und allen ihr mit Diamanten besetztes Strumpfband zeigen.

»Wir haben schon sehnlichst auf Euren Besuch gewartet, Milord«, schwatzte sie weiter. »Und wir haben Vorbereitungen getroffen ...«

»Ich bin aus einem anderen Grund gekommen, Madam. Diese Umstände waren nicht nötig.«

»Aber ich versichere Euch, es waren überhaupt keine Umstände.« Eleanor sah sich um. Zu ihrem Verdruß gab es für sie keine ausreichend große Sitzgelegenheit in der Nähe des Grafen. Also nahm sie schließlich resigniert auf einer Couch ziemlich weit von ihm entfernt Platz. Mit einem leisen Stöhnen ließ sie sich auf das Polster plumpsen, und der Graf seufzte erleichtert, als er sich ebenfalls wieder setzte.

Als Eleanor mit Tee und Gebäck bedient worden war, kam der Graf sofort auf den Grund seines Besuchs zu sprechen.

»Nun, da Ihr ebenfalls anwesend seid, Madam, können wir sofort über die Familienangelegenheit sprechen. Die zugesagte Mitgift gefällt mir, das Aussehen dieser jungen Dame gefällt mir. Also habe ich nur noch ein paar Fragen. Habt Ihr über die Tugend dieses Mädchens gewacht?«

Eleanor hatte gerade den Mund voller Gebäck. Sie konnte es nicht sofort schlucken, also stopfte sie es in eine Backe und antwortet undeutlich: »Aber natürlich, Milord.«

»Ich habe jedoch erfahren, daß sie nicht immer in Eurem Haus gelebt hat. Wie könnt Ihr da für sie bürgen?«

Eleanor war über die Beleidigung – wie ihr schien – derart empört, daß sie sich verschluckte und husten mußte. An ihrer Stelle antwortete Lord Mondeloy mit klarer Stimme: »Ich habe jeweils die Entscheidung über Chelynnes Reisen und Aufenthalte getroffen. Außerdem reiste sie immer unter der Obhut der Amme ihrer Mutter. Ihr könnt die Adeligen im In- und Ausland befragen, bei denen sie sich aufhielt: Sie alle halten sie für ein tugendhaftes Mädchen. Solltet Ihr diesbezüglich trotzdem Zweifel haben, stimmen wir natürlich einer ärztlichen Untersuchung zu.«
Chelynne lächelte. Der Graf wandte sich dann an sie und fragte: »Seid Ihr mit den Heiratsplänen Eures Onkels einverstanden, Lady Chelynne?«
Obwohl sie überrascht war, daß man sie überhaupt um ihre Meinung fragte, zeigte sie diese Überraschung nicht. »Mein Onkel hat stets nur in meinem Interesse gehandelt, Milord. Eine Wahl, die er für mich getroffen hat, würde ich nie in Frage stellen.«
Der Graf lächelte und fragte Lord Mondeloy: »Was habt Ihr nur getan, daß diese junge Dame soviel Vertrauen zu Euch hat?«
»Es ist ganz einfach, Milord«, entgegnete Sheldon. »Ich habe ihr nie Grund zum Zweifeln gegeben.«
Dem Grafen gefiel das sehr. Er hatte sich schon viele Mädchen angesehen, die als Braut für seinen Sohn in Frage kommen könnten, doch an keiner wirklichen Gefallen gefunden. Das ganze Arrangement war zu seiner Zufriedenheit. Er richtete wieder das Wort an Sheldon, und jetzt sprach er zu ihm wie zu einem Freund. »Ich habe eine Bitte an Euch, Milord. Würdet

Ihr mir erlauben, daß ich in Eurem Arbeitszimmer ein paar Worte allein mit Lady Chelynne wechsle?«
»Das ist recht ungewöhnlich«, sagte Sheldon und runzelte leicht die Stirn. Er wollte die Situation für Chelynne nicht noch schwieriger machen, als sie ohnehin schon war. Er bewunderte und respektierte den Grafen zwar, aber er war sich auch bewußt, daß dieser Mann sehr scharfsichtig war, und wollte nicht, daß sein Mündel von ihm verletzt wurde.
Er wollte gerade sein Mißfallen darüber zum Ausdruck bringen, als der Graf die Hand hob und ihm Schweigen gebot. »Ich möchte Euch sagen, was ich vorhabe, Milord. Ich bin der Meinung, daß diese junge Frau sehr gut zu meinem Sohn paßt. Die Mitgift, die Braut und alles andere sind zu meiner vollsten Zufriedenheit. Aber noch eine Frage ist ungeklärt, eine Frage familiärer Natur. Ich möchte die junge Dame unter vier Augen fragen, ob sie gewillt ist, ein Mitglied unseres Hauses zu werden. Ich möchte wissen, ob sie diesem Ehekontrakt zustimmt. Denn ich will meinem Sohn nur eine Braut zuführen, die ihn heiraten möchte.«
Eine Weile herrschte Schweigen. Die beiden Männer sahen sich stumm an. »Milord«, erklang da eine leise Stimme. Der Graf blickte zu Chelynne. »Da Lord Mondeloy die Wahl für mich getroffen hat, ist es auch mein Wunsch, Euren Sohn zu heiraten.«
Der Graf schenkte ihr ein warmes Lächeln. »Chelynne, Euer Charme wärmt sogar einem alten Mann das Herz. Meine Liebe, ich bezweifle nicht Euer Wohlverhalten. Ich glaube, Ihr würdet alles tun, was in Euren Kräften steht, um meinem Haus Ehre zu ma-

chen. Würdet Ihr mir einige Augenblicke Eurer Zeit schenken, damit wir über Familienangelegenheiten reden können?«

Chelynne sah ihren Onkel fragend an. Er nickte ihr zu, worauf sie den Grafen anlächelte. »Mit Vergnügen, Milord.«

»Ist es jetzt so, daß die Jugend befragt wird, wenn es um Dinge wie eine Eheschließung geht?« fragte Eleanor entgeistert.

»In diesem Fall ist es wohl angemessen«, entgegnete der Graf gelassen.

»Zu meiner Zeit überließ man das den Erwachsenen«, sagte sie zu ihm und dann, an ihren Mann gewandt: »Nicht wahr, Milord?«

Der Graf sah die Qual in Lord Mondeloys Augen. Er lächelte und sagte ruhig: »Vielleicht hätte man Euch um Euer Einverständnis bitten müssen.« Der Lord nickte kaum merklich, und der Graf reichte Chelynne die Hand. Als die beiden den Salon verließen, brummte Eleanor zornig vor sich hin.

Eleanor liebte es, sich in die Angelegenheiten anderer Menschen einzumischen. Dann glaubte sie, eine wichtige Rolle zu spielen. Aber wenn es um Chelynne ging, ließ Sheldon sie nicht gewähren. Was sie mit Harry tat, war ihm egal, aber Chelynne war für sie tabu. Und diese Tatsache ärgerte sie außerordentlich.

Als Chelynne den Grafen näher kennenlernte, gefiel er ihr besser. Er war höflich und zuvorkommend und kam direkt auf sein Anliegen zu sprechen. Sie hörte ihm ruhig und interessiert zu.

»Mein Sohn wollte nicht heiraten. Ich überließ es

ihm, sich eine Frau zu suchen, aber ohne Erfolg. Oh, er spielt seinen Charme bei den Damen aus, aber ohne rechtmäßige Verbindung gibt es für mich keinen Erben. Und Ihr müßt wissen, Chelynne, daß ich mich mit meinem Sohn nicht gut verstehe. Ihr werdet es schnell selbst merken. Ich sage Euch das nicht, weil ich Euch meinem Sohn entfremden will, noch ehe Ihr ihn kennengelernt habt, sondern weil Ihr die Wahrheit wissen sollt. Eure Ergebenheit muß allein ihm gehören, und er wird Euch eines Tages vertrauen, hoffe ich.

Jetzt ist endlich die Zeit gekommen, wo ich ihn zu einer Ehe zwingen kann. Er wird gehorchen, denn ihm bleibt keine andere Wahl. Aber er wird mir nicht entgegenkommen. Entweder er beugt sich meinem Wunsch, oder er zieht die Konsequenzen. Habt Ihr mich verstanden?«

Sie verstand ihn sehr wohl, aber mit einem Gefühl der Bitterkeit. »Er möchte nicht heiraten und wird mit Eurer Wahl nicht glücklich sein«, murmelte sie bedrückt.

»Das ist unglücklicherweise der Fall. Aber er weiß noch nicht, wen ich gewählt habe. Ich bin kein Dummkopf, Chelynne. Ihr seid ein schönes, unschuldiges Mädchen. Mein Sohn ist ein feiner, aufrechter und ehrenwerter Mann. Er ist integer und stolz. Und Ihr paßt zu einem Mann mit diesen Charaktereigenschaften. Ich glaube, daß er mit der Zeit mit Euch glücklich wird.«

»Warum erzählt Ihr mir das, Milord?«

»Aus einem einfachen Grund. Sollte er sich Euch gegenüber schlechtgelaunt und mißmutig zeigen,

dann nur, weil ein Konflikt zwischen Vater und Sohn besteht. Ihr habt damit nichts zu tun.«
»Und er wird sich nicht gegen diese Verbindung stellen?«
»Nein, das wird er nicht. Hätte ich Zeit, Madam, würde ich eine Versöhnung anstreben. Aber ich habe keine Zeit mehr. Mein Leben war lang und reich. Ich habe unter größten Schwierigkeiten meine Grafschaft durch die Kriegswirren gerettet, wo andere Adelige aus Angst um ihr Leben außer Landes flohen. Ich habe nur noch den Wunsch, meinen Besitz meinem Sohn zu übergeben und ihn glücklich zu sehen.
Eure Zukunft ist finanziell gesichert, Chelynne. Ich habe ein kleines Vermögen erworben, und mein Sohn hat Reichtümer angehäuft. Selbst wenn Ihr ihm zwölf Kinder gebären solltet, würde keines ohne ein ansehnliches Erbe sein. Er hat Besitzungen auf Jamaica und in Amerika und ein bedeutendes Schiffahrtsunternehmen. Aber ... Ihr müßt viel Geduld aufbringen.«
»Milord, Ihr scheint nicht so krank zu sein, wie Ihr angedeutet habt.«
»Im Augenblick geht es mir gut. Ich logiere in einem Gasthof hier in der Nähe. Als die Schmerzen nachließen, bin ich sofort gekommen. Von Zeit zu Zeit kann ich mein Bett verlassen, doch ich muß mich schnell wieder auf den Heimweg machen, ehe mich die Krankheit wieder überfällt.«
Chelynne hatte Mitleid mit dem alten Grafen. Doch sie wußte nicht, wie sie ihre Gefühle ausdrücken sollte, und schwieg deshalb.

»Milady, ich warte auf Eure Antwort.«
»Ich ... ich ...« stammelte sie, denn sie wußte nicht, was sie entgegnen sollte. In Wahrheit fürchtete sie sich vor dieser Verbindung.
»Ihr müßt mich für einen grausamen Mann halten, da ich Euch nicht gestatte, den Rat Eures Onkels einzuholen. Ich weiß, daß Ihr seinem Urteil vertraut, aber diese Entscheidung müßt Ihr allein treffen. Wir leben in einem Zeitalter beklagenswerter Sitten, Madam. Treten in einer Ehe Schwierigkeiten auf, trennt sich das Paar einfach, lebt aber weiterhin unter demselben Dach. Ich kenne kaum einen Mann, der nicht ins Hurenhaus geht, eine Geliebte unterhält und außerdem noch Beziehungen zu einer verheirateten Frau hat.«
Als er ihr entsetztes Gesicht sah, schlug er mit der Hand auf den Tisch und sprach, jedes Wort betonend, weiter. »Bei Gott, das ist die Wahrheit! Und die Frauen sind ähnlich geworden. Ich wüßte nicht einen Menschen, der sich anders verhält.«
»Milord?«
»Ich wünsche mir das Leben anders, Chelynne. Ich möchte, daß mein Sohn eine schöne, tugendhafte Frau heiratet, die er eines Tages lieben kann. Wie habt Ihr Euch entschieden?«
»Und Ihr habt kein anderes Mädchen gefunden, das Euren Vorstellungen entspricht?«
»Nein, Chelynne. Niemanden, der Euch das Wasser reichen könnte.«
»Dann möchte ich, mit Eurer Erlaubnis, eine Bedingung stellen.«
Ihre Kühnheit überraschte ihn. Er wappnete sich und

hoffte, sich in seinem Urteil sie betreffend nicht getäuscht zu haben. »Und die wäre, Madam?«

»Ich möchte die Bekanntschaft Eures Sohnes machen, bevor der Ehevertrag unterzeichnet wird. Ich möchte mir selbst eine Meinung über ihn bilden. Das ist meine einzige Bedingung.«

Während sie sprach, hatte sie keine Sekunde gezögert, und der Graf lächelte, als sie geendet hatte. Sie besaß Charakter und war willensstark und intelligent. Ihm gefielen alle diese Eigenschaften. Und gegen Chelynnes Bedingung hatte er nichts einzuwenden, denn sein Sohn war ein ritterlicher, charmanter Mann, der bei Frauen Erfolg hatte. »Einverstanden, Chelynne. Wir können Eurer Familie mitteilen, daß alles geregelt ist. Mein Sohn wird Euch gefallen.«

Beim Dinner saß der Graf neben Chelynne. Eleanor schwatzte ohne Unterbrechung belangloses Zeug – welche bedeutenden Persönlichkeiten sie kannte und welche Reisen sie gemacht hatte. Harry schien nicht zu existieren. Der Graf und Lord Mondeloy schwiegen meistens.

Nach dem Essen legte der Graf seine Zukunftspläne dar. Er tat dies auf eine Weise, als hielte er hof. »Chelynne wird in einem Monat mit ihrem Gefolge auf Hawthorne House eintreffen. Sie kann soviel Dienerschaft mitbringen, wie sie wünscht. Ihr Haushaltsbudget wird sehr großzügig bemessen. Zur Verlobung gebe ich einen großen Ball. Zwei Tage später wird das junge Paar in meiner Hauskapelle vermählt. Dieses Arrangement mag ungewöhnlich erscheinen, entspricht aber dem ausdrücklichen Wunsch meines Sohnes.«

»Ich bin einverstanden«, sagte Sheldon, da er spürte, daß der Graf seine Zustimmung hören wollte.
»Natürlich seid Ihr und Eure Familie zu den Festivitäten eingeladen. Wir werden den Ehevertrag auf Hawthorne House unterzeichnen. Morgen reise ich wieder ab und hoffe, Euch in einem Monat begrüßen zu können.«
»Morgen schon!« rief Eleanor aus. »Aber, Euer Lordschaft, wir haben anläßlich Eures Besuchs Gäste hierhergebeten.«
»Ich bin gekommen, um diese Ehe in die Wege zu leiten, Madam. Ich dachte, das hätte ich Euch klargemacht.«
»Aber, Euer Lordschaft, ich habe ...«
»Das tut mir leid. Ich schrieb, daß ich hier nur kurz verweilen würde. Mein Gesundheitszustand ist mehr als prekär, und ich muß meine Zeit für wichtigere Dinge aufsparen.«
Eleanor wurde vor lauter Empörung puterrot. Sie war nicht wichtig?
»Ich hatte gehofft, wir würden noch über etwas anderes sprechen«, stammelte sie, noch immer indigniert.
»Und was sind das für Angelegenheiten, die mich betreffen könnten?«
»Nun ... ich dachte ... vielleicht ...« stotterte sie und wußte nicht, wie sie dieses ihr so am Herzen liegende Thema elegant anschneiden sollte. Aller Augen waren auf sie geheftet. Da hob sie den Kopf und redete den Grafen direkt und mit herrischer Stimme an. »Es geht um meinen Sohn. Ich sähe ihn gern in einer höheren Position und möchte deswegen Euren Rat einholen.«

Der Graf lehnte sich in seinem Sessel zurück, er lächelte amüsiert. Er starrte Eleanor eine Weile an. Solche Unverfrorenheit war ihm seit Jahren nicht mehr begegnet. Dann lachte er und schüttelte den Kopf. »Madam, seit über dreißig Jahren lehnt mein Sohn meine Hilfe ab. Aber er hat aus eigenen Kräften ein wahres Imperium errichtet. Ich begrüße seinen Unabhängigkeitsdrang zwar nicht, aber ich muß seiner absoluten Integrität Respekt zollen. Er gebraucht seinen Kopf und seine Hände, Madam. Das ist der Rat, den ich Euch geben kann.«

»Ein Rat, der von gesundem Menschenverstand zeugt«, warf Lord Mondeloy ein. »Harry besitzt Ländereien. Das ist seine Zukunft. Und wenn ihm das nicht gefällt, kann er anderswo sein Glück versuchen. Meinen Segen hat er.«

Der Graf nickte und wollte gehen. Da sagte Eleanor schnell: »Vielleicht könntet Ihr ein passendes Mädchen zum Heiraten für ihn finden?«

»Gewiß, Madam«, entgegnete der Graf und verneigte sich leicht. Er streifte Harry kurz mit einem verächtlichen Blick und sah dann wieder Eleanor an. »Ehe ich morgen früh abreise, gebe ich Euch eine Liste aller der Damen, die ich kennengelernt und für meinen Sohn nicht als passend erachtet habe.«

Eleanor war und blieb sprachlos. Und jetzt errötete sogar Harry. Ohne weiter auf das Thema einzugehen, sagte der Graf seinen Gastgebern gute Nacht und verließ den Salon.

2

Dieser Juni schmückte England mit strahlendem Grün, und Lord Mondeloy kümmerte sich wieder um seine Geschäfte, stand seinen Pächtern mit Rat und Tat zur Seite. Er war ein weiser Mann und wußte, daß nur zufriedene Untertanen gut arbeiteten und mit ihrem Wohlstand auch seinen Reichtum vergrößern würden.

Im Haus herrschte hektische Betriebsamkeit. Chelynnes Aussteuer wurde verpackt. Auch Eleanor war geschäftig, denn noch hatte sie die hochtrabenden Pläne bezüglich der Zukunft ihres Sohnes nicht aufgegeben. Sie hoffte inständig, daß sie während Chelynnes Hochzeit ein reiches, adeliges Mädchen für ihn finden würde.

Chelynne wollte dem Trubel im Haus entkommen und suchte Zuflucht im Garten. Erleichtert ließ sie sich auf eine Bank zwischen Rosenbüschen nieder und atmete gerade den süßen Duft der Blumen ein, als Harry vorbeischlenderte.

»Versteckst du dich, Chelynne?«

»Wie es scheint, nur ungenügend«, gab sie bissig zurück.

»Hoffentlich werden deine Manieren vor der Hochzeit besser, Prinzessin. Denn wenn du in einer solchen Stimmung bist, dürftest du deinem Bräutigam kaum gefallen. Noch bist du nicht verheiratet.«

»Und das würde dir gefallen«, sagte sie und schickte sich an zu gehen.
»Mehr, als du dir jemals vorstellen kannst, du königliche Dirne. Das wäre in der Tat berechtigt.«
»Du bist ein unausstehlicher Trottel, Harry. Geh jetzt!«
»Was bildest du dir eigentlich ein? Mir befehlen zu können? Ich bin keiner deiner Lakaien ...«
»Ach, geh, Harry«, seufzte sie entnervt.
»Du bist dir deiner wohl sehr sicher, wie, Chelynne? Nun, da mein Vater diese Ehe für dich arrangiert hat, glaubst du wirklich, eine Königin zu sein. Aber du hast genausowenig Anrecht auf die Krone wie Monmouth!«
Ihr Kopf fuhr hoch, und sie starrte ihn an. Sie wußte, worauf er anspielte: Monmouth war der uneheliche Sohn des Königs. »Schmerzt es dich derart, mich erfolgreich zu sehen, Harry?«
»Ja!« spie er voller Haß aus. »Mein Vater verwöhnt dich, und seinen Erben läßt er links liegen. Man fragt sich, wer ihm mehr bedeutet.«
»Vielleicht würde sich dein Vater mehr um dich kümmern, zolltest du ihm mehr Respekt. Doch wie du dich benimmst, hat er wohl keinen Anlaß, dir zu helfen.«
»Fahr zum Teufel, du Hexe! Mein Gott, wie ich auf den Tag warte, wo es dir schlechtgeht! Und der wird kommen, meine Liebe. Er wird kommen, und wenn du dann am Boden liegst, wirst du alles tun, um deinen Karren wieder aus dem Dreck zu ziehen!«
»Harry, ich bin nicht in der Stimmung, um mich mit dir über Bagatellen zu streiten. Welchen Hirngespinsten läufst du jetzt wieder hinterher?«

»Hirngespinste? Nein, Prinzessin. Das sind keine Hirngespinste. Aber eines Tages wird die Wahrheit über deine Herkunft herauskommen. Dann werden wir schon sehen, ob du noch in jemandes Gunst stehst.«

»Worüber redest du eigentlich?«

»Tu doch nicht so unschuldig, Chelynne. Weißt du denn nicht, was in Den Haag geschah, als deine Eltern dort waren?«

»Ich weiß nicht, wovon du sprichst.«

»So. Hat man dich also auch davor abgeschirmt, süße Chelynne. In Wahrheit war deine Mutter nämlich nicht so tugendhaft, wie immer behauptet wird. Den Gerüchten nach hatte sie einen höchst prominenten Beschützer ... König Charles in eigener Person.«

Chelynne zuckte gelassen die Schultern. Harry sah sie an und mußte über ihre Naivität lachen. »Ach, Chelynne. Du dummes kleines Mädchen. Du argwöhnst wohl nichts, wie?«

»Was denn?« fragte sie gelangweilt.

»Trägst du nicht eine Münze um den Hals? Die, die der König Madelynne schenkte?«

»Ja«, antwortete sie und berührte das Schmuckstück unbewußt.

»Und warum hat der König deiner Mutter wohl diese Münze geschenkt?«

Sie runzelte zornig die Stirn. »Was sind das für Verleumdungen, du räudiger Bock?«

Er freute sich, weil sie wütend war. »Verleumdungen? Verleumdungen sind eine Lüge. Ich sage nur die Wahrheit. Und die Wahrheit ist folgende: Wäre mein

Onkel nicht ein anständiger, toleranter Mann gewesen, würdest du heute ein Bastard sein.«
Sie schrie vor Zorn auf und stampfte wütend mit dem Fuß auf den Boden. »Du wühlst im Schmutz, nur um mich zu verletzen! Nichts als Gemeinheiten! Dafür wird dich dein Vater zur Rechenschaft ziehen!«
»Tsst, tsst, Prinzessin. Mein Vater kann mich gar nicht bestrafen, weil ich recht habe. Und wenn er mich enterbt, kümmert es mich nicht, denn ich will mit diesen Ländereien nichts zu tun haben.«
»Meine Mutter war eine tugendhafte Frau«, sagte Chelynne. »Wie kannst du es wagen, ihren guten Namen zu beschmutzen? Dafür wirst du bezahlen, das verspreche ich dir, Harry!«
Er zuckte nur die Schultern. »Das bezweifle ich, Chelynne. Jedenfalls bin ich mir meiner Abstammung gewiß, während du von nun an daran zweifelst.«
»Natürlich hast du diese Gewißheit«, sagte sie voller Verachtung. »Wer schon, außer ihr Mann, würde Lady Eleanor jemals anrühren?«
Harrys Gesicht lief rot an, und er preßte die Lippen zusammen. Chelynne streckte ihm die Zunge heraus. Ihr fiel nichts anderes als diese kindliche Geste ein. Sie floh aus dem Garten.
Als sie ihre Fassung wiedergewann, fragte sie sich, woher er diese Lügen hatte. Von den Dienstboten? Es gab nicht einen Menschen im Haus, der nicht mit Bewunderung von ihrer Mutter gesprochen hätte. Und Stella würde eher ihr Leben geben, als Madelynnes Tugend in Zweifel zu ziehen. Bei Eleanor war

sie sich nicht so sicher, aber Sheldons Zorn würde sie zum Schweigen veranlassen.
Chelynne verkroch sich im Arbeitszimmer ihres Onkels. Es gab dort ein kleines Porträt ihres Vaters, eine Miniatur, die vor über zwanzig Jahren gemalt worden war. Sie betrachtete das Gesicht, das nun so sehr dem Sheldons glich. Man hatte ihr erzählt, daß sie ihrer Mutter ähnele, aber von Madelynne gab es kein Bild. In den Zügen ihres Vaters konnte sie keine Ähnlichkeit mit sich feststellen.
Als ihr bewußt wurde, was sie tat, verfluchte sie ihren unfeinen Cousin. Er hatte sein Ziel erreicht, denn jetzt nagten Zweifel an ihr. Und sie hatte Angst. Falls es nun stimmte, was er behauptete? Wenn sie nun die illegitime Tochter des Königs war? Dann hätte sie weder ein Recht auf ihren Namen noch auf diese Heirat ... Sie hätte überhaupt keine Rechte.
Sie hatte die Zeit vergessen, kauerte noch immer in einem Sessel und brütete über dem Bild ihres Vaters, als Sheldon sein Arbeitszimmer betrat. »Ist das jetzt dein neuer Zufluchtsort, Chelynne?«
»In diesem Haus herrscht nichts als Unruhe«, sagte sie geistesabwesend. »Es gibt kein ruhiges Eckchen.«
»Du darfst dich hier immer aufhalten, wenn ich abwesend bin«, entgegnete er.
»Ich gehe, damit Ihr in Ruhe arbeiten könnt«, murmelte sie und erhob sich.
Lord Mondeloy ging zu seinem Schreibtisch, holte Dokumente heraus und fing an, sie zu lesen. Chelynne blieb an der Tür stehen und betrachtete ihn eine

Weile. Als er aufblickte, stand sie noch immer unschlüssig da.

»Hast du etwas auf dem Herzen, Chelynne?«

»Ach, nur ein kleines Problem. Ich sollte Euch nicht damit belästigen.«

»Nun, bald ist es das Problem eines anderen Mannes. Komm und setz dich.«

»Habe ich Euch viel Ungelegenheiten gemacht, Onkel? Ihr habt Euch nie über mich beschwert und wart immer großherzig. Aber, war ich eine schwere Last für Euch?«

Er lächelte liebevoll und faltete die Hände auf der Schreibtischplatte. »Du warst immer eine der wenigen Freuden meines mühsamen Lebens, mein Liebling.«

»Ihr mußtet aber viel Geld für meine Erziehung im Ausland ausgeben.«

»Und kein Penny davon war verschwendet, Liebes. In diesem Haus konnte ich dich nicht guten Gewissens aufwachsen lassen.«

»Warum denn? Warum habt Ihr mich immer wieder fortgeschickt? Sicherlich hätte ich hier genausoviel lernen können.«

Sheldon runzelte die Stirn. »Du wirst meine Gründe begreifen, Chelynne. Deine Tante Eleanor war immer eifersüchtig auf dich. Sie war schon auf deine Mutter eifersüchtig, noch ehe du geboren warst. Nur ihr Sohn findet Gnade vor ihren Augen, was der ihr aber mit konstanter Respektlosigkeit vergilt. Ich wollte, daß Eleanor keinen Einfluß auf dich ausübt. Und wie ich sehe, hat das junge Mädchen, das hier vor mir steht, unter ihren vielen Reisen nicht gelitten, sondern davon gelernt.«

»Ihr habt Euch nie meinetwegen geschämt?«
»Natürlich nicht, Liebling. Ich bin stolz auf dich. Das bin ich immer gewesen.«
»Ihr kanntet meine Mutter doch gut?«
»Das weißt du doch. Habe ich dir nicht immer wieder erzählt, wie schön und sanft sie war? Sie heiratete meinen Bruder, als sie ebenso alt war, wie du jetzt bist. Sie war eine Lady und die schönste Frau, die ich in meinem Leben gekannt habe.«
»Wart Ihr ebenfalls in Den Haag, als meine Eltern dort lebten?«
Sheldon wurde blaß, doch er entgegnete ruhig: »Eine Zeitlang.«
»War sie tugendhaft?«
»Chelynne, was quält dich? Sprich aus, was du fragen möchtest.«
»Harry behauptet, sie war keine tugendhafte Frau. Er sagt, ich sei nicht die Tochter meines Vaters.«
Sheldon runzelte zornig die Stirn. »Dieser unverschämte Bengel! Was weiß er schon von deiner Mutter? Damals war er noch ein Kind.«
»Vielleicht hat er Klatsch aufgeschnappt?«
»Vielleicht«, stieß Sheldon wütend hervor.
»Hatte meine Mutter Liebhaber, Onkel Sheldon? Wißt Ihr etwas darüber?«
»Chelynne, ich war nicht der Hüter deiner Mutter. Deine Eltern heirateten Jahre, bevor du geboren wurdest. Dein Vater erkannte dich als seine Tochter an. Und ich war dein Pate, als du nur wenige Tage nach dem Tod deiner Mutter getauft wurdest. Jeder, der an der Rechtmäßigkeit deiner Geburt zweifelt, riskiert seinen Kopf.«

»Aber ich zweifle daran«, sagte sie leise.
»Der Gedanke ist absurd. Harry will dir nur Kummer bereiten.«
»Onkel Sheldon, ich muß Gewißheit haben. Besteht die Möglichkeit, daß es wahr ist, was Harry behauptet?«
»Liebling, König Charles hatte sich einen gewissen Ruf erworben, lange bevor er nach England zurückkehrte. Jede Frau, der er eine gewisse Aufmerksamkeit entgegenbrachte, wurde zur Zielscheibe des Klatsches. Deine Eltern lebten während dieser verheerenden Bürgerkriege und verloren ihr gesamtes Hab und Gut. Die Adeligen im Exil hatten kaum genug Geld zum Überleben. Wenn der Ruf deiner Mutter darunter gelitten haben sollte, weil sie Zuflucht bei Hofe suchte, kannst du nichts dagegen unternehmen. Klatsch kann nur Unheil anrichten, wenn man ihm ein williges Ohr leiht.«
»Das heißt also, daß die Möglichkeit besteht?«
»Nur Gott kennt die Wahrheit, Liebling. Aber ich kannte deine Mutter. Sie war eine gute und anständige Frau. Ich glaube nicht, daß sie ein falsches Spiel mit deinem Vater getrieben hat.«
Chelynne senkte mutlos den Kopf. »Diese Frage wird mich noch lange beschäftigen.«
»Warum denn? Nur Harry ist zu dieser infamen Verleumdung fähig, und ich sorge dafür, daß er den Mund hält. Du heißt Mondeloy, und du wirst bald heiraten. Dann bist du den grausamen Reden deines Cousins nicht mehr ausgesetzt. Außerdem wählte dich der Graf wegen deines Charmes, deiner guten Manieren und deines Aussehens zur Frau für seinen Sohn, nicht wegen deiner Abstammung.«

»Wie adelig ist das uneheliche Kind eines Königs?« fragte sie leise. Sheldon wurde rot vor Verlegenheit.
»Ihr selbst habt es angedeutet, Onkel. Ich habe nicht erwähnt, daß Harry behauptet, ich sei die Tochter des Königs ... Doch Ihr habt diese Frage sorgfältig durch weitschweifige Erklärungen umgangen. Aber damit ist sie wohl beantwortet.«
Er seufzte müde. »Es kursierten Gerüchte.«
»Und wer weiß noch davon?« fragte sie zögernd.
»Chelynne, Klatsch ist wie eine Krankheit. Geht ihr die Nahrung aus, stirbt sie. Das alles geschah vor vielen Jahren. Das ist jetzt vorbei.«
»Und was soll ich tun, wenn dieser Klatsch wieder aufblüht?«
»Reck dein Kinn stolz in die Höhe, Liebling. Die Leute werden es nicht wagen, dich mit Schmutz zu bewerfen. Das ist seit langem alles vorbei.«
»Ach, Onkel Sheldon. Welche Schande ich den Hawthornes machen würde. Wie konnte meine Mutter ...«
»Chelynne! Ich möchte nicht, daß du deine Mutter herabsetzt! Das sage ich dir nur einmal, nimm dir meine Worte zu Herzen. Ein Kind hat keinen Einfluß auf seine Geburt. Es ist nur so schön wie die Liebesbeziehung, aus der es entstanden ist. Ich kannte deine Mutter. Sie war eine ehrenhafte Frau, und ganz gleich, aus welcher Verbindung du hervorgegangen bist, du wurdest unter dem Namen geboren, den du trägst. Und sie hätte dich niemals empfangen, wenn sie nicht eine große Liebe empfunden hätte. Das muß dir genügen ...« Und dann fügte er mit gepreßter Stimme hinzu: »Denn sie kann uns nichts mehr darüber sagen.«

»Ich wollte Euch nicht erzürnen, Onkel«, murmelte Chelynne.
»Du hast mich nicht erzürnt, Liebling«, seufzte er. »Es tut mir weh, deine Verzweiflung zu spüren. Und wenn jemand den guten Ruf deiner Mutter in Frage stellt, gerate ich in Wut. Das alles wegen dieses törichten Schnösels, der im Dreck wühlt! Chelynne, quäle dich mit dieser Frage nicht mehr, sonst wirst du daran zugrunde gehen.«
»Mir bleibt ja keine Wahl. Ich muß damit leben«, entgegnete sie.
»Liebling, ich wünschte, die Dinge stünden anders. Aber wenn das das Schlimmste ist, das dir je im Leben widerfährt, wirst du ein glückliches Leben führen.«
Seine Augen strahlten Wärme aus, und sie lächelte ihn an. Dieser Mann hatte ihr immer nur Liebe und Verständnis entgegengebracht. Sie konnte ihn nicht mit einem Gefühl der Bitterkeit verlassen. Sie küßte ihn flüchtig auf die Wange und ging.
Sheldon saß wie erstarrt da. Seine Gedanken wanderten in die Vergangenheit, Jahre zurück, noch ehe Chelynne das Licht der Welt erblickt hatte, als Madelynne zum erstenmal als die Frau seines Bruders nach Welby Manor kam. Wie kurz nur war sie hier glücklich gewesen!
Sheldon als der Zweitgeborene hatte weder ein Anrecht auf den Titel noch die Ländereien. Und er konnte sich glücklich schätzen, daß er Eleanors Hand gewonnen hatte, die Geld und Grundbesitz mit in die Ehe brachte.
Nicht lange nach Sheldons Heirat – oder vielleicht

sogar deswegen – nahm Sylvester Madelynne zur Frau. Madelynnes Vater war ein einfacher Ritter, und er war hocherfreut, daß seine Tochter einen Baron und somit weit über ihrem Stand geheiratet hatte. Sylvester und Madelynnes Vater waren gleichaltrig, aber diese Tatsache spielte bei der Eheschließung kaum eine Rolle. Sylvester war ein gutaussehender, kräftiger Mann, und Sheldon beobachtete die beiden nicht ohne Neid. Irgend etwas schien jedoch in ihrer Ehe nicht zu stimmen. Sylvester verwöhnte seine Frau nicht, manchmal schien er sie sogar zu verachten. Aber Sheldon verliebte sich vom ersten Augenblick an unsterblich in sie.

Beide waren treue Anhänger des Königs und mußten schließlich aus England fliehen. Nur knapp kamen sie mit dem Leben davon. Sie führten in Europa ein unstetes und entbehrungsreiches Leben wie damals viele englische Adelige im Exil.

Chelynne war zu jung, um die schwierigen Lebensumstände jener Zeit zu begreifen. Jeder kämpfte von einem Tag zum nächsten ums Überleben. Und in Den Haag hatten Lord Sylvester und Lady Madelynne dann endlich eine Zuflucht gefunden. Und dort hatte Sheldon auch Madelynne seine Liebe gestanden. Sie war von diesem Geständnis sehr bewegt, wies es aber entschieden zurück. »Sylvester ist ein sehr besitzergreifender Mann, Sheldon. Ihr dürft nicht einmal so etwas denken.«

»Und was bedeutet Ihr ihm, Madelynne?«

Sie lachte voller Bedauern, denn dieser Gedanke war ihr schon oft gekommen. »Ich bin eine Trophäe, die er gern anschaut.«

»Ihr habt ihm keinen Erben geschenkt.«
»Für einen Erben ist ohnehin nichts übriggeblieben. Vielleicht ist es ein Segen, daß wir keinen haben.«
»Madelynne«, hatte er gefleht, »ich weiß, daß Ihr für meinen Bruder nichts empfindet, nie etwas empfunden habt. Sträubt Euch nicht ... jetzt, wo uns nur noch wenig Zeit bleibt.«
»Ihr führt Euch wie ein stürmischer junger Mann auf, Sir. Ich bin kein unverheiratetes Mädchen, dem man den Hof machen kann.«
»Stürmischer junge Mann!« hatte er gelacht. »Mit fünfunddreißig? Madelynne, ich liebe Euch. Ich begehre Euch.«
»Es darf nicht sein«, hatte sie geflüstert. »Ihr dürft nie wieder so zu mir reden, Sheldon. Ich will nicht, daß Ihr wegen einer Torheit alles verliert – auch die Liebe Eures Bruders. Es ist vorbei.«
Doch für Sheldon endete diese Liebe nie. Zwei Jahre nach seinem Geständnis schenkte Madelynne Lord Mondeloy eine Tochter. Sylvester ließ seinen Bruder holen und bat ihn, die Patenschaft zu übernehmen. Madelynne war bei der Geburt ihres Kindes gestorben, und niemand wunderte sich über Sylvesters Verschlossenheit. Doch nicht die Trauer um seine verstorbene Frau ließ ihn bedrückt erscheinen, wie Sheldon bald erfahren mußte, als er den Taufschein des Kindes sah. Der Name darauf lautete Shelynne.
»Diesen Namen halte ich für eine perfekte Kombination der Vornamen ihrer Eltern«, hatte Sylvester trocken erklärt.
»Ich verstehe nicht ganz«, hatte Sheldon verwirrt entgegnet.

»Nein? Meine Rache mag spät kommen, Bruder, aber sie wird kommen.«
Sheldon konnte nichts tun, um seinen Bruder von diesem Entschluß abzubringen. Doch Sylvester starb bald darauf, und Sheldon wurde der Vormund des kleinen Mädchens. Durch einen kleinen Strich veränderte er auf der Urkunde das »S« in »C«. Diese andere Schreibweise des Namens würde keine Folgen für Sheldon haben. Und sollte König Charles der Vater des Kindes sein, würde niemand es wagen, Fragen zu stellen.
Für Sheldon konnte es nach Madelynnes Tod kein größeres Glück geben, als für Chelynne zu sorgen. Er gab sich dieser Aufgabe mit seiner ganzen Liebe hin. Wenn er jetzt sein Mündel sah, wurde ihm oft schwer ums Herz, denn sie glich so sehr der Frau, die er geliebt hatte.
»Ich hatte gehofft, alles wäre anders gekommen, Madelynne«, sagte er jetzt zu sich. »Denn ich habe nur einmal geliebt.«

Am festgesetzten Tag brachen die Mondeloys mit mehreren Kutschen und in Begleitung berittener Bediensteter zum Hawthorne House auf. Mit jeder Meile, die sie zurücklegten, fürchtete Chelynne mehr das vor ihr liegende Schicksal. Aber sie besaß Haltung und versteckte ihre Ängste unter einer Maske äußerer Gelassenheit. Beim Anblick von Hawthorne House erwachte sie zum erstenmal aus ihrer Starre.
Es bot, am Ende einer baumbestandenen Allee gelegen und mit einem reichverzierten Springbrunnen

vor der Hausfront, einen wahrhaft majestätischen Anblick. Die Mauern waren mit wildem Wein bewachsen, und die Allee war von Blumenrabatten gesäumt. Auf einem nahegelegenen Teich schwammen Enten und Schwäne. Von all den schönen Landsitzen, die Chelynne auf ihren Reisen kennengelernt hatte, war dies der prächtigste.

Als die Kutschen vor dem großen Portal hielten, eilten livrierte Diener herbei, um den Gästen beim Aussteigen behilflich zu sein und das Gepäck ins Haus zu schaffen. Der Graf erschien zu ihrer Begrüßung und empfing Chelynne mit besonderer Herzlichkeit. Und ohne ihr Zeit zu lassen, sich zu erfrischen, geleitete er sie durch sein Schloß – ihr zukünftiges Heim. Der Glanz der einzelnen Räume raubte ihr schier den Atem.

Dann führte er sie in den Flügel, in dem sie nach der Hochzeit wohnen würde. Er öffnete die Tür zu ihrer Suite, und sie war überwältigt. Das riesige Zimmer war in Rot und Königsblau gehalten. Über dem Bett war ein Baldachin gespannt, und davor stand ein Schemel, damit man leichter hineinklettern konnte. Dem Bett gegenüber war ein marmorner Kamin in die Wand eingelassen, so groß, daß man bequem darin stehen konnte. Die Möbel waren französisch und mit erlesenen Intarsien versehen.

Hohe Flügeltüren gaben den Weg auf eine Terrasse frei, von wo aus man den Park überblicken konnte. Eine andere Tür führte in ein kleines Kabinett, eine zweite in einen Vorraum, wo ihre Zofe schlafen konnte, und die dritte schließlich in die Gemächer ihres Ehemanns.

Zwischen beiden Schlafzimmern gab es einen Salon. Obwohl es eigentlich gegen die guten Sitten verstieß, führte der Graf Chelynne in das Schlafgemach ihres zukünftigen Mannes. Es war ganz in Braun- und Goldtönen gehalten, und die Möbel waren schwer und wuchtig, in einer Stilrichtung, die Chelynne nicht kannte. Sie merkte, daß der Schemel fehlte, und hatte plötzlich die Vision eines kleinen Mannes, der Anlauf nehmen mußte, um in der Hochzeitsnacht in sein Bett zu springen. Zögernd erkundigte sie sich beim Grafen nach seinem Sohn.
»Ich weiß leider nur selten, wo er sich aufhält. Doch Ihr könnt heute abend seine Bekanntschaft machen, wenn Ihr wollt. Eure Tante hingegen scheint zu wünschen, daß die Vorstellung erst morgen abend, auf dem Ball, stattfinden soll.« Er schüttelte ärgerlich den Kopf und murmelte: »Mein Gott, was ist sie für eine aufgeblasene Person.«
Chelynne mußte kichern. Eleanor würde ihre Rolle bis zum letzten auskosten. Und Chelynne vergaß momentan ihren Kummer wegen all der Aufregung. Noch nie hatte man sie mit solcher Zuvorkommenheit behandelt. – Dann geleitete man die Mondeloys in den gegenüberliegenden Flügel, der besonders hochgestellten Gästen vorbehalten war. Der Graf bat sie, es sich bequem zu machen, und stellte ihnen sein Personal zur Verfügung. Doch Eleanor weigerte sich, an dem gemeinsamen Dinner teilzunehmen, sie wollte erst zum Verlobungsball am folgenden Abend auf der Bildfläche erscheinen.
Doch Chelynne hielt es bis dahin nicht in ihren Gemächern aus. Sie vibrierte vor Aufregung und

brannte darauf, ihre neue Umgebung kennenzulernen.
Stella hatte ihren Schützling wohlweislich ins Bett gesteckt und beharrte darauf, daß sie ruhen müsse. Aber lange hielt Chelynne es dort nicht aus. Schon bald stöberte sie in ihrem Gepäck herum und suchte nach einem unauffälligen Kleid, damit sie sich ungehindert überall bewegen konnte. Über die Hintertreppe eilte sie aus dem Haus.
Die Stallungen waren leicht zu finden, und auch hier war sie von deren Pracht überwältigt. Sie ähnelten eher menschlichen Behausungen als Unterkünften für Pferde. Überall herrschte rege Betriebsamkeit. Einer der Stallburschen striegelte gerade eine wunderschöne Stute. Sie streichelte das Pferd und machte eine Bemerkung über seine Vollkommenheit.
»Ja, es ist eines der schönsten Pferde Seiner Lordschaft«, sagte der Knecht.
»Dürfte ich die Stute reiten?«
Der Bursche zögerte. »Wir haben sie noch nicht lange, Madam. Sie ist zwar zugeritten, aber sehr wild.« Er war sofort Chelynnes Charme verfallen und wollte sie nicht verärgern.
»Der Graf sagte mir, daß ich ein Pferd nach meinem Geschmack aussuchen dürfe.« Das war nur eine leichte Korrektur der Wahrheit. »Ich bin zu Gast bei ihm.«
»Gehört Ihr zum Gefolge der Braut?«
Sie lachte, denn so wie sie jetzt gekleidet war, mußte er sie für eine Bedienstete halten. Und sie merkte, wie der Stallbursche sie bewundernd anstarrte. »Ja, ich gehöre dazu.«

Eine plötzliche Hoffnung überkam den Knecht. »Und Ihr werdet bei Eurer Herrin bleiben?«
»Ja«, sagte sie kichernd.
Dieses Spiel gefiel ihr. Er wollte der Stute schon ihren Sattel auflegen, doch dann hielt er inne und fragte: »Und Ihr habt die Erlaubnis Eurer Herrin?«
»Natürlich.«
»Ich weiß nicht recht. Es handelt sich um eine besondere Stute, und sie ist ungebärdig.«
»Ich kann jedes Pferd hier im Stall reiten«, entgegnete sie. Das war nicht gelogen. Sie war eine exzellente Reiterin.
Der Stallknecht verbeugte sich. »Dann werde ich Euch selbst begleiten, Madam.«
»Ich möchte lieber allein ausreiten.«
»Das ist gegen die Regel. Seine Lordschaft hat verboten, daß jemand allein ausreitet.«
»Nun gut«, erwiderte sie. Die Zeit wurde knapp. »Aber beeil dich. Es wird schon spät.«
Die Stute war lohfarben und besaß eine prächtige Mähne und einen herrlichen Schweif. Auf der Stirn hatte sie eine Blesse und weiße Vorderläufe. Sie hieß Summer. Chelynne liebte sie vom ersten Augenblick an und murmelte ihr Koseworte ins Ohr. Die Stute nickte, als würde sie den Sinn der Worte verstehen. Es schien, die beiden würden schnell unzertrennliche Freunde werden.
Ihr junger Begleiter glaubte, Herr der Situation zu sein. Er trachtete nur danach, ihr an einem verschwiegenen Plätzchen einen Kuß – und vielleicht auch noch mehr – zu rauben.
Chelynne lenkte das Pferd mit leichter Hand und

hatte bald fast vollständig die Anwesenheit des Burschen vergessen, so sehr genoß sie den Ritt. Sie entfernten sich immer weiter vom Herrenhaus und waren bald von dichtem Buschwerk und einzelnen Bäumen umgeben. Da packte Chelynne der Übermut. Sie gab Summer die Sporen und galoppierte ihrem Aufpasser davon. Nicht lange, und sie konnte ihn weder hören noch sehen.

Die Landschaft war lieblich, und der Ritt erfrischte sie. Da sie einen untrüglichen Orientierungssinn besaß, hatte sie auch keine Angst, nicht mehr zurückzufinden. Sie wollte schon umkehren, als sie hinter sich Hufschlag hörte.

Sie drehte sich im Sattel um und sah einen großen schwarzen Hengst, mit einem Reiter darauf, der ebenso furchterregend wie sein Tier wirkte. Sie stieß einen kleinen Angstschrei aus und trieb Summer an. Doch die Stute war müde und hatte keine Chance gegen den Hengst. Schon waren Pferd und Reiter an ihrer Seite. Und als der Mann nach ihren Zügeln griff, ließ sie sich zu Boden fallen und wollte zu Fuß weiterfliehen. Doch nach zehn, zwölf Schritten umfaßte der Mann ihre Taille, und sie stürzte.

Der Sturz machte sie momentan benommen. Als sie sich aufrichtete, blickte sie in zornige graue Augen.

»Was, zum Teufel, macht Ihr hier?«

Vor Schreck war sie unfähig zu antworten. Der Mann stapfte zu einem Baum und band dort sein Pferd fest. Dann kam er zurück und starrte sie stirnrunzelnd an.

»Wie seid Ihr an dieses Pferd gekommen?«

»Es gehört zu dem Hawthorne-Gestüt, Sir«, antwortete sie zitternd.

»Und wer gab Euch die Erlaubnis, es zu reiten?«
»Ein Stallbursche sattelte es für mich.«
»Sein Name?«
»Sir?«
»Sein Name! Der Name des Burschen, der Euch das Pferd sattelte?«
»Ich ... ich habe ihn nicht gefragt.«
»So. Da hat Euch einer meiner Stallburschen das Pferd Eurer Wahl gesattelt, wie?«
»Euer Stallbursche?«
»Mein Stallbursche! Mein Pferd! Wolltet Ihr die Stute etwa stehlen? Was hattet Ihr damit vor?«
»Nein, Sir!«
»Die Stallknechte haben strikte Order, nur auf Geheiß des Grafen oder mit meiner Erlaubnis Pferde auszuleihen. Ich kann nicht glauben, daß einer von den Burschen Euch ein Pferd gegeben hat. Am wenigsten dieses.«
»Ich habe das Pferd nicht ohne Erlaubnis geritten. Der Graf erlaubte mir, ein Pferd auszuwählen. Ich bin bei ihm zu Gast.«
»Dann gehört Ihr also zu Mondeloys Gefolge?«
»Ganz richtig«, entgegnete sie gelassen, stand auf und klopfte sich den Schmutz vom Kleid.
»Mein Vater!« murmelte er verärgert. »Immer mischt er sich in meine Angelegenheiten! Dieses Pferd war als Geschenk für meine Braut gedacht. Ich habe erfahren, daß sie gern reitet. Nun, da die Stute durchgegangen ist, findet sie hoffentlich allein den Weg zurück. Ich würde dieses Tier nur ungern verlieren.«
Während er redete, beobachtete Chelynne ihn mit

immer größer werdenden Augen. Das war ihr Bräutigam? Nichts an ihm erinnerte an seinen Vater. Er war groß, breitschultrig und muskulös. Er hatte rabenschwarzes Haar, wahrscheinlich ein Erbe seiner bourbonischen Vorfahren. Von der Kleidung hätte man nie auf einen Adeligen geschlossen, denn er trug Reithosen und ein einfaches Lederwams. In seinem Gürtel steckte ein Jagdmesser. Seine Stiefel waren abgetragen und sein Hut staubig.

»Und welche Stellung nehmt Ihr bei den Mondeloys ein? Seid Ihr eine Cousine der Braut oder eine Zofe?«

»Ich diene meiner Herrin und bin ihr auf engste Weise verbunden, Sir«, sagte sie.

»Dann ist sie ihren Dienstboten gegenüber zu nachsichtig«, schnaubte er. »Setzt Euch, wir wollen dem Pferd eine Ruhepause gönnen, ehe wir zurückreiten.« Ohne weitere Erklärung ließ er sich auf dem Boden nieder und steckte einen Grashalm in den Mund, an dem er gedankenverloren kaute.

Chelynne setzte sich ebenfalls und bedeckte züchtig ihre Beine. Sie saßen ganz allein auf dieser Waldlichtung. Sie starrte den Rücken dieses seltsamen, so gutaussehenden Mannes an. Seine Erscheinung übertraf ihre kühnsten Hoffnungen.

Als er sich umdrehte und sie ansah, schrak sie zusammen. Er lachte leise und musterte sie prüfend. Als sich ihre Blicke trafen, funkelte Schalk in seinen Augen. »Nun, dann könnt Ihr mir auch sagen, wie meine Braut aussieht. Ist sie dick oder dünn?«

»Weder, noch, Milord.«

»Rückt schon mit der Sprache heraus. Ich weiß ja, daß Ihr loyal seid. Ist sie denn so häßlich?«

Chelynne hob stolz ihr Kinn. »Viele halten sie für schön.«

»Oh, da bin ich mir sicher«, entgegnete er zweifelnd. »Jeder, der auf ihre Mitgift aus wäre, hätte sie schön gefunden. Aber wie findet Ihr sie? Ich möchte die Wahrheit wissen. Kann man sie anschauen?«

»Sie hat ein sehr schönes Gesicht.«

»Und ihre Figur?«

Chelynne errötete. Sie war völlig verwirrt. Aber der Graf hatte recht gehabt: Sein Sohn war nicht besonders begierig, seine Braut kennenzulernen. »Gleicht der meinen. Wir haben dieselbe Kleidergröße.«

»Das kann ich nicht glauben«, murrte er. »Wenn sie einen Körper wie den Euren hat, sieht sie sicher wie ein Esel aus.«

»Milord!«

»Milord, Milord ... Ich heiße Chadwick Hawthorne, und da wir nun allein nach Hause reiten müssen, könnt Ihr mich Chad nennen. Wie heißt Ihr?«

»Che ... Charla.« Nervös schaute sie zur Seite.

»Habt Ihr irgendein Problem, meine Liebe?« Sie senkte den Blick und errötete noch mehr. »Nun, jedenfalls seid Ihr das Hübscheste, was mir anläßlich dieser Hochzeit begegnet ist. Werdet Ihr bei Eurer Herrin bleiben?«

»Bis zu Ihrem Tode, Milord«, murmelte sie.

»Sie muß sehr viel Selbstvertrauen haben, wenn sie Euch so frei herumlaufen läßt.« Er stützte sein Kinn in die Hand und betrachtete sie. Seine dunkelgrauen Augen waren voller Zärtlichkeit. Und in diesem Augenblick schien ihr, als könnten ihre Träume Wirklichkeit werden. Sie hatte sich bereits in ihn verliebt.

»Seid Ihr auf Eure Braut nicht neugierig?« fragte sie.
»Zum Teufel, warum sollte ich?«
»Ihre Mitgift ist ...«
»Ihre Mitgift habe ich nicht nötig.«
»Wollt Ihr denn nicht heiraten?«
»Nicht unter solchen Bedingungen«, murmelte er.
»Was ist daran denn schlimm?« fragte sie unschuldig.
»O nein, mein Schäfchen«, lachte er. »Ich werde Euch nicht mein Leben erzählen, denn das würdet Ihr sofort Eurer Herrin berichten.« Er streckte die Hand aus und streichelte ihr seidiges Haar. »Ich hätte mir lieber selbst meine Frau ausgesucht, das ist alles.«
»Vielleicht gefällt sie Euch, wenn Ihr sie kennenlernt.«
»Das Leben ist nie so gütig«, sagte er mit rauher Stimme. »Trotzdem hat mir das Schicksal ein Geschenk gemacht, indem ich Euch kennenlernte.«
»Ihr schmeichelt ...«
»Ich schmeichle nie. Ich bin sicher, Ihr wißt, wie schön Ihr seid. Das ist eine Tatsache. Ich kann gar nicht genug von Euch bekommen.«
»Ihr seid als Ehemann mit Vorsicht zu genießen, nehme ich an. Für jede Frau.«
»Ich fürchte, daß ich zur Zeit für keine Frau einen guten Ehemann abgebe. Aber vielleicht einen passablen Geliebten.«
»Milord, Ihr nehmt Euch zu viele Freiheiten heraus ...«
Wieder senkte sie den Blick, denn seine Augen schienen in ihr lesen zu können. Als sie wieder wagte, ihn

anzusehen, betrachtete er sie immer noch mit seinen dunklen, sinnlichen Augen. Dieser Faszination war sie hilflos ausgeliefert. Schon beugte er sich zu ihr hin. Sie bot ihm keinen Widerstand. Als sich ihre Lippen trafen, durchfuhr sie eine Welle der Erregung. Mit einer schnellen Bewegung zog er sie neben sich und beugte sich über sie, um sie wieder zu küssen. Sie preßte ihm ihre Hände gegen die Brust und wollte ihn eigentlich von sich stoßen, doch statt dessen umarmte sie ihn. Sie war in dieser wilden und schönen Verrücktheit verloren. Ein solches Gefühl hatte sie noch nie gehabt. Er bedeckte sie mit seinem Körper, und sie spürte seine wachsende Erregung. Da hatte sie eine Vision und sah sich nackt im Gras liegen. Panik ergriff sie. Sie wand sich aus seiner Umarmung und setzte sich zitternd auf. Er starrte sie verwundert und auch frustriert an.

»Was ist los?« fragte er freundlich.

»Verzeiht mir, Milord«, stammelte sie. »Ich kann nicht darüber reden, was mich überkommen hat.«

»Kommt«, drängte er. »Ich tue Euch nicht weh.«

»Nein. Ich kann nicht.«

»Habt keine Angst. Ich bin zart.«

»Bitte«, entgegnete sie halb schluchzend, »tut es nicht …«

»Habt Ihr Angst?«

Sie nickte, fast hätte sie geweint. Er betrachtete sie eine Weile und atmete dann ein paarmal tief ein. Er war auf sie zornig, zog aber auch ihre Jugend in Betracht. Er streichelte ihre Wange, da sah sie ihn mit flehenden Augen an. »Seid Ihr noch Jungfrau?«

Sie nickte wieder und wäre am liebsten wegen ihres Benehmens vor Scham im Boden versunken.

»Nun, es soll nicht heißen, daß ich eine Jungfrau gegen ihren Willen genommen habe«, sagte er und stand auf. Wieder betrachtete er sie voller Wohlwollen. »Laßt Euch einen Rat geben, Jungfer. Treibt mit mir nie wieder Euer Spiel, wenn Ihr das, was Ihr angefangen habt, nicht auch zu Ende bringen wollt. Sonst könnte Euch Eure Unberührtheit auf unliebsame Weise abhanden kommen.«

»Ihr seid sehr freundlich, Milord.«

»Freundlich? Ich nicht«, lachte er. »Geduldig, aber nicht freundlich.« Er beugte sich über sie und sagte: »Die beste Taktik besteht jetzt wohl darin, daß wir nicht im Zorn auseinandergehen.«

»Aber Ihr heiratet bald.«

Er lachte wieder und sagte: »Ich glaube, daß es meiner armen Frau kaum gelingen wird, mich von Euch fernzuhalten. Ihr seid sehr verführerisch.«

»Ich bin froh, daß wir uns begegnet sind«, sagte sie leise. Ihre Augen strahlten vor Liebe und Begehren.

»Dann wollen wir jetzt aufbrechen, Charla. Ich möchte nach der Stute sehen.«

»Milord, ich muß Euch etwas erklären ...«

»Nein, schweigt«, sagte er und machte eine entsprechende Geste. »Ich verstehe Eure Zurückhaltung.«

»Aber, Milord, es handelt sich ...«

»Schon gut. Ich hoffe, daß Ihr Euch beim nächstenmal überlegt, was Ihr tut, und dann für mich bereit seid.«

»Oh, dessen könnt Ihr sicher sein«, murmelte sie.

Er hob fragend die Brauen, und sie trat schnell einen Schritt zur Seite. Er lachte leise. Dieses Mädchen gefiel ihm. Dann hob er sie auf sein Pferd.

Am Fuß der Treppe zum Turm des Seitenflügels hob er sie aus dem Sattel. Für ihren Geschmack war dieser Ritt viel zu kurz gewesen. Stella empfing sie ziemlich schlecht gelaunt, aber das war Chelynne gleich. Sie eilte zum Fenster und beobachtete Chad, der mit seinem Pferd zu den Stallungen ging.
Hinter ihr schimpfte Stella leise. Da drehte sich Chelynne um und sagte: »Komm her, Stella. Da unten, das ist er, mein zukünftiger Mann.« Selbst als sie die Worte ausgesprochen hatte, konnte sie deren Gewicht noch nicht begreifen. Dieses eine Mal reagierte Stella mit Sprachlosigkeit, denn selbst sie hatte sich den Bräutigam nicht so gutaussehend vorgestellt. Chad blieb stehen, drehte sich um und blickte zum Fenster des Turmzimmers hoch. Chelynne winkte ihm zu. Er berührte die Krempe seines Huts und ging weiter. Chelynne war außer sich vor Entzücken. Sie schickte ein stummes Gebet zum Himmel, und ihr Herz war von einer Sehnsucht erfüllt, die sie noch nie kennengelernt hatte.

3

Wie es seine Gewohnheit war, stand Chadwick Hawthorne bei Sonnenaufgang auf. Ganz gleich, ob er sich um seine Plantagen kümmerte, ein Schiff segelte oder jagte, er tat alles mit völliger Hingabe. Seit er sein Leben selbst in die Hände genommen hatte, pflegte er wenig zu schlafen.

Sein Kammerdiener Bestel brachte ihm sofort eine Tasses dieses schwarzen, starken Getränks, das er dem Tee vorzog. Als Bestel kurz darauf wiederkam, trug er auf einem Silbertablett einen versiegelten Brief des Grafen. Chad las ihn und legte ihn wieder aufs Tablett. »Hat er es denn so eilig, daß er mich offiziell zu sich bestellt?«

»Nein, Milord. Er beklagt sich, daß Ihr nie Zeit für ihn habt.«

Chad lachte. »Dann bring mir mein Frühstück, und sag Seiner Lordschaft, ich stehe ihm zur Verfügung.«

Chad widerstand der Versuchung, einen Brandy zu trinken. Schließlich war es noch sehr früh am Tag. Er wußte, welche Diskussion ihn erwartete, und es gab kein Mittel, mit dem er sich dagegen wappnen konnte. Der Gedanke an seine bevorstehende Eheschließung verursachte ihm Übelkeit, denn er war ein freier Mann und haßte es, sich Entscheidungen Dritter – auch seines Vaters – zu beugen.

Die Natur hatte ihn mit etwas zuviel Zielstrebigkeit

ausgestattet, wie schon seine Mutter richtig erkannte. Darin glich er seinem Vater, und da beide noch über eine gute Portion Dickköpfigkeit verfügten, verstanden sie sich nicht. Er war kaum den Kinderschuhen entwachsen, als seine Mutter starb, und mit ihrem Tod traten die Gegensätze zwischen Vater und Sohn immer stärker hervor, denn nun konnte sie nicht mehr ausgleichend wirken.

Wegen der Geschehnisse auf dem Grundbesitz von Lord Bollering – dessen Sohn John sein bester Freund von Kind an war – geriet Chad mit seinem Vater zum erstenmal in heftigen Streit.

Der Familienbesitz der Bollerings und die dazugehörigen Ortschaften wurden schon seit längerem von Überfällen heimgesucht – Bauernhöfe niedergebrannt, das Vieh gestohlen, die Männer getötet und die Frauen vergewaltigt. Die Lage des Lords wurde aussichtslos, als man ihn dann noch fälschlicherweise des Verrats bezichtigte.

Nur ein Mann stand Bollering in dieser Notlage bei: ein gewisser Cyrus Shayburn, ein Squire, der in London lebte und ihm Geld lieh. Doch dieses Darlehen wurde Bollerings Untergang. Da er es nicht zurückzahlen konnte, übernahm Shayburn den Besitz und erlangte obendrein noch den damit verbundenen Titel, als Cromwell an die Macht kam. Seitdem herrschte Shayburn mit gnadenloser Härte über seine Untertanen.

Es war natürlich offensichtlich, daß der Squire selbst die Überfälle inszeniert hatte, um zu Titel und Macht zu kommen. Selbst dem jungen Chad war das damals klargeworden.

Er hatte seinen Vater gebeten, gegen diese Ungerechtigkeit zu kämpfen, aber der Graf mischte sich in derlei Dinge nicht gern ein, obwohl Lord Bollering sein Freund und Nachbar war, denn sein Sinnen und Trachten galt allein der Erhaltung und Vergrößerung seines Besitzes, den Chad einmal erben sollte. Und dieses diplomatische Verhalten sollte ihm letztendlich recht geben, denn er mußte nicht wie viele andere Adelige außer Landes fliehen, als der König entmachtet wurde und ebenfalls ins Exil gehen mußte.
Chad jedoch war ganz anderer Meinung. Ihm bedeutete die Grafschaft seines Vaters nichts. Er folgte seinem Gerechtigkeitsgefühl, das schon als Jugendlicher bei ihm sehr stark ausgeprägt war. Also floh er aus England und schloß sich dem König an. Während der Jahre des Exils weilte er ständig an dessen Seite, ebenso sein bester Freund, John Bollering, und sie fochten manche Schlacht miteinander.
Die Jahre hatten Chad reifer gemacht. Er wollte sich mit seinem Vater versöhnen. Nach der Restauration residierte der Graf noch immer auf Hawthorne House, da Chad so treu dem König gedient hatte, und er drängte seinen Sohn, sich jetzt um die Verwaltung der Ländereien zu kümmern. Doch eine neu erwachte Rastlosigkeit trieb ihn wieder von zu Hause fort. Aber diesmal ging er nicht im Zorn, sondern aus purer Abenteuerlust. Natürlich begleitete John ihn auch dieses Mal, und die beiden lernten – noch immer im Dienst des Königs stehend – die Welt kennen. Sie segelten zu den Westindischen Inseln, kämpften gegen die Holländer in Neu-Amsterdam

und reisten bis Tanger. Als sie endlich nach England zurückkehrten, wütete die Pest in London. Deshalb zogen sie sich nach Hawthorne House zurück.
Das ruhige Leben dort brachte Chad einen gewissen Seelenfrieden, ein Gefühl, das er bisher nicht kennengelernt hatte. Doch John war immer noch ruhelos. Er schmiedete Rachepläne und sann darauf, wie er wieder an seinen angestammten Besitz gelangen könnte.
Eines Tages brachte Chad sein Pferd zum Beschlagen ins Dorf und lernte dort die Tochter des Hufschmieds kennen. Vom ersten Augenblick an war er von ihr bezaubert und machte ihr, ganz gegen seine sonst so ungestüme Art, den Hof. Er traf sich heimlich mit ihr, und es dauerte nicht lange, bis er sie liebte.
Doch dieses Gefühl war so neu für ihn, daß er niemals auf den Gedanken gekommen wäre, es könnte sich dabei um Liebe handeln. Er begehrte sie, dessen war er sich ganz gewiß, und er glaubte, wenn sie sich erst einmal hingegeben hätte, würde er sie vergessen können. Doch das Gegenteil war der Fall. Nun konnte er erst recht nicht mehr ohne sie leben. Seine Liebe und Leidenschaft für sie wuchsen ins Unendliche. Und hätte er geahnt, daß diese Beziehung ihn so absolut abhängig machen und sie zerstören würde, wäre er sie niemals eingegangen.
Schon bald wurde sie schwanger. Ohne sie konnte und wollte er nicht mehr leben, und er konnte es auch nicht dulden, daß sie einen anderen Mann heiratete, der sein Kind – einen Bastard – aufzog. Deswegen heiratete er sie.

Als er seine Frau zum Hawthorne House brachte, jagte ihn sein Vater davon. Noch nie hatte ein Bryant seinem Namen eine solche Schande gemacht. Wie konnte er es wagen, der einzige Sohn und Erbe, die Tochter eines gemeinen Mannes zu heiraten?
Anne litt entsetzlich unter dieser Situation, denn sie hatte gegen alle Regeln verstoßen. Ihre Familie hatte sich von ihr abgewandt, ebenso der Vater ihres Mannes. Das war der Preis für ihre Sünden, wie sie glaubte. Chad brachte sie nach London, wo er ein bescheidenes Haus mietete und eine Dienerin einstellte. Dann verließ er sie, um das einzige im Leben zu tun, was er gelernt hatte: für den König zu kämpfen. Anne schien ihr Schicksal vorauszusehen, denn kurz vor ihrer Niederkunft bat sie Chad: »Dieses Kind darf niemals Bastard genannt werden. Versprich mir, daß du es immer lieben wirst. Wir beide wissen, wie schwer es ist, ohne Liebe aufwachsen zu müssen.«
Als Chad eines Abends mit seinen Kameraden, John und den Söhnen von Lord Sutherland, nach Hause zurückkehrte, lebte Anne nicht mehr. Ein paar Stunden zuvor hatte sie einem Sohn das Leben geschenkt und war im Kindbett gestorben. Der Schmerz um den Verlust Annes beraubte ihn schier seiner Sinne, doch dann klammerte er sich an dieses neugeborene Leben. Er schrieb seinem Vater und bat ihn, zusammen mit seinem Sohn in Hawthorne House leben zu dürfen. Der Graf antwortete schnell auf diesen Brief. »Hol mich der Teufel, wenn ich je Deinen Bastard anerkenne!«
Von nun an brannte in Chad ein Haß, der einen

ungeheuren Ehrgeiz und eine ungeheure Energie freisetzte. Er suchte keine Abenteuer mehr, sondern wollte nur noch reich werden, um jeden Preis. Schon ein paar Jahre später konnte er seinen Sohn und seine Diener auf eine eigene Plantage nach Jamaica bringen. Durch Geschick, Fleiß und manchmal auch Skrupellosigkeit brachte er es außerdem zu einer eigenen Handelsflotte. Eine Mistress Connolly kümmerte sich um seinen Sohn, während ihr Mann als Aufseher auf seinen Plantagen arbeitete. Er war Adeliger, Soldat, Geschäftsmann und Kaufmann. Und er brach niemals eine Brücke hinter sich ab, weil sie späteren Interessen dienen konnte.
Als Kevin vier Jahre alt war, kehrte er nach England zurück. Durch irgendwelche Quellen erfuhr der Graf von der Rückkehr seines Sohnes und schickte ihm eine Nachricht mit der Bitte, ihn aufzusuchen.
»Weißt du, warum ich nach dir geschickt habe, Chadwick?«
»Nein, Milord.«
»Als erstes, weil ich dich um Verzeihung bitten möchte. Ich bedaure zutiefst, daß ich dich von zu Hause fortjagte, als du ein Heim am meisten brauchtest.«
»Ihr habt lange dafür gebraucht, Milord. Meine Frau ist nun schon über vier Jahre tot. Wollt Ihr jetzt unsere Verbindung segnen?«
»Du bist verbittert.«
»Verbittert?« lachte Chad freudlos. »Bitterkeit ist ein zu schönes Wort für das, was ich fühle.«
»Willst du mir nicht entgegenkommen? Dann sprich, denn ich werde dich um nichts bitten.«

»Und unter welchen Bedingungen, Milord?«
»Du bist mein Erbe. Ich werde alt. Soll unser Haus und unser Besitz an die Krone zurückfallen, vielleicht an eine seiner Mätressen, oder willst du dein Erbe antreten?«
»Ich brauche keine ...«
»Nein, das brauchst du nicht, mein Sohn. Aber es gibt viele, die sich um diese Grafschaft reißen. Sie ist recht ansehnlich.« Dann fügte er schlau hinzu: »Shayburn hat jetzt viele Freunde am Hof.«
»Soll das eine Drohung sein? Könnte er einen Weg finden, um ...«
»Aufrichtig gesagt, ich weiß es nicht. Mein Gesundheitszustand verbot es mir, aktiv am gesellschaftlichen Leben teilzunehmen. Du kennst dich sicher besser am Hof aus als ich.«
»Ihr wollt also den Familienbesitz erhalten, oder irre ich mich?«
»Du bist der rechtmäßige Erbe. Unsere Differenzen spielen in diesem Punkt keine Rolle.«
»Und dieses Recht geht ebenso auf meinen Sohn über?«
Der Graf seufzte. »Du machst es mir nicht leicht.«
»Was habt Ihr denn getan, um mir das Leben leichter zu machen, Vater? Verzeiht mir meine Skepsis.«
Der Graf atmete tief ein und sammelte Kraft für eine unerfreuliche Szene – eine, die er gern vermieden hätte. »Ich habe Erkundigungen über dich eingezogen. Wie mir gesagt wurde, hast du ein beträchtliches Vermögen erworben und bist nicht verheiratet. Auch scheint niemand zu wissen, daß du jemals verheiratet warst. Versteckst du den Jungen?«

»Nein. Er lebt in meinem Haus.«
»Und er ist dein Erbe? Dein legitimer Erbe?«
»Ich dachte, darüber bestünden keine Zweifel«, gab Chad aufgebracht zurück.
»Ich hege auch keine daran. Aber es gibt Leute, die sich gewissen Spekulationen hingeben.«
»Milord, ich habe die Mutter meines Sohnes geheiratet. Sowohl die Eheschließung als auch die Geburt des Kindes wurden registriert.«
»Das weiß ich«, sagte der Graf langsam, »ich bin im Besitz des Dokuments.« Chad versteifte sich; Haß sprühte aus seinen Augen. »Die Trauung fand doch in der kleinen Abtei in Browne statt, nicht wahr?« fragte der Graf.
»Was bezweckt Ihr, Milord?« fragte Chad mit mühsam zurückgehaltenem Zorn.
»Ich habe keinen Grund, dir oder meinem Enkel ein Unrecht anzutun, Chadwick. Ich hege nur den Wunsch, daß du dich hier niederläßt, eine respektable Frau heiratest und dich um die Ländereien kümmerst. Ich kann sie nicht länger verwalten und möchte meine Angelegenheiten in Ordnung bringen, ehe ich sterbe.«
»Ach? Ich soll wohl eine reinrassige Frau heiraten und Euer Schloß mit reinrassigen Kindern füllen, wie? Und mein legitimer Sohn wird dann einem unglücklichen Unfall zum Opfer fallen?«
»Nein, so ist es nicht. Ich gebe dir mein Wort.«
»Und wer soll die Braut sein?«
»Wenn ich dir das überließe, würdest du mir eine präsentieren, die einen Namen hat?«
Chad lächelte seinen Vater mit diesem überlegenen

Lächeln an, bei dem seine Gegner immer Minderwertigkeitsgefühle bekamen. »Diese Angelegenheit wird für uns beide nicht einfach werden.«
Der Graf reckte sein Kinn hoch. Er war viel kleiner als sein Sohn und konnte ihm nur in die Augen sehen, wenn sie beide saßen. »Ich werde schon eine Frau für dich finden, Chadwick. Und ich werde mir bei der Auswahl große Mühe geben.«
»Ich heirate keine dicke Witwe oder eine dürre Jungfer, Vater.«
»Es gibt durchaus begehrenswerte Frauen, die aus guter Familie stammen. Und ich akzeptiere überdies deinen Sohn. Betrachte das als eine Art Entgegenkommen, weil ich möchte, daß du, mein einziger Erbe, zu Hause lebst.«
»Und Kevin ist mein Erbe, selbst wenn ich es nicht beweisen kann«, sagte Chad drohend.
»So sei es. Wenn ich auch die Entfremdung zwischen uns nicht akzeptieren kann, so akzeptiere ich deinen Sohn, wie ich eben schon sagte. Kannst du mir denn nicht auf halbem Weg entgegenkommen?«
»Dann müßt Ihr auch die Vergangenheit ruhen lassen, Milord. Beweist mir, daß Ihr mir Vertrauen schenkt.«
Der Graf lachte leise. »Das würde ich nur zu gern tun. Aber würdest du nicht wieder England den Rücken kehren, wenn du im Besitz dieses für dich so wichtigen Dokuments wärst? Nein, dieses Risiko gehe ich nicht ein. Als erstes erfüllst du meine Bedingung.«
»Ist das Euer letztes Wort?«
»Ja. Das oder nichts«, entgegnete der Graf resolut.

Chad wußte, daß sein Vater aus Prinzip handelte. Sein Stolz war verletzt worden. Und Chad glaubte, daß Anne noch leben würde, hätte der Graf sie nicht davongejagt. Und ohne dieses wichtige Dokument, in dessen Besitz sein Vater war, konnte Kevins legitime Geburt immer angezweifelt werden.
Schließlich begegnete er dem entschlossenen Blick seines Vaters und sagte langsam: »Ihr könnt mich zwingen, daheim zu leben und zu heiraten, doch Ihr habt keinen Einfluß auf meine Gefühle. Vergeßt das nie, Milord.«
Diese Unterredung hatte vor fast einem Jahr stattgefunden. Er war nach Jamaica gesegelt, hatte seine Angelegenheiten dort geordnet und war dann nach England zurückgekehrt. Sein Sohn lebte in einem Haus in London unter der Obhut von Mistress Connolly und ihrem Mann. Über seine Abstammung wußte Kevin nichts, und Chad hatte besondere Vorkehrungen für die Sicherheit seines Sohnes getroffen, denn er traute seinem Vater nicht.
Bis auf ein paar kurze Begrüßungsworte hatte Chad seitdem nicht mehr mit dem Grafen gesprochen. Nun bereitete er sich innerlich auf eine weitere Konfrontation vor, während er durch die Gänge zu den Gemächern seines Vaters ging.
Der Graf war bereits angekleidet, was wegen seines Leidens nur noch selten vorkam. »Da bist du ja«, grüßte er Chad. »Das Haus ist voller Gäste, doch glücklicherweise fühle ich mich im Moment etwas besser. Sag mir, bist du nicht neugierig auf die junge Frau?«
»Sollte ich das sein?« fragte er und hob die Brauen.

»Ja, das solltest du in der Tat! Sie sieht ganz reizend aus. Sie ist wirklich sehr hübsch!« Der Graf setzte sich, und seine Überschwenglichkeit ließ nach. »Sie ist jung, Chadwick, und hat freudig zugestimmt, dich zu heiraten.«
»Das kann ich mir vorstellen«, sagte er lachend. »Welche Frau würde schon eine Grafschaft ablehnen?«
»Ich bitte dich, sie zuvorkommend zu behandeln«, seufzte der Graf.
»Ich hatte nie etwas anderes vor.«
»Darf ich es wagen zu hoffen, daß du dich mit dem Gedanken an diese Ehe vertraut gemacht hast?«
Der Graf war skeptisch, konnte den Gesichtszügen seines Sohnes aber nichts entnehmen. »Gwendolen ist ebenfalls hier. Ich hoffe, du behandelst sie taktvoll, Chadwick.«
Chad lächelte seinen Vater an. Mit Vergnügen dachte er an die langen Nachmittage, die er früher mit ihr im Heu verbracht hatte. Und vor einem Jahr hatte er sie wieder getroffen und kurzfristig zu seiner Geliebten gemacht.
Jetzt war Gwen mit einem Baron aus der Nachbarschaft verheiratet, einem hageren, häßlichen Mann, der ihr dieselben Freiheiten gestattete, die er für sich beanspruchte. Nachdem sie einsehen mußte, daß Chad sie niemals heiraten würde, hatte sie den erstbesten genommen, den ihr Vater für sie ausgesucht hatte. Der Graf mochte sie nicht, er verabscheute ihren lockeren Lebenswandel.
»Erteilt Ihr mir jetzt Unterricht in gutem Benehmen, Vater?«

»Während die Familie deiner Braut in meinem Haus weilt, wirst du meinen Namen nicht entehren! Sonst bekommst du meinen Zorn zu spüren.«
»Es reicht Euch wohl nicht, daß ich die Frau Eurer Wahl heirate, sondern ich muß mich auch noch so benehmen, wie es Euch paßt.«
Das Gesicht des Grafen wurde rot. »Mußt du denn alles schwieriger machen, als es ohnehin schon ist?«
»Nein, Vater. Ihr macht die Dinge komplizierter. Ihr beharrt auf Eurer Überlegenheit und demütigt mich. Ich bin auf diesen Besitz nicht angewiesen. Ich kann auch woanders leben.«
»Wirst du das Mädchen jetzt ohne weiteren Streit heiraten?«
Chad nickte. Der Graf entspannte sich. »Ich möchte, daß du einige Dinge über deine zukünftige Frau weißt. Sie bringt eine sehr hübsche Mitgift mit in die Ehe.« Chad reagierte nicht. Der Graf räusperte sich und fuhr fort: »Am Hochzeitstag wird der Ehekontrakt unterzeichnet. Deine Braut ist unschuldig, eine Jungfrau. Ich habe sie von meinen Ärzten untersuchen lassen. Ich hoffe, du mißhandelst sie nicht.«
»Habe ich je eine Frau mißhandelt, Vater?«
»Nein. Aber du hast einen gewissen Ruf, was Frauen betrifft. Du verliebst dich zu schnell und bist ihnen gegenüber zu großzügig.«
Chad preßte die Lippen fest zusammen, das einzige Zeichen seines aufwallenden Zorns. Doch er sagte gelassen: »Ich habe nur eine Frau geliebt, Vater. Und das war meine Frau. Sie starb am Fieber im Kindbett. Nur Stunden nach der Geburt meines Sohnes. Sie lag auf einer Strohmatte und hatte nur eine Dienerin,

die sich um sie kümmerte. Ich erinnere Euch nicht gern an diese Dinge.«

»Ich kannte Anne!« schrie der Graf wütend. »Sie war keine Fremde für mich! Sie war ein feines Mädchen, und es tut mir heute noch leid, daß sie soviel Schmerzen erdulden mußte! Ich sage das zu dir nur einmal, mein Sohn. Deine Braut ist nicht nur von Adel und bringt dir eine beträchtliche Mitgift, sie ist auch ebenso schön wie deine geliebte Anne. Du hast also keinen Grund, sie herablassend zu behandeln.«

»Habt keine Angst, Vater. Alles wird gutgehen.«

Der Graf atmete hörbar aus. Langsam wurde seine Gesichtsfarbe wieder normal. »Gib dieser Ehe eine Chance, Chadwick. Nicht meinetwegen, sondern deinetwegen.«

»Vater, Ihr habt dieses Theaterstück geschrieben und die Dekoration dafür ausgewählt. Wenn ich erst einmal geheiratet habe, solltet Ihr Euch nicht mehr in mein Privatleben einmischen. Sonst könnt Ihr ebensogut die Ehe an meiner Stelle vollziehen.«

»Sei nicht vulgär! Meine einzige Absicht besteht darin ...«

»Milord!« rief Chad und schnitt seinem Vater das Wort ab. »Habt Ihr eigentlich eine Ahnung, wie vulgär es ist, wenn man ein vorherbestimmtes Leben leben muß und die Worte nur noch von einem Manuskript abliest? Ihr verweigert bereits meinem Erstgeborenen seine Rechte, indem Ihr mir das Dokument nicht aushändigt. Erlaubt mir wenigstens, daß ich einen neuen Erben zeuge!«

»Nichts als das wünsche ich«, sagte der Graf ernst.

»Dann laßt mir Luft zum Atmen«, bat Chad, wobei er jedes Wort betonte.

Der Graf sah seinen Sohn nicht an. Wieder einmal waren sie zu keinem Einverständnis gelangt, ihre Gegensätze waren einfach zu groß. »Viele Gäste sind bereits eingetroffen – alte Freunde und auch neue. Du solltest dich um sie kümmern. Ich werde jetzt ruhen, damit ich für den Ball heute abend genug Kraft habe. Benachrichtige mich, falls es irgend etwas Wichtiges gibt.«

»Sehr wohl«, entgegnete Chad und stand auf.

Der Graf nickte seinem Sohn zu. Chad sah, wie müde die Augen des alten Mannes waren und wie tief sich die Falten in sein Gesicht eingegraben hatten. Beide hätten gern ein Wort der Versöhnung gesagt, doch beide schwiegen.

Chad stürmte mit weitausholenden Schritten aus dem Zimmer seines Vaters. Noch brodelte der Zorn in ihm, und zu seiner Verwunderung merkte er plötzlich, daß er sich im Park befand, ohne zu wissen, wie er dorthin gekommen war.

Er dachte über seine Braut nach, konnte aber keine Freude empfinden, denn er trauerte noch immer um Anne.

Da rief ihn eine weibliche Stimme von hinten an. Er drehte sich um und sah Gwendolen auf sich zukommen. Der Graf hatte mit seiner Verachtung für sie recht. Gwen war nichts als eine elegant herausgeputzte Hure.

»Ihr seid lange fort gewesen, Milord«, begrüßte sie ihn mit Schalk in den Augen.

»Nenn mich nicht so. Ich bin hier nicht der Lord.«

»Natürlich bist du das, Liebling. Und bald bist du auch noch sehr viel mehr«, gurrte sie.

Chad lächelte und musterte sie kalt. Zweifellos war sie eine der schönsten Frauen Englands. Sie hatte blondes Haar und lebhafte grüne Augen, besaß eine ausgezeichnete Figur. Und obwohl sie schon fast dreißig war, mangelte es ihr nicht an Liebhabern. Nur aus der Nähe konnte man viele feine Fältchen um ihre Augen entdecken und die Kälte darin.

»Mein Erbe war dir immer das Wichtigste an mir«, sagte er lachend.

»Du weißt, daß das nicht stimmt«, murmelte sie und drängte sich näher an ihn. »Und selbst wenn es wahr wäre, was kann eine Frau denn an dir bewundern?«

»Das jedenfalls nicht!«

»Dann zeig mir doch, ob du noch etwas anderes zu bieten hast ...«

»Um Himmels willen, Gwen! Besitzt du überhaupt kein Schamgefühl? Beobachtet Lord Graystone aus irgendeinem Fenster dein teuflisches Spiel?«

»Lord Graystone hat das Zeitliche gesegnet, eine üble Geschichte. Am besten, du hörst sie von mir. Er starb in einem Duell.«

Chad runzelte mißbilligend die Stirn. Er schätzte Frauen nicht, deren schamloses Verhalten Männern das Leben kostete. »Wer hat denn deinen Mann herausgefordert?«

»Ein armer Kerl. Und natürlich war er nicht der Herausforderer, sondern Lord Graystone. Nun, er dachte, dieser Mann hätte mich beleidigt, da er uns in einer ziemlich ... fragwürdigen Lage antraf. Er war Schauspieler am Duke's Theater.«

»Ein Schauspieler!« rief Chad und brach in schallendes Gelächter aus. »Großer Gott, Gwen. Ich dachte, du würdest es nur mit Lords und Prinzen treiben!«

Sie errötete leicht und reckte ihr Kinn empor. »Ich habe nicht gesagt, daß ich mit dem Burschen im Bett war. Aber mein Mann wollte nicht, daß mein guter Ruf darunter litt.«

»Nun, ich wage zu behaupten, der ist bereits so weit zerstört, daß auch ein Duell ihn nicht mehr retten kann. Und wo ist dein Held jetzt?«

»Er wurde deportiert. Es war nicht geplant, daß er einen Baron ermordete.«

»Ermordete? Ich dachte, es handelte sich um ein Duell?«

»Ja. Nur war man bei Hof nicht derselben Ansicht. Es tut mir leid, was meinem Mann zugestoßen ist.«

»Du trägst aber keine Trauer«, murmelte Chad. »Hast du schon wieder geheiratet?«

»Natürlich nicht, Liebling. Nur heute morgen habe ich auf Schwarz verzichtet. Nach so langer Zeit wollte ich dir nicht in einem derart tristen Aufzug entgegentreten. Das soll nicht heißen, ich zolle meinem verstorbenen Mann nicht den gebührlichen Respekt ...«

»Hör auf, Gwen. Und den Sieger dieses glorreichen Kampfes gedachtest du nicht zu heiraten?«

»Einen Schauspieler? Natürlich nicht.«

»Wie heißt er?«

»Warum interessiert dich das?«

»Ich bin neugierig. Wer war der arme Hund, der dich von deinem unerträglichen Ehemann befreite?«

»Du tust mir unrecht, Chad. Empfindest du denn überhaupt nichts mehr für mich?«

»Du bist einer meiner Hochzeitsgäste, Gwen. Dann benimm dich auch entsprechend. Meiner Braut könnte dein Benehmen nicht gefallen.«
»Dieser hilflosen kleinen Gans?« Sie lachte. »Ich bezweifle, daß sie mir irgendwie gefährlich werden könnte.«
»Du kennst sie?«
»Ich habe mit ihr heute morgen gefrühstückt. Eine unbedarfte Kreatur, findest du nicht auch?«
»Ich habe sie noch nicht gesehen.«
»Was, du heiratest eine Frau, die du nicht kennst?«
»Mein Vater hat sie ausgewählt. Wie sieht sie denn aus?«
Gwen lachte. »Wie ein verschrecktes Kaninchen. Wirklich, ich konnte gar nicht glauben, daß sie die Braut ist. Sie ist viel zu dünn und wirkt wie ein neugeborenes Kalb.«
Chad lächelte. Das waren die ersten abfälligen Bemerkungen über seine Braut. »Dann gibt es also nichts Bewundernswertes an ihr?«
»Nein, wirklich nicht! Wahrscheinlich wirst du sie beim ersten Anblick ablehnen.«
»Das glaube ich nicht, Gwen. Ich möchte das Mädchen nicht enttäuschen.«
»Nun, darüber kann man streiten. Meiner Meinung nach benimmt sie sich nicht wie eine Jungfrau. Sie hat Erfahrung mit Männern.«
»Sie ist erst sechzehn, Gwen.«
»Das bedeutet nichts«, antwortete Gwen mit einem Achselzucken. Chad betrachtete sie spöttisch, denn Gwen war in diesem Alter nicht zimperlich gewesen.

»Nun, ich will deinen Unterstellungen ein Ende machen«, sagte Chad. »Meine Braut wurde ärztlich untersucht und ist Jungfrau.«
»Das kann wohl sein«, entgegnete sie verärgert, »denn schließlich ist sie ein häßliches kleines Ding.«
»Ich möchte dir einen guten Ratschlag geben, Gwen. Rede nicht mehr schlecht über die Lady. Weder hier noch anderswo. Sie wird meine Frau und zu gegebener Zeit Gräfin.«
»Ja«, sagte sie ziemlich erschrocken. »Ganz, wie du willst.«
Chad war über seine Worte überrascht. Eigentlich haßte er die Frau, an die zu binden er gezwungen wurde. Aber ganz unbewußt hatte er sich ihr gegenüber wie ein galanter Ehemann verhalten und sie verteidigt, ohne sie überhaupt zu kennen. Er wechselte das Thema.
»Wir sprachen über diesen Schauspieler. Und wie heißt er nun?«
»Allen Potter Shaw. Aber ich verstehe nicht ...«
»Weißt du, wohin er verbannt wurde?«
»Nein. Das hat mich nie interessiert. Und ich wüßte auch nicht, von welchem Interesse das für dich sein sollte.«
Er lächelte. »Nichts könnte mich mehr interessieren, Gwen. Falls ich jemals dazu Gelegenheit habe, werde ich dem Mann bezüglich Frauen einen Rat geben. Vor allem bezüglich einer Frau.«
»Sicher bereut er jetzt, mir so unverschämt nachgestellt zu haben«, sagte sie selbstgefällig. »Armer Kerl.«

»Du wirst ihn bei seinem Vorhaben nicht gerade entmutigt haben, meine Liebe.« Er berührte einen ihrer Diamantohrringe.
Sie lachte leise und hielt diese Geste für einen Beweis der Zuneigung. »Aber Männer sind doch alle Sklaven. Sklaven ihrer Lust. Sie scheinen nicht Herr ihrer Handlungen zu sein, selbst wenn der Preis ihr Vermögen übersteigt. Bist du nicht meiner Meinung, Liebster?«
»Überhaupt nicht, Gwen.«
»Du hast Glück«, murmelte sie mit verschleiertem Blick.
»Auch das nicht, Gwen. Vielleicht bin ich klug, glücklich aber nicht. Es gibt Frauen, die Männer benutzen, und Männer, die Frauen benutzen. Aber wenn sich zwei vom gleichen Kaliber treffen … Ich bin nicht so nett wie dein Lord Graystone, noch so dumm wie dein Mr. Shaw.«
Er lachte sie mit strahlenden Augen an, drehte sich auf dem Absatz um und ging.

4

Vom frühen Morgen an wurde Chelynne einer umständlichen Verschönerungsprozedur unterzogen, um sie auf den Ball am Abend vorzubereiten. Sie wurde gebadet, eingeölt, massiert, gekämmt, parfümiert. Nicht eine Minute dieses Tages gehörte ihr. Als sie schließlich vor dem großen Spiegel in ihrem Ankleidezimmer stand, betrachtete sie sich voller Zufriedenheit.

Ihr Haar war zu einer kunstvollen Frisur aufgetürmt, worin kleine mit Brillanten versehene Bänder eingeflochten waren, die den honigfarbenen Glanz noch unterstrichen. Ein blaßblaues, mit Spitze verziertes Kleid betonte ihre jugendliche, perfekte Figur. Sie trug eine Kette mit einem einzigen Saphir und dazu passende Ohrringe.

Schon früher war sie zu offiziellen Anlässen angekleidet worden – doch nie für einen Mann, ihren Bräutigam. Und dieser Unterschied entzückte sie.

Noch etwas atemlos drehte sie sich um und fragte Stella: »Glaubst du, er findet mich attraktiv?«

»Dann müßte er blind sein, wenn er es nicht täte«, antwortete die alte Dienerin stolz.

Vom Fenster aus konnte Chelynne sehen, wie Fackeln im Garten angezündet wurden. Der Mond stand rund und voll am Himmel; es war eine laue Nacht.

Zwei Pagen trugen ihre Schleppe, als sie vorsichtig die Treppe hinunterschritt. Beim Vorbeigehen verneigten sich alle Diener und lächelten ihr zu. Der Augenblick, für den sie gelebt hatte, war gekommen. Jetzt mußte sie Haltung und Klasse zeigen. Obwohl äußerlich voller Grazie, Charme und Gelassenheit, klopfte ihr Herz wild vor Angst. Vor der Tür zum großen Ballsaal blieb sie stehen und atmete tief ein. Dann nickte sie dem Butler entschlossen zu, und die Flügeltür schwang auf.

Als sie eintrat, bildeten die vielen elegant gekleideten Gäste eine Gasse, um sie hindurchzulassen. Aller Blicke waren auf sie gerichtet. In der Mitte des Saals stand Chad mit seinem Vater und erwartete sie. Die beiden Männer plauderten mit einer der Damen, die sie beim Frühstück kennengelernt hatte – eine Lady, die kürzlich Witwe geworden war. Dann verstummte plötzlich wie durch Zauber das Gemurmel, als der Graf und Chad in ihre Richtung blickten. Ungläubige Verwunderung breitete sich auf Chads Gesicht aus, denn er erkannte sie sofort. War er erfreut oder zornig, fragte sie sich. Sie lächelte ihn schüchtern an. Der Graf machte einen Schritt auf sie zu, um sie seinem Sohn zuzuführen, doch Chad hielt seinen Vater mit einer Armbewegung zurück und eilte auf sie zu. Und als er vor ihr stand, versank sie in einem tiefen Hofknicks.

Er streckte ihr beim Aufstehen seine Hand entgegen. Sie legte die ihre vertrauensvoll hinein, und er küßte sie. Dann geleitete er sie in die Mitte des Ballsaals, damit alle Anwesenden das Brautpaar sehen konnten. Mit der anderen Hand gab er dem Orchester ein

Zeichen, das bereits auf seinen Einsatz wartete. Die ersten Töne erklangen, und Chelynne und Chad tanzten, bewegten sich in vollständiger Harmonie für eine Weile zu den Klängen der Musik.
Mit einer Handbewegung lud Chad die anderen Paare zum Tanz ein. Chelynne glaubte zu träumen. Dann blieben sie vor einer der hohen Flügeltüren, die in die Gärten führten, stehen. Ein Diener öffnete sie, und beide traten in die Nacht hinaus.
Die frische Luft brachte Chelynne wieder zur Besinnung. Sie drehte sich um und sah ihn mit strahlenden braunen Augen an. »Habe ich Euch lange warten lassen?«
»Das Warten hat sich gelohnt.« Er betrachtete sie lange und prüfend. »Ihr habt mit mir ein falsches Spiel getrieben, Madam.«
»Das war nicht meine Absicht, Milord. Ich wollte Euch die Umstände erklären, aber Ihr hörtet mir nicht zu.«
»Warum habt Ihr nicht von Anfang an die Wahrheit gesagt?« schalt er.
»Weil Eure Braut Euch offensichtlich nicht interessierte«, gestand sie. »Ich konnte einfach nicht widerstehen ... Habe ich so verkehrt gehandelt?«
Er lachte leise. Seine Augen ruhten noch immer auf ihr. »Auf diese Weise habt Ihr also etwas über mich erfahren, ohne daß ich es wußte. Doch von nun an, Madam, werdet Ihr nur das über mich wissen, was ich Euch erzähle.«
»Ihr seid mir also böse«, sagte sie. »Das dachte ich mir schon.«
Er hob ihr Kinn, damit er ihr ins Gesicht sehen

konnte. Gwendolen hatte ihr mehr als unrecht getan. Wahrscheinlich war das aus reiner Eifersucht geschehen. Ihre Lippen waren zwar schmal, aber fein gezeichnet. Sie hatte den Mund halb geöffnet; er lud geradezu zum Küssen ein. Ihr Busen hob und senkte sich verführerisch mit jedem Atemzug. Er begehrte sie.

»Ihr werdet noch herausfinden, daß ich sehr zornig werden kann. Das ist eine Warnung.«

»Seid Ihr ein schwieriger Mensch?« fragte sie kokett.

»Ganz gewiß, Milady.«

Seine Augen blickten kalt, jede Wärme war aus ihnen gewichen. Sie wandte sich ab und machte ein paar Schritte in den Garten. Sie hatte nicht angenommen, daß er sich sofort derart abweisend benehmen konnte, denn sein Verhalten am Tag zuvor hatte Hoffnungen in ihr geweckt.

»Kommt, Chelynne. Ich möchte Euch den Abend nicht verderben.«

»Ihr entmutigt mich«, murmelte sie. »Ihr wart viel entgegenkommender, als wir uns zum erstenmal begegnet sind.«

Er lachte rauh. »Seid vorsichtig, Geliebte. Ich mag es nicht, wenn Ihr schmollt.«

»Ihr seid doch kein unerfahrener junger Mann mehr«, meinte sie verwirrt. Dann drehte sie sich zu ihm um. Ihre braunen Augen glänzten im Licht der Fackeln. »Ihr seid viel älter als ich. Tatsächlich könntet Ihr mein ...«

»Genug!« sagte er lachend. »Ganz so alt bin ich nicht, meine Liebe. Ich bin jetzt dreiunddreißig und brauche mich noch nicht auf einen Spazierstock zu

stützen. Mir bleiben noch etliche Jahre, ehe ich meine Kräfte verliere.«
»Warum habt Ihr nie geheiratet? Nie daran gedacht, eine Familie zu gründen?«
Er starrte über ihren Kopf hinweg in die Dunkelheit. Und sie sah, daß er die Lippen fest zusammengepreßt hatte. Auf seiner Schläfe pulsierte eine Ader. »Das sind Fragen, die nur mich etwas angehen.«
»Dann gebt Ihr unserer Ehe also keine Chance?«
»Macht Euch keine unnötigen Sorgen, Milady«, sagte er distanziert und unterstrich diese Distanz noch mit einer leichten Verbeugung. Sie sah ihn ernst an – ernst und liebevoll –, aber er wich ihrem Blick aus. »Der Ehevertrag wird unterzeichnet, und ich werde mich nicht als allzu schwierig erweisen.«
»Ja«, murmelte sie. »Ich weiß, der Graf möchte Euch um jeden Preis verheiratet sehen. Aber warum habt Ihr Euch nicht selbst eine Frau gesucht?«
»Ihr redet zuviel für eine Frau, die kein Recht hat, sich in mein Leben einzumischen. Ich glaube, Ihr werdet es in unserer Ehe nicht leicht haben.«
Sie lachte leise. »Oh, dessen bin ich mir gewiß, Milord.« Er konnte den Blick nicht von ihrem Gesicht abwenden, und sie sah, wie sich seine Augen verschleierten. Das bedeutete einen Sieg für sie, wenn er auch noch so klein war. »Ist etwas an mir nicht nach Eurem Geschmack, Milord?«
Dieses Lächeln verwirrte ihn. Er hatte gleichzeitig das Bedürfnis, sie zu schlagen und sie in die Arme zu nehmen und zu küssen. Angesichts ihrer Schönheit fühlte er sich wie ein wildes Tier, das in der Falle sitzt. »Ich bin zu alt, Chelynne, um Eure Jugend so

zu schätzen, wie das ein Ehemann sollte.« Er lächelte – fast grausam. »Ihr werdet sehr viel Geduld aufbringen müssen.« Er sah, daß sie Angst bekam, und ihre Reaktion gefiel ihm. »Und gefällt Euch etwas an mir nicht?« fragte er ironisch. »Seid Ihr mit dem Herrensitz zufrieden? Oder soll ich etwas ändern lassen?«
Sie überging den Sarkasmus in seiner Stimme und lachte leise. »Würdet Ihr denn etwas ändern?«
»Niemals!«
»Sehr gut«, seufzte sie. »Mir gefällt alles hier. Nur Ihr scheint etwas dickköpfig zu sein, was sich als recht schwierig erweisen könnte.«
Er fragte sich, wie sie es fertigbrachte, so ruhig zu bleiben, da er ihr doch mit offener Feindseligkeit entgegentrat. Den Mund hatte sie wieder zu diesem bezaubernden halben Lächeln geöffnet. Er konnte sich nicht mehr beherrschen und zog sie brüsk an sich. Sie wehrte sich nicht, sondern ermutigte ihn, indem sie die Arme um ihn legte. Wie durch ein Wunder verwandelte sie seine rauhe Berührung in Zartheit.
»Aber, aber, Chadwick! Dafür hast du doch noch genug Zeit.«
Das Paar trennte sich nur widerwillig. Der Graf kam ihnen auf einem Gartenpfad entgegen. »Es ist schon eine geraume Zeit her, seit du dich um deine Gäste gekümmert hast. Vielleicht solltet ihr beide wieder in den Ballsaal gehen.« Mit diesen Worten drehte er sich um und ging.
»Euer Kuß hat mir gut gefallen«, sagte Chelynne mit Wärme.

»Seid sicher, Madam, dafür werden Euch andere Dinge weit weniger gefallen.« Aus seinem Ärmel holte er ein Taschentuch hervor. »Vielleicht habe ich Eure Schminke verwischt. Bringt das in Ordnung, ehe wir uns wieder zeigen.«
Sie lächelte ihn nur an. Gerade aus diesem Grund hatte sie sich nicht die Lippen schminken lassen. »Ich bin nicht geschminkt, Milord.«
Er war verwundert. Sie besaß einen einfachen, natürlichen Geschmack, so ganz anders als die meisten Frauen. Dann zuckte er die Schultern und reichte ihr seinen Arm.
Der Graf nahm sich ein Glas Champagner von einem Tablett, das ein Diener vorbeitrug. Er war sehr zufrieden über das, was er eben im Garten gesehen hatte, das mußte er feiern.
In einer Ecke des Ballsaals entdeckte er Gwendolen. Sie plauderte mit Lady Mondeloy und warf verstohlene Blicke in Richtung der Gartentüren. Als sich der Graf den beiden näherte, sagte Gwen boshaft: »Solltet Ihr nicht nach dem jungen Paar sehen? Es wäre doch schade, wenn der Ruf des Mädchen zerstört würde, noch ehe sie verheiratet ist.«
»Ich denke, die kurzen Augenblicke allein dort draußen können niemandem schaden.«
»Eure Gäste werden sich fragen, was die beiden so lange aufhält.«
»Das bezweifle ich«, entgegnete er. »Jeder hat die Braut gesehen und kann den Bräutigam nur zu gut verstehen.« Er lächelte, während Gwen sich ärgerte. »Und wer könnte besser über ihre Tugend wachen als ihr zukünftiger Mann?«

Sie entgegnete verächtlich: »Ich kenne Euren Sohn seit vielen Jahren, Milord, und über die Tugend einer Frau zu wachen scheint nicht eine seiner Stärken zu sein.«
»Wie wahr«, sagte der Graf belustigt. »Vielleicht hat er früher keine Frau gekannt, deren Tugend schützenswert war.«
Damit ging er und dachte: Na endlich! Das hat mir wohler getan als die meisten Dinge in vielen Jahren.
Dann schritt er weiter zur Terrassentür, die sich wie auf ein Stichwort öffnete – Chelynne und Chad betraten wieder den Ballsaal. Er beugte sich über Chelynnes Hand. Aus der Ferne betrachtete Gwen mit finsteren Blicken die kleine Gruppe.
Die Gäste des Grafen bildeten jetzt eine lange Reihe, damit er sie dem Brautpaar vorstellen konnte.
Chad stand entspannt an Chelynnes Seite und nahm wie selbstverständlich die Glückwünsche entgegen. Er lächelte, murmelte Unverbindlichkeiten und beugte sich graziös über die Hände der Damen. Aus diesem Verhalten schloß Chelynne, daß sein Wesen angenehm war, konnte sich aber nicht erklären, warum er sie so anders behandelte.
Als sich ihnen ein kräftiger Mann von etwa fünfzig Jahren näherte, merkte Chelynne, wie sich Chad versteifte. Nach außen hin ließ er sich nichts anmerken, sie aber spürte seine Spannung. »Meine Liebe«, sagte er gewandt, »ich möchte Euch Lord Shayburn vorstellen.«
Sie nickte, wie sie das in jener Nacht schon hundertmal getan hatte, und sah dann den Mann an. »Eure Schönheit wird die Attraktivität dieses wunderbaren Landes noch steigern.«

»Lord Shayburn gehören die Ländereien, die im Osten an unsere grenzen«, erklärte Chad. »Ihm gehört die Grafschaft Braton, und er dient der Krone und Bryant schon seit vielen Jahren.« Chelynne glaubte, einen gewissen schneidenden Unterton in seiner Stimme zu hören, und sah ihn verstohlen an, aber äußerlich konnte sie keine Veränderung an ihm feststellen.

»Ich bin erfreut, Eure Bekanntschaft zu machen, Milord«, flötete sie. »Und ich freue mich schon auf einen Besuch in Eurer Grafschaft.«

»So wie wir Eurem Besuch mit Vergnügen entgegensehen, Milady.« Er hauchte einen Kuß auf ihren Handrücken. Zum erstenmal an diesem Abend empfand sie Abneigung gegen einen Menschen. Seine gekünstelte Art bereitete ihr Unbehagen, und obwohl er nicht schlecht aussah, glaubte sie, eine gewisse Unaufrichtigkeit an ihm zu entdecken. Chad ergriff sofort Chelynnes Hand, nachdem der Baron sie losgelassen hatte, und steckte sie in seine Armbeuge – ein Zeichen, daß sie wohl mit ihrer Meinung recht hatte.

»Ihr seid zu beneiden, Milord. Eure Braut ist der Traum eines jeden Mannes.«

»Ich stimme Euch zu«, entgegnete Chad steif.

»Und welches Vergnügen, Euch wiederzusehen, Milord. Ich fürchtete schon, Ihr würdet nicht mehr in Eure Heimat zurückkehren. Wie ich hörte, habt Ihr Interessen in Jamaica. Und Ihr seid so lange fort gewesen.«

Ein sardonisches Lächeln umspielte Chads Mund. »Ihr habt Euch unnötige Sorgen gemacht, Milord. Ich hatte immer die Absicht zurückzukommen.«

»Ach, sagt mir doch«, sprach Shayburn weiter, »hat der junge Bollering Euren Weg gekreuzt? Ich habe ein Interesse an dem Burschen, was Ihr sicher verstehen könnt. Der unglückliche Tod seines Vaters, und ...«

»Gelegentlich höre ich noch von Sir John. Es geht ihm gut.«

»*Sir* John?«

»Ja. Er wurde vor ein paar Jahren zum Ritter geschlagen und steht in den Diensten Seiner Majestät. Er hat es zu einem gewissen Wohlstand gebracht.«

»Und wo will er sich niederlassen?«

Chad warf seinem Vater einen Blick zu. Dem Grafen gefiel diese Unterhaltung überhaupt nicht, er fürchtete, sein Sohn könnte die Kontenance verlieren.

»Seine diesbezüglichen Pläne kenne ich nicht, doch vor einigen Jahren war er sehr an Amerika interessiert.«

»Dann fährt er also noch zur See. Ich habe gehört ... Ach, das ist unwichtig. Nur Klatsch.« Diese Worte entlockten Chad ein bösartiges Lächeln.

»Ja, es wird viel geredet«, bestätigte er.

»Gebt mir Bescheid, wenn Ihr wieder etwas von ihm hört. Ich habe ihm zum Tode seines Vater niemals kondolieren können. Wie geht es seiner Familie?«

Jetzt gingen die Fragen Chad etwas zu weit. »Das kann ich Euch nicht sagen, Milord. Und sein Vater ist schon seit langer Zeit tot. Ich glaube, es ist etwas zu spät, jetzt noch zu kondolieren.«

»Wahrscheinlich habt Ihr recht«, meinte Shayburn nachdenklich. »Trotzdem, solltet Ihr ihm begegnen ... Ich wäre erfreut, ihn wieder einmal zu sehen. Ich könnte vielleicht ... nun, das bespreche ich dann mit ihm, wenn er mich besucht.«

Da eilte Chads Vater herbei und machte der Konversation ein Ende. Er fürchtete, sein Sohn könnte in aller Öffentlichkeit eine Szene machen.
Als Shayburn gegangen war, entspannte sich Chad wieder. Natürlich wollte der Baron wissen, ob John plante, wieder nach Hause zurückzukehren. Aber von Chad würde er kein Sterbenswörtchen erfahren.
Nach der offiziellen Vorstellung wurde wieder getanzt, und Chelynne drehte sich unentwegt im Kreise, doch leider war Chad nicht unter ihren Tänzern.
Erst viel später kam er auf sie zu. Sie sah ihn unsicher an, denn er blickte finster.
Sie merkte sofort, was seinen Unwillen erregt hatte. Lord Shayburn und Harry plauderten miteinander.
»Wie es scheint, hat mein Cousin einen neuen Freund gefunden«, sagte sie und deutete auf die beiden.
»Ganz recht«, brummte Chad. »Ich frage mich nur, was die für gemeinsame Interessen haben.«
»Den Baron kann ich nach dieser kurzen Bekanntschaft nicht beurteilen, aber Harry ist ein durchtriebener Schurke.«
»Das ist es also«, sagte er und lächelte amüsiert. »Wollen wir tanzen?«
Sie erwiderte sein Lächeln und nickte. Während sie tanzten, sich in perfekter Harmonie auf dem Parkett bewegten, mußte man sie für ein äußerst verliebtes Paar halten.
Als der Tanz endete, wurde Chelynne sofort wieder entführt. Chad beobachtete sie, und sein Vater trat neben ihn.
»Darf ich annehmen, daß du meine Wahl billigst, Chadwick?«

»Sie ist sehr schön. Ich beglückwünsche Euer Lordschaft.«

»Und ich beglückwünsche dich, mein Sohn. Sie gehört dir.«

»Noch nicht.«

»Aber bald. Sehr bald. Bist du gespannt?«

Chad lächelte nur seinen Vater an, einen weiteren Kommentar gab er nicht ab. Der Graf lachte, jetzt konnte nichts mehr seine gute Laune trüben. Ein Mann, der dieses junge Mädchen nicht begehrte, mußte schon blind sein.

Chad sah Chelynne noch immer beim Tanzen zu. Gwen trat auf ihn zu und räusperte sich, doch er wandte den Blick nicht von seiner Braut ab. Der Graf entfernte sich kichernd, und erst da bemerkte Chad sie.

»Deine künftige Frau scheint dir zu gefallen, Chad.«

»Wie? Oh, ja. Natürlich.«

»Was findest du denn so attraktiv an ihr?«

Chad sah ihr in die Augen und erkannte ihre Eifersucht. »Und was findest du unattraktiv an ihr, Gwen?«

»Diese Frage halte ich für überflüssig«, meinte sie giftig.

»Ich stelle sie aber.«

»Um mich zu verhöhnen? Dann will ich dir antworten! Bedeuten wir einander so wenig, daß du mich wegen einer anderen im Stich läßt?«

»Was waren wir denn füreinander? Heimliche Liebende! Mein Gott, Gwen, du warst verheiratet.«

»Das war ich nicht immer, und jetzt ist mein Mann tot«, wandte sie ein. »Ach, wenn ich mich an die hübschen Worte erinnere, die du sprachst, als du mich nahmst ...«

»Ich soll dich genommen haben? Ich habe nichts genommen. Du hast dich mir geschenkt.«

»Noch bist du nicht verheiratet!«

»Was, zum Teufel, willst du damit sagen, Gwen? Du hast doch nicht etwa die Frechheit, mir nahezulegen, daß ich ...«

»Natürlich. Genau das ist meine Absicht!« sagte sie bitter.

»Langsam, Gwen.« Er blickte in ihre wütenden grünen Augen und lächelte. »Wir werden beobachtet. Ich glaube, wir sollten den anderen keinen Anlaß zum Klatschen geben, oder?«

»Was kümmert mich das schon«, schmollte sie.

»Es sollte dich kümmern. Ich will dir auch sagen, warum. Ich habe dir oft wiederholt, daß ich dich nie heiraten würde. Du hättest mir Glauben schenken sollen. Was auch zwischen uns vorgefallen ist, es geschah in gegenseitigem Einverständnis. Nun hast du einen Ehemann zu Grabe getragen. Und als Witwe solltest du wenigstens die Form wahren. Das erhöht deine Heiratschancen beträchtlich.«

»Du hast nur Angst, daß diese kleine Gans, die du heiraten willst, von unserer Affäre erfährt, und ...«

Er lachte ihr ins Gesicht. »Zur richtigen Zeit wird sie es erfahren. Wie mir scheint, darf heutzutage ein Mann keine Geheimnisse mehr haben. Ich will dir etwas sagen, Gwen. Mein Vater hat diese tugendhafte Braut für mich ausgewählt, und ich bin mit seiner Wahl zufrieden. Falls sie mir meine vergangenen Sünden nicht verzeihen kann, wird sie ein elendes Leben führen, denn gesündigt habe ich nur zu oft.«

»Du redest, als sei Tugend ein höchst kostbares Gut. Und wie steht es mit der Liebe?«
»Ach, Gwen«, mokierte er sich über sie, »gehen sie nicht oft Hand in Hand?«
»Du bist unerträglich! Wenn ich bedenke, was ich dir alles gegeben habe und wie du mich jetzt behandelst! Was kann dieses Mädchen dir schon bedeuten?«
Er entgegnete kalt: »Sie wird meine Frau, Gwen! Ich werde sie beschützen. Hüte deine Zunge, Gwen.«
Sie sah ihn verwundert an. Noch nie im Leben hatte ein Mann sie so behandelt, wie er es jetzt tat. Stets hatte sie die Männer manipuliert. Und sie begehrte ihn noch immer, obwohl er sie demütigte. »Und was werde ich für dich sein?«
»Das, was du immer für mich gewesen bist«, antwortete er. Sie wußte überhaupt nicht, was er damit ausdrücken wollte. In seinen Augen glaubte sie einen Ausdruck der Verachtung erkennen zu können, aber dann wanderte sein Blick über ihren Körper, und ihr wurde wärmer ums Herz. Ganz unbewußt beobachtete sie Chelynne beim Tanzen. Das Mädchen war sehr hübsch, aber noch ein Kind. Gwen kannte Chads Gewohnheiten und Vorlieben nur zu gut. Mit diesem jungen Ding konnte er keine Befriedigung finden.
Sie kam zu einem Entschluß. Wenn sie Chad schon nicht heiraten konnte, mußte sie versuchen, ihn wieder in ihr Bett zu locken. Dann würde sie auch wieder Macht über ihn gewinnen.
Als der Tanz zu Ende war, ging Chad mit Gwen zu Chelynne. Sie hatte mit dem jungen Philip Snow

getanzt. »Ich beneide Euch, Sir«, sagte der junge Mann. »Die schönste Frau Englands gehört Euch.«
Gwen versteifte sich. Es hatte Zeiten gegeben, wo man ihr dasselbe Kompliment gemacht hatte.
»Ich danke Euch, Sir. Ich bin auch der Meinung.« Chelynne errötete zart. Sie war glücklicher, als sie sich jemals erträumt hatte. »Ich sagte ihr schon, wie schön sie sei, als wir uns zum erstenmal begegneten.«
»Davon habe ich nichts gehört«, sagte Gwen pikiert.
»Ich rede nicht von heute abend, Milady«, gab Chad mit einem Lächeln zurück. »Das sagte ich gestern zu ihr.«
Gwen schluckte krampfhaft. Sie glaubte, er hätte sie zum Narren gehalten. »Ich dachte, Ihr hättet sie vorher nicht gekannt.«
»Das glaubte ich auch. Ich hielt sie für eine ihrer Zofen, die sich aus meinem Stall ein Pferd auslieh. Am liebsten hätte ich sie für diese Kühnheit bestraft, doch dann sah ich sie an und änderte meine Meinung.«
Gwen drehte sich verärgert um und rauschte davon. Doch Chelynne bemerkte das seltsame Verhalten der Baronin überhaupt nicht. Sie hatte sich in Chads Anblick verloren und hätte nicht einmal gemerkt, wenn das Haus um sie zusammengestürzt wäre. Auch der junge Philip Snow ging.
»Geht es der Stute gut?« fragte sie.
»Ja. Gefällt Euch das Pferd?«
»Es ist wunderschön. Soll es wirklich mir gehören?«
»Nur unter einer Bedingung, Chelynne. Ihr dürft nie wieder ohne Begleitung ausreiten. Dafür ist das Land hier zu unsicher.«

»Dann lebt man also hier gefährlich, Milord?«
»Manchmal. Solltet Ihr wieder so töricht handeln, muß ich Euch das Reiten verbieten. Habt Ihr mich verstanden?«
»Wieso, Sir? Kehrt Ihr schon jetzt den Ehemann heraus?«
Der Vorwurf überraschte ihn, doch dann merkte er, wie recht sie mit ihren Worten hatte. »Ich bin nur um Eure Sicherheit besorgt, sonst nichts«, entgegnete er steif.
»Ja, Sir«, sagte sie ergeben, aber innerlich mußte sie lächeln.

Chelynne verbrachte eine unendlich lange Nacht voller herrlicher Träume. Noch zwei Tage mußte sie bis zur Hochzeit warten, und die Zeit schien stillzustehen. Dann war er endlich da, der langersehnte Tag, ein strahlender Julimorgen.
Man kleidete sie in eine exquisite zartrosafarbene Robe. Ihr Schleier war mit Diamanten geschmückt und reichte bis zum Boden.
In der kleinen Hawthorne-Kapelle kniete sie neben ihrem Bräutigam und leistete den Eid. Dann hob Chad ihren Schleier und küßte sie zart. Anschließend nahmen sie den Jubel der Hochzeitsgäste entgegen, und für alle Geladenen begann ein großes Festmahl.
Die Leute aus den umliegenden Dörfern kamen, brachten Geschenke und gratulierten. Auch diese Gäste wurden reich bewirtet, und der Graf gab ihnen Geld, wie es der Brauch war.
Der Nachmittag verging mit weiteren Lustbarkeiten

und Spielen. Man drängte Chelynne zu einer kurzen Ruhepause, aber sie konnte nicht schlafen. Darauf folgte am Abend ein Bankett mit anschließendem Tanz. Ständig stießen die Leute auf das Wohl des Brautpaares an. Chelynnes Kopf fing an sich zu drehen, und ihre Beine schmerzten vom vielen Stehen. Und schließlich wurde sie von den Zofen in ihr Schlafgemach gebracht und für die Hochzeitsnacht vorbereitet.

Man bürstete ihr Haar, parfümierte sie und zog ihr ein hauchdünnes, spitzenbesetztes Nachthemd an. Als sie sich kurz im Spiegel betrachtete, war sie schockiert, denn sie war praktisch nackt. Außerdem fühlte sie sich schwindlig, wahrscheinlich hatte sie zuviel Champagner getrunken. Die Zofen gingen erst, als ihr Mann kam. Und dann verließen sie unter Gekicher das Zimmer. Chelynne empfand diese ganze Prozedur als eine Demütigung.

Sie saß aufrecht im Bett und hatte die Decke bis unters Kinn hochgezogen. Er trat ans Bett. Da errötete sie so heftig, daß er einen Augenblick glaubte, sie würde ohnmächtig.

»Hast du Angst?«

»Nein, Milord«, antwortete sie tapfer, aber ihre Stimme zitterte.

»Nur Mut, Chelynne. Ich will dich nicht vergewaltigen. Möchtest du etwas Wein?« Allein beim Gedanken daran wurde ihr schlecht. Sie schüttelte vehement den Kopf und schürzte die Lippen. Er lachte leise. »Nun, du hast sicher nichts dagegen, wenn ich einen Brandy trinke?« Wieder schüttelte sie den Kopf. Reden konnte sie nicht.

Er zog sein Jackett aus und warf es über einen Stuhl. Nachdem er sich den Brandy eingegossen hatte, sah er sie wieder an. »Entspann dich!« befahl er ihr ungeduldig. Sie saß da, als hätte man sie soeben zum Tode verurteilt. Chad konnte den Anblick nicht mehr ertragen, deshalb setzte er sich mit seinem Glas vor den Kamin. Und doch hatte er Mitleid mit ihr. Diese Umstände mußten ihr ja Entsetzen einjagen. Und er verfluchte die alten Weiber, die sich um sie gekümmert hatten. Sicher hatten sie mit anzüglichen Bemerkungen nicht gespart. Verstohlen warf er einen Blick zum Bett hin. Die Vorhänge waren geschlossen, bis auf eine Seite. Noch immer saß sie wie versteinert da.

Dann mußte er an ihren verführerischen jungen Körper denken und hoffte, ihr in seiner Begierde nicht weh zu tun. Schon lange hatte er keine Frau mehr gehabt und seine Bedürfnisse befriedigen können. Er zwang sich zu warten. Und schließlich entkleidete er sich.

Ein kurzer Blick zeigte ihm, daß Chelynne ihre Position nicht verändert hatte. Mit einem Seufzer zog er seine Hosen aus und blies alle Kerzen, bis auf eine, aus. Er kletterte neben sie ins Bett. Dann legte er einen Arm um sie. Sie stieß einen schläfrigen kleinen Seufzer aus und rückte etwas näher. Er beugte sich über sie und sah ihr ins Gesicht und hätte fast laut aufgelacht. Chelynne schlief tief und fest.

5

Als Chad aufwachte, dämmerte der Morgen. Es war sehr warm, und sie hatten beide ihre Bettdecken von sich gestrampelt. Chelynnes junger schöner Körper lag unbedeckt neben ihm – nur mit einem hauchdünnen Nachthemd bekleidet –, und er betrachtete seine Frau mit unverhohlener Bewunderung.
Sie war noch nicht zu völliger weiblicher Reife erblüht. Ihre Haut war weich und blaß, und ihr Haar lag verführerisch auf dem Kissen aus Satin. Diese reine, jungfräuliche Schönheit erweckte in ihm eher ein Gefühl keuscher Liebe als Lust.
Er erinnerte sich daran, daß seine Frau auch einmal so gewesen war: unberührt. Damals hatte er weniger Geduld aufgebracht und ihr die Jungfernschaft ungestüm geraubt. Er hatte sie gezeichnet.
Diese Erkenntnis überkam ihn wie ein Schock. Das Gefühl, das er jetzt hatte, war dem, das er Anne entgegenbrachte, sehr ähnlich. Wie unter einem Zwang stehend, berührte er Chelynnes Brüste. Sie öffnete schlaftrunken die Augen und lächelte ihn an. In ihrem Blick war keine Angst. Sie schien sich wohl zu fühlen.
Auch er lächelte. »Du hast die Hochzeitsnacht verschlafen, Geliebte«, flüsterte er.
Sie streckte sich mit katzenhafter Grazie. Dann rieb

sie sich die Augen und riß sie plötzlich erschreckt auf. »Habe ich ... war ich ... du meine Güte! Habe ich sie vollständig verpaßt?«

Er lachte herzlich und zog sie an sich. »Glaubst du etwa, ich hätte dich im Schlaf genommen? Nein, Liebste. Du hast nichts verpaßt. Ich bin kein solcher Stümper, daß du schlafen könntest, wenn ich dich liebe.«

Sie wurde dunkelrot und schloß die Augen. »Ihr müßt von mir sehr enttäuscht sein.«

»Wir haben Zeit genug, Chelynne. Ich habe gehört, daß Frauen diese Dinge manchmal hassen. Vor allem sehr junge Frauen.«

»Ich würde es nicht hassen, Milord. Ich habe keine Angst.«

»Milord ... Milord, Chelynne! Wir liegen nackt im Bett. Ich habe doch einen Namen!«

Sie sah ihm direkt in die Augen, und ihre Wangen wurden immer röter. Ihr ganzes Gesicht schien förmlich zu brennen. Dann kniff sie die Augen zu.

»Chelynne«, drängte er. »Was ist los?«

Sie bedeckte ihr Gesicht mit den Händen und schüttelte den Kopf. Er zog ihr die Hände vom Gesicht, aber sie hielt die Augen geschlossen. »Komm, Liebes«, sagte er freundlich. »Was bedrückt dich?« Noch immer reagierte sie nicht. »Schämst du dich? Soll ich dir deinen Morgenmantel holen?«

Wieder schüttelte sie den Kopf. »Bitte«, murmelte sie, »ich habe noch nie einen nackten Mann gesehen.«

»Nun, daran wirst du dich gewöhnen müssen«, meinte er lachend.

»Das kann ich nicht«, jammerte sie.
Chad lachte und zog sie wieder an sich. Sie spürte seine muskulösen Beine. Zum Glück war er ihr so nahe, daß sie seinen Körper nicht anzuschauen brauchte. Sie öffnete ihre Augen und sah ihn an. Mit seiner freien Hand zog er die Bettdecke über sie beide. »Ist es jetzt besser?« fragte er, noch immer amüsiert.
»Danke«, flüsterte sie.
»Ich kann kaum glauben, daß du hier neben mir liegst.«
»Es ist nur … weil ich dich kaum kenne … und …« Ihre Stimme klang nervös.
»Wir haben Zeit, uns kennenzulernen, Chelynne. Aber vielleicht sollten wir erst frühstücken.«
»Ja, vielleicht ist es am besten so, Mi … hm, Chad.«
Er rollte sich über das große Bett und stand auf. Als er einen Blick zurückwarf, sah er, daß sie die Augen fest geschlossen hatte. Schnell zog er sich an und rief dann: »Du kannst die Augen jetzt wieder aufmachen.«
Als sie ihn angekleidet dastehen sah, war sie offensichtlich erleichtert. Er hatte Mühe, ein Lachen zu unterdrücken. Die Situation war so irreal. Er brachte ihr ihren Morgenmantel.
»Ich ziehe mich wohl auch an«, murmelte sie. »Die vielen Gäste …«
»Nein, Liebes. Niemand erwartet uns. Heute nicht.«
»Du hast sicher recht«, stimmte sie zu.
»Zieh das an«, sagte er, »und ruf deine Zofe, damit sie dir dein Frühstück bringt. Ich muß mit meinem Vater etwas besprechen. Dann komme ich sofort zurück.«

Er küßte sie auf die Stirn und machte sich auf den Weg zu den Gemächern seines Vaters. Er wußte, daß er den alten Herrn zu dieser frühen Stunde nicht stören würde, da der Graf, seit er krank war, nur sehr schlecht schlief.

Er klopfte, und der Diener seines Vaters, Sebastian, öffnete ihm. Der Graf war bereits angezogen und frühstückte. »So früh schon auf«, schimpfte er. »Und deine Frau? Liegt sie noch im Bett?«

»Nein, Vater. Sie läßt gerade unser Frühstück kommen.« Chad lächelte und ließ sich eine Tasse Tee einschenken.

»Ich glaubc, Ihr wißt, warum ich gekommen bin. Ich hätte jetzt gern das Dokument, das in Eurem Besitz ist, da ich meinen Teil der Abmachung erfüllt habe.«

»Dieses Papier«, seufzte der Graf. »Ist es dir denn so wichtig, daß du es nicht einmal am Morgen nach deiner Hochzeit vergessen kannst?«

»Die Bedeutung dieses Dokuments ist sekundär«, entgegnete Chad ernst. »Aber ich habe stets das Wohlergehen meines Sohnes im Sinn und kann mich nicht im Bett vergnügen, wenn seine Zukunft dabei auf dem Spiel steht.«

»Sag mir die Wahrheit, mein Sohn. War dieser Handel für dich so schmerzlich? Kannst du ihm nicht eine gute Seite abgewinnen?«

»Dafür schulde ich Euch Dank, Vater. Die Lady Chelynne ist ebenso sanftmütig, wie sie schön ist. Doch ich liebe sie noch nicht. Das braucht Zeit.«

»Aber Zeit hast du doch genug! So viel Zeit! Wie ich dich um deine Jugend und deine junge Frau beneide! Warum macht ihr nicht eine Reise?«

»Milord, wie Ihr schon sagtet, habe ich noch viel Zeit für diese Dinge. Doch auf dieses Dokument möchte ich nicht länger warten.« Chad hatte eindringlich gesprochen; der Graf spürte seine Ungeduld.
»Ich habe es nicht, noch habe ich es je besessen. Ich weiß, wo es sich befindet, das ist alles. Es ist noch immer im Pfarrhaus der kleinen Kirche in Browne, wo du dich mit Anne trauen ließt.«
»Dann war das alles eine Lüge?« fragte Chad mit drohend zusammengezogenen Brauen.
»Ich habe die Wahrheit verschwiegen, um dich nach Hause zu holen und zu verheiraten. Aber ich habe das Dokument nie besessen, sondern den Priester nur um eine Bestätigung gebeten, daß es existiert. Hättest du vor einem Jahr selbst Erkundigungen eingezogen, hättest du herausgefunden, daß der Status deines Sohnes niemals gefährdet war. Vielleicht hättest du es abgelehnt, dich mit mir zu versöhnen. Deshalb habe ich so gehandelt.«
»Und kann ich Euch das auch glauben?«
»Wahrscheinlich wirst du dich sofort selbst von dem Sachverhalt überzeugen. Ganz in der Nähe findet eine Jagd statt. Es gibt dort auch ein gutes Gasthaus. Warum fährst du mit Lady Chelynne nicht hin?«
Chads Gesichtsausdruck war bei den Worten seines Vaters immer zorniger geworden. »Ihr habt mich schändlich hintergangen, Milord. Ich frage mich, was ich Euch getan habe, damit ich eine solche Behandlung verdiene.«
»Unsere Beziehung war nicht immer die beste, mein Sohn. Ich tat dies allein, weil ich an deine Zukunft dachte und an die Ehre unserer Familie.«

»Habt Ihr so wenig Vertrauen zu mir, daß Ihr mich anlügen müßt? Bin ich denn nicht in der Lage, meine Zukunft selbst zu gestalten? Mußtet Ihr mich mit meinem Sohn erpressen? Mein Gott, Vater, warum?«

»Chadwick! Ich wollte mit diesem Geständnis nicht deinen Zorn erregen, sondern dir Erleichterung verschaffen. Überzeuge dich von der Rechtmäßigkeit deiner Ehe, und bring deinen Sohn nach Hause. Genieße das Leben. Ich habe nur in deinem Interesse gehandelt. Aus der Sorge eines Vaters für seinen Sohn. Eines anderen Fehlers kann ich mich nicht schuldig bekennen!«

Chad schwieg eine Weile. Dann sagte er sehr langsam: »Nein, Milord. Das alles waren Eure Fehler – Fehler, die aus Eurer Gier entstanden. Ihr würdet nicht davor zurückschrecken, mir meine Seele zu rauben, Euer Leben durch mich zu leben. Ihr habt meine Frau ausgesucht und erwartet nun, daß wir uns fortpflanzen. Doch wir dürfen nicht einmal atmen, wenn es Euch mißfällt. Ich bin angeekelt.«

»Mein Sohn, ich schwöre, ich habe mein Wissen nur benutzt, damit ein Waffenstillstand zwischen uns zustande kommt. Ich habe Chelynne nur gewählt, damit du zur Ruhe kommst und mit einer Frau glücklich wirst, die dich liebt.«

»Ein Waffenstillstand wäre auf einfachere Weise zu erreichen gewesen. Ich wäre ihn auf eine Bitte hin eingegangen. Dieses Mal seid Ihr zu weit gegangen.«

Chad stand auf, um zu gehen. Als er vor der Tür stand, drehte er sich um. »Ich reite nach Browne, aber allein. Und dieses Dokument wird in Sicherheit gebracht. Also braucht Ihr nicht mehr danach suchen zu lassen. Ich bitte Euch, kümmert Euch um das Mädchen, das Ihr in dieses Haus gebracht habt. Über Eure weiteren Waffenstillstandspläne und Ambitionen reden wir ein anderes Mal.«

»Chad«, bat der Graf, »Chelynne hat damit nichts zu tun. Füge ihr kein Leid zu. Darum bitte ich dich inständig.«

»Hat damit nichts zu tun? Den Anschein hat es, aber mir wurden im Leben zu viele böse Streiche gespielt, Milord. Es gab eine Zeit, da ich Euch für einen weisen und aufrichtigen Vater hielt. Doch ich habe mich getäuscht, wie so oft.« Er öffnete die Tür, zögerte und drehte sich noch einmal zu dem alten Mann um. »Ich frage mich ... Könnt Ihr Euch an Eure Jugend erinnern? An die Liebe? Erinnert Ihr Euch daran, Euer eigener Herr gewesen zu sein, Entscheidungen getroffen zu haben? Oder wurde Euer Leben von einem älteren Menschen geplant?«

»Du weißt, daß ich die Verwaltung dieses Besitzes als sehr junger Mann übernommen habe. Ich habe es immer bedauert, auf den Rat meines Vaters verzichten zu müssen!«

»Und ich bedaure es, daß sich mein Vater ständig in meine Angelegenheiten einmischt!«

Chads Schritte klangen hart und zornig, als er in sein Zimmer zurückeilte. Er war so aufgebracht, daß er den hinter einem Vorhang versteckten Lauscher nicht bemerkte, der seine Unterredung mit dem Grafen angehört hatte und ihn nun auch weiter verfolgte.

Chelynne saß am Frühstückstisch. Sie war heiter

und gelöst, während Stella das Schlafzimmer aufräumte.
Beim Anblick dieser Szene vergrößerte sich Chads Wut noch. Sein Vater hatte ihm eine Falle gestellt, in die er blindlings getappt war. Jetzt war er verheiratet, genau wie es dem Wunsch des Grafen entsprach. Er wollte verdammt sein, wenn er dieses Spiel noch weiterspielte!
Er wußte noch nicht, wie er sich verhalten sollte, da sah er die zwei Stubenmädchen, die das Bett machten. Dabei tuschelten sie. Chelynne kümmerte sich nicht um die beiden, aber Chad wußte, worüber sie sich unterhielten. Sie wußten, daß die Ehe nicht vollzogen worden war, denn es war bekannt, daß er eine Jungfrau geheiratet hatte. Er lächelte innerlich, jetzt hatte er einen Entschluß gefaßt. Sein Vater mußte begreifen, daß er noch immer den höchsten Trumpf in der Hand hatte. Er schickte alle Dienstboten ungeduldig aus dem Zimmer.
Chelynne konnte nichts über seinen Gemütszustand wissen, deshalb brauchte Chad seine Gefühle nicht zu verbergen. Sie sah ihn über den Tisch liebevoll an, während er sich zunächst seiner Mahlzeit widmete.
»Sag mir«, fing er nach einer Weile an, »warst du erfreut, als dein Onkel von dieser Ehe zu dir sprach?«
»Ich war überrascht«, antwortete sie.
»Und du wolltest gern heiraten?«
»Ich wußte, daß es eines Tages passieren würde, und dachte, es sei noch ein bißchen früh. Aber Onkel Sheldon meinte, es sei Zeit.«
»Dann warst du also bereit für die Ehe?«

»Nein. Ich hatte Angst«, sagte sie mit einem kleinen Lachen. »Ich fürchtete, du könntest häßlich und gemein sein.«
Chad kaute nachdenklich und beobachtete sie unter gesenkten Lidern. »Aber du hast dieser Verbindung trotzdem zugestimmt.«
»Lord Mondeloy traf die Wahl. Ich hatte keinen Einfluß darauf.« Sie zuckte die Schultern. »Und jetzt bin ich entzückt.«
Sie sprach so unbefangen und vertrauensvoll, daß ihre Worte ihn beschwichtigten, obwohl er keine Sekunde daran dachte, sein Vorhaben zu ändern. Trotzdem fragte er etwas freundlicher: »Gefällt es dir, Gräfin zu werden?«
»Ich denke schon.«
»Und aus diesem Grund hast du natürlich so schnell in die Ehe eingewilligt?«
»Es war nicht meine Entscheidung, sondern die meines Onkels, wie ich schon sagte. Er war hocherfreut, daß dein Vater mich in die engere Wahl gezogen hatte.«
»Will er von dir Geld haben, weil er diese Ehe arrangiert hat?«
»Natürlich nicht«, entgegnete sie empört. »Wie kannst du nur so etwas denken?«
»Chelynne, das ist nicht ungewöhnlich«, sagte er. »Verstehst du so wenig vom Leben?«
»Milord«, entgegnete sie ernst. »Nie hat er von Geld gesprochen. Er war nur um meine Zukunft besorgt. Das ist die reine Wahrheit.«
Chad frühstückte weiter. Chelynne hatte aufgehört zu essen, sie wunderte sich über das Thema ihrer

Unterhaltung. Sie beobachtete ihn und konnte seine Anspannung spüren. Als er von seinem Teller aufsah, starrte sie ihn an.

»Hast du jemals jemanden geliebt?« fragte er.

»Nein.«

»Auch nicht ein bißchen?«

»Nein, nie«, sagte sie. Erst diesen Mann hier, das wußte sie jetzt.

»Hätten wir uns auf andere Weise kennengelernt, wäre wohl alles anders verlaufen. Ich hätte dir den Hof gemacht, aber wahrscheinlich hätte ich dafür wenig Zeit gehabt. Was hat dir mein Vater über mich erzählt?«

»Sehr wenig«, gestand sie und wurde sichtlich nervöser.

»Hat dich mein Vater vor meiner Einstellung zu dieser Ehe gewarnt?«

»Er sagte … du seist etwas zurückhaltend.«

»Hat er dir erzählt, daß er mich auf üble Weise zur Ehe gezwungen hat?«

»Nein«, flüsterte sie erschrocken.

»Aber das ist so. Er hätte mich auch mit einer dicken alten Witwe oder einem mageren Blaustrumpf verheiraten können, aber er wählte dich, eine Schönheit. Weißt du, warum?«

Sie wußte nicht, welche Antwort er von ihr erwartete, und sah verschüchtert aus. »Damit du ein Vergnügen hast«, sagte sie, senkte den Blick und faltete ihre zitternden Hände in ihrem Schoß.

»Das ist wohl der Grund«, murmelte er. »Aber am wichtigsten sind ihm Enkel. Gutaussehende Enkel von feiner Abstammung. Und du hast es jetzt doch geschafft. Du bist reich und wirst Gräfin. Das gefällt dir doch, nicht wahr?«

»Ich dachte nur an den Mann, den ich heiraten würde. Ein Titel bedeutet mir nichts. Ich war zufrieden mit dem, was ich hatte.« Sie war den Tränen nahe. Sie kannte die Gründe für dieses Gespräch nicht, da sie jetzt doch verheiratet waren.

»Aber du bist willens, mir diese Kinder zu schenken?«

»Darüber habe ich noch nicht nachgedacht.«

»Ach? Du rechnest nicht damit, schwanger zu werden?«

»Ich ... nun ... ich weiß nicht«, stammelte sie. Sie hatte sich nur vorgestellt, ihn zu küssen und in seiner Nähe zu sein.

»Ich will das, was ich dir zu sagen habe, so freundlich wie möglich ausdrücken, Chelynne. Ich bin einfach noch nicht für die Ehe bereit. Ich habe viele geschäftliche Dinge zu erledigen, die mich zwingen, oft – und manchmal sehr lange – abwesend zu sein. Du darfst nicht glauben, ich möchte mit einer anderen Frau verheiratet sein. Der Ehekontrakt wurde unterzeichnet, und ich werde ihn nicht brechen. Ich wollte nicht jetzt heiraten, aber der Graf duldete keinen Aufschub. Verstehst du mich?«

»Nein.«

Chad seufzte. »Es ist nicht sehr kompliziert, Chelynne. Du kannst gern in diesem Haus als meine Frau leben und alle Annehmlichkeiten genießen, die mit deiner Stellung verbunden sind. Doch ich bin momentan nicht in der Lage, eine Familie zu gründen. Das muß warten. Dieses Abkommen unsere

Ehe betreffend werde ich keinem Außenstehenden verraten. Es bleibt unter uns. Genieße das Leben als meine Frau ...«

»Aber ich bin doch deine Frau«, klagte sie.

»Nur zum Teil«, entgegnete er und trank einen Schluck Kaffee.

»Aber wenn ich hier nicht als deine Frau lebe, wie kann ich da bleiben? Und ich habe doch das Ehegelübde aufrichtigen Herzens abgelegt, wie soll ich da gehen?«

»Die Torheit der Jugend«, murmelte er verächtlich. »Jahre liegen noch vor dir. Wegen ein paar Wochen oder Monaten brauchst du nicht zu verzweifeln. Eines Tages werde ich mich um Familienangelegenheiten kümmern können. Doch jetzt habe ich zum Herumtändeln keine Zeit. Ich habe wichtige Dinge zu erledigen. Wenn dir dieses Arrangement nicht paßt, brauchst du nur zu deinem Onkel zu gehen und ihm sagen, daß die Ehe nicht vollzogen wurde und du wieder nach Haus zurückkehren möchtest.«

»Aber ... aber das wäre gegen seine Ehre ... und dein Vater würde ...«

»Meinem Vater dürfte es nicht schwerfallen, einiges zu ertragen. Das geht nur mich etwas an. Und dich.«

»Onkel Sheldon würde ...« Tränen rannen ihr über die Wangen. »Fühlst du denn gar nichts für mich?«

»Sei vernünftig, Chelynne. Wir haben uns doch gerade erst kennengelernt! Du bist hübsch und begehrenswert, aber das ist die Hälfte der Frauen in London ebenfalls. Es liegt an dir, ob du jetzt geduldig die Rolle meiner Frau hier spielen oder anderswo leben möchtest. Deshalb mußt du nicht weinen. Ich brauche nur Zeit, um meine Angelegenheiten zu regeln.«

»Ich verstehe das alles nicht«, schniefte sie.
Chad wurde immer ärgerlicher. »Wenn du einen Ritter geheiratet hättest, der sofort nach der Hochzeit in den Krieg ziehen müßte, was würdest du tun?«
»Auf ihn warten.«
»Verstehst du mich *jetzt*?«
»Ja.« Sie spielte nervös mit dem Ring, der sein Wappen trug. Sein Vorschlag hatte nichts Beängstigendes, er war nur enttäuschend. Er verlangte von ihr, sie solle seine Liebe gewinnen und geduldig warten, während er ein anderes Leben lebte. Wenn es ihm paßte, konnte er jederzeit die Annullierung der Ehe beantragen und sie verstoßen.
Aber sie gehörte nicht zu den Menschen, die schnell aufgaben. Sie würde bleiben, denn sie wollte Sheldon keine Schande machen. Und sie wollte auch den Grafen nicht verärgern. Und sie würde bleiben, weil sie einen Traum hatte und ihr junges Herz eine Niederlage nicht akzeptierte.
»Von geschäftlichen Problemen verstehe ich überhaupt nichts, und persönliche hatte ich nur wenige«, murmelte sie. »Und wie du schon sagtest, wir haben viel Zeit ...«
»Das ist fein«, entgegnete er obenhin. »Nun wollen wir davon nicht mehr viel Aufhebens machen, meine Liebe. Es gibt keinen Grund, warum wir uns nicht vertragen sollten. Solange du einsiehst, daß ich mich zeitweilig nicht genügend um dich kümmern kann. Ich würde dir gern die Situation erklären, aber sie ist zu kompliziert. Wie ich bereits sagte, geht es um eine schwierige Privatangelegenheit. Und deshalb werde ich in zwei Tagen für eine Weile verreisen müssen.«

»Für lange Zeit?« fragte sie zögernd.
»Ich hoffe nicht.«
»Dann werde ich mich beschäftigen«, murmelte sie enttäuscht. Er fühlte sich elend, weil er sie für seine Zwecke mißbrauchte. Das arme Kind hatte niemals ahnen können, unter welchen psychischen Belastungen es nun leben mußte.
»Du bist so jung, fast noch ein Kind«, sagte er mitfühlend. »In ein paar Jahren wirst du das alles vergessen haben. Das verspreche ich dir.«
Sie sah ihn an, und er entdeckte in ihren klaren braunen Augen eine neue Tiefe – eine Art Reife, vielleicht Skepsis. »Das hoffe ich, Chad.«
Dies war einer der ersten Schritte, die Chelynne in ihrem Leben als Frau machte. Doch es sollten noch viele folgen, von denen keiner leicht war.

Die nächsten beiden Tage verbrachten Chad und Chelynne fast ständig gemeinsam, obwohl sie vermutete, daß es wegen des äußeren Scheins geschah. Sie ritten aus, spielten Karten und nahmen ihre Mahlzeiten zusammen ein.
Sie gewöhnte sich daran und fühlte sich in der Gesellschaft ihres Mannes wohl. Abends ließ er sie kurz allein, damit sie sich zum Schlafengehen fertig machen konnte. Dann scheuchte er die Zofen aus dem Zimmer und setzte sich zu ihr ans Bett, während er einen Brandy trank. Schließlich küßte er sie flüchtig auf die Stirn und ging in sein eigenes Schlafzimmer.
Morgens nahmen sie gemeinsam das Frühstück ein. Doch am dritten Morgen kam er nicht. Als sie sich

nach ihm erkundigte, sagte man ihr, er habe in einer entlegenen Grafschaft etwas zu erledigen, und man wisse nicht, wann er zurückkehre.
Die meisten Hochzeitsgäste hatten Hawthorne House bereits verlassen oder standen kurz vor dem Aufbruch. Der Graf war wieder leidend und lag zu Bett, also beschloß Sheldon ebenfalls, mit Eleanor abzureisen. Zu Chelynnes Mißvergnügen erlaubte er Harry, noch zu bleiben. Doch zu ihrer Verwunderung bekam sie ihn nie zu Gesicht.
Chad war nun schon über eine Woche abwesend, da wurde eines frühen Morgens gebieterisch an Chelynnes Tür geklopft. Stella ließ den Besucher ein – es war Harry.
»Guten Morgen, Cousine. Ich bin gekommen, um mich von dir zu verabschieden.«
»Du reist heute ab, Harry?« fragte sie und versuchte, ihre Freude darüber zu verbergen.
»Tu nicht so, als ob du mich vermissen würdest.«
»Nun, seit meinem Hochzeitstag habe ich dich nicht mehr gesehen. Wo hast du denn gesteckt?«
»Ich habe mir deine Ländereien angeschaut, Chelynne. Da gibt es etliche Vergnügen für einen Mann, der etwas davon versteht. Ich bin recht emsig gewesen.« Er grinste verschlagen, und Chelynne vermutete, daß er in den umliegenden Dörfern herumgehurt hatte. Sie hoffte, Chad würde nichts davon erfahren.
»Gute Reise«, sagte sie gleichgültig und wandte sich von ihm ab.
»Danke. Ich habe dir ein Geschenk dagelassen, Chelynne. Eine Überraschung.«
»Ein Geschenk?« fragte sie. »Das war doch nicht

nötig, Harry. Das ist sehr ... aufmerksam von dir. Was ist es denn?«
»Eine Überraschung, Milady. Ich habe es versteckt, aber du wirst es bald finden und hoffentlich an mich denken.«
»Nun, das ist wirklich sehr nett von dir, Harry.« Und paßt überhaupt nicht zu deinem Charakter, dachte sie.
Er lachte, dieses meckernde Lachen, das sie so haßte. »Ja, ich bin nett. Ich kann nett sein, meine Liebe. Aber wenn ich du wäre, würde ich nicht noch einmal mit meiner Nettigkeit rechnen.«
»Harry, du verdirbst am Ende noch alles mit deinen Worten.«
»Auf Wiedersehen, Cousine. Du hörst von mir.« Und fort war er.
Chelynne brauchte sich nicht lange fragen, um welche Überraschung es sich handelte. Sie fand sie in ihrem Schmuckkästchen. Es handelte sich um einen alten, verblichenen Brief, der mit einem »M.« unterzeichnet war. Also hatte sich Harry irgendwann heimlich in ihr Schlafzimmer gestohlen, um den Brief dort zu hinterlegen. Zorn stieg in ihr hoch.
Doch der Zorn wich schnell der Begierde, den Brief zu lesen. Sie schickte Stella unter einem Vorwand fort, um das in aller Ruhe tun zu können. Der Brief war lang, manche Seiten klebten zusammen, und an vielen Stellen war die Tinte verblichen oder verwischt. Es war die Rede von den Lebensbedingungen der Adeligen im Exil. Und ihre Mutter schrieb, daß sie die Rückkehr des Königs nach England nun für aussichtslos hielt, doch wie stolz sie sei, Charles dienen zu dürfen.

Dann kam ein Absatz, der Chelynne völlig unvorbereitet traf, obwohl sie darauf hätte vorbereitet sein müssen. Madelynne schrieb an Sheldon:

Das Kind wird in drei Monaten geboren. Mein Mann ist überzeugt, daß sein guter Name mißbraucht wird, aber er verachtet mich wegen meines Verhaltens nicht. Schon seit Jahren wollte er einen Erben, und jetzt bekommt er ihn. Und diese Umstände muß er akzeptieren, denn er kann nichts gegen den Mann unternehmen, den er für den Vater des Kindes hält. Auch Du, Sheldon, mußt jetzt wissen, um wen es sich handelt.
Ich habe eine große Bitte an Dich, Sheldon. Sollte Sylvester oder mir etwas passieren, nimm unser Kind in Deine Obhut. Ich brauche Dir nicht zu erklären, daß ich alles, was ich tat, nur aus Liebe getan habe. Nun bleibt mir nur noch die Erinnerung daran. Aber mein Kind soll Liebe erfahren, sollte ich sie ihm nicht geben können. Lehre es, daß nur die Liebe zählt. Sie ist gnädiger als Krieg, nahrhafter als Brot und berauschender als Wein. Und ich bin gewiß, sie ist das einzig Lebenswerte in diesem Leben.

Der Brief ging noch seitenlang weiter, aber Chelynne überflog ihn nur. Das Kind wurde nicht mehr erwähnt. Jetzt bestand kein Zweifel mehr, daß Charles Stuart ihre Mutter geliebt hatte und Chelynne die Frucht dieser Liebe war. Sie war unter dem Namen Mondeloy aufgewachsen, denn Sylvester hatte keine andere Wahl als treuer Vasall des Königs gehabt. Sie hatte Mitleid mit Lord Mondeloy, doch seltsamerweise verurteilte sie ihre Mutter nicht. Der Brief hatte sie zutiefst berührt, und sie respektierte die Aufrichtigkeit ihrer Mutter.

Nun hielt sie den Beweis ihrer Herkunft in der Hand. Onkel Sheldon hatte diesen Brief vor ihr versteckt – und nicht nur vor ihr –, um sie zu schützen. Sie mußte ihn fragen, ob er noch über andere Dokumente verfügte.

Immer wieder las sie den Brief und prägte sich jedes Wort ein. Dann ging sie mit einem Lächeln zum Kamin und ließ ihn auf die Glut fallen. Harry war ein Narr. Damit konnte er sie nicht mehr verletzen. Oder doch?

Ihr drängte sich ein neuer Gedanke auf. Sie mußte unbedingt den König kennenlernen, denn sie wollte sich ein Urteil darüber bilden, ob ihre Mutter Charles zu recht geliebt hatte. Und wie auch immer dieses Urteil ausfallen würde: Er war der König! Einer der mächtigsten Männer dieser Welt.

So vergingen die Tage. Sie ritt oft aus, wurde leider aber immer von jemandem begleitet. Chad hatte genaue Anweisungen erteilt, welche Routen sie nehmen durfte. Dadurch fühlte sie sich sehr in ihrer Freiheit eingeschränkt. Schließlich besuchte sie den Grafen, aber eher aus Langeweile, als daß sie seine Gesellschaft suchte.

»Ach, Chelynne. Ein alter kranker Mann ist kein Anblick für ein junges schönes Mädchen. Geh wieder.«

»Ich habe schon kranke Menschen gesehen, Milord«, entgegnete sie von der Tür her. »Wäre Euch ein wenig Gesellschaft angenehm?«

»Ja. Es tut mir wohl. Aber laß dich von meinem Aussehen nicht erschrecken.«
Sie trat näher. Ihr tat der Mann leid, der an ihrem Hochzeitstag so voller Leben gewesen war. Sie konnte nicht begreifen, daß diese Krankheit sporadisch auftrat. Jetzt sah er grau und eingefallen aus.
»Vielleicht könnte ich Euch vorlesen. Das dürfte Euch nicht zu sehr ermüden.«
»Du bist zu freundlich, Chelynne. Vielleicht ...«
Plötzlich atmete er keuchend, und sie erschrak.
»Ich hole ein Buch, wenn Ihr mir sagt, welches Ihr wünscht.«
Statt zu antworten, wurde sein Atmen immer mühsamer. Er stieß pfeifend die Luft aus, und sein Gesicht war aus Sauerstoffmangel rot geworden. »Milord?« fragte sie. »Soll ich Hilfe holen?« Er richtete sich kerzengerade auf, hustete und versuchte zu sprechen.
»Mein ... mein ...«
Der Anfall jagte ihr Angst ein. Sie lief durchs Zimmer und klingelte nach dem Diener.
»Dieses Mal sterbe ich«, keuchte Lord Bryant. »Dieses Mal ...«
»Nein, Milord. Ihr sterbt nicht so schnell«, ertönte da eine tiefe Stimme hinter ihnen.
Der Graf entspannte sich, als er seinen Diener sah. Sein Atmen wurde regelmäßiger, und er ließ sich wieder in die Kissen zurücksinken. Der Mann beugte sich über seinen Herrn und rieb ihm die Brust mit einer Lotion ein. Als er das getan hatte, drehte er sich nach Chelynne um.
»Das war kein böser Anfall, Milady. Ihr braucht keine Angst zu haben. Jetzt wird er ruhen.«

»Worunter leidet er?«
»Er hat schweres Asthma. Ich kümmere mich jetzt um ihn.«
»Kann ich helfen?«
»Nein. Ich koche ihm einen Tee, den er trinken kann, wenn er wieder aufwacht.«
»Ist Seine Lordschaft schon lange krank?«
»Ja. Schon seit einigen Jahren. Er ist alt, wenn auch nicht an Jahren. Aber das Leben hat ihn vorzeitig altern lassen. Er könnte sterben, aber dazu ist er noch nicht bereit.«
»Was?«
»Selbst in seiner Schwäche ist er stark. Sein Wille ist unbeugsam. Er stirbt erst, wenn er des Kämpfens müde ist. Er kämpft um seinen Sohn. Die beiden ähneln sich so sehr. Keiner will nachgeben.«
»Warum denn?«
»Das weiß ich nicht. Und wenn ich es wüßte, würde ich es Euch nicht sagen. Seine Lordschaft wünscht nicht, daß über Familienangelegenheiten gesprochen wird.«
»Und nun wird es ihm wieder gutgehen?«
»Ja, Milady.«
»Soll ich wiederkommen?«
»Bringt das Buch *Die Weide* aus der Bibliothek mit. Das gefällt ihm.«
Erstaunt fragte sie: »Dann warst du also die ganze Zeit hier?«
»Ich bin nie sehr weit weg, Milady.«
Bei ihrem nächsten Besuch brachte Chelynne das Buch mit, doch sie blieb nicht lange, da der Graf wieder einen Anfall bekam. Noch nie in ihrem Le-

ben hatte sie den Tod so nahe gespürt. Man konnte ihn förmlich in dem Zimmer riechen. Doch der Graf starb nicht. Ein paar Tage später empfing er sie aufrecht im Bett sitzend.
Von Chad bekam sie während der ganzen Zeit keine Nachricht. Sie dachte ständig an ihn, wußte aber nicht, wann er zurückkommen würde. Als sie sich eines Nachmittags im Garten aufhielt, sah sie ihn aufs Haus zureiten. Er übergab sein müdes Pferd einem Stallburschen, und sie eilte mit einem strahlenden Lächeln auf ihn zu.
Chelynne konnte nicht wissen, welcher Zorn in Chad seit vielen Tagen tobte. Als er seine schöne junge Frau so unerwartet vor sich sah, wäre er fast explodiert. Sie trat erschrocken zurück, als sie seinen finsteren Gesichtsausdruck bemerkte.
»Willkommen zu Hause«, sagte sie zaghaft.
Eine Ader pulsierte an seiner Schläfe, und er hatte die Hände zu Fäusten geballt. »Gab es während meiner Abwesenheit Probleme?« fragte er kalt.
»Dein Vater ist krank. Sonst nichts.«
»Liegt er wieder im Bett?«
»Ja. Hattest du eine schlechte Reise?«
»Es war die schlechteste Reise meines Lebens.« Ohne ihr weitere Beachtung zu schenken, eilte er mit weitausholenden Schritten aufs Haus zu. Chelynne starrte verwundert hinter ihm her. Dann setzte sie sich hilflos auf eine Gartenbank. Bitterkeit stieg in ihr auf.
Chad ging sofort zu seinem Vater. Selbst dessen Krankheit konnte seinen Zorn nicht dämpfen. Wütend riß er die Schlafzimmertür auf. Sein Vater saß im Bett. Der Diener Sebastian verschwand schnell.

»Guten Tag, Chadwick. Du hast lange gebraucht, um wieder nach Hause zu kommen. Wie erging es dir in Browne?«

Chads Gesicht war wutverzerrt. »In Browne steht es nicht zum besten. Wollt Ihr wissen, warum?«

»Ich war seit zwei Jahren nicht mehr dort. Wie könnte ich wissen, was dort vor sich geht?«

»Vielleicht habt Ihr ein paar Männer aus einem bestimmten Grund dorthin geschickt ...«

»Aus welchem Grund? Komm zur Sache!«

»Die Kirche, in der ich Anne geheiratet habe, wurde niedergebrannt!« schrie er. »Der Priester wurde ermordet und das Kirchenbuch vernichtet. Die Banditen konnten unerkannt entkommen.«

»Und du glaubst, das sei auf mein Betreiben hin geschehen«, sagte der Graf müde.

»Wer hätte ein Interesse daran außer Euch?«

»Ich habe damit nichts zu tun, Chadwick. Bei meiner Ehre, zu einer solchen Tat wäre ich niemals fähig.«

»Verdammt! Das Dokument ist verschwunden!« schrie Chad wie ein Kind. »Verschwunden!«

»Dann mußt du den Jungen adoptieren. Geh zum Gericht, und setze ihn als deinen Erben ein!«

»Er ist mein Sohn! Soll ich meinen eigenen Sohn adoptieren? Anne soll ohne Makel in ihrem Grab ruhen. Mein Sohn ist kein Bastard. Das ist zuviel!«

»Was wollten diese Diebe? Haben sie noch anderes Unheil angerichtet?«

Chad lachte bitter. »Glaubt Ihr, ich bin ein solcher Dummkopf, daß ich die Stadt verlasse, ohne genaue Nachforschungen anzustellen? Sonst wurde nichts beschädigt. Sie hatten es nur auf die Kirche abgesehen. Und der Priester wurde ermordet, da er sie verteidigen wollte.«

»Und deshalb klagst du mich an?«

Chad schüttelte den Kopf. Sein Zorn verrauchte, da jetzt die seit Tagen angestaute Spannung nachließ.

»Warum nur?« fragte er.

»Du mußt einen kühlen Kopf behalten. Denk an deinen Sohn und tu, was du zu tun hast. Du darfst dein Leben nicht von Gefühlen beherrschen lassen. Niemand hat hier ein Komplott gegen dich geschmiedet.«

Chad stand wie versteinert da. »Ich gebe erst auf, wenn ich herausgefunden habe, warum das geschehen ist. Guten Tag, Milord.«

Damit drehte er sich um und ging. Der Graf starrte die offene Tür an und dachte nach.

Dann rief er: »Sebastian! Sebast ...«

»Ja, Milord.«

»Wo, zum Teufel, versteckst du dich? Nun, es macht nichts. Hast du gehört, was Chadwick sagte?«

»Ja.«

»Ein Trupp Männer soll nach Browne reiten und herausfinden, warum und wer die Kirche niedergebrannt hat. Laß eine Belohnung aussetzen.«

»Wie viele Männer sollen reiten?«

»Zwölf bis zwanzig. So viele, wie hier zu erübrigen sind.«

Chelynne wartete unten im Haus geduldig. Sie hatte gerade soviel Mut zusammengerafft, daß sie ihrem Mann wieder entgegentreten konnte. Er blieb kurz stehen, sah sie haßerfüllt an und verließ das Haus wieder. Sie folgte ihm und sah, daß er ein frisches Pferd bestieg und davongaloppierte.

Müde ging sie in ihr Schlafzimmer. Sie wagte nicht, das Haus zu verlassen, sollte er zurückkommen und etwas brauchen. Sie ließ seine Lieblingsspeisen zubereiten, aber als es nach zehn Uhr wurde, gab sie Stellas Drängen nach und aß allein auf ihrem Zimmer. Dann ging sie ruhelos auf und ab, wobei sie sich immer wieder fragte, aus welchem Grund er derart in Zorn geraten war. Einem unbewußten Impuls folgend, durchquerte sie den Salon und betrat Chads Schlafzimmer. Bestel hatte Feuer im Kamin gemacht, wenigstens ein Zeichen, daß er die Rückkehr seines Herrn erwartete.

Sie kuschelte sich in einen Sessel vor dem Feuer. Die Stunden vergingen, und sie schlief ein.

Ein kühler Luftzug ließ sie aufwachen. Das Feuer war niedergebrannt, doch jemand hatte ihr eine Dekke übergelegt. Wie aufmerksam von Bestel, dachte sie lächelnd. Dann zündete sie eine Kerze an. Chads Bett war noch immer leer. Sie seufzte enttäuscht und wollte gehen.

»Gute Nacht«, ertönte da eine Stimme.

Chelynne schrak zusammen und hätte beinahe den Kerzenleuchter fallen lassen. »Chad?«

»Ja. Du brauchst nicht auf mich zu warten, es sei denn, ich bitte dich darum.«

»Gut«, entgegnete sie. »Da ich nun schon einmal da bin, kann ich etwas für dich tun?«

»Nein.« Er trat ins Licht, und sie sah, wie erschöpft er war.

»Ich bringe dich ins Bett«, sagte er und nahm ihren Arm.

»Das ist nicht nötig«, wandte sie ein. Vergeblich. Etwas brüsk führte er sie aus dem Zimmer. Dann wartete er, bis sie in ihr Bett geklettert war. Ohne zu wissen, was sie tat, streckte sie ihm zum Trost ihre Hand entgegen. Doch sofort darauf hatte sie Angst, er könnte sie zurückweisen.

Doch er tat es nicht. Er berührte sie zuerst unschlüssig, dann nahm er sie in seine beiden Hände und setzte sich aufs Bett, während er gedankenverloren mit seinem Ring an ihrem Finger spielte.

»Kann ich etwas für dich tun?«

»Tun?« fragte er dumpf.

»Du hast Sorgen, Chad. Kann ich dir helfen?«

»Ja, Chelynne. Indem du ohne Aufsehen in diesem Haus lebst und einen Weg findest, meine Frau zu sein, ohne mir Schwierigkeiten zu machen.« Und dann fügte er müde und hoffnungslos hinzu: »Davon habe ich genug.«

6

Es war Ende August, und die Felder auf Bryant und den umliegenden Ländereien waren nahezu abgeerntet. Die Menschen arbeiteten schwer und oft bis in die Nacht hinein.

Doch für Chelynne vergingen die Tage in einförmiger Routine. Daher war sie überrascht, als Chad eines Morgens ihr Zimmer betrat und sagte: »Ich habe in Bratonshire zu tun. Kann ich dir etwas von dort mitbringen?«

»Ich wüßte nicht, was«, entgegnete sie.

»Möchtest du mich vielleicht begleiten? Eigentlich wollte ich dorthin reiten, aber wir können auch mit der Kutsche fahren.«

Er hatte den Satz noch nicht beendet, da war sie schon auf den Beinen. »Ach, wie gerne! Gibt es dort Geschäfte? Vielleicht kann ich ein paar Einkäufe machen, während du zu tun hast?«

»Es ist nur ein kleiner Ort, Chelynne. Aber es gibt ein paar Läden. Doch sicherlich sind sie nicht nach deinem Geschmack.« Aber sie rief bereits nach Stella, die ihr beim Ankleiden helfen sollte.

»Ich war so lange in keiner Stadt«, plapperte sie. »Läßt du mir etwas Zeit zum Anziehen?«

»Wenn es nicht zu lange dauert.«

Doch zu seiner Überraschung war Chelynne im

Handumdrehen fertig und stand in einem bezaubernden grünen Reisekleid vor ihm. Wieder einmal versetzte ihn dieses junge Mädchen durch seine Natürlichkeit und Unkompliziertheit in Erstaunen. Sie war so ganz anders als die Frauen, die er kannte.
»Nimm Stella mit, damit sie dir deine Päckchen tragen kann«, riet er ihr, ehe er vor ihr aus dem Zimmer ging.
Die Kutsche stand schon abfahrbereit im Hof. Also mußte Chad gewußt haben, daß sie ihn begleiten wollte. Darüber freute sie sich.
Die Fahrt verlief schweigsam, aber sie war froh, daß Chad guter Stimmung war. Er blieb in sich gekehrt, wie oft.
In der kleinen Stadt herrschte ein reges Treiben. Chad ging sofort zum Sheriff, da er mit ihm etwas zu besprechen hatte, und Chelynne konnte frei über ihre Zeit verfügen. Sie verabredeten sich zu einer bestimmten Stunde auf dem Marktplatz.
Sie ging mit Stella durch die Gassen, auf der Suche nach Geschäften. Es dauerte nicht lange, bis die Leute Chelynne erkannten, denn einige Stadtbewohner hatten sie anläßlich ihrer Hochzeit gesehen. Bald war sie von Menschen umringt. Eine Frau bot ihr Stoff zum Kauf an, eine andere feines Gebäck. Eine dritte wiederum bat sie, in ihrem Kaffeehaus eine Erfrischung zu sich zu nehmen.
Chelynne genoß das Entgegenkommen dieser Leute. Sie fühlte sich wieder in die Zeiten zurückversetzt, wo sie mit ihrem Onkel Welbering besuchte. Doch plötzlich zerstreute sich die Menge. Sie suchte nach dem Grund und drehte sich um. Da sah sie Lord

Shayburn auf sich zukommen. Er wirkte wie ein aufgeblasener, schmuckbeladener Popanz.
»Willkommen, Milady.«
»Danke, Milord.« Sie knickste, und er begleitete sie ein paar Schritte.
»Ich wußte nicht, daß Ihr einen Besuch plantet, Madam. Sonst hätte ich Euch gern mit allen gebührenden Ehren empfangen.«
»Das ist nicht nötig«, sagte sie schnell. »Dieser Ausflug wurde erst im letzten Moment geplant, und ich möchte gern ein paar Einkäufe machen.«
»Erlaubt mir, Euch zum Tee einzuladen.«
Chelynne versteifte sich. Sie konnte diesen Mann nicht leiden und hatte Mühe, nicht unfreundlich zu reagieren. »Ich versichere Euch, Sir, ich genieße diesen Bummel. Dazu hatte ich lange keine Gelegenheit. Ich möchte Glaswaren kaufen, ehe ich mich wieder mit meinem Mann treffe.«
»Wenn das so ist, werde ich Euch begleiten.«
»Milord, hätte mein Mann eine Begleitung für nötig erachtet, hätte er mich nicht allein gelassen. Auf Wiedersehen.« Sie wandte sich ab und ärgerte sich, als er ihr folgte. Doch noch mehr ärgerte sie sich, als er ihren Arm ergriff.
»Verzeiht, Madam. Aber Euer Wohlergehen liegt mir sehr am Herzen.«
Sie schüttelte seine Hand ab. »Ich brauche Euren Schutz nicht.«
Er stieß ein mißvergnügtes Grunzen aus und trat einen Schritt zurück, so daß Stella beinahe gestürzt wäre. Die alte Dienerin gab Chelynne verstohlen ein Zeichen, und da entdeckte sie ein junges in Lumpen

gekleidetes Mädchen, das hinter dem Baron herlief. Sie blieb stehen und deutete auf das bemitleidenswerte Wesen.

»Milord, wer ist dieses Kind?« fragte sie.

»Niemand, der für Euch von Bedeutung sein könnte, Madam. Eine Leibeigene. Sie gehört mir, weil ihr Vater Schulden bei mir hat. Das ist alles.«

Chelynne sah, daß das Mädchen Fußfesseln aus Eisen trug. Ihre Knöchel waren davon blutig gescheuert. »Und deswegen trägt sie Eisen?«

»Sie ist nichts als ein mageres kleines Tier.« Er hustete und zog ein parfümiertes Taschentuch aus seinem spitzenbesetzten Ärmel.

Chelynne ging zu dem jungen Mädchen. Sein Gesicht zeigte Spuren von Schlägen, und es sah völlig ausgehungert aus. Sein Haar war verfilzt, und es roch schlecht. Trotzdem legte Chelynne einen Arm um das arme Kind, aber es zuckte mit einem Schmerzensschrei zusammen. Sofort hob der Baron die Hand zum Schlag, aber Chelynne umklammerte schnell sein Handgelenk. Ihr eisiger Blick gebot ihm Einhalt.

»Warum wurde dieses Kind geschlagen, Milord?«

Inzwischen hatten sich wieder Leute eingefunden und beobachteten die Szene.

»Sie ist störrisch, Madam«, entgegnete er. »Sie arbeitet nicht genug.«

»Wahrscheinlich ist sie dazu nicht kräftig genug. Gebt Ihr ihr überhaupt zu essen?«

»Madam?«

»Sie ist dünn und schwach. Behandelt Ihr so Eure Dienstboten?«

»Madam, Ihr mißversteht mich. Sie ist keine Dienstbotin. Sie ist eine Leibeigene. Mehr nicht.« Sein Ton war sehr höflich. Geschickt verbarg er sein Mißvergnügen, von dieser jungen Frau ausgefragt zu werden. »Sie bekommt nur, was sie verdient.«
Chelynne hatte noch nie einen solchen Ekel empfunden. Am liebsten hätte sie den Mann ins Gesicht geschlagen. Unmäßiger Zorn stieg in ihr auf, doch in Gegenwart dieser vielen Menschen wählte sie ihre Worte sorgfältig. »Sie ist nicht einmal zehn Jahre alt, Milord. Muß ein so junger Mensch für die Schulden seines Vaters büßen?«
»Nein, Madam. Sie ist vierzehn. Sie hat schon ihre Monatsblutungen.«
Chelynne wußte, daß viele Adelige noch von dem Privileg der ersten Nacht Gebrauch machten. Nur mit Widerwillen stellte sie die Frage: »Und sie wurde mißbraucht?«
»Natürlich, Madam«, entgegnete der Baron ohne eine Spur von Scham.
Chelynne war entsetzt. Sofort faßte sie einen Entschluß; über die Konsequenzen ihrer Handlungsweise dachte sie nicht nach. »Wie hoch sind die Schulden ihres Vaters?«
»Madam?«
»Ich möchte wissen, wie hoch die Schulden ihres Vaters sind.«
Er schäumte innerlich, weil er dieser jungen Frau antworten mußte, aber schließlich war sie die Schwiegertochter des Grafen von Bryant, dem er unterstand. Deshalb hatte er keine Wahl. Die Summe betrug dreißig Pfund, doch er sagte aalglatt: »Fünfhundert Pfund.«

Sie lachte ihm ins Gesicht. »Fünfhundert Pfund!« rief sie. »Ihr haltet mich wohl für eine komplette Närrin? Ihr erwartet doch sicher nicht, Milord, daß ich Euch für derart großzügig halte. Probiert es noch mal, und nennt mir einen vernünftigen Betrag.«
Der Baron wurde rot vor Wut. »Zweihundert.«
Chelynne lachte wieder und wandte sich zum Gehen. Das Kind hielt sie an der Hand. »Ich werde Euch hundertfünfzig Pfund bringen lassen, Milord. Als Gegenleistung übergebt Ihr mir die Papiere des Vaters. Die Bezahlung ist mehr als angemessen. Betrachtet sie als eine Art Geschenk.«
»Madam!« rief er. Sie drehte sich um und sah ihn kalt an.
»Sir?«
»Ich will das Mädchen nicht verkaufen.«
»Wie mißlich, denn ich möchte es haben. Soll ich mit Seiner Lordschaft reden, damit er diese Sache für mich erledigt?«
Shayburn knurrte etwas, zog wieder sein Taschentuch hervor und schneuzte sich geräuschvoll. Er schätzte es gar nicht, daß dieses elende Würmchen ins Haus des Grafen gebracht werden sollte. Das war ein zu offensichtlicher Beweis, wie schändlich er seine Untertanen behandelte. Aber er saß in der Falle.
»Ich, Euer untertänigster Diener, Madam, mache Euch die Kleine zum Geschenk, wenn sie Euch gefällt.«
»Nein, Milord. Es handelt sich um einen Kauf. Etwas anderes akzeptiere ich nicht. Erwartet meinen Boten in ein paar Tagen. Hat das Mädchen einen Namen?«

»Ja. Tanya. Aber sie spricht nicht. Ihr werdet mit dem Luder noch Probleme bekommen, Madam. Ohne Zweifel werdet Ihr mich bald bitten, sie wieder zurückzunehmen.«

»Das bezweifle ich, Sir. Ich bin sicher, das Kind wird auf Freundlichkeit reagieren und meinem Haus Ehre machen.«

»Ihr wollt diese elende Kreatur in Eurem Haus beschäftigen? Sie ist ja nicht einmal gut genug, um Schweinetröge zu säubern.«

»Meine Frau wird sie dort beschäftigen, wo es ihr gut dünkt«, sagte da eine ruhige, tiefe Stimme.

Chelynne hatte überhaupt nicht gemerkt, daß Chad gekommen war. Sie wußte nicht, wieviel er von der Unterhaltung gehört hatte.

»Und nun, Milord, wie hoch ist die Summe?« fragte Chad. »Ich glaube, dieser Betrag genügt«, fuhr er fort, ohne eine Antwort abzuwarten, und zählte Münzen in die Hand des Barons. »Ich hoffe, Ihr reicht sofort die Papiere nach. Damit ist die Angelegenheit erledigt. Guten Tag.«

Shayburn hatte nicht den Mut, das Geld nachzuzählen. Diesen Handel hatte er auf der ganzen Linie verloren. Chelynne ging schnell zur Kutsche; Stella folgte mit dem Kind an der Hand.

Erst unterwegs fing Chelynne an zu zittern. Noch nie hatte sie zu jemandem in einem derartigen Ton geredet, vor allem nicht zu einem Baron in seiner eigenen Stadt und in Anwesenheit seiner Untertanen. Ihr Zorn hatte sie ihre gute Erziehung vergessen lassen.

Stella kümmerte sich um das verschreckte Kind und

flüsterte ihm beruhigende Worte ins Ohr. Chelynne hoffte, schnell nach Hause fahren zu können und möglichst einer Diskussion über diesen Zwischenfall aus dem Weg zu gehen. Doch Chad war anderer Meinung.

»Was ist nur in dich gefahren, Chelynne?«

»Er hat das Kind mißbraucht. Er hat es sogar entjungfert.«

»Und wenn die Kleine nun schwanger ist?«

»Das könnte sie umbringen. Sie ist doch selbst noch ein Kind«, sagte Chelynne schaudernd.

»Vielleicht hat der Baron recht. Du könntest dir viel Ärger eingehandelt haben.«

»Was hätte ich denn tun sollen?«

»Mir die Sache erzählen. Ich bin in der Lage, mit solchen Situationen fertig zu werden, auch ohne meine überhebliche Frau. Wie steht der Mann jetzt vor den Stadtbewohnern da? Wie er seine Leute behandelt, geht dich nichts an.«

»Aber das ist skandalös«, entgegnete sie mutig. »Ich hätte nicht mehr schlafen können, wenn ich die Kleine weiterhin in den Fängen dieser Bestie gewußt hätte. Und außerdem hast du mich unterstützt.«

»Was blieb mir denn anderes übrig? Sollte ich mich etwa auf die Seite des Barons schlagen? Schließlich bist du meine Frau. Aber so etwas passiert nicht noch einmal. Hast du mich verstanden?«

»Ja.«

»Und wie willst du den Baron eigentlich bezahlen?«

»Ich verfüge über ein Haushaltsbudget für mich und meine Frauen.«

»Dann wirst du diese Summe davon abzweigen müssen. Aber sei in Zukunft mit dem Geldausgeben vorsichtiger, sonst stehst du aus reiner Mildtätigkeit eines Tages ohne einen Penny da.«

»Ja«, sagte sie kläglich.

Chad betrachtete das arme kleine Wesen, um das Stella schützend einen Arm gelegt hatte. Seine Verachtung für den Baron wuchs, wenn das überhaupt noch möglich war. Doch es nützte ihm nichts, sich Shayburn schon jetzt zum Feind zu machen. Er mußte ihm – wenn auch widerwillig – einen Entschuldigungsbrief wegen Chelynnes ungebührlichen Benehmens schreiben.

»Es tut mir leid, daß ich dich verärgert habe«, sagte sie leise.

»Der Baron vertritt das Gesetz in dieser Grafschaft, Chelynne. Er *ist* das Gesetz«, erklärte er. »Er behandelt die Menschen schlecht, schafft sich aber durch Bestechung Rückendeckung für sein Handeln. Durch unlautere Geschäfte hat er ein Vermögen erworben. Und es gibt viele einflußreiche Adelige, die ebenso handeln und hinter ihm stehen. Eine Krähe hackt der anderen kein Auge aus. Wenn du ihn also vor seinen Leuten öffentlich bloßstellst, werden zehn dafür büßen müssen, weil du eine gerettet hast.«

»Wie kann er damit nur durchkommen?«

»Weil es anscheinend niemanden gibt, der ihn daran hindern kann.«

Im Spätsommer waren die Nächte kühl und klar. Sir John Bollering ritt auf die Kuppe eines Hügels und betrachtete das unter ihm im Tal liegende schlafen-

de Dorf. Sein Pferd – eines der besten aus den Hawthorne-Stallungen – scharrte ungeduldig mit dem Huf. Dort lebten die Menschen, die einst Untertanen seines Vaters gewesen waren. John hatte mitansehen müssen, wie sein Vater seinen Besitz und schließlich sein Leben verloren hatte, und sich geschworen, dieses Unrecht zu rächen.
Im Laufe der Jahre war er zu beträchtlichem Reichtum gekommen und hoffte nun, mit Chads Hilfe, den verhaßten Shayburn von den Ländereien, die rechtmäßig ihm gehörten, vertreiben zu können.
Und heute nacht wollte John im Dorf einen Mann aufsuchen, ohne dessen Hilfe sein Plan nicht gelingen konnte. Dieser Mann, Talbot Rath, genoß hohes Ansehen unter den Dorfbewohnern. John kannte ihn seit Jahren; die anderen würden auf seinen Rat hören, denn der Plan bestand darin, das Dorf durch fingierte Angriffe in ein Chaos zu verwandeln, um auf diese Weise legitime Hilfe herbeiholen zu können – Chads Hilfe natürlich – und dem Terror der Truppen des Barons ein Ende zu machen.
Gleich nach dem Betreten der Kate fragte John Rath: »Hast du schon mit deinen Nachbarn gesprochen?«
»Ja. Tess!« rief er. »Bring unserem Freund etwas zu trinken.« Dann sagte er leise zu John: »Viele erinnern sich noch an Euren Vater, aber sie sind heute alte Männer. Es ist besser, wenn wir die jungen Leute auf unserer Seite haben. Alle machen mit, wenn Ihr ihnen niedrigere Abgaben versprecht.«
Da brachte ihm ein junges Mädchen einen Krug Ale. Als er ihr den Krug abnahm, berührte er flüchtig ihre Hand, und ihre Augen leuchteten bei dieser Berüh-

rung auf. John dankte ihr, und sie wandte sich schnell ab.
»Ich habe den anderen noch nicht gesagt, wer diesen Aufstand plant, aber das werden sie bald herausfinden, denn Ihr ähnelt Eurem Vater sehr.«
»Das macht nichts«, entgegnete John. »Hauptsache, Shayburn erfährt nichts davon.«
Das junge Mädchen tat so, als wäre es in der Stube mit etwas beschäftigt, weil es ein paar Worte von der Unterhaltung aufschnappen wollte, bis ihr Vater schließlich sagte: »Komm her, Kind, und setz dich zu uns.«
Glücklich tat sie, wie ihr geheißen. John sah sie bewundernd an und sagte: »Sie wird eine richtige Schönheit, Rath.«
»Ja, wie ihre Mutter. Ich habe jetzt zehn Familien ins Vertrauen gezogen und lege für jede einzelne meine Hand ins Feuer.«
»Aber hast du ihnen auch gesagt, daß unser Plan eventuell scheitern kann und sie dann alles verlieren? Das müssen sie von Anfang an wissen, Rath. Es könnte Tote geben ...«
»Nicht, wenn Papa der Anführer ist«, unterbrach Tess ihn. John mußte lächeln, da sie so heftig für ihren Vater Partei ergriff.
»Du hast eine bewundernswerte Tochter«, meinte John.
»Nicht immer. Sie hat ihren eigenen Kopf und ist oft schlimmer als ein Sack Flöhe zu hüten. Alle Jungen aus dem Dorf sind hinter ihr her. Sie verdreht ihnen allen die Köpfe.«
»Dann verheirate sie doch«, schlug John vor.

»Das ist schon fast geschehen. Sie ist verlobt.«
Tess ließ den Kopf sinken, und John wußte sofort, daß sie mit der Wahl ihres Bräutigams nicht einverstanden war.
»Doch die Hochzeit wird aufgeschoben, bis hier wieder andere Sitten herrschen. Denn dieser Teufel da oben nimmt für sich das Recht der ersten Nacht in Anspruch. Erst vor kurzem stand er im Schlafzimmer einer jungen Braut und richtete sie übel zu. Dieser Schurke wird sich nicht an meinem eigen Fleisch und Blut vergreifen! Bei Gott, ihn bringe ich als ersten um, wenn ich Gelegenheit dazu bekomme.«
John schwieg erschüttert über diese Neuigkeit. Das war eine der häßlichsten Geschichten, die er über Shayburn gehört hatte. Doch so etwas kam auch in anderen Grafschaften vor, ein absolutes Recht ermächtigte die Fürsten dazu. Und wenn jemand seinen Herrn anprangerte, wurde ihm die Zunge herausgeschnitten.
»So können wir nicht weiterleben. Deshalb wird Euch jede Unterstützung zuteil, die Ihr braucht, Sir John. Zwar fürchten alle den Baron, aber niemand ist ihm treu ergeben.«
»Gut. Dann schlagen wir bei Neumond zu, wenn es dunkel ist«, bestätigte John und reichte Rath die Hand. »Vielen Dank, mein Freund.«
Rath entgegnete bewegt: »Dankt nicht mir, Sir John. Ihr seid unsere einzige Hoffnung. Seit über zwanzig Jahren leben wir nun schon unter dieser Knechtschaft.«
»Sei vorsichtig. Ich brauche jeden guten Mann hier.«

»Habt keine Angst, Sir John. Alles ist in die Wege geleitet.«
John ging. Draußen atmete er die kühle, frische Luft ein und marschierte dann hinter die Scheune, wo er sein Pferd zurückgelassen hatte.
Da hörte er ein Geräusch hinter sich und drehte sich schnell um. »John?« rief leise eine weibliche Stimme.
»Tess! Ich wünschte, du würdest mit dieser Torheit aufhören! Wenn ich nun in der Dunkelheit mein Messer gezogen hätte?«
Sie lachte. »Ach, Ihr gebärdet Euch immer so rauh. Dabei seid Ihr ganz anders.«
»Habe ich etwas vergessen?«
»Nein.«
»Hat dein Vater dich geschickt?«
»Nein.«
»Dann hast du dich wieder einmal davongeschlichen?«
Sie kicherte. Er wußte, daß sie ihn sehr gern mochte. Das konnte er in ihren Augen lesen. »Du solltest mir nicht folgen«, schalt er sie.
»Natürlich sollte ich das nicht.«
»Aber warum bist du dann gekommen?«
»Weil ich bei Euch sein will.«
»Und was sagt dein Verlobter dazu?«
»Ich liebe ihn nicht.« Sie zuckte die Schultern. »Und Ihr werdet mir gegen meinen Willen nichts antun.«
»Du forderst den Zorn deines Vaters heraus. Und was erwartest du von mir?«
»Dasselbe wie immer. Eine Zurechtweisung, und dann schickt Ihr mich fort.«

John mußte lachen. »Dein Ehemann wird es mit dir nicht leicht haben. Tess, man sollte dir den Hintern versohlen. Wie vielen Männern hast du schon nachts nachgestellt?«
»Ihr seid der erste«, antwortete sie mit einem Schaudern.
Er zog den Schal enger um sie, und sie ließ es willig geschehen. Der frische Duft ihres Haars stieg ihm verführerisch in die Nase. Er umarmte sie zart. »Es war ein Fehler hierherzukommen, Tess. Du bist kein kleines Mädchen mehr. Jetzt bist du eine Frau und kannst einen Mann schon in Versuchung führen.«
»Ihr seid doch ständig Versuchungen ausgesetzt, Sir, und müßt damit fertig werden.«
»Du kleine Hexe! Welches Spiel spielst du mit mir?«
»Kein Spiel«, sagte sie atemlos.
Er küßte sie, und sie erwiderte seinen Kuß. Als er sie losließ, murmelte er: »Das war nicht dein erster Kuß.«
»Nein«, gestand sie, »aber der beste.«
»Tess«, sagte er ernst, »bist du etwa in mich verliebt?«
»Ja«, antwortete sie einfach. »Bin ich denn deswegen schamlos, weil ich ...«
Er umarmte sie schnell und bedeckte diesmal ihren Mund mit hungrigen Küssen. In ihr stieg ein sehnsüchtiges Verlangen auf, das sie bisher noch nie gekannt hatte.
Als er aufhörte, sie zu küssen, stieß sie einen kleinen Klagelaut aus. Er hielt sie fest an sich gedrückt und streichelte ihr Haar. Sie hörte, wie schnell sein Herz klopfte – genau wie ihres.

»Ach, Tess«, sagte er plötzlich rauh. »Was soll nun werden? Ich bin kein junger Mann mehr, der nur an einem Spiel Gefallen findet. Wenn ich dich noch länger halte, mache ich uns im Heu ein Bett und liebe dich.«
Sie zitterte. Er küßte sie wieder, ganz flüchtig diesmal. »Geh heim, Tess. Gute Nacht.«
Sie drehte sich um und ging. Sie hörte seine schweren Schritte, die sich langsam entfernten. Sie sehnte sich nach ihm mit jeder Faser ihres Herzens. Doch sie war nur die Tochter eines einfachen Bauern.

7

Der Sommer war nur noch eine ferne Erinnerung. Ein kalter Regen fiel über das Land, und der Wind trieb dunkel drohende Wolken vor sich her. Obwohl alle Kamine beheizt wurden, war es kalt in Hawthorne House.

Tanyas Wunden heilten, und sie entwickelte sich zu einem hübschen Mädchen. Außerdem stellte sich heraus, daß sie nicht schwanger war, aber die seelischen Wunden, die sie davongetragen hatte, waren tief und heilten nicht so schnell. Sie konnte oder wollte nicht sprechen. Sie blieb stumm.

Chelynne kümmerte sich um das Mädchen mit aufopfernder Geduld. Entweder sie oder Stella waren ständig in ihrer Nähe. Tanya blühte unter der Liebe der beiden Frauen auf und freute sich über Kleinigkeiten. Dann lächelte sie. Auch kleidete sie sich sehr sorgfältig von dem Geld, das Chelynne ihr gab. Und sie war fleißig und höflich.

Diese Fürsorge um Tanya lenkte Chelynne von ihren anderen Problemen ab. Chad sah sie nur selten, und sie war jetzt zu dem Schluß gekommen, daß er sie mied, weil sie so jung war. Deshalb versuchte sie, durch Kleidung und Auftreten älter zu wirken.

Die Monotonie dieser Tage wurde durch ein Schreiben von Lady Graystone unterbrochen, die ihren

Besuch ankündigte. Chelynne war entzückt. Sie hoffte, durch diese weltgewandte Frau mehr Sicherheit im Auftreten zu gewinnen, und beschloß daher, ihr den Aufenthalt im Herrenhaus so angenehm wie möglich zu machen.

Obwohl es nicht zu ihren Aufgaben gehörte, überwachte sie persönlich das Herrichten des Gästegemachs, stellte die Speisenfolge zusammen und befahl jedem Dienstboten, besonders höflich zu Lady Graystone zu sein. Merkwürdigerweise schien sich Chad wenig für die Besucherin zu interessieren, aber das kümmerte Chelynne nicht.

Schließlich traf die Lady ein. Chelynne hatte sich mit ihrem Äußeren viel Mühe gegeben. Sie hatte etwas Angst vor der Baronin, die in einer pompösen Kutsche vorgefahren war und von Lakaien in roter Livree begleitet wurde. Sie entstieg ihrem Gefährt wie eine Königin in einem samtenen, juwelenbesetzten Reisekleid, das großzügig dekolletiert war und ihren prachtvollen Busen enthüllte. Chelynne seufzte bei diesem Anblick, und ihr entging Chads finsterer Gesichtsausdruck vollkommen.

Ohne die Hausherrin auch nur eines Blickes zu würdigen, eilte Lady Graystone mit ausgestreckter Hand auf Chad zu. Er verneigte sich steif: »Seid gegrüßt, Gwendolen. Wie nett von Euch, uns zu besuchen.«

»Die Reise war staubig, Milord«, sagte sie mit einem hellen Lachen. Ihre Augen wanderten zu Chelynne, und sie nickte kurz. Chelynne starrte sie mit so offener Bewunderung an, daß Gwen fast darüber gelacht hätte. Diese dumme Gans war auch noch froh über ihren Besuch! »Kann ich mich vor dem Tee etwas erfrischen?« fragte Gwen ihre Gastgeberin.

»Natürlich. Ganz wie Ihr wünscht. Chad?«
Chads nächste Reaktion verwirrte beide Frauen. Er nahm einfach den Arm seiner Frau und betrat mit ihr hinter seinem Gast das Haus. Dort bat er einen Diener, Lady Graystone auf ihre Zimmer zu geleiten. Ein Verhalten, das jeder Etikette Hohn sprach!
Gwen blieb nichts anderes übrig, als dem Diener zu folgen. Doch als sie verschwunden war, sagte Chelynne besorgt zu ihrem Mann: »Hoffentlich hast du sie durch dein Verhalten nicht beleidigt. Du hättest etwas höflicher sein können.«
Er knurrte: »Du machst dir ihretwegen zuviel Sorgen, Chelynne. Man merkt, daß du sie überhaupt nicht kennst.«
»Wie könnte ich das? Ich habe sie erst einmal gesehen.«
»Nun, ich kenne sie schon seit vielen Jahren. Gehen wir in den Salon. Der Tee wartet.«
Als Gwendolen sich etwas später dort zu ihnen gesellte, verbreitete sie Klatschgeschichten vom Hof. Chelynne hörte nur mit halbem Ohr zu. Der Herzog von Buckingham hatte den Ehemann seiner Geliebten in einem Duell getötet. Barbara Palmer, die langjährige Favoritin des Königs, hatte »abdanken« müssen, und man munkelte, daß sie jetzt ihre Liebhaber sogar bezahle. Chelynne waren diese Geschichten peinlich, denn es war nur von Ehebruch oder Abtreibungen die Rede. Außerdem schockierte sie die offene Ausdrucksweise der Baronin.
Obwohl erst seit kurzem Witwe, hielt sie es nicht für nötig, Schwarz zu tragen, und wenn sie sprach, richtete sie das Wort ausschließlich an Chad, was Che-

lynne merkwürdig fand. Sie hätte ebensogut unsichtbar sein können.
»Und fahrt Ihr nach London, Chad?« fragte Gwen.
»Ja. Aber ich weiß noch nicht, wann. Meinem Vater geht es nicht gut.«
»Wie bedauerlich. Wo werdet Ihr wohnen?«
Chelynne spitzte die Ohren, denn von dieser Reise war noch nicht die Rede gewesen. »Ich habe dort ein Haus, Gwen.«
Gwen versteifte sich. »Seit wann denn?« fragte sie.
»Ach, schon seit zwei Jahren«, entgegnete Chad lächelnd.
Vielleicht war er sich nicht einmal bewußt, daß er mit seinen Worten beide Frauen verletzt hatte. Erstens wußte Chelynne nichts von einer Residenz in London. Und zweitens war Gwen vor weniger als zwei Jahren dort seine Geliebte gewesen. Doch damals hatten sie ihre Schäferstündchen immer im Zimmer einer ziemlich schäbigen Taverne verbracht. Beide Frauen waren also auf dieses Haus neugierig.
Chelynne saß brav mit gefalteten Händen wartend da, während Gwen innerlich kochte. Am liebsten hätte sie diesem gutaussehenden Burschen das Gesicht zerkratzt! Er hatte sie wie eine gemeine Dirne behandelt! Sie wollte ihm schon die passenden Worte entgegenschleudern, als Tanya mit einem Tablett voller Kuchen in den Salon kam. Gwens Augen nahmen einen bösartigen Ausdruck an.
»Chelynne, ist das etwa das kleine Mädchen, das Ihr Lord Shayburn abgekauft habt?«
Chelynne sah, wie Tanya zusammenzuckte, als die-

se den verhaßten Namen hörte. Mit einer freundlichen Geste bat sie das Mädchen, das Tablett abzustellen. Dann schickte sie es mit einem Lächeln fort.
»Verzeiht, Milady«, sagte Chelynne, »aber wir sprechen in Tanyas Gegenwart nicht von diesen Dingen. Sie hat schon genug durchgemacht.«
»Aber Ihr habt ein Wunder an ihr vollbracht, meine Liebe. Mir wurde erzählt, Ihr habt sie dem Baron einfach auf der Straße weggenommen«, sagte sie lachend. »Dazu gehört Mut, denn dieser Mann läßt sich nicht leicht überlisten.«
»Ich wollte ihn nicht überlisten, Madam. Ich konnte das Mädchen nur nicht guten Gewissens bei ihm lassen. Sie wurde vergewaltigt.«
»Aber hier scheint es ihr sehr gut zu gehen«, bemerkte Gwen.
»Das stimmt«, bestätigte Chad. »Chelynne hat sich mit ihr viel Mühe gegeben.«
Chelynne fragte sich, woher er von ihren Bemühungen wußte, da er doch meistens nicht zu Hause war. Doch dann wandte sie sich an Gwen. »Woher wißt Ihr davon?«
Die Baronin lachte. »Wie, Chad, habt Ihr Eurer Frau denn nicht von Euren Besuchen bei mir erzählt? Sicher wird sie jetzt schlimme Gedanken hegen.«
»Ich glaube nicht, daß sie Schlimmeres denken wird, als Ihr beabsichtigt habt«, murmelte er.
»Chelynne, Euer Mann und ich kennen uns schon sehr lange. Wir haben schon als Kinder zusammen gespielt.« Mit diesen Worten warf sie Chad einen wissenden Blick zu, damit Chelynne merkte, daß es sich nicht nur um kindliche Spiele gehandelt hatte.

Mit falscher Aufrichtigkeit fuhr sie dann fort: »Seit dem Tode meines Mannes hatte ich einige Probleme mit der Verwaltung meines Besitzes. Ich hoffe, Ihr nehmt es mir nicht übel, aber in diesen Angelegenheiten vertraue ich nur Eurem Mann.«

»Gewiß nicht«, entgegnete Chelynne freundlich, »Ihr könnt Euch immer an uns wenden, wenn es nötig ist.«

Während der folgenden Unterhaltung fühlte sich Chelynne immer unwohler und wäre am liebsten gegangen. Sie kam sich wie eine Fremde in ihrem eigenen Heim vor. Schließlich konnte sie es nicht länger aushalten und bat, sie zu entschuldigen, da sie sich für das Dinner umziehen wolle.

Sie floh in ihr Zimmer. Sie war entsetzt über das, was sie eben gehört hatte: die lockeren Sitten bei Hof. Wenn ein Mann bei seiner Frau keine Befriedigung fand, suchte er sie eben anderswo.

Sie saß mit geschlossenen Augen in ihrem Sessel. Zu ihrer Überraschung hörte sie Chad vor ihrer Tür ihren Namen rufen.

»Chelynne?« Sie stand auf und öffnete. »Ich dachte, du schliefst.«

»Nein. Komm herein.«

»Ich möchte dir erklären ...«

»Das ist nicht nötig.«

»Es ist nötig, sonst wäre ich nicht gekommen«, sagte er bestimmt. »Ich kann dieser Frau nicht den Mund verbieten. Hör mir jetzt gut zu. Gwen ist eine ausgekochte Person und eine Meisterin der Intrige. Sie spielt Spiele, von deren Existenz du nicht einmal etwas ahnst. Es stimmt, sie war einmal meine Geliebte, aber sie ist es nicht mehr.«

»Du scheinst sehr vertraut mit ihr zu sein.«
»Natürlich bin ich das. Aber sie möchte, daß du glaubst, wir hätten noch immer ein Verhältnis. Sie hat schon immer ein Auge auf diesen Besitz geworfen und möchte sich mir wieder an den Hals werfen. Laß dich von ihrem ungebührlichen Benehmen nicht verärgern, Chelynne. Sie ist das nicht wert.«
»Sie mag mich nicht«, murmelte Chelynne.
Chad lachte. »Sie mag nur sich selbst, meine Liebe. Wenn du erst einmal Gräfin bist, wird sie dich zuvorkommender behandeln, dessen kannst du gewiß sein. Du mußt lernen, mit solchen Intrigantinnen fertig zu werden, wenn wir erst einmal in London sind.«
»Ich hatte mich so auf London gefreut«, sagte sie seufzend. »Und nun ... ich weiß nicht recht ...«
»London heutzutage ist alles andere als vergnüglich. Es ist ein Sauhaufen – verzeih diesen Ausdruck! –, und du lernst dort Leute kennen, denen du lieber ins Gesicht spucken möchtest, als ihnen mit Höflichkeit zu begegnen.«
»Dann bleibe ich lieber hier.«
»Ich fürchte, das wird nicht gehen. Ich habe dort geschäftliche Dinge zu erledigen, die längere Zeit in Anspruch nehmen. Die Leute würden sich fragen, warum du mich nicht begleitest.«
»Ich dachte, daß die Ehefrauen oft zu Hause ...«
»Das kommt nicht in Betracht. Und ich werde dich auch nicht zu jeder Veranstaltung begleiten können. Ruh dich jetzt aus. Wir sehen uns dann beim Dinner.«

Gwen war als erste im Salon. Sie drückte einem jungen Dienstmädchen ein paar Münzen in die Hand, die ihr dafür mit einem verschwörerischen Lächeln dankte. Ihre Chancen standen zwar schlecht, aber sie gab niemals auf.
Als Chad zuerst und allein kam, freute sie sich. Er schenkte ihr ein Glas Wein ein. Als sie es nahm, berührte sie wie zufällig seine Hand und sah ihn mit einem bezaubernden Lächeln an.
»In deinem Haus wird viel geklatscht, Chad«, sagte sie nach langem Schweigen.
»Ach? Nun, es wird überall geklatscht.«
»Es heißt, daß es zwischen den Jungvermählten nicht viel Liebe gibt.«
Er lachte und nippte von seinem Glas, wobei er ihr über den Rand einen amüsierten Blick zuwarf. »Das ist doch Musik für deine Ohren, wie, Gwen?«
»Dann stimmt es also? Du machst dir nichts aus ihr?«
»Mach dir nicht zu viele Hoffnungen, Gwen. Meine Frau bedeutet mir sehr viel.«
»Aber es heißt, daß du sie nicht oft besuchst, und wenn du es tust, bleibst du nie sehr lange.«
Er lachte wieder. Ihre Worte schienen ihn zu erheitern. »Vor allem du solltest doch wissen, daß es mir nicht an Erfindungsgabe mangelt.«
Gwen fühlte einen scharfen Schmerz, als hätte sie jemand mit einer Nadel gestochen. Chad hatte sich sehr verändert. Jetzt verurteilte er Eigenschaften an ihr, die er früher einmal geliebt hatte. Es hatte eine Zeit gegeben, wo die Leidenschaft ein starkes Band zwischen ihnen gewesen war, und jetzt betrachtete

er sie fast als einen Fluch. Sie wollte ihn verletzen und sagte: »Manche Leute zweifeln sogar, daß die Ehe jemals vollzogen wurde.«
Er lächelte, doch seine Augen waren eiskalt. »Das ist amüsant, Gwen. Ich habe hinsichtlich dieser Tatsache überhaupt keine Zweifel.«
Jetzt ging Gwen zu weit. »Welche Farce spielst du da? Ich kenne dich lange genug und weiß, daß dieser Fratz deinen Ansprüchen nicht genügt, um dir die Zeit in langen Winternächten zu vertreiben! Ich könnte dieses Kind lehren …«
»Hüte dich!« fiel er ihr barsch ins Wort. »Sie ist genauso, wie ich sie mir wünsche.«
»Die Rolle des galanten Ehemanns steht dir nicht, Liebling«, höhnte sie.
»Wirklich? Dafür spielst du die Rolle einer Hure perfekt.«
»Wie kannst du es wagen!«
»Wie ich das wagen kann? Weil du dich mir hingegeben hast. Und nicht nur mir, sondern vielen anderen Männern auch.«
»Du Scheusal!«
»Dann willst du also nicht mehr mit mir schlafen? Wie schade!« Seit seiner Hochzeit hatte ihn Gwen mehrmals zu sich rufen lassen. Aus geschäftlichen Gründen, wie sie behauptete, doch kaum saß er in ihrem Salon, hatte sie ihm unzweideutige Angebote gemacht. Das hatte ihn nicht überrascht, aber er war nicht auf ihr Spiel eingegangen. Ihr Körper erregte ihn nicht mehr. Seine Gedanken galten einem jungen Mädchen – seiner Frau.
»Chad«, seufzte Gwen. »Ich bin nicht gekommen,

um mit dir zu streiten. Nach dem, was wir einander bedeutet haben ...«

»Unsere Affäre ist zu Ende, Gwen. Und jedes Wort, das du nun sagst, entfernt uns auch in freundschaftlicher Hinsicht voneinander. Ich bin nicht einer deiner unzähligen Galane und lasse es nicht zu, daß du meiner Frau durch deine Andeutungen Kummer machst. Ich hoffe, du hast mich verstanden.«

»Du wirst nie begreifen ...«

»Da täuschst du dich, meine Liebe. Ich begreife dich sehr gut.«

Gwen stand auf und ging nervös im Zimmer hin und her. Sie hatte verloren, verloren gegen dieses Kind, das sich als Frau aufspielte. Jetzt war sie fast dreißig – eine schöne, reife Frau – und mußte mit diesem kleinen Mädchen konkurrieren. Ihre Gedanken schweiften zu der Zeit zurück, als sie ebenso jung und noch jünger gewesen war. Sie hatte so früh im Leben den Freuden der körperlichen Liebe gehuldigt, daß Chelynne ihre Tochter hätte sein können! Angst erfüllte sie, als sie sich umdrehte und Chad mit grünen, blitzenden Augen ansah.

»Ihre Jugend ist an allem schuld!«

Chad lächelte süffisant. Er wußte, wie eifersüchtig Gwen darauf war. Er sagte langsam: »Da magst du schon recht haben.«

»Du scheinst eine Vorliebe für Kinder zu hegen«, giftete sie. »Wenn sie älter wird, wirst du sie wahrscheinlich verstoßen und dir neues junges Fleisch suchen.«

»Wovon, zum Teufel, sprichst du?«

Sie lachte böse. »Du hast dir viel Mühe gegeben, das

alles geheimzuhalten, aber vergeblich. Ich habe von deinen Hurereien gehört. Ich weiß sogar, daß du das Balg eines Schmieds verführt hast. Es heißt, daß sie sogar ein Kind bekommen hat ...«

»Halt den Mund!« befahl er ihr. »Oder du wirst es noch bereuen.«

Sie reagierte mit einem lauten, noch böseren Lachen. Jetzt hatte sie endlich seinen empfindlichen Nerv getroffen! Er *war* in dieses Mädchen verliebt; sie hätte es nicht für möglich gehalten. »Aha! Es paßt dir nicht, wenn man über deinen Bastard redet. Wie, Milord?« flötete sie. »Erzähl deiner lieben Freundin doch mal, wie viele kleine Bastarde von dir hier herumlaufen ...«

Mit eisernem Griff packte er ihre beiden Arme. Sein Gesicht war so nah, daß sie seinen Atem spüren konnte. In diesem Augenblick hatte sie Angst vor ihm.

»Ich habe keine Bastarde in die Welt gesetzt, Gwen. Und da ich mit dir fertig bin, gehe ich auch zu keiner Hure mehr. Hüte dich, noch mehr Lügen zu verbreiten. Ich verspreche dir, daß du das sonst bereuen wirst.«

Die Flügeltür des Salons wurde geöffnet, und Chelynne stand da. Sie zögerte, sah die beiden an, die sich offensichtlich ungeniert umarmten. »Ent ... Entschuldigung«, stammelte sie. Chad ließ Gwen so plötzlich los, daß sie fast gefallen wäre. Mit einem unterdrückten Schrei eilte Chelynne die Treppe empor. Chad lief hinter ihr her.

Den ganzen Weg über dachte sie: Ich entschuldige mich noch, wenn ich meinen Mann in den Armen

einer anderen Frau überrasche. Du meine Güte! Mit einem Knall fiel hinter ihr die Tür ins Schloß. Stella eilte herbei, während Chelynne wütend in ihrem Zimmer auf- und abmarschierte.
Ich spiele die brave Ehefrau, dachte sie zornig, wage es nicht, mich meinem Mann zu nähern! Spiele die Gastgeberin, sogar seiner Mätresse gegenüber, bettle um einen Kuß, während er hier ungeniert mit dieser Hure schläft! Hach! Und da soll ich ihn lieben? Ihn begehren? Wie sollte er mich auch haben wollen, wenn diese Frauenzimmer ihm zu Füßen kriechen und ihren Charme spielen lassen?
Ihre Schlafzimmertür wurde aufgestoßen, und Chad stapfte wütend herein. Mit einem Finger deutete er auf Stella. »Raus!« befahl er. Die alte Frau floh.
Chelynne trat ihm kühn entgegen. »Wollt Ihr mir wieder einmal etwas erklären, Milord?«
»Das brauche ich nicht. Beruhige dich, und hör mir zu. Gwen möchte nur dein Selbstvertrauen erschüttern. Urteile nicht nach dem, was du glaubst, gesehen zu haben. Du kennst die Umstände nicht.«
»Dann möchte ich wissen, aus welchem Grund du sie umarmt hast. Wurde sie vielleicht ohnmächtig?«
»Das geschah aus Zorn, nicht aus Leidenschaft!«
»Dann sag mir: Was muß ich tun, um einen derartigen Zorn in dir hervorzurufen? Welche Sünde muß ich begehen, damit mich mein Mann in die Arme nimmt? Du mußt mich für eine törichte Gans halten!«
»Nicht töricht, aber kleinlich.«
»Verschwinde!«
Er war vor Zorn wie versteinert. »Du gibst mir keine

Befehle«, sagte er langsam. »Reg dich ab und erfrische dich, damit du die Gastgeberin spielen kannst.«

»Was? Du erwartest, daß ich diese Rolle für eine Hure spiele?«

»Chelynne«, sagte er warnend.

»Nein! Ich sehe doch nicht zu, wenn diese Schlampe meinen Mann umgarnt! Such dir jemand anderen, der dieses Spiel mitmacht.«

»Du wirst tun, was ich befehle!«

»Ich lasse mich nicht mehr demütigen!« Tränen des Zorns liefen über ihre Wangen. »Außerhalb dieses Hauses kannst du tun, was du willst, aber hier lasse ich mich nicht zur Helfershelferin machen. Ist Lady Graystone vielleicht eines deiner kleinen Probleme, weswegen du mit mir diese Abmachung getroffen hast?«

»Sie bedeutet mir nichts! Hör mit deinen Beschuldigungen auf! Ich werde darauf nicht antworten!«

Wütend ballte sie die Fäuste; ihr Mund war nur noch ein schmaler Strich. »Was bin ich denn für dich? Ein Dienstbote? Eine Haushälterin? Ein Schmuckstück unter anderen? Oder sogar eine Freundin?«

»Du bist meine Frau!«

»Bin ich das? Nein! Ich bin nur Gast in diesem Haus. Und dazu noch ein Gast von geringer Bedeutung. Du behandelst die Pferde in deinem Stall mit größerer Fürsorge als mich!« Sie trat auf ihn zu und blickte furchtlos in seine grauen, verschleierten Augen. »Nein, Chad. Ich kümmere mich um dein Wohlbefinden und fürchte mich vor deinen Launen. Ich spiele die Hausherrin, wenn du es wünschst, aber ich beuge nicht den Kopf vor deiner Mätresse. Du kannst mich zu allem benutzen, aber nicht dazu. Ich habe dir vor Gott Treue geschworen und werde diesen Schwur halten. Aber das kannst du nicht von mir verlangen, wenn ich auch nicht wichtig für dich bin.«

Er sah sie verwundert an. Zum erstenmal hatte sich ihr Zorn gegen ihn gerichtet. Er hatte sie mit Shayburn beobachtet, diesem Zwischenfall aber nicht allzuviel Bedeutung beigemessen. Niemals hätte er erwartet, daß sie so mutig auftreten würde.

»Du bist ja ein richtiger Zankteufel. Und noch stolz dazu«, murmelte er.

»Ja«, sagte sie. »Dein Reichtum erlaubt mir eine Lebensweise, die ich vielleicht nicht gekannt hätte, aber ich kämpfe, wenn mein Stolz verletzt wird. Und wenn du mir den nimmst – gehe ich.«

»Ich hätte nicht gedacht, daß sich unter einem so sanften Äußeren ein derart entschlossener Wille verbirgt. Sag mir, worum kämpfst du überhaupt?«

»Meine Gefühle für dich sind kein Geheimnis. In Wahrheit frage *ich* mich, wofür ich eigentlich kämpfe.«

»Dann komm jetzt. Wir essen bald.«

»Nein, Milord. Die Gastgeberin spiele ich nicht.«

»Ich habe das Recht, dich wegen Ungehorsams zu schlagen.«

Sie drehte sich um, ging zur Kommode, wo ihre Peitsche lag, und reichte sie ihm. »Soll ich meinen Rücken entblößen, Milord?« fragte sie mit gefährlich funkelnden Augen.

»Ihr habt außerordentlichen Mut, Milady«, entgegnete er. Ihre Handlungsweise gefiel ihm auf seltsame Art. »Würdest du wirklich so weit gehen?«

»Ja, Milord. Diener werden geschlagen, und in Euren Augen bin ich ja nichts anderes als eine Dienerin. Aber selbst ein Diener muß seine Selbstachtung behalten.«

»Ihr seid mehr Gräfin als Dienerin«, sagte er und wollte ihre Wange berühren. Aber sie trat einen Schritt zurück und verbat sich diese Geste. Er lachte leise. »Nun, Lady Graystone wird eben ihre Lektion lernen müssen. Das wird ihr sicher nicht schaden. Du hast meine Erlaubnis hierzubleiben. Doch inzwischen will ich nachsehen, ob es ihr an nichts fehlt.«

»Ich bin sicher, Ihr sorgt dafür«, sagte sie eisig.

Er lachte wieder, diesmal amüsiert. Er war nicht länger zornig. »Eifersucht steht dir gut, Chelynne. Ich habe nicht gewußt, daß ich dir soviel bedeute.«

Sein spöttischer Ton löste Haß in ihr aus. Sie nahm eine kleine Figur vom Kaminsims und warf damit nach ihm. Er duckte sich. Das Wurfgeschoß verfehlte sein Ziel und zersplitterte. »Ich muß Lady Graystone warnen«, sagte er heiter. »Die gute Lady weiß gar nicht, daß sie sich in Lebensgefahr befindet.«

Mit einem letzten Lachen ging er. In einem Wutanfall warf sie sich aufs Bett. Doch die Wut ließ bald nach, und sie brach in Tränen aus. Als sie sich ausgeweint hatte, schlief sie ein.

Etwa nach einer Stunde wachte sie wieder auf, erfrischte sich und zog ein bequemes Hauskleid an. Sie hatte Hunger und ordnete an, daß man ihr das Essen aufs Zimmer bringe. Als das Mädchen den Tisch deckte, stand sie am Fenster. Mit einem Seufzer drehte sie sich um und sah, daß der Tisch für zwei gedeckt war.

»Nimm das zweite Gedeck weg«, sagte sie. »Ich esse allein.«
»Aber, Milady«, entgegnete das Mädchen, »Milord sagte mir, ich solle ihm Bescheid geben, wenn Ihr bereit zum Essen seid.«
»Wo ist er?« fragte sie überrascht.
Das Mädchen deutete auf die Tür zum Salon, und Chelynne öffnete sie ungläubig. Chad saß dort am Tisch und schrieb. Doch beim Geräusch der sich öffnenden Tür blickte er auf und lächelte sie an.
»Möchtest du jetzt gern essen, Liebes?«
Sie nickte nur. Er stand auf und ging zu ihr.
»Wo ist Lady Graystone?« fragte sie verwirrt.
»Sie diniert allein.« Er zuckte die Schultern. »Sie ist ein Teufel. Das wird ihr Mütchen kühlen.«
Chelynne unterdrückte nur mühsam ein Kichern.
»Sie wird überall verbreiten, wie schändlich wir sie behandelt haben.«
»Das glaube ich nicht, Chelynne. Es könnte nur *ihrem* Ruf schaden.«
»Sie würde also lügen?«
»Chelynne, du darfst nicht jedem blindlings vertrauen, den du kennenlernst. Natürlich würde sie lügen. Sie würde lügen, stehlen, drohen, alles tun, um das zu bekommen, was sie haben will.«
»Wie hast du dich bei ihr entschuldigt?«
»Überhaupt nicht. Sie verdient keine Entschuldigung.«
»Ihr seid höchst galant, Milord, mir über diese einsamen Stunden hinwegzuhelfen, wenn jemand Euch sehnsüchtig erwartet.«
Chad runzelte die Stirn. Er wußte nicht, ob diese

Worte aus Naivität oder Zynismus gesprochen worden waren. »Ich bin nicht galant, meine Liebe. Du gehörst mir, und ich bin für dich verantwortlich. Ich gebe dir nur, worauf du ein Anrecht hast.«

»Ihr seid zu liebenswürdig«, murmelte sie enttäuscht. Offener hätte er es nicht sagen können, daß sie für ihn nur eine Verpflichtung war, er sie aber nicht begehrte.

Während er ihr den Stuhl zurechtrückte, sagte er: »Doch einen solchen Zornesausbruch in meiner Gegenwart möchte ich nicht mehr erleben. Ganz gleich, ob er berechtigt war oder nicht. Bitte, halte dich daran.«

»Du gibst dir viel Mühe mit mir«, seufzte sie. »Ich frage mich, warum.«

Er setzte sich ihr gegenüber und hob sein Glas. »Das frage ich mich auch, Chelynne.«

Er dachte, sie würde jetzt wieder weinen, aber als er sie ansah, lächelte sie. »Dieses Haus in London, Chad. Wie sieht es aus?«

»Es ist nicht so groß wie dieses hier und auch nicht so exquisit, aber es genügt meinen Ansprüchen. Falls der Graf in der Lage ist zu reisen, wird er in seinem eigenen Haus wohnen.«

»Zwei Häuser in einer Familie? Ist das nicht seltsam?«

»Ehe mein Vater mich nach Hause zurückholte, kümmerte ich mich viel ums Reedergeschäft. Deshalb mußte ich mich oft in London aufhalten und kaufte schließlich das Haus eines Freundes in der Nähe des Hafens, weil es meinen Bedürfnissen vollkommen entspricht.«

»Wann werden wir nach London reisen?«
»Ich weiß es nicht. Das hängt vom Wetter und vom Gesundheitszustand des Grafen ab. Ich habe dort dringende Geschäfte zu erledigen, die nicht mehr viel länger warten können. Die Rolle des Landedelmanns liegt mir nicht, Chelynne. Ich bin Geschäftsmann und besitze mehrere Schiffe. Obwohl ich dem König verpflichtet bin, gilt der Reederei mein Hauptinteresse. Denn diese Position habe ich mir aus eigener Kraft geschaffen – ohne Hilfe.«
»Und wirst du auch an Bord eines deiner Schiffe gehen?« fragte sie zögernd.
»Nicht in unmittelbarer Zukunft. Aber die Notwendigkeit wird sich vielleicht ergeben. Ich besitze eine Plantage auf Jamaica und Land in Virginia. Das möchte ich, solange es geht, von hier aus verwalten, aber vielleicht muß ich eines Tages reisen ... Die Zeit wird das erweisen. Mir würde es gefallen, hier keine Verpflichtungen mehr zu haben.«
Sie hörte ihm aufmerksam zu. Noch nie hatte er so ausführlich über sich gesprochen. »Virginia«, murmelte sie, »in Amerika ...«
»Die schönste unberührte Natur, die ich gesehen habe. Eine Wildnis. Ein Adeliger, den ich vor fast zwanzig Jahren kennenlernte, siedelte mit seiner Familie dort. Ich wollte eigentlich nur eine Schiffsladung Tabak in Virginia abholen, blieb dann aber ein paar Monate, so gut gefiel mir das Land.«
»Vor fast zwanzig Jahren?« Er erschien ihr alterslos. Er war zwar siebzehn Jahre älter als sie, hatte im Leben aber schon soviel Erfahrungen gemacht, mehr als viele Männer während ihres ganzen Lebens.

Sie sah ihn bewundernd an, während er sprach. Und er hörte gar nicht mehr auf. Als sie dann schließlich ein Gähnen unterdrückte, schlug er vor, sie solle zu Bett gehen. Nachdem Stella sie ausgekleidet und für die Nacht zurechtgemacht hatte, trödelte er mit einem Brandyglas in der Hand in ihrem Schlafzimmer herum. Das fand sie seltsam. Doch noch erstaunter war sie, als er die Kerze ausblies, sich entkleidete und zu ihr ins Bett schlüpfte.
Er lachte leise – fast entschuldigend – und sagte: »Diese geschwätzigen Dienstboten werden alles brühwarm Gwen berichten, auch daß ich die Nacht im Bett meiner Frau verbracht habe.«
Chad schien sich neben ihr wohl zu fühlen. Sein tiefes, gleichmäßiges Atmen zeigte an, daß er sofort eingeschlafen war. Doch Chelynne konnte nicht so leicht Schlaf finden. Seine Nähe beunruhigte und erregte sie zugleich.

Drei Tage nach Lady Graystones Ankunft wurde Chelynne benachrichtigt, daß die Baronin abreisen wolle. Chelynne hatte jeden Kontakt mit ihr vermieden, sich nur gefragt, ob Chad mit ihr zusammen sei, diese Frage aber nie gestellt. Das verbot ihr ihr Stolz. Sie war noch immer wütend und verletzt und zeigte diese Gefühle auch.
Als Gwen abgereist war, kehrte die gewohnte Monotonie auf Hawthorne House wieder ein. Chad war nur selten da, und Chelynne ritt aus oder besuchte den kranken Grafen. Der alte Mann wurde immer schwächer. Es bestand keine Hoffnung, daß er nach London reiste, außer, es geschähe ein Wunder.

Jeden Tag las Chelynne ihm nachmittags vor, und jedesmal, wenn sie ging, wußte sie nicht, ob dies der letzte Nachmittag sein würde.
»Der Geruch des Todes ist bereits so stark, daß er jeden anderen Menschen vertreibt. Aber du kommst immer noch zu mir. Du bist ein Engel, Chelynne. Ich bin dir sehr dankbar.«
»Nein, ich bin kein Engel«, sagte sie lachend. »Auch Ihr vertreibt mir die Zeit.«
»Es gibt Dinge, die ich nicht mit ins Grab nehmen möchte, Chelynne. Sag mir, habe ich falsch gehandelt? Hat sich mein Sohn noch immer nicht mit der Ehe abgefunden?«
»Er ist sehr gut zu mir, Milord.«
»Natürlich ist er gut zu dir. Er ist tolerant und gerecht. Liebt er dich?«
Sie blickte in ihren Schoß und legte ihre Hände auf das geschlossene Buch. »Auf seine Weise«, murmelte sie. »Ja, auf seine eigene Weise liebt er mich vielleicht.«
»Aber du bist nicht schwanger?«
»Noch nicht. Wir haben viel Zeit, Milord.«
»Die Zeit ist etwas sehr Zwiespältiges, Chelynne. Auf der einen Seite heilt sie Wunden, und auf der anderen Seite ist sie ein Fluch – sie führt zum Tod.«
Chelynne betrachtete den alten Mann und sah eine neu erwachte Energie aus seinen Augen leuchten. Sein Körper war zerstört und die Aura des Todes fast greifbar.
»Jedesmal, wenn ich für meinen Sohn etwas plante, hatte ich nur sein Bestes im Sinn. Doch zwischen uns beiden hat es nie Verständnis gegeben. Ich habe

versagt. Was dich angeht, möchte ich nicht versagen. Laß ihm Zeit, schenke ihm Vertrauen und Liebe, aber wenn er dir alles nehmen will – so wie er mir alles genommen hat –, tu, was du tun mußt. Laß dich von ihm nicht zerstören.«

»Warum sagt Ihr mir das? Warum ermutigt Ihr mich, mich von ihm zu trennen?«

»Weil ich es war, liebes Herz, der dich ihm zuführte. Und weil ich mein Gewissen erleichtern möchte, ehe ich sterbe. Ich verdiene seinen abgrundtiefen Haß nicht, auch wenn er das glaubt.« Dann stöhnte der Lord und murmelte: »Er haßt mich mit jeder Faser seines Seins.«

»Er wird kommen und Euch um Verzeihung bitten …«

»Nein! Ich brauche das nicht mehr. Ich bin ihm keine Rechenschaft schuldig. Ich habe immer nur getan, was ich tun mußte. Chad ist jetzt ein Mann und sollte wissen, was die Liebe eines Vaters bedeutet. Ich habe ihn wie ein alter Narr angefleht und gebeten, mich zu verstehen, einzusehen, daß er mir in vielen Dingen unrecht tut. Das tue ich nicht mehr. Wenn ich nicht einmal in Würde sterben kann, welchen Sinn hat dann mein Leben gehabt?« Chelynne senkte traurig den Kopf. Sie konnte dem Sterbenden keine Antwort geben. Sie sah ihn mit Tränen in den Augen an und streichelte seine faltige Hand. »Seid unbesorgt, Milord. Wenn ich Chad irgendwie helfen kann, tue ich es. Es gibt immer noch ein Morgen.«

»Für dich gibt es noch viele. Aber eines Tages wirst du so alt wie ich sein. Hoffentlich mußt du dir dann

nicht die Frage stellen, was du aus deinem Leben gemacht hast.«
Sie stand auf und küßte ihn auf die Wange und zwang sich zu einem Lächeln. »Das wird nicht geschehen. Alles wird gut.«
Entschlossen betrat sie dann ihren Salon und schickte Bestel nach Chad. Er war der einzige, der immer wußte, wo sich sein Herr aufhielt. Am Spätnachmittag erst kehrte Chad zurück.
»Man sagte mir, es sei dringend.« Seine Stimme klang verärgert, weil Chelynne ihn hatte holen lassen.
»Es geht um deinen Vater. Er liegt ... im Sterben.«
»Ich bin überrascht, daß er so lange dazu gebraucht hat. Schon vor einem Jahr glaubte ich, es sei hoffnungslos.«
»Diesmal ist es anders, Chad. Er möchte sterben.«
»Gut«, murmelte er. Chelynne sah ihn entsetzt an.
»Er hat viel gelitten, Chelynne. Es tut mir weh, ihn auf diese Weise verlöschen zu sehen. Ich wünsche mir, daß er jetzt endlich Ruhe findet.«
»Chad, du mußt zu ihm gehen ...«
»Ja, ich gehe.«
»Streite nicht mehr mit ihm, Chad. Er stirbt mit schwerem Herzen. Mach deinen Frieden mit ihm ... wenn nicht seinetwegen, dann deinetwegen.«
Er starrte sie durchdringend an. Noch nie zuvor hatte sie den Streit zwischen Vater und Sohn erwähnt. Jetzt versagte ihr die Stimme. Als er gehen wollte, berührte sie zaghaft seinen Arm. »Chad, ich habe nie die Liebe meiner Mutter oder meines Vaters gekannt. Ich lebte als Mündel im Haus meines Onkels

und würde alles auf der Welt geben, könnte ich nur einmal für kurze Zeit mit einem von beiden sprechen.«
Ohne Antwort drehte er sich um und ging. Sie war zutiefst bewegt, denn sie hatte alles ausgesprochen, was sie zu sagen wagte. Sie konnte nur noch hoffen, daß Chad ihren Ratschlag beherzigte.
Eine unnatürliche Stille senkte sich über das ganze Haus. Die Dienstboten sprachen nur noch flüsternd miteinander. Die Tage vergingen langsam unter unerträglicher Anspannung. Es herrschte kein Friede, nur noch der Wunsch, es möge endlich ein Ende haben. Der Graf lag im Koma; meistens saß Chad an seiner Seite. Chelynne betrat das Sterbezimmer nicht mehr.
Als der Graf von Bryant schließlich gestorben war, kam Chad in ihr Zimmer, das Gesicht hart und wie versteinert. Einen Augenblick stand er schweigend da und sah sie an. Dann sagte er: »Er ist tot.«
Chelynne trug Schwarz. Der Graf wurde nur für einen Nachmittag öffentlich aufgebahrt. Chad ignorierte die üblichen Gebräuche. Er wollte nicht, daß jeder das von der Krankheit zerstörte Gesicht seines Vaters sähe. Beim Begräbnis wirkte er starr wie ein Monument aus Stein und nahm die Beileidsbezeugungen nur mit einem Nicken entgegen. Wohl kniete er in der kleinen Kapelle, aber er betete nicht.
In jener Nacht verrannen die Stunden langsamer als vorher. Chelynne kam sich vollkommen hilflos vor. Sie wußte nicht, wie sie ihren Mann trösten sollte. Mitten in der Nacht stand sie trotz ihrer Erschöpfung auf, zog einen Morgenmantel über und ging in

Chads Schlafzimmer. Er saß angezogen vor dem Kamin und starrte blicklos in die Flammen. Sie stellte sich vor ihn. Da sah er sie zögernd an. Diese grauen, verschleierten Augen verrieten ihr nichts. Sie wirkten wie regenschwere Wolken.
Sie öffnete ihre Arme. Er stand sofort auf und zog sie an sich, und sie barg ihr Gesicht an seiner Brust. Er trug sie vorsichtig zu seinem Bett und legte seinen Kopf auf ihre Brust. Sie streichelte sein Haar. Schließlich schlief er ein. Die ganze Nacht ruhten sie engumschlungen und trösteten einander.
Als sie am nächsten Morgen die Hand nach ihm ausstreckte, war er gegangen. Sie richtete sich auf und sah, daß er an seinem Schreibtisch saß und einen Brief schrieb. Sie beobachtete ihn schweigend. Er arbeitete immer, vom frühen Morgen bis spät in die Nacht.
Er spürte ihren langen zärtlichen Blick und sah sie an. Dann kam er und setzte sich auf den Rand des Bettes.
»Ich reise noch heute nach London. Sage deinen Frauen, daß sie packen sollen, und wähl die Dienstboten aus, die dich begleiten. Dann folgst du mir, so schnell du kannst. Ich kann meine Abreise nicht länger hinausschieben.«
»Gut«, antwortete sie einfach.
Er sah sie lange an, drückte ihre Hand und küßte sie auf die Stirn. »Danke«, sagte er. Aber für was er ihr dankte, verschwieg er.

8

Das Leben in London änderte für Chelynne zunächst nicht viel. Sie sah Chad kaum, da er oft wegen seiner Geschäfte unterwegs war. Trotzdem hatte er sich viel Mühe gegeben, damit sie sich in ihrem neuen Heim wohl fühlte. Alle Räume waren luxuriös und mit erlesenem Geschmack eingerichtet.
Da Chelynne wußte, daß früher oder später eine Einladung vom Hof kommen würde, hatte sie sich eine entsprechende Garderobe anfertigen lassen. Und nun stand der große Tag bevor: Sie würde dem König und der Königin vorgestellt werden.
Als Chad an jenem Abend ihr Schlafzimmer betrat, war er guter Laune. Allein diese Tatsache trug noch zu Chelynnes Aufregung bei. Sie verlor jede Scheu und tanzte übermütig vor ihm durch das Zimmer, damit er ihr Kleid bewundern konnte.
»Ist es auch fein genug?« fragte sie besorgt.
»Du wirst die Schönste sein. Das verspreche ich dir.«
»Und du der bestaussehende Mann«, entgegnete sie kichernd und versank in einem tiefen Knicks. Er sah ihr liebevoll zu und zwinkerte dann.
»Bist du fertig?«
»Ich weiß nicht, wie ich das ertragen soll«, plapperte sie, »ob ich mehr Angst habe oder einfach nur nervös bin, oder ob ...«

Plötzlich blieb er vor ihr stehen und betrachtete sie kritisch. »Stimmt etwas nicht?« rief sie. »Ist es das Kleid? Ich habe es doch so sorgfältig ausgewählt!« Er legte einen Zeigefinger auf ihren Mund und brachte sie zum Schweigen.
»Warte. Ich bin in einer Minute wieder da. Ich habe nur etwas vergessen.« Chelynne warf Stella einen besorgten Blick zu. Die alte Frau war ebenso besorgt wie ihre Zofe, doch beide konnten keine Unstimmigkeiten an Chelynnes Aufmachung entdecken.
Als Chad zurückkam, hatte er ein Kästchen in der Hand. Er öffnete es und entnahm ihm ein Diamantkollier. Chelynne sah ihn fragend an.
»Das war es, was ich vergessen hatte. Entschuldige bitte.«
»Soll das für mich sein?« fragte sie schüchtern.
»Du darfst es tragen. Es gehörte früher meiner Mutter und davor meiner Großmutter. Schon seit Generationen ist dieser Schmuck im Besitz der Hawthornes.«
Er legte ihr das Kollier um. Es stand ihr ausgezeichnet und betonte ihr schönes Dekolleté. Noch nie hatte sie einen solch wertvollen Schmuck getragen. Sie hatte ein starkes Gefühl der Zugehörigkeit, weil er ihr das Familienkollier anvertraute.
»Ich bin stolz darauf, es zu tragen«, murmelte sie.
Er nahm ihren Arm und führte sie aus dem Zimmer.
»Das freut mich, aber du mußt sehr vorsichtig damit umgehen und es mir jedesmal wiedergeben, damit ich es einschließen kann. Denn eines Tages wird der Schmuck meinem Sohn gehören.«
Sie blieb stehen und sah ihn mit großen Augen an.

»Hoffst du darauf, eines Tages einen Sohn zu haben, Chad?« fragte sie unschuldig.
Chad erschrak; er wußte nicht, wie er ihre Frage interpretieren sollte. »Jeder Mann wünscht sich einen Sohn. Darin unterscheide ich mich nicht von den anderen, Chelynne.«
»Auf manche Weise bist du aber anders als die anderen.«
»Das mag sein, aber ich habe meine Gründe dafür.« Wieder waren seine Augen hart und abweisend, als er das sagte. Niemals würde sie diesen Mann verstehen. Zuerst war er liebenswürdig und großzügig und dann wieder hart und unnahbar.
In Whitehall angekommen, bahnte sich Chad einen Weg durch die Menge. Hin und wieder nickte er jemandem zu, den er kannte.
Dann, ganz plötzlich, standen sie vor einer offenen großen Flügeltür, und eine laute Stimme verkündete: »Der Graf und die Gräfin von Bryant.«
Chelynne merkte, daß Hunderte von Augenpaaren sie anstarrten, und versuchte zu lächeln. Sie hielt den Kopf so hoch wie möglich und machte kleine, zierliche Schritte. Sie war froh, daß diese immensen Stoffbahnen ihre Beine verhüllten. So konnte niemand sehen, wie sie zitterte.
Am Ende des langen Teppichs konnte sie den Thron sehen und vergaß alles andere um sich herum. Dort saß das Königspaar: Charles II., König von England, Frankreich und Irland, und seine Gemahlin, Königin Catherine.
Charles saß entspannt da. Den einen Fuß hatte er ausgestreckt. Unter halbgeschlossenen Lidern späh-

te er seinen Untertanen entgegen, und sein Gesicht spiegelte gelangweilte Gelassenheit wider. Die mächtige, gelockte Perücke unterstrich seine markanten Züge, aber dann lächelte er sein bezauberndes Lächeln, mit dem er die Herzen so vieler Menschen gewann.

Die kleine Königin neben ihm wirkte zerbrechlich wie eine zarte Blume. Alles an ihrer Erscheinung wirkte rein und unschuldig. Eine Hand wurde Chelynne entgegengestreckt, und sie sank auf ein Knie, um sie zu küssen.

Wäre Chad nicht gewesen, Chelynne wäre sich verloren vorgekommen. Er geleitete sie zu der Gruppe derer, die hinter dem Thron standen, und sie beobachteten, wie weitere Personen vorgestellt wurden. Sie hatte ein seltsames Gefühl der Unwirklichkeit. Noch nie hatte sie eine derartige Prachtentfaltung erlebt. Aber dieser mystische Augenblick verging schnell und machte wieder der Realität Platz.

»Er ist einfach großartig«, flüsterte sie.

Chad lachte leise. »Jede Frau in England denkt so.«

»Und die Königin ... so bezaubernd.«

»Es gibt viel schönere Frauen«, flüsterte er ihr zu, als würde er ihr ein großes Geheimnis anvertrauen. »Aber sie ist eine gute Frau, eine seltene Charaktereigenschaft an diesem Hof.«

Sie runzelte die Stirn und fragte sich, warum er diese strahlenden Menschen hier so abwertend beurteilte. Was konnte unter soviel Schönheit im argen liegen?

Chad deutete auf den Herzog von Monmouth, der in der Nähe seines Vaters saß, den Herzog und die Herzogin von York, den Herzog von Buckingham und andere ehrfurchtgebietende Persönlichkeiten. Chelynne bat darum, ihr ein paar Damen zu zeigen, deren Namen in aller Munde waren. Mit einem Brummen kam er ihrem Wunsch nach und zeigte ihr auch Louise de Keroualle, die Favoritin des Königs. Diese Frau war von strahlender Schönheit – weitaus schöner als die Königin –, und es hatte sich bereits ein Kreis von Bewunderern um sie gebildet.

Dann wurde getanzt, und Chelynne stand stolz neben ihrem Mann und sah fasziniert zu. Sie beobachtete den Herzog von Monmouth, weil der seinem Vater so ähnlich sah. So hatte der Mann also ausgesehen, den ihre Mutter vor über siebzehn Jahren geliebt hatte.

Ihr war entgangen, daß sich jemand zu ihnen gesellt hatte. Chad redete mit einem Mann und stellte sie dann dem Grafen von Rochester vor, einem gutaussehenden Mann in Chads Alter. Sie knickste, und ehe sie es sich versah, führte er sie zum Tanz.

Als sie sich im Menuett näher kamen, flüsterte er ihr ins Ohr: »Ich bin ein Anbeter der Schönheit und danke Euch untertänigst, daß Ihr einen Grafen geheiratet habt.«

Zuerst entsetzten sie seine Worte, dann merkte sie, daß sie als Kompliment gedacht waren, und errötete züchtig. Sie senkte den Blick und murmelte: »Ihr seid sehr freundlich, Milord.«

Während des ganzen Tanzes machte er ihr weiter Komplimente. Sie fühlte sich hilflos, weil sie nicht wußte, wie sie auf diese Oberflächlichkeiten antworten sollte. Sie war froh, als der Tanz vorüber war, denn dieses Gerede kam ihr töricht und unaufrichtig vor.

Der Graf geleitete sie nicht, wie erwartet, zu ihrem Mann zurück, sondern sie fand sich plötzlich von jungen Stutzern umringt, die ihre Bekanntschaft machen wollten. Rochester stellte sie vor, und als sie einen Blick in die Runde warf, sah sie Chad ziemlich weit entfernt im Gespräch mit Lady Graystone. Zornesröte stieg Chelynne ins Gesicht, als sie sah, wie Gwen mit ihrer fast nackten Brust verführerisch den Arm ihres Mannes berührte. Doch Chad schien die Avancen, die die Baronin ihm machte, zu ignorieren.
»Warum spielt Bryant mit dieser Frau, da er Euch doch besitzt?« flüsterte Rochester in ihr Ohr. Chelynnes Blick trübte sich. Welche Antwort konnte sie ihm schon geben? Als sie wieder in Chads Richtung blickte, lachte er.
Sie biß sich auf die Lippe und wandte sich ab. »Bei Gott, Ihr liebt ja Euren Mann!« sagte der Herzog lachend. »Das ist gar nicht schlecht. Denn es gibt viel Liebe innerhalb dieser Mauern, und Ihr werdet sehr bewundert. Ich jedenfalls bin einer der ersten, der Euch jederzeit zur Verfügung steht.« Er verneigte sich.
»Ihr verzeiht doch, Milord?«
Beide drehten sich um. Der junge Herzog Monmouth stand da und beobachtete sie mit amüsiertem Interesse. In seinen Augen blitzte der Schalk. Chelynne konnte gar nicht glauben, daß dieser gutaussehende junge Mann ein so liederliches Leben führen sollte und der König schon mehr als einmal für seinen unehelichen Sohn hatte geradestehen müssen. Das Orchester hatte wieder angefangen zu spielen. Und sie konnte in der Menge nirgendwo Chad entdecken.

»Wo ist nur Seine Lordschaft?« fragte sie nervös.
»Wie? Euch gelüstet noch immer nach Eurem Mann? Sollte es wirklich eine ehrbare Frau in unserer Mitte geben? Nun, ich will versuchen, ihn zu finden, wenn Euch soviel daran liegt.« Rochester verneigte sich kurz vor Monmouth. »Euer Gnaden, darf ich Euch Lady Chelynne anvertrauen?«
Chelynne tanzte mit Monmouth. Sie fand ihn bezaubernd. Er war sehr galant und flirtete ständig mit ihr. Immer noch war Chad nicht zu sehen.
Der Tanz wurde unterbrochen, als die Königin mit ihrem Gefolge den Saal verließ. Nach ihrem Weggang wurde das Fest noch ausgelassener. Chelynne tanzte ständig mit dem Herzog. Rochester und Chad blieben verschwunden.
»Kennt Ihr den Palast schon?« fragte Monmouth.
»Nein, nur diesen Saal, Euer Gnaden.« Ihre Füße begannen zu schmerzen, und Chads Abwesenheit beunruhigte sie. Wenn Monmouth jetzt ging, war sie ganz allein.
»Soll ich Euch ein paar Räume von Whitehall zeigen?« fragte er.
»Das wäre reizend, Euer Gnaden«, sagte sie erleichtert.
Mit einem Augenzwinkern geleitete er sie aus einer Tür. Dann betraten sie einen langen, dunklen Gang, der sie ängstigte. Aber sie hatte nicht den Mut, ihn zu fragen, wohin er sie führte. Danach kamen sie in ein kleines, finsteres Zimmer, das nur von einer Kerze erhellt wurde.
Noch ehe sie sich versah, hatte sie der Herzog in die Arme genommen und bedeckte ihren Mund mit

gierigen Küssen. Sie war entsetzt und trommelte mit ihren Fäusten gegen seine Brust, um sich von ihm zu befreien. Doch er hielt sie fest und murmelte in ihr Haar: »Ihr seid die schönste Frau, die ich je gesehen habe. Sträubt Euch nicht, Liebes!«

Panik ergriff sie. Dieser Mann konnte ihr Halbbruder sein. Und dieses Fest, das so froh begonnen hatte, endete in einer Katastrophe. Wie sollte sie Chad nur diese Situation erklären?

Aus einer Ecke des Zimmers war plötzlich ein leises Lachen zu hören. Monmouth erschrak und ließ sie los. Er rückte seine leicht verrutschte Perücke zurecht und atmete tief ein. Dann verneigte er sich vor dem Fremden. »Euer Majestät.«

»Halunke!« schimpfte der König mit unterdrücktem Lachen. Chelynne knickste. Dann lehnte sie sich erschöpft gegen die Wand. »Geh jetzt!« befahl der König seinem Sohn. Er nahm Chelynnes Hand, die ganz kalt vor Angst war. »Wenigstens bin ich froh, daß der Bursche einen so guten Geschmack hat. Er hat Euch doch nichts getan?«

»Verzeiht mir, Sire«, stammelte Chelynne. Sie wagte es nicht, dem König in die Augen zu sehen, aber er kam ihr wie einer der Erzengel vor, der sie aus den Fängen des Bösen gerettet hatte. Er nahm ihren Arm und führte sie aus dem Zimmer.

»Ihr braucht nicht um Verzeihung zu bitten. Es ist an James, sich bei Euch zu entschuldigen. Hat er Euch schlimm mitgespielt?«

»Nein, Sire«, murmelte sie.

»Gut. Ich habe dem Jungen schon öfter befohlen, die Finger von dem zu lassen, was mir gehört. Und damit meine ich natürlich auch meine Frauen.«

Der König schritt mit ihr unzählige Gänge entlang, bis sie einen Salon betraten, in dem Spieltische standen, die von elegant gekleideten Damen und Herren belagert wurden. Sie entdeckte sofort Chad, der in einer Ecke stand.
Charles ging mit ihr auf ihn zu und verneigte sich leicht. »Ich bringe Euch Eure Frau zurück, Milord. Ich hoffe, Euch beide oft am Hof zu sehen.« Mit diesen Worten entfernte er sich.
Chad runzelte die Stirn. Die Worte des Königs waren ein Befehl und unmißverständlich.
Sie verließen Whitehall schnell, denn Chelynne wußte, daß sie wieder einmal einen Fehler gemacht hatte, und sie fürchtete den Zorn ihres Mannes.
In der Kutsche starrte er sie eine Weile schweigend an und befahl ihr dann, ihm zu erzählen, was sich zugetragen hatte. Als sie endete, sagte er: »Ich kann einfach nicht glauben, daß du so naiv bist, Chelynne. Was, in Gottes Namen, hast du dir nur dabei gedacht?«
»Ich war allein und konnte nicht ahnen, daß der Herzog so unehrbare Absichten hatte.«
»Du meine Güte, hast du denn überhaupt keine Erziehung genossen? Weißt du nicht, wie Männer sind?«
»Woher soll ich das denn wissen?«
»Kennst du denn den Ruf des Herzogs nicht? Er ist ein Lebemann. Er würde sich noch damit rühmen, dich vergewaltigt zu haben!«
»Ich wußte nur, daß er der uneheliche Sohn des Königs ist.«
»Zum Glück hattest du schon bei deinem ersten

Besuch die Protektion des Königs. Aber ich frage mich, was er darum gegeben hätte, an Monmouths Platz zu sein!« sagte er zornig.
»Du hättest mich warnen können«, flüsterte sie.
»Chelynne, ich habe Wichtigeres im Kopf, als auf ein junges Mädchen aufzupassen. Und ich wünsche, daß sich meine Frau in der Öffentlichkeit nicht wie eine Närrin aufführt. Du wirst in Zukunft deine Tugend auf bessere Weise verteidigen müssen.«
Chelynne kochte innerlich. »Du kümmerst dich auf sehr galante Weise um deine Frau.«
»Du bist die Gräfin von Bryant und solltest dich deiner Stellung entsprechend benehmen. Meine Geduld ist langsam zu Ende!«
»Deine Geduld! Du kennst nicht einmal die Bedeutung dieses Wortes. Jemand, der ständig dasitzt und geduldig wartet ...«
Er beugte sich zu ihr und ergriff ihren Arm so fest, daß es schmerzte. »Chelynne«, sagte er ernst. »Ob dir dein Leben gefällt oder nicht, geht mich nichts an. Wenn du durch dein Verhalten in Ungelegenheiten gerätst, bin ich nicht gewillt, die Konsequenzen zu tragen. Ist das klar?«
Sie nickte, und er ließ sie los. Tränen rannen ihr über die Wangen, und dann schluchzte sie leise. Chad gab vor, es nicht zu hören. Und die Tatsache, daß der König ihn gerügt hatte, weil er sich nicht genügend um seine junge Frau kümmerte, dämpfte nicht gerade seinen Zorn. Doch als Chelynne nicht aufhörte zu weinen, nahm er sie mit einem Seufzer in die Arme.
»Beruhige dich, Chelynne. Ich war zu streng. Ich gebe ja zu, daß nicht nur du allein an dieser Ge-

schichte schuld warst. Entschuldige bitte. Komm, sonst werden deine Augen noch ganz rot vom Weinen.«
Sie schniefte noch ein paarmal und sah ihn dann mit einem solchen Blick verletzter Unschuld an, daß ihm ganz weich ums Herz wurde.
»Es tut mir leid, daß ich dich verärgert habe.«
»Nun, jede Erfahrung hat ihren Preis, wenn er auch manchmal schmerzlich ist. Das nächste Mal wirst du hoffentlich vorsichtiger sein.«
»Ich hatte ziemlich viel Angst«, gab sie zu.
»Das bezweifle ich nicht«, sgte er mit unterdrücktem Lachen.
»Ich wußte nicht ...«
»Chelynne, weißt du wirklich nicht, wie schön du bist? Wie begehrenswert? Ich wette, es gibt viele Männer bei Hof, die gern einmal davon kosten möchten. Glaubst du, es macht denen etwas aus, wenn du dich sträubst?«
Hilflos zuckte sie die Schultern. Sie war unschuldig und keusch. Chad seufzte wieder. Er hob ihren Kopf, so daß sie ihm in die Augen sehen mußte. »Du mußt vorsichtiger sein, Liebes. Die Wölfe lieben frisches Wildbret.«
Ihre großen braunen Augen sahen ihn erstaunt an. Sein Zorn verrauchte. Sie war noch ein Kind in dieser Welt voller Intrigen und Ränkespiele.
»Komm, Liebes. Wir sind zu Hause.« Er half ihr aus der Kutsche und geleitete sie in ihr Schlafzimmer, ging aber sofort wieder, obwohl sie es so gern gehabt hätte, wenn er noch geblieben wäre.
Sie ließ sich von Stella das Haar bürsten und in einen

bequemen Morgenmantel helfen. Dann wartete sie noch eine Weile, bis sie glaubte, es sei genug Zeit verstrichen. Sie nahm das Diamantkollier als Vorwand, um zu ihrem Mann ins Schlafzimmer zu gehen.

Vom Gang aus hörte sie Stimmen und vergewisserte sich, daß Chad mit seinem Diener sprach. Sie klopfte leise, und Bestel öffnete die Tür. Überrascht sah sie Chad an, denn er hatte sich umgezogen und trug jetzt ziemlich einfache Kleidung. Auch seine Perücke hatte er abgelegt. Er stand gelassen da und wartete. Erst dann fiel ihr auf, wie lange sie ihn angestarrt hatte. »Das Kollier. Ich ... ich dachte, du möchtest es verwahren.«

»Ja, natürlich«, entgegnete er schroff. »Danke.«

In der Tür drehte sie sich um und fragte schüchtern: »Gehst du noch aus?«

Er nickte und antwortete knapp: »Ich muß noch etwas erledigen.«

»Zu dieser späten Stunde?«

»Das ist nicht ungewöhnlich. Ich treffe mich mit Kaufleuten im *Goldenen Frosch* in der Prior Street. Deshalb auch dieser Anzug. Die Gegend ist arm und wird sonst nicht von Adeligen frequentiert.«

Ihr Mund formte ein stummes »Oh«, obwohl sie überhaupt nichts verstand. Dann ging sie in ihr Zimmer zurück. Wie oft verließ er nachts das Haus, ohne daß sie davon wußte? Welche Geschäfte tätigte ein Mann zu dieser Zeit?

Plötzlich wußte sie, was er tat. Er traf sich mit einer Frau. Dessen war sie sich absolut sicher. Und wer war es? Gwen? Sie mußte unbedingt in Erfahrung bringen, um wen es sich handelte. Sie mußte wissen, wen er liebte und begehrte.

Als Chad den *Goldenen Frosch* betrat, hatte er schlechte Laune. Er war wütend, ungeduldig und neugierig. An seine junge Frau verschwendete er jetzt keinen Gedanken mehr, sondern er fragte sich, warum John ihn hierherbestellt hatte.

Er saß noch nicht lange in der Taverne, als John kam.

»Nun?« fragte Chad.

»Wann hast du meine Nachricht erhalten?«

»Ein Page brachte sie mir nach Whitehall. Mein Gott, John, du mußt vorsichtiger sein!«

»Ich konnte nicht wissen, daß du beim König bist«, verteidigte sich John.

»Also, was gibt's?«

»Diesmal betrifft die Angelegenheit dich, nicht mich. Ich habe in Browne etwas herausgefunden, was du wissen mußt.

Ich schickte einen meiner Männer dorthin. Außer dem Mord an dem Priester wurde noch ein Mädchen vergewaltigt. Sie erkannte den Mann, der den Priester umbrachte. Chad, es war der junge Mondeloy … Harry Mondeloy zusammen mit Shayburns Helfershelfer, Captain Alex.«

Chads Gesicht war wie versteinert. Zorn wallte in ihm auf. Das Blut des Priesters schrie nach Rache. Alex war ein übler Bursche. Shayburn hatte eine ganze Reihe von Mordbuben um sich versammelt. Den Titel Captain hatte sich Alex selber verliehen, da er das Kommando über diese Banditen hatte. Aber die Kombination Mondeloy – Alex konnte er nicht verstehen.

»Und was schließt du daraus?«

»Ich bin mir nicht sicher, Chad. Ich habe auch herausgefunden, daß noch andere Leute in Browne Erkundigungen eingezogen haben. Dein Vater schickte Männer aus. Sie erfuhren natürlich nichts, genau wie du. Aber ich bin ein Niemand.« Er lächelte und deutete auf seine ärmliche Kleidung. »Die einfachen Leute reden mit mir. Wußtest du eigentlich, daß dein Vater über dieses Verbrechen Ermittlungen anstellen ließ?«

»Nein.«

»Das ist der Beweis, daß er damit nichts zu tun hatte.«

Chad nickte. Der Graf war tot. Chad war erleichtert, weil sich die Unschuld seines Vaters herausgestellt hatte, doch er blieb pragmatisch. »Ich möchte nur wissen, was geschehen ist und warum es geschah.«

»Das Mädchen stahl sich davon, als der Priester gefangen wurde. Die Eltern sagen, daß der Adelige ihre Tochter vergewaltigte, aber sie kennen seinen Namen nicht. Den habe ich durch Zeugenbeschreibungen herausgefunden. Während Alex den Priester tötete, vergnügte sich Harry mit dem Mädchen. Außerdem steht fest, daß das Mädchen niemals gegen Alex oder Mondeloy aussagen wird. Die Leute im Dorf haben Angst. Das Mädchen kam nur mit dem Leben davon, weil sie es tot glaubten.«

»Aus welchem Grund ist das nur geschehen?« murmelte Chad.

»Ich habe keine Ahnung. Mehr konnte ich nicht herausfinden. Ich muß wieder aufs Land zurück. Mondeloy ist noch in London.«

Die Frage, die John jetzt stellen mußte, stellte er nicht gern. Doch seine Freundschaft zu Chad gebot es. »Könnte deine Frau etwas damit zu tun haben?«
»Chelynne versteht sich mit ihrem Cousin überhaupt nicht.«
»Weiß sie, daß du schon einmal verheiratet warst?«
»Wenn sie es wüßte, läge es in ihrem Interesse, daß die Heiratsurkunde nicht mehr existiert. Dann würden ihre Kinder erben und Kevin als unehelicher Sohn gelten und leer ausgehen. Falls ich das zulasse. Doch ich sorge auf jeden Fall dafür, daß Kevin seinen gerechten Anteil bekommt.«
»Nun«, sagte John seufzend, »ich halte es für möglich, daß Mondeloy mit diesem Wissen irgendeine schmutzige Erpressung plant. Chelynne ist so jung ...«
Chad hörte nicht zu. Er dachte über Chelynne nach. Er war sich seiner Gefühle ihr gegenüber nicht sicher.
John legte ihm seine Hand auf den Arm. »Geduld, Chad. Wir werden die Wahrheit herausfinden.«
»Wenn ich nur glauben könnte ... Sie allein hätte einen Grund ...«
»Du läßt dich von zu vielen Haßgefühlen leiten, Chad. Du mußt objektiv bleiben. Du weißt jetzt, wer es getan hat. Wie gesagt, vielleicht will er die Urkunde verkaufen. Denk darüber nach.«
»Ja. Ich werde schon in Erfahrung bringen, was der Kerl vorhat ... «
»Da ist noch etwas. Ich muß auf sichere Weise mit dir Kontakt aufnehmen können, da ich ständig unterwegs bin. Kämpfst du immer noch für meine Sache?«

»Habe ich dir nicht mein Wort gegeben? Diese Angelegenheit habe ich auch zu meiner gemacht. Nachher gehe ich zu Bess. Sie wird den Kurier für uns spielen.«

»Ich habe zwei Schwestern in London, möchte sie aber nicht in diese Geschäfte hineinziehen. Und die Leute in Bratonshire warten darauf, daß endlich etwas geschieht. Wenn der Baron nur etwas Köpfchen hat, läßt er meine Angehörigen überwachen, damit er erfährt, wo ich mich aufhalte. Wir müßten unbedingt jemanden in sein Haus einschmuggeln, um seine Schritte zu überwachen.«

Chad sagte nachdenklich: »War es überall bekannt, daß ich mich mit meinem Vater schlecht verstand?«

»Ja.«

»Dann könnten wir vielleicht einen ehemaligen Diener des Grafen dort plazieren, der treu zu seinem Herrn gehalten hat und für den ich aus guten Gründen keine Verwendung habe.«

Die beiden Freunde besprachen noch die Einzelheiten dieses Plans, und Chad ging dann zu seiner alten Freundin, Bess, einer Frau, die er schon seit vielen Jahren kannte und die sein Vertrauen besaß.

Er klopfte ungeduldig an die Tür, und sogleich wurde ihm von der Wirtin geöffnet.

»Captain Daniels ist nicht da, Milord.«

Chad lächelte zufrieden. »Ich bin nicht wegen Captain Daniels gekommen. Ist Bess da?«

»Ja, Milord. In ihrem Zimmer.«

»Ist sie ...« Er räusperte sich und sagte, diesmal entschlossen: »Ist sie beschäftigt?«

»Nein, Milord. Sie schläft.«

»Ich möchte ihren Schlaf nicht stören. Willst du sie fragen, ob ihr meine Gesellschaft angenehm ist?«

»Tretet ein, Milord. Ich gehe nach oben.«

Chad wartete. Bess bewohnte ein paar Zimmer im zweiten Stock, und obwohl er sie recht gut kannte, respektierte er ihre Privatsphäre.

Er hatte Bess vor ein paar Jahren kennengelernt. Da war sie jung und die Geliebte eines Kapitäns zur See, der auf einem seiner Schiffe segelte. Daniels war schon ein älterer Mann, aber großzügig und gutmütig.

Chad wollte die Freundschaft zu diesem Mann nicht ausnutzen und besuchte Bess nur, wenn der Kapitän auf See war. Und für jeden seiner Besuche belohnte er sie reichlich, obwohl Bess eine der seltenen Frauen war, die weder nach Reichtum noch nach Macht strebten. Und sie war eine der wenigen Frauen, denen er vertraute. Sie empfing Chad nur, weil sie ihn mochte, nicht weil er ihr Geld gab. Nun wollte er sie um ihre Hilfe bitten.

Die Wirtin kam zurück und gab Chad eine brennende Kerze für den Weg nach oben. Als er Bess' Zimmer betrat, war sie schon aufgestanden und bürstete ihr langes blondes Haar. Sie trug einen Morgenrock in fröhlichen Farben. Er warf seinen Hut auf einen Stuhl und ging zu ihr. Sie stand auf und kam ihm entgegen. Ihre Münder trafen sich in einem hungrigen Kuß. Dann, plötzlich, löste er sich von ihr und strich mit der Hand über ihren leicht gerundeten Bauch. Er sah sie an, und sie nickte.

»Ja. Schon wieder«, beantwortete sie seine unausgesprochene Frage.

»Das wird das dritte Kind sein. Tut er denn nichts, um eine Schwangerschaft zu verhüten?«

»Er nimmt es sich jedesmal vor, doch dann vergißt er es. Er ist gut zu den Kindern. Ich habe keinen Grund zur Klage.«

»Ich muß mit dir reden. Ich möchte dich nicht drängen.«

»Das weiß ich. Aber komm. Es ist schon gut.«

»Bess«, stöhnte er. »Ach, meine Bess. Wie ich dich brauche.«

»Ja, Geliebter.« Sie nahm ihn bei der Hand und führte ihn zu ihrem Bett. Dann passierte alles schnell und stumm. Sie liebte ihn auf eine Weise, die sie ihm niemals gestanden hätte. Er war sanft und nett zu ihr und ein wunderbarer Liebhaber.

Aber er kam immer nur zu ihr, wenn er halb verhungert war. Wie ein Mann, der lange Monate auf See verbracht hat. Dann entspannte er sich und redete manchmal mit ihr. Sie streichelte sein Haar, wie sie auch das Haar ihrer Kinder streichelte, wenn sie satt und zufrieden an ihrer Brust lagen. Er liebte sie auf völlig natürliche Weise, und als er fertig war, flüsterte er ihr dankbar zärtliche Worte ins Ohr.

»Milord«, sagte sie leise. »Warum nur? Warum? Schenkt sie Euch kein Vergnügen?«

Chad wandte sich ab. Er konnte ihr nicht antworten. Bess kannte die Männer, vor allem jene, die lange ohne Frau gelebt hatten.

»Sie ist schön«, gab er schließlich zu.

»Aber Ihr könnt sie nicht lieben?«

»Ich könnte sie lieben.«

»Und sucht Befriedigung bei der alten Bess? Ist eine

einfache Frau besser im Bett? Warum schlaft Ihr nicht mit der Gräfin?«
Er starrte sie mit vor Zorn funkelnden Augen an. »Muß ich diese Frage beantworten?«
Bess hatte keine Angst. Sie streichelte seinen Arm. »Bleibt. Ich frage Euch nichts mehr. Ich weiß, daß Ihr nicht an sie denkt, wenn Ihr bei mir seid. Aber die Gräfin könnte ich Euch niemals ersetzen.«
Bess konnte weder lesen noch schreiben, aber was die Dinge des Lebens betraf, so gab es kaum etwas, das sie nicht verstand. Chad seufzte: »Ich denke jetzt nicht an sie. Ich denke nur an dich.«

9

Sir John mußte über vieles nachdenken, also bestellte er sich noch einen Krug Bier. Er war der Ansicht, daß dieses Getränk seine Gedanken beflügelte. Heute abend gab es nichts mehr zu tun, und morgen würden seine Gefolgsleute bereit zur Abreise nach Bratonshire sein. Normalerweise hatte er nicht viel Zeit für Mußestunden, doch heute gönnte er sich eine Ruhepause, obwohl es in der Schenke laut zuging.

Vagabunden, Seemänner, Kaufleute und Dirnen lärmten, aßen und tranken. John beobachtete das Treiben amüsiert. Und plötzlich bemerkte er eine junge Dame, die in der Nähe der Tür stand und mit dem Wirt sprach. Sie war hier absolut fehl am Platz, alles an ihrer Erscheinung zeugte von Reichtum.

John ließ seinen Blick schnell durch die Gaststube schweifen, und es trat genau das ein, was er befürchtet hatte. Drei furchterregend aussehende Gestalten waren gleich aufgesprungen und verließen den *Goldenen Frosch*. Sofort war John ebenfalls auf den Beinen und ging durch einen Nebenausgang nach draußen. Er umrundete das Haus und hoffte, in einer Nebenstraße die wartende Kutsche der Lady zu entdecken. Er zückte sein Messer.

Es war alles so, wie er vermutet hatte. Da stand die

Kutsche. Der Kutscher saß auf dem Bock, und einer der beiden Lakaien half ihr gerade hinein.
John sah einen Schatten durch die Gasse eilen und wußte, daß er schnell handeln mußte. Er rannte auf Chelynne zu und stieß sie in die Kutsche. Mit einer blitzschnellen Bewegung drehte er sich um und streckte den ersten Angreifer nieder.
Da hörte er einen Schrei aus der Kutsche. Der zweite Räuber versuchte hineinzuklettern, während die Gräfin heftig nach ihm trat. Er zerrte den Mann zu Boden und spürte einen scharfen Schmerz im Arm. Trotzdem gelang es ihm, den Mann niederzustechen. Die beiden Lakaien standen mit offenen Mündern wie erstarrt da. Den dritten Bösewicht traf er mit einem gezielten Hieb an den Kopf, schwang sich in die Kutsche und rief: »Nun fahr doch endlich, Mann!«
Mit einem Peitschenknall trieb der Kutscher die Pferde an, und sie rumpelten davon.
Ihm gegenüber saß eine kleine Gestalt verängstigt in der Ecke und zitterte am ganze Körper. »Was, zum Teufel, habt Ihr Euch dabei gedacht?« Er bekam keine Antwort. Er berührte vorsichtig seinen Arm und stöhnte. »Was hattet Ihr an einem solchen Ort zu suchen?«
Dann fragte sie mit verschreckter Stimme: »Wer seid Ihr?«
»Ein ritterlicher Mann aus der Taverne. Ihr seid jetzt in Sicherheit. Was hattet Ihr dort zu schaffen?«
»Ich ... ich suchte jemanden. Ich wußte nicht, daß es so gefährlich sein könnte.«
Er lachte bitter. »Ihr habt diese Leute ja geradezu

aufgefordert, Euch zu überfallen! In diesem Viertel Londons, wo es von Mordbuben geradezu wimmelt!«

»Ich kenne die Stadt nicht besonders gut.«

»Das ist offensichtlich. Wen habt Ihr gesucht?«

»Einen Mann ... es ist nicht wichtig.«

»Was für einen Mann wolltet Ihr denn an einem solchen Ort treffen?« dröhnte er. Er vergaß jede Höflichkeit, derart aufgebracht war er.

»Bitte ...«

»Madam, ich habe Euretwegen eine schmerzhafte Wunde davongetragen ... Nun, was ist das für ein Mann?«

Chelynne saß wie ein kleines Häufchen Elend in ihrer Ecke. »Meinen Mann«, sagte sie schließlich kläglich.

John war überrascht. »Und warum habt Ihr nicht einen Eurer Bediensteten dorthin geschickt? Wißt Ihr eigentlich, daß diese Männer Euch umgebracht hätten? Und vorher hätten sie Euch vergewaltigt. Sie hätten nicht einmal ein Lösegeld verlangt.«

Sie lachte hysterisch auf. »Für mich wäre niemals ein Lösegeld bezahlt worden, das bin ich gar nicht wert.«

Etwas in ihrer Stimme besänftigte ihn und ließ ihn seine Wut fast vergessen. »Warum habt Ihr nach ihm gesucht?« fragte er ruhiger.

»Ich wollte wissen, mit welcher Frau er sich vergnügt.«

Der Schmerz in Johns Arm wurde jetzt schier unerträglich. Er preßte seine Hand auf die blutende Wunde und stöhnte unwillkürlich. Er hatte nicht gemerkt, daß sie sich über ihn beugte und leise sagte: »Oh, das ist schlimm. Ihr blutet stark. Habt Ihr ein Messer?«

»Ja, in meinem Stiefel.« Sie holte das Messer hervor und schlitzte seinen Ärmel auf, um die Wunde freizulegen. Dann trennte sie mit einem Schnitt ein Stück von ihrem Unterrock ab.

»Es hat Euch böse erwischt. Die Wunde ist tief«, murmelte sie, während sie ihn geschickt verband. »In meinem Haus lebt ein Diener, der sich auf die Heilkunst versteht. Ihr bekommt ein warmes Bett – und natürlich eine Belohnung. Wie ist Euer Name?«

»John. Einfach nur John, Milady. Und ich würde lieber in meinem eigenen Bett schlafen.«

»Nein. Darauf muß ich bestehen, John. Ihr habt mich gerettet, und ich möchte Euch meinen Dank abstatten.« Sie lächelte, doch ihre Augen waren noch immer verweint.

»Und was werdet Ihr Eurem Mann erzählen, wenn Ihr Euch um mich kümmert?«

»Gar nichts. Ich bin ihm keine Erklärung schuldig.« Sie zuckte die Schultern und fügte dann mit einem kleinen Lachen hinzu: »Er scheint mich nur zu beachten, wenn er wütend ist. Vielleicht kann ich auf diese Weise seine Aufmerksamkeit erregen.«

»Vielleicht wirft er mich hinaus.«

»Nein, das glaube ich nicht. Sonst ist er ein guter Mann, nur daß ...« Sie senkte den Blick und kämpfte gegen aufsteigende Tränen an. John streichelte ihre Wange.

»Was ist das nur für ein Mann, der sein Vergnügen bei einer anderen sucht, wenn er eine solch bezau-

bernde Frau zu Hause hat? Den möchte ich kennenlernen.«
»Nun, diese Gelegenheit werdet Ihr bekommen. Doch ich hoffe, daß Ihr über unser Gespräch Stillschweigen bewahrt.«
»Fürchtet Ihr ihn?«
»Ja, schon. Aber am meisten fürchte ich, daß er mich wieder für eine Närrin hält.«
»Ihr müßt ihn sehr lieben.«
Sie reckte ihr kleines Kinn empor und entgegnete mit Würde: »Sir, ich bin seine Frau. Auch wenn er meine Gefühle verletzt, habe ich nicht das Recht, schlecht hinter seinem Rücken zu sprechen. Ich war zu offen und bitte um Eure Diskretion.«
Sie sah ihn an und merkte, daß er sich über sie lustig machte. Er tätschelte ihre Hand wie ein älterer Bruder. »Ich werde ihn niemals wissen lassen, daß Ihr ihn so sehr liebt. Und ich beneide ihn darum.«
Sie hatte keine Zeit mehr, ihm auf diese rätselhaften Worte zu antworten, denn die Kutsche hielt plötzlich. Sie sprang sofort heraus, ohne auf seine Hilfe zu warten. John folgte ihr und wäre fast ohnmächtig geworden, so hatte der Blutverlust ihn geschwächt. Chelynne hatte bereits die Haustür geöffnet und rief: »Hol Sebastian, Stella. Steh hier nicht herum. Wir haben einen Verletzten.«
Der Kutscher half John in einen Stuhl und murmelte ein paar Worte des Dankes, weil er sie alle gerettet hatte. Chelynne seufzte und beugte sich über Johns Arm. John wurde blaß, aber diesmal nicht vor Schwäche. Er hatte Chads Frau schon einmal gesehen, aber nur aus der Entfernung. Erst jetzt sah er, wie schön sie war.

»Habt Ihr große Schmerzen?« fragte sie besorgt.
John lächelte. »Wenn eine so schöne Frau mich umsorgt, spüre ich den Schmerz nicht mehr.« Er sah sich um und bemerkte: »Hier muß ein sehr reicher Mann wohnen.«
»Ja«, entgegnete sie und richtete sich wieder auf. »Der Graf von Bryant.«
»Der Graf!« rief er in gespielter Überraschung. »Mein Gott! Das wird mich meinen Kopf kosten.«
»John«, seufzte sie. »Er wird Euch seinen Dank aussprechen. Und jetzt seid still. Ihr habt viel Blut verloren.«
Er hörte Schritte und wußte sofort, wer dieser große Mann war, den Stella brachte. Und obwohl sie sich viele Jahre nicht gesehen hatten, erkannte Sebastian ihn sofort. Mit einem verstohlenen Zeichen gebot ihm John, über seine Identität zu schweigen.
Sebastian sah Chelynne fragend an. »Wer ist dieser Mann, Milady?«
»Er heißt John und wurde verletzt, als er mir zu Hilfe eilte und mich gegen Räuber verteidigte. Ich glaube, er hat sehr viel Blut verloren und muß sofort zu Bett gebracht werden.«
John war ziemlich geschwächt, deshalb erlaubte er Sebastian, ihm in ein Gästezimmer zu helfen. Dort zog man ihm seine Stiefel und sein Hemd aus. Er genoß es, derart verwöhnt zu werden.
Inzwischen hatte Chelynne das Zimmer betreten, und als sie seine blutdurchtränkten Kleidungsstükke sah, sagte sie: »Ich lasse Euch morgen früh frische Sachen bringen. Ihr seht aus, als hättet Ihr dieselbe Größe wie Seine Lordschaft.«

»Ja, dieselbe«, murmelte Sebastian und deckte den Verletzten zu. »Ich kümmere mich jetzt um ihn, Madam«, fügte er laut hinzu.
»Morgen früh sehe ich wieder nach Euch, John. Schlaft gut«, sagte Chelynne und ging.
Als die beiden Männer allein waren, brachte der alte Diener John ein großes Glas Brandy, und John mußte ihm genau den Hergang des Zwischenfalls erzählen. Dann war er so erschöpft, daß er sofort einschlief.
Am Morgen brachte ihm ein Dienstmädchen heißes Wasser und das Frühstück. Er richtete sich im Bett auf und genoß die Mahlzeit. Später wurden ihm auch Kleider gebracht. Er stand auf und war gerade mit Anziehen fertig, als an die Tür geklopft wurde und Chad eintrat.
Er blieb gegen die geschlossene Tür gelehnt stehen, die Arme vor der Brust gekreuzt, und lächelte träge.
»Fehlt es dir auch an nichts?« fragte er mit gespielter Besorgnis.
»Ich danke Euer Lordschaft für die überaus großzügige Gastfreundschaft«, entgegnete John.
Chad lachte leise und setzte sich in einen Sessel. Die Tatsache, daß sich John in seinem Haus befand, gefiel ihm nicht sonderlich, denn auch unter seinen Bediensteten gab es zu viele neugierige Augen und Ohren. Aber er fragte ruhig: »Was ist das für eine Geschichte, daß du meine Frau gerettet hast?«
»Die kleine Hexe ist dir in die Taverne gefolgt, weil sie einen Blick auf deine Mätresse werfen wollte.«
»Meine was?«
»Sie wollte sehen, wer die Frau ist, die du ihr vorziehst. Jedenfalls ist das ihre Geschichte.« Er zuckte

die Schultern. »Sie kam in der Kutsche, ohne ausreichenden Schutz. Ich habe mich gewundert, daß sie es überhaupt so weit geschafft hat.«

»Wie kam sie nur auf den Gedanken, daß ich mich mit einer Frau treffe? Ich habe ihr nur erzählt, daß ich im *Goldenen Frosch* eine geschäftliche Verabredung habe.«

»Das hast du ihr gesagt?«

»Ja. Weiß sie, wer du bist?«

»Nein. Aber Sebastian hat mich natürlich erkannt ... Ach, Chad, sie ist ein verdammt schönes Weib. Und ich nehme an, daß du ihr nicht genügend Aufmerksamkeit schenkst. Du bist wohl nicht so oft in ihrem Bett, wie sie es gern hätte.«

Chad zuckte unwillkürlich zusammen. »Ich kümmere mich genug um Chelynne.«

John lachte laut auf. Das Unbehagen seines Freundes war ihm nicht entgangen. »Es wird dir noch leid tun, wenn du sie hier in London läßt und weiter vernachlässigst. Dann sucht sie sich einen Liebhaber. Du hast ihren Stolz verletzt. Mein Gott, wenn ich du wäre ...«

Er schwieg abrupt, denn Chad durchbohrte ihn mit einem eisigen Blick. Dann wechselte er das Thema und sagte: »Aber etwas Gutes hat diese Geschichte doch gehabt. Du kannst sicher sein, daß sie nichts mit den üblen Plänen ihres Cousins zu tun hat.«

»Wie willst du das wissen?«

»Mein Gott, Chad! Merkst du denn nicht, daß sie dazu viel zu ehrlich und naiv ist? Und du mußt völlig blind sein, wenn du nicht merkst, wie sie dich liebt.«

»Sie ist nicht einmal siebzehn, John. Was weiß sie schon von der Liebe?«

»Ach!« erinnerte sich John lächelnd. »Als ich siebzehn war, brannte die Liebe in mir, daß ich fast darüber den Verstand verlor. Damals kannte ich die Tochter einer Wäscherin ...«
Chad lachte schallend. »Und sie war nicht einmal die erste! Du hattest schon immer einen Ruf als Schürzenjäger.«
John wurde sehr ernst und sagte: »Du hast Probleme, und ich habe welche. Aber der Unterschied zwischen uns ist, daß du dich von deinen Problemen überwältigen läßt, während ich meine bewältige.«
»Was weißt du schon davon?« entgegnete Chad eisig. »Das geht nur mich etwas an, und ich brauche deinen Rat in dieser Angelegenheit nicht.«
»Ich kenne deine Einstellung schon seit langem, Chad. Dein Haß verzehrt dich. Ich hoffe bei Gott, daß er dich nicht vollständig ruiniert.«
»Du redest, als wären dir Haßgefühle fremd.«
John entgegnete lächelnd: »Eins zu Null für dich. Ohne deine Hilfe würde ich wohl kaum tun, was ich jetzt tue. Bei dem Leben, das ich im Augenblick führe, weiß ich nicht, ob ich mich je wieder an Luxus gewöhnen kann.«
»Behindert dich die Verletzung sehr?« fragte Chad und deutete auf Johns Arm.
»Nicht sehr.«
Ihr Streit war vergessen. John durfte als einziger Mensch zu Chad offen sprechen, ohne dessen Zorn fürchten zu müssen.
»Ich habe auch mit Bess gesprochen. Du kannst ihr jederzeit eine Nachricht zukommen lassen. Wie lange wirst du fortbleiben?«

»Ich habe keine Ahnung«, entgegnete er müde. »Hauptsache, wir haben Erfolg.«
»Dann geh mit Gott. Ich warte auf eine Nachricht von dir.«
»Und du, Chad, geh zu deiner Frau. Sie braucht Trost. Und sie war in ernsthaften Schwierigkeiten.«
»Ja, und nicht das erste Mal. Ich glaube, sie braucht vor allem eine gehörige Tracht Prügel. Sie macht mir wirklich Schwierigkeiten.«
»Davon hast du wohl mehr als genug«, meinte John.
»Dabei weißt du nicht einmal die Hälfte«, murmelte Chad und wandte sich zum Gehen.
»Paß auf dich auf!« rief John hinter ihm her.
Mit langen Schritten ging Chad zum Zimmer seiner Frau und betrat es, ohne anzuklopfen. Da saß sie vergnügt in der Badewanne, während Stella geschäftig umhereilte.
Chelynne warf nur einen Blick über ihre Schulter und seifte sich dann weiter ein, als ob er überhaupt nicht existierte. Sie hoffte, daß sie wütend aussah.
Chad lächelte süffisant und setzte sich auf einen Hocker neben dem Zuber. »Guten Morgen«, sagte er. »Hast du gut geschlafen?«
Sie sah ihn widerstrebend an. Er hatte wieder dieses verdammte Lächeln aufgesetzt, mit dem er sie einschüchtern wollte. »So gut wie du, Chad.«
Er winkte Stella aus dem Zimmer und wandte sich dann wieder Chelynne zu, die jetzt offensichtlich nervös wurde. »Wir haben also einen Gast.«
»Ja. Hast du ihn schon gesehen?«
»Das habe ich.«
»Nun, ich hoffe, du hast dich bei ihm gebührend bedankt. Er hat mir einen großen Dienst erwiesen.«

»Er hat dich aus der Gewalt von Dieben befreit, wie mir erzählt wurde. Mitten in der Nacht in der Prior Street.«

»Dann kennst du die Geschichte ja schon.«

Chad sagte wütend: »Würdest du mir vielleicht verraten, was du dort zu suchen hattest?«

»Ich hatte in der Gegend etwas zu erledigen. Würdest du mir bitte das Handtuch dort drüben reichen?«

Chad rührte sich nicht vom Fleck. Da stand sie einfach aus dem Zuber auf. »Dann hole ich es mir eben selbst.«

Chad starrte sie verwundert an. Da stand sie dicht vor ihm, in ihrer ganzen atemberaubenden Schönheit. Und es schien ihr überhaupt nichts auszumachen!

Er räusperte sich. »Ich bin für dich verantwortlich, Chelynne. Und diese Aufgabe machst du durch dein Verhalten äußerst schwierig. Es bereitet mir Unbehagen. Habe ich mich klar ausgedrückt?«

Hinter ihm ertönte ein leises Kichern. Chelynne hatte ein Negligé übergezogen und befestigte gerade einen Strumpf an ihrem Gürtel. Dann kreuzte sie die Beine und lehnte sich auf ihrem Bett zurück. »Unbehagen? Wie das, Chad? Ich bin doch eines solchen Gefühls gar nicht wert.«

»Chelynne, du treibst mich ...«

»Hast du dir etwa um mein Wohlergehen Sorgen gemacht?« fragte sie ironisch.

»Du hättest umgebracht werden können!« dröhnte er.

»Aber wie du siehst, bin ich noch lebendig, und es geht mir sehr gut.«

»Du mußt deinen gesunden Menschenverstand benutzen. Was wolltest du im *Goldenen Frosch*? Warum bist du dorthin gefahren?«
»Ich war neugierig, Chad«, antwortete sie ernst. »Ich wollte wissen, mit wem du dich dort triffst. Das ist die Wahrheit.«
»Das hatte ich dir gesagt. Und als du dort ankamst, war ich schon wieder gegangen.«
»Ich weiß, daß du bei einer Frau warst, Chadwick. Ich habe heute nacht lange auf dich gewartet. In deinem Zimmer. Du bist erst vor kurzem zurückgekommen.«
»Und wenn es so wäre? Willst du mich verlassen?«
»Ich möchte nur wissen, welche Rolle ich in deinem Leben spiele. Muß ich ewig hier herumsitzen, während du dich mit einer anderen Frau vergnügst?«
»Ich habe viel zu tun, Chelynne. Und wenn ich das erledigt habe, kann ich mich vielleicht mit deinen Launen befassen. Doch im Augenblick wäre ich dir dankbar, wenn du mich mit solch nächtlichen Eskapaden verschonen würdest, sonst muß ich andere Maßnahmen ergreifen.«
»Gut«, entgegnete sie schnippisch, »dann ergreife doch deine Maßnahmen. Aber von mir aus kannst du zur Hölle fahren.«
Mit ein paar schnellen Schritten war er bei ihr, packte sie, drehte sie um und legte sie über seinen Schoß. Dann schlug er kräftig – doch ohne ihr ernsthaft weh zu tun – auf ihren nackten Po. »Wenn ich dir das Benehmen einer Gräfin einprügeln muß, soll es geschehen!« rief er, während sie kleine, spitze Schreie ausstieß.

Dann ließ er sie abrupt los, und sie lief in eine entgegengesetzte Ecke des Zimmers und starrte ihn wütend an. »Ich warne dich, Chad. Meine Langmut ist nicht unbegrenzt.«

»Sehr schön. Für uneinsichtige Frauen habe ich keine Verwendung, Chelynne. Guten Morgen.«

Er drehte sich um und ging. Dann lehnte er sich gegen die geschlossene Tür und dachte nach. Ein lautes Zersplittern von Glas ließ ihn aufschrecken. Doch er mußte nur lächeln. Am Ende des Ganges lachte jemand plötzlich. Chad hörte Schritte, und dann stand John vor ihm.

Wieder zersplitterte ein Glas mit lautem Krachen hinter der Tür. Beide Männer glucksten vor ersticktem Lachen.

»Die Gräfin ist ein wahrer Teufel«, sagte John. »Aber glücklich ist sie nicht.«

»Ich auch nicht«, gab Chad zurück. »Aber jetzt geht es mir wenigstens besser«, fügte er hinzu und betrachtete seine gerötete Handfläche. »Wahrscheinlich ist es leichter, ein Pferd zu zähmen, als diese kleine Hexe.«

»Wirklich?« fragte John. »Wenn du versuchst, sie zu zerbrechen, bist du ein noch größerer Narr, als ich dachte.«

10

Nach einigen Monaten bei Hof war Chelynne dort zu einer bekannten Erscheinung geworden – vor allem wegen ihrer außergewöhnlichen Schönheit. Die Männer umwarben sie, doch die Frauen verfolgten sie mit ihrem Neid. Auch der König war von ihr sehr angetan, obwohl er wußte, daß sie noch unreif und sehr schüchtern war. Aber Charles Stuart besaß eine Menge Geduld – und Egoismus.
Er beobachtete die junge Gräfin an diesem Abend wie fast immer aus sicherer Entfernung, denn ihm war nicht entgangen, daß Bryant seine Frau ständig ängstlich überwachte. Er mochte den Grafen und würde seine Bemühungen um dessen Frau sofort einstellen, sollte sich Bryant als zu besitzergreifend erweisen.
Müßig schlenderte er zu seinem Vasallen hinüber.
»Wie es scheint, hat Milady hier viel Erfolg«, sagte Charles und deutete auf Chelynne.
»Ja. Es scheint so, Sire.«
»Sie ist sehr schön, Bryant. Ihr habt stets im Hinblick auf Frauen einen exquisiten Geschmack bewiesen.«
Chad blickte den König argwöhnisch an und wußte sofort, was Charles dachte. Er hielt Chad für einen glücklichen Mann, der nicht nur großen Reichtum

angehäuft hatte, sondern auch eine zauberhafte Frau sein eigen nannte.
»Die Gräfin ist wohl mit der Baronin gut bekannt«, bemerkte Charles.
Chad sah Chelynne mit Lady Stelanthope plaudern.
»Meine Frau hat etliche Jahre in der Fremde bei befreundeten Familien verbracht. Die Stelanthopes sind alte Freunde, die sie öfter besuchte. Die Gräfin wurde schon sehr jung Waise.«
»Dann fühlt sie sich in dieser Gesellschaft sicher wohl. Habt Ihr sie schon mit unseren anderen Freunden bekanntgemacht?«
»Das hielt ich nicht für nötig, Sire.«
»Nun, Ihr kennt doch die lockeren Sitten hier. Ohne Schutz kommt sie sich bestimmt wie Freiwild vor.«
»Soll ich sie denn einsperren?« fragte Chad leicht verärgert.
»Nein. Sicherlich nicht. Ihr könnt doch nicht so herzlos sein und uns alle ihrer Gegenwart berauben, oder?« entgegnete der König lachend.
Chad verneigte sich. »Natürlich nicht, Sire.«
»Aber Ihr seid doch nicht dumm, Bryant. Sollte sie Euch etwas bedeuten, so zeigt Ihr es nicht.«
»Ihr wißt doch, daß ich in dieser Hinsicht ein sehr zurückhaltender Mann bin«, entgegnete Chad.
Die Unterhaltung der beiden hätte noch lange so weitergehen können – jeder versuchte, die Gedanken des anderen zu erraten –, wenn Charles nicht weggerufen worden wäre. Chad beherzigte den Rat des Königs und ging zu Chelynne, die noch immer mit Lady Stelanthope plauderte.
»Ich bin froh, daß Ihr gekommen seid, Milord«,

begrüßte Chelynne ihn fröhlich. »Kennt Ihr Lady Stelanthope bereits?«

»Ich hatte schon das Vergnügen«, entgegnete Chad geschmeidig und beugte sich über die Hand der Dame.

Lady Stelanthope knickste; ihre Augen strahlten bewundernd.

»Chelynne ist mir ganz besonders ans Herz gewachsen, Milord«, sagte sie. »Ich bin hocherfreut, daß sie einen Mann geheiratet hat, den ich verehre.«

»Ihr seid zu freundlich, Madam.«

»Ich hatte keine Ahnung, daß Ihr meinen Mann kennt«, sagte Chelynne entzückt. »Seit wann denn?«

»Ach, das ist schon eine Ewigkeit her«, sagte Chad obenhin.

»Ich verbrachte viele Sommer in Lady Stelanthopes Haus und fürchte, sie hatte mit mir ein schweres Kreuz zu tragen. Jene Tage müssen strapaziös für Euch gewesen sein.«

Chad schwieg. Chelynne kannte die Lady offenbar nicht, denn sie war bei weitem nicht so tugendhaft und integer, wie Chelynne glaubte.

»Ach, das war mir doch ein Vergnügen«, entgegnete die Lady charmant. »Und ich habe diesmal auch jemanden mit nach London gebracht, meine Liebe. Einen Mann mit einer wundervollen Stimme.«

»Wen denn?« fragte Chelynne neugierig.

»Reuben. Den Gärtner«, antwortete sie. »Ihr erinnert Euch vielleicht an ihn?«

Chelynne wurde weiß vor Schreck. »Natürlich erinnere ich mich an ihn.«

»War er nicht früher einer Eurer Spielkameraden?« fragte die Baronin scheinheilig.
Spielkamerad ist wohl kaum der richtige Ausdruck dafür, dachte Chelynne, flüsterte aber tapfer: »Ja.«
Reuben war der erste gewesen, der sie begehrt, sie auf eine ungestüme, absolute Art geliebt hatte. Wegen ihrer heimlichen Rendezvous mit ihm hatte die Lady sie nach Hause schicken müssen, und Chelynne hoffte inständig, daß die Baronin jetzt nicht darüber sprechen würde.
»Ah, ich glaube, die anderen haben sich nun versammelt, um ihm zuzuhören. Wollt Ihr Euch uns nicht anschließen, Milord?«
»Mit Vergnügen«, sagte Chad und reichte Chelynne seinen Arm.
Chelynne saß auf einem Stuhl in der Nähe des Sängers, und Chad stand hinter ihr. Reuben hockte auf dem Boden. Noch hatte er sie nicht bemerkt. Er war wie ein Hofnarr gekleidet und wirkte in dieser Aufmachung fehl am Platz.
Chelynne konnte sich an seine Stimme nicht erinnern, denn damals hatte er ihr nie etwas vorgesungen. Doch mit seinem wirklich wundervollen Tenor bezauberte er seine Zuhörer.
Nach dem dritten Lied wurde ihm ein Schemel gebracht, und noch mehr Leute versammelten sich in dem kleinen Saal. Er wollte gerade anfangen, als er Chelynne entdeckte. Zu ihrem Entsetzen wandte er den Blick nicht von ihr ab. Seine Augen glühten, während er in die Saiten seiner Laute griff und ein melancholisches Liebeslied anstimmte.

Ein Sommertag vergeht.
Der Wind weit überm blauen Himmel weht.
Mit Cupido im Gefolge
Auf einer kleinen Wolke
Kommt meine Venus angeschwebt
Und raubt mir meine Jugend,
Unschuld und auch Tugend.

Wie entflammte sie an jenem Tage meine Sinne!
Allein zu ihr entbrannte ich in heißer Minne.
Sie stahl sich in mein Herz
Und ließ mich dann allein,
Ach, so allein in meinem Schmerz.

Wie sehnt' ich mich danach,
sie zu berühren, zu betören!
Sie sollte mir, nur mir gehören,
Für alle Zeit
In Ewigkeit.

Ich schenkte ihr die Berge,
Ich schenkte ihr das Meer,
Ich schenkte ihr den Himmel weit und her,
Doch sie ging von mir fort,
Ohne ein einz'ges Wort.

Als er geendet hatte, waren viele ergriffen. Das war das Lied eines Mannes, der geliebt und die Liebe verloren hatte – und offensichtlich hatte diese Romanze der Gräfin von Bryant gegolten.

Reuben hob langsam den Blick und sah in die eiskalten grauen Augen des Grafen. Sofort sah er Louise, die Mätresse des Königs, an und widmete ihr eine Serenade.

Chelynne hielt es überhaupt nicht für möglich, daß Chad eifersüchtig sein könnte. Sie saß in Gedanken verloren da und wünschte sich jetzt, sie hätte damals Reubens Drängen nachgegeben. Doch sie war nicht so dumm, seine Nähe zu suchen oder gar mit ihm zu sprechen.

Nach einer Weile ging sie wieder zu Lady Stelanthope. Chad hielt sich an einem der Spieltische auf.

»Madam«, fragte sie, »lebt Reuben in London in Eurem Haus?«

»Psst. Sagt nichts mehr. Ich muß Euch warnen. Die Vergangenheit ist vorbei. Ihr dürft Reuben nie wieder erwähnen. Ihr wärt gebrandmarkt, wenn Ihr eine Affäre mit einem Gärtner hättet.«

»Ich will ihn gar nicht wiedersehen«, murmelte Chelynne verwirrt. »Aber sagt ihm bitte, daß mir seine Lieder gefallen haben.«

»Wenn das Euer Wunsch ist, Liebes«, seufzte die Baronin und streichelte mitfühlend Chelynnes Arm.

»Es ist so schade«, fing Chelynne an, hielt dann aber inne. Es gab nichts mehr zu sagen. Sie merkte nicht, wie sich Lady Stelanthopes Augen verengten. Wie konnte sie auch wissen, daß die Baronin ganz andere Qualitäten an Reuben als seine Stimme schätzte?

»Was gibt es denn da Trauriges zu bereden?« erklang eine Stimme hinter ihr. Chelynne drehte sich um und blickte in die lachenden Augen des Königs. »Gibt es denn nichts hier, was Euch erfreut?«

»Doch, Euer Majestät«, sagte sie schnell. »Ich ... ich amüsiere mich ausgezeichnet.«
Er schüttelte skeptisch den Kopf. »Das scheint mir nicht der Fall zu sein. Was würde Euch gefallen?«
»Ach, nichts.«
»Der Sänger hat Euch gefallen?«
»Natürlich.«
»Ja. Das habe ich gemerkt. Ich glaube, eines seiner Lieder war Euch gewidmet.«
Sie wußte nicht, was sie antworten sollte. Lady Stelanthope hatte sich zurückgezogen. Sie war nun allein mit Charles, was sie einerseits herbeigesehnt, wovor sie sich aber auch gefürchtet hatte. »Es scheint so, Sire.«
»Fühlt Ihr Euch noch immer in meiner Gegenwart unwohl, meine Liebe?« fragte er leise.
»Nein, Sire«, entgegnete sie, ohne ihn anzusehen.
»Ich glaube doch, obwohl ich wünschte, es wäre anders. Ich möchte gern, daß wir Freunde werden.«
Da sah sie ihn mit offener Bewunderung an. Wie freundlich er war! Wie fürsorglich. »Nichts wünsche ich mir mehr, Sire.« Doch noch immer hatte sie Angst vor seiner Stellung. Er war so mächtig, unerreichbar. Und plötzlich hatte sie eine absurde Vision: Sie sah ihn ohne seine Perücke, vollkommen kahl. Bei diesem Gedanken mußte sie kichern, und er runzelte fragend die Stirn.
»Gibt es etwas, das Euch amüsiert, Madam?«
»Nein, Sire«, murmelte sie.
»Natürlich gibt es etwas. Wollt Ihr es mir nicht sagen?«
»Vergebt mir, Majestät.«

»Ich vergebe Euch erst, wenn Ihr mir gesagt habt, worüber Ihr lacht. Zu Späßen bin ich immer aufgelegt.«
Schalk blitzte aus seinen Augen, und er lächelte. Wieder sah sie ihn als Glatzkopf vor sich und mußte kichern. »Ach, verzeiht mir«, entschuldigte sie sich und fragte sich, was über sie gekommen war. Sie konnte sich nur noch in die Wahrheit flüchten. »Als ich Euch ansah, dachte ich ... nun, wenn Ihr keine Perücke tragt ... Oh, Sire, ich fragte mich einfach, wie Euer Haar aussieht. Verzeiht.« Noch immer kicherte sie.
»Und wie stellt Ihr Euch mein Haar vor?« fragte er gutmütig.
»Ich ... ich weiß es nicht.«
»Aber das wäre doch nicht amüsant. Ihr denkt wohl, ich habe lichtes Haar. Wie York?«
»Ja«, lachte sie.
»Nein.« Er legte seinen Zeigefinger nachdenklich an den Mund. »Vielleicht grau und dünn?«
»Oh, nein, Sire«, sagte sie noch immer lachend.
Da plötzlich kam ihm der Gedanke. »Ihr dachtet, ich sei kahl!«
Sie hielt die Hand vor den Mund, und ihre Augen wurden vor Erstaunen ganz rund. Sie hatte ihn noch nie zornig erlebt, fürchtete jetzt aber, seinen Unwillen erregt zu haben. Doch Charles lachte nur schallend, so daß sie die Aufmerksamkeit aller Anwesenden erregten. »Dann sollt Ihr es sehen, Madam«, sagte er und nahm seine Perücke ab. Er hatte volles, schwarzes, gelocktes Haar.
Bald lachten alle, die herumstanden, und fingen an,

den König nachzuahmen. Die Hofschranzen, jung und alt, nahmen alle ihre Perücken ab.
Chelynne ließ sich auf einen Stuhl fallen und brach ebenfalls in unkontrolliertes Gelächter aus, bis ihre Seiten schmerzten. Wie komisch die ganze Situation geworden war. Der König und sein Hofstaat benahmen sich wie Komödianten.
Dann setzte sich der König neben sie. »Nun ist Eure Frage beantwortet, Madam. Gibt es noch etwas, das Ihr über mich wissen wollt?«
»Ich glaube nicht, Sire«, antwortete sie fröhlich. »Es sei denn, ich würde Euch bitten ...« Abrupt hörte sie auf zu sprechen. Was hatte sie nur sagen wollen? Mit Entsetzen wurde ihr bewußt, daß sie ihren Satz besser beendet hätte. Ganz gleich, wie.
Der König tätschelte ihre Hand und murmelte: »Das, Madam, möchte gern die ganze Stadt wissen.«

11

John Bollerings Abwesenheit zwang den Grafen von Bryant, sich um verschiedene Angelegenheiten zu kümmern. Er hatte aus Bratonshire noch keine Nachricht erhalten, und da nur John über Chads Beteiligung an dem heiklen Vorhaben unterrichtet war, konnte er keinem Boten die Überbringung einer Nachricht anvertrauen.

Was Harry Mondeloy betraf, so zog Chad unauffällig Erkundigungen über ihn ein. Er erfuhr, daß Harry sich tatsächlich in London aufhielt. Er machte seine Unterkunft ausfindig und begegnete ihm auch ein paarmal. Harry befand sich meistens in der Gesellschaft von anderen jungen Gecken, die ihre Zeit mit Trinken, Spielen und Huren verbrachten. Für die Schulden, die Harry machte, würde zweifelsohne Lord Mondeloy geradestehen müssen. Chad spann insgeheim seine Fäden, um möglichst viel über Harrys Machenschaften zu erfahren, und wartete geduldig den günstigsten Zeitpunkt ab, um sein intrigantes Spiel zu unterbinden.

Chad besuchte täglich Kevin und kümmerte sich persönlich um das Wohlergehen seines Sohns. Der Knabe konnte bereits schreiben und lesen und führte seinem Vater stolz seine Reitkünste vor. Nur im Zusammensein mit Kevin konnte sich Chad völlig

entspannen und vergaß seine Verpflichtungen und Geschäfte. Diese Stunden hütete er wie einen kostbaren Schatz.
Der Junge hatte die dichten dunklen Brauen und das schwarze Haar seines Vaters geerbt und auch dessen grüblerischen Ausdruck in den grauen Augen. Aber das Lächeln, dieses strahlende, unbändige Lächeln hatte er von Anne. Diese Ähnlichkeit berührte Chad immer wieder zutiefst. Kevin war für ihn Sinn und Inhalt seines Lebens.
Bald würde der Winter Einzug in England halten und Reisen zwischen Stadt und Land erschweren. Oft blickte Chad zum Himmel und hoffte auf Schnee, aber noch hielt das kühle, regnerische Wetter an.
Er schickte Sebastian eine Nachricht und bestellte ihn zu einem Gasthaus außerhalb der Stadt. Dort wartete er in einer dunklen Ecke auf ihn. Der alte Diener trat ein, nahm seinen Hut ab und setzte sich wortlos Chad gegenüber.
Nachdem der Wirt einen Krug Ale vor den neuen Gast gestellt hatte, sagte Sebastian: »Ihr hattet sicher einen guten Grund, mich hierherzubestellen.«
»Ja, Sebastian. Zunächst möchte ich dir dafür danken, daß du Johns Wunde versorgt hast. Er ist mein bester Freund, und sein Wohlergehen bedeutet mir sehr viel.«
»Auch ich habe den jungen Herrn ins Herz geschlossen, Sir.«
»Du kannst dich noch gut an ihn erinnern, nicht wahr? Und auch an seinen Vater?«
»Ja, Milord.«
»Und seit dem Tod meines Vaters hast du keine

verantwortungsvolle Aufgabe mehr, nicht wahr, Sebastian?«

»Ich kann mich über Langeweile zwar nicht beklagen, aber wenn Ihr für mich eine Aufgabe haben solltet ...«

»Die habe ich – allerdings eine unerfreuliche, Sebastian. Die Menschen, denen ich vertraue, kann ich an einer Hand abzählen. Aber du gehörst dazu. Erinnerst du dich noch daran, wie Bollering seinen Besitz an Shayburn verlor?«

»Ja. Als wäre es erst gestern gewesen.«

»Bollerings Söhne haben ihren eigenen Weg gemacht und führen ein recht angenehmes Leben. Die Töchter wurden gut verheiratet. Nur ein Mitglied der Familie ist mit der gegenwärtigen Situation unzufrieden. Kannst du mir folgen?«

»Ja, Sir. Der junge John hat das Unrecht, das der Schurke seiner Familie angetan hat, nicht vergessen.«

»Während der vergangenen Jahre war John damit beschäftigt, ein eigenes Vermögen zu erwerben. Er hätte nicht nach England zurückzukehren brauchen. Weiß Gott, im Ausland ist es ihm besser ergangen ... aber er kam zurück.«

»Ja, Sir. Und den Gerüchten zufolge heißt es, daß er sich als Dieb und Pirat durchs Leben geschlagen hat.«

Chad lachte. »Das sind absichtliche Irreführungen, Sebastian. Er war ein Freibeuter des Königs und hat keinen Penny der Beute für sich behalten. Trotzdem gelang es ihm, ein eigenes Vermögen zu erwerben. Würde es dich überraschen zu erfahren, daß John und ich oft Verbündete waren?«

»Nicht sehr, Sir. Aber man erzählt sich auch, daß ihr nicht länger Freunde seid und jetzt getrennte Wege geht.«

Chad nickte zufrieden. Auch diese Geschichte hatten die beiden absichtlich verbreitet. »Wie es scheint, hat er eine Angelegenheit in England zu regeln, die ihm sehr am Herzen liegt. Allerdings weiß niemand von seiner Rückkehr. Hast du irgend jemandem erzählt, daß du ihn gesehen hast?«

»Eher ließe ich mich bei lebendigem Leib verbrennen. Ich kenne das Anliegen des jungen Herrn.«

»Ach, tatsächlich?«

»Ja. Und Ihr unterstützt ihn dabei.«

»Wie meinst du das, Sebastian?«

»Ich kam damals, vor vielen Jahren, nicht allein zu Seiner Lordschaft, Eurem Vater, Sir. Ich brachte Brüder und Schwestern mit nach England. Wir waren Bauern. Doch als Seine Lordschaft von meiner Heilkunst erfuhr, holte er mich in sein Haus. Meine Geschwister ließen sich auf Bollerings Ländereien nieder und standen in seinen Diensten. Dieser Schuft Shayburn trägt die Schuld am Tod einiger meiner Verwandten.«

»Du hast nie von deiner Familie gesprochen, Sebastian.«

»Das hielt ich nicht für klug. Ich habe sogar meinen Namen geändert, damit niemand eine Verbindung zwischen uns herstellen kann. Auf diese Weise konnte ich besser für sie sorgen. Meine Familie steht jetzt in Shayburns Diensten.«

»Daher weißt du also so gut Bescheid?«

»Ich habe stets sorgfältig darauf geachtet, in dieser

Grafschaft nicht aufzufallen. Aber ich hörte von einem Mann, der nur im Schutz der Dunkelheit kommt und einigen wenigen vertrauenswürdigen Bewohnern erzählt, daß die Tage der Herrschaft des Barons gezählt sind und ein neuer gerechter Herr den Besitz übernehmen wird. Obwohl ich ahne, wer dieser Mann ist, habe ich seinen Namen nicht erwähnt.«

»Dir bleibt wohl nichts verborgen, wie, Sebastian?« Der alte Diener lächelte verschmitzt. »Wie wollt Ihr ein Geheimnis vor mir bewahren, da ich euch beiden schon als Buben die zerschundenen Knie mit Gänsefett eingerieben habe?«

»Ich glaube, es ist Zeit, daß du eine neue Stelle antrittst, Sebastian. Jeder kennt deine Loyalität meinem verstorbenen Vater gegenüber und weiß, daß ich mich nicht gut mit ihm verstand. Ich habe Erkundigungen eingezogen und in Erfahrung bringen können, daß Shayburn dringend einen Mann braucht, der sich auf die Heilkunst versteht.«

»Ich soll Seine Lordschaft pflegen? Da verlangt Ihr viel von mir«, stöhnte der alte Diener.

»Die Entscheidung liegt ganz bei dir, Sebastian. Wahrscheinlich wird Shayburn deine Loyalität einer harten Prüfung unterziehen, und somit könnte der Aufenthalt für dich gefährlich werden. Jeder kleinste Fehler kann fatale Folgen haben. Willst du dieses Risiko eingehen?«

»Den Tod habe ich noch nie gefürchtet, Sir. Ich will es tun.«

»Allerdings könntest du dabei auch in die Situation geraten, daß dich Shayburn zwingt, deinen Verwandten zu schaden. Sollte es soweit kommen, mußt du dich sofort absetzen. Shayburn schreckt vor nichts zurück – auch nicht vor Mord. Und sollte er gar durch dich John und mir auf die Spur kommen, scheitert unser ganzer Plan.«

»Meine Familie ist an Schwierigkeiten gewöhnt, Sir. Ein Mann wächst mit seinen Aufgaben.«

»Gut. Unternimm nichts auf eigene Faust. Halte nur Augen und Ohren offen. In Bratonshire gibt es eine Wäscherin, die oft ins Herrenhaus kommt. Durch sie kannst du mit John in Verbindung treten. Vertraue niemandem sonst. Und sei um Himmels willen vorsichtig. Niemand darf Verdacht schöpfen.«

Sebastian nickte und nahm einen großen Schluck aus seinem Bierkrug. »Werde ich danach wieder einen Platz bei den Hawthornes haben?«

»Wenn du das möchtest, Sebastian, jederzeit.«

Der alte Diener prostete Chad zu, trank aus und stand auf. Weitere Worte erübrigten sich, und Sebastian ging.

Chad hatte keine Ahnung, wie alt Sebastian war. Schon als Kind war ihm der Diener alt vorgekommen, doch er war noch immer im Vollbesitz seiner geistigen und körperlichen Kräfte. Seine Heilkunst war im ganzen Land bekannt und machte ihn zu einem begehrten Dienstboten.

Als Chad nach Hause zurückkehrte, ging er wie gewohnt sofort in sein Arbeitszimmer. Er sah ein paar Papiere durch, konnte sich aber auf seine Geschäfte nicht konzentrieren. Der Mangel an Informationen, die Ungewißheit über die Zukunft machten ihn rastlos. Schließlich stand er auf und streifte

ziellos durchs Haus. In den Räumen war es kalt und unbehaglich.
Er ging die Treppe hinauf und blieb vor der Tür zum Zimmer seiner Frau stehen, aber auch darin war es still. Das Haus wirkte wie ausgestorben. Von einem Fenster aus im zweiten Stock sah er auf den Hof hinunter. Chelynne saß dort in ihren Mantel gehüllt auf einer Bank. Sie starrte vor sich hin und schauderte manchmal in der Kälte.
Lange stand er da und beobachtete sie. So wurde er insgeheim Zeuge ihrer Einsamkeit. Schließlich stand sie auf und ging zur Haustür. Ihr Blick glitt über die Mauer, und sie entdeckte ihn am Fenster. Zögernd hob sie die Hand und winkte ihm zu. Unwillkürlich erwiderte er diesen scheuen Gruß. Beide waren sich der Distanz bewußt, die zwischen ihnen herrschte. Dann senkte sie den Blick und trat ins Haus.
Chad ging in sein Zimmer, schloß die Tür hinter sich und lehnte sich dagegen. Er hörte Chelynnes leise Schritte draußen im Gang. Vor seinem Gemach blieb sie unschlüssig stehen und ging dann weiter zu ihrem Zimmer. Sein Herz war schwer. Schuldgefühle und Reue belasteten sein Gewissen, aber er verdrängte beides. Er konnte die Stille des Hauses und das traurige Gesicht seiner Frau nicht ertragen. Dann nahm er seinen Mantel und ging.

Vierzehn Tage verstrichen ohne eine Nachricht aus Bratonshire. Weihnachten rückte näher, doch Chad war sich dessen kaum bewußt. Mit Chelynne nahm er am gesellschaftlichen Leben teil, fand aber kein

Vergnügen daran. Seine Gedanken wurden von anderen Dingen in Anspruch genommen.
Die Erde war gefroren, und dichter Nebel lag über der Stadt. Das Wetter wurde täglich schlechter. An einem Nachmittag suchte Chad eine schmutzige Taverne auf und wechselte ein paar Worte mit der Magd, woraufhin sie mit dem Kopf zur Treppe wies. Er ging hinauf und klopfte an eine Tür.
»Wer ist da?« rief eine schrille Stimme aufsässig.
Diese Hexe, dachte er ärgerlich. Sie wußte, daß er kommen würde! Sollte er etwa laut seinen Namen rufen und damit seine Anwesenheit hier verraten? Er stieß die Tür auf und trat in das schmutzige kleine Zimmer. Auf dem Bett lag eine ungepflegte Frau und aß einen Apfel. Überall lagen Kleidungsstücke herum. Die Frau machte einen ebenso verwahrlosten Eindruck wie ihre Umgebung. Obwohl es kalt war, war sie nur mit einem dünnen, zerrissenen Morgenmantel bekleidet. Chad betrachtete die Dirne angeekelt.
»Ach, Ihr seid's, Milord«, sagte sie kichernd.
»Hast du etwas in Erfahrung bringen können …«
»Ja, er ist gerade gegangen. Ein paar Minuten früher, und Ihr wärt ihm auf der Treppe begegnet. Doch zuerst will ich mein Geld haben!«
»Dann hast du mir also etwas zu berichten?«
»O ja. Aber ich spucke kein Wort aus, ehe Ihr mich nicht bezahlt habt. Dieses stinkende Schwein kommt mir nicht mehr in mein Bett. Er ist kein Gentleman, sondern ein gemeiner Schuft.«
»Hat er dir weh getan?«
»Und wie! Ich hätte die Bestie rausgeschmissen,

hättet Ihr mir nicht zwanzig Pfund versprochen, wenn ich ihn zum Reden bringe. Er hat geplappert wie ein Papagei.« Sie grinste selbstgefällig.
Chad warf ihr ein paar Münzen zu. Der Gestank im Zimmer war schier unerträglich. Er wünschte, Mondeloy hätte entweder mehr Geld, um sich bessere Huren zu leisten, oder einen besseren Geschmack, denn er haßte diese Art Geschäfte.
»Nun?«
»Im Rausch hat er dauernd über Euch gesprochen. Sagte, er besäße etwas, wofür Graf Bryant auf allen vieren zu ihm kriechen würde ... sagte, es würde ihn reich machen. Aber er hat nicht ausgeplaudert, was das ist.«
»Das geht dich nichts an. War das alles?«
»Er sagte, Ihr würdet das, was er besitzt, mehr lieben als den Arsch der Gräfin und auch mehr dafür bezahlen.«
Also, dachte Chad, ist er im Besitz des Dokuments.
»Hat er die Gräfin noch einmal erwähnt?«
»Ja. Er nannte sie ein Miststück. Sagte, er würde sie ebenso fertigmachen wie Euch, Milord.«
»Ist das alles?«
»Ja, das ist alles, Milord.«
»Na gut. Und kein Wort über unser Gespräch, verstanden?«
»Von mir erfährt niemand etwas, Milord«, sagte sie mit einem boshaften Grinsen. Chad überwand seinen Ekel, trat ans Bett und packte die Hure bei den Haaren.
»He! Laßt mich los, verdammt noch mal! Ihr tut mir weh!«

»Sei still und hör mir zu, denn ich sage es dir nur einmal. Sollte mir zu Ohren kommen, daß auch nur ein Wort unserer Unterhaltung über deine Lippen gekommen ist, zerschlage ich dir dein hübsches Gesicht! Hast du mich verstanden?«

Sie nickte heftig, und er stieß sie auf die schmutzigen Laken zurück. Ohne sich noch einmal umzublicken, ging er und schlug die Tür hinter sich zu.

Die Notwendigkeit erfordert manchmal derart widerliche Handlungen, rechtfertigte sich Chad. Die Gewißheit, daß eine Urkunde über seine Eheschließung existierte, war ihm die zwanzig Pfund wert. Eine Hure zu bestechen brachte oft auf schnellste Weise gewünschte Ergebnisse. Männer würden es nie lernen, den Schmeicheleien einer Frau zu widerstehen und ihre Geheimnisse nicht auszuplaudern. Mondeloy wollte ihn also mit diesem Schriftstück erpressen. Dabei war der Halunke nicht einmal eine Bedrohung für ihn, er stellte höchstens eine Unannehmlichkeit dar. Und das Wissen, daß Harry nach einer Möglichkeit suchte, um Chelynne zu schaden, stimmte ihn froh. In seinen Augen gewann seine Frau immer mehr Pluspunkte.

Als er zu Hause war, ging er direkt zu ihrem Zimmer und öffnete die Tür einen Spaltbreit, ohne vorher angeklopft zu haben. Er schob ein kleines Pelzbündel hindurch und wartete, während der Welpe im Raum herumsprang. Dann hörte er ihren überraschten Aufschrei und sah, wie sie den kleinen Hund einfing und ihn mit zärtlichen Entzückensrufen in ihren Armen liebkoste. Sie öffnete die Tür ganz und lächelte ihn strahlend an.

»Habt Ihr ihn gebracht?« fragte sie.
»Ich dachte, du hättest vielleicht gern einen kleinen Hund«, antwortete er achselzuckend.
»Er ist so niedlich. Woher habt Ihr ihn?«
»Seine Königliche Hoheit hat ihn mir geschenkt. Gefällt er dir?«
Chelynne nickte begeistert, ging ins Zimmer zurück und hoffte, daß er ihr folgen würde. Sie setzte sich auf die Fensterbank und spielte mit dem Welpen. Ihre Freude über das Geschenk, diese unerwartet liebevolle Geste ihres Mannes war überschwenglich. Der Blick, den sie Chad zuwarf, ließ den eisigen Ring um sein Herz schmelzen. Er gab der weichen Regung nach, warf seinen Hut auf einen Stuhl und setzte sich neben sie.
»Wie heißt er denn?« fragte sie.
»Ihm einen Namen zu geben, wollte ich dir überlassen.«
»Er soll einen ganz besonderen Namen bekommen. Sein Fell glänzt so golden wie der Sommer. Und er ist süß – süß wie Honig«, plapperte sie froh. »Honig ... das würde passen ...« Chad lachte leise über ihr vergnügtes Geplauder, stand auf und goß sich einen Brandy ein. In Chelynnes Zimmer stand stets ein kleiner Vorrat an Wein und Spirituosen für ihn bereit, von dem er jedoch selten Gebrauch machte. Mit dem Glas in der Hand ging er zu ihr.
»Brandy!« rief sie glücklich. »Ja, das paßt zu ihm. Brandy!« Sie sah ihn mit strahlenden Augen an und flüsterte sanft: »Oh, danke, Milord. Er wird mir stets teurer sein als der kostbarste Schatz.«
Plötzlich fühlte sich Chad von ihr wie verzaubert. Er

sehnte sich danach, sie in die Arme zu nehmen, ihre weichen Lippen zu küssen und ihr zärtliche Worte ins Ohr zu flüstern. Ihre Nähe machte ihn schwindlig und verlegen wie einen unerfahrenen Knaben. Sein Herz schlug schneller.

»Das ist nur ein Hund, Chelynne. Kein kostbarer Schatz.«

»Menschen schätzen die unterschiedlichsten Dinge, Milord«, entgegnete sie und fügte liebevoll hinzu: »Bleib doch und iß mit mir zu Abend, Chad.«

»Leider ...« begann er. »Ich habe noch geschäftliche ...« Er sah, wie ihre Augen vor Enttäuschung ihr Strahlen verloren und ihr Gesicht traurig wurde. Er kam sich wie ein Scheusal vor, da er ihre flüchtige Freude so brutal zerstörte. »Zum Teufel mit den Geschäften! Ich bleibe.«

Sein Entschluß wurde durch ihre Freude belohnt. Hingebungsvoll spielte sie mit dem Welpen, und Chad ließ sich entspannt in einen Sessel zurücksinken. Der reizende Anblick vertrieb den schlechten Nachgeschmack, den das widerliche Erlebnis dieses Nachmittags in ihm zurückgelassen hatte. Brandy schnappte spielerisch nach ihr, und sie gab ihm einen zärtlichen Klaps. Plötzlich schrie Chelynne auf und hielt den Hund in der ausgestreckten Hand. Ein feuchter Fleck breitete sich auf ihrem Kleid aus. Chad brach in Gelächter aus, das auch Chelynne bald ansteckte.

Seufzend betrachtete sie ihr Kleid, wandte ihm den Rücken zu und bat: »Könntest du es bitte aufknöpfen?« Ungeschickt tat er wie ihm geheißen. Die Hand eines Mannes ist dafür nicht geeignet, dachte

er, oder bin ich vielleicht aus der Übung? Dann trat sie hinter ihren Wandschirm und kam gleich darauf in einem hübschen Morgenrock wieder hervor.
Sie setzte sich wieder auf die Fensterbank, legte aber vorsorglich ein Handtuch über ihren Schoß. Als Chad sich vorbeugte, um Brandy hinter dem Ohr zu kitzeln, wandte ihm Chelynne ihr Gesicht zu. Ihre Nähe ließ ihn leicht erbeben, und er streifte mit den Lippen die zarte Haut ihrer Wange.
»Wir werden einen gemütlichen Abend vor dem Kaminfeuer verbringen«, murmelte sie. »Sieh nur, es schneit.«
Er blickte an ihr vorbei zum Fenster hinaus und sah dichte Flocken herabschweben. Der erste Schnee – darauf hatte er gewartet. »Hoffentlich schneit es auch auf dem Land«, dachte er laut.
»Ich vermisse das Landleben, Chad«, flüsterte sie. »In der Stadt ist alles so anders.«
»Ich weiß«, sagte er und nahm ihre Hand. »Auch ich finde keinen Gefallen am Stadtleben, Chelynne. Aber unser Aufenthalt hier ist notwendig. Hab noch etwas Geduld. Wir kehren bald aufs Land zurück.«

In dem kleinen Ort Bratonshire lief ein junges Mädchen, warm in einen Umhang gehüllt, durch den Schnee. Mehrere Male warf es einen Blick über die Schulter, um sicherzugehen, daß niemand ihm folgte, und verschwand schließlich in einer Scheune am Rande des Dorfes. Zum Schutz vor der Kälte verkroch es sich in einem Heuhaufen und wartete.
Bei jedem Geräusch fuhr die junge Frau erschreckt zusammen und starrte ängstlich in die Dunkelheit.

Trotz ihrer Angst und Nervosität war sie fest entschlossen, ihr Vorhaben auszuführen. Endlich öffnete sich das Scheunentor mit leisem Knarren. Sie hielt erwartungsvoll den Atem an.
»Eine schöne Sommernacht«, sagte eine Stimme in der Dunkelheit.
Mit hörbarer Erleichterung stieß das Mädchen einen leisen Seufzer aus und antwortete flüsternd: »Und hör nur den Gesang der Nachtigall.«
»Ach, Liebste«, wisperte John Bollering und tastete sich vorsichtig zu ihr. Er verfluchte die Dunkelheit in der Scheune. Wie gern hätte er das hübsche Gesicht der jungen Frau gesehen, die hier auf ihn wartete. »Du bist also gekommen. Und früher als vereinbart.«
»So wie du.«
»Frierst du?«
»Nicht mehr, John. Wir haben noch Zeit …« Sie schluckte und sprach dann mit bebender Stimme weiter: »Alles ist vorbereitet.«
»Du hättest nicht kommen dürfen, Tess. Es tut mir weh, daß ich dich verletzen muß.«
»Es muß geschehen, John. Vielen Frauen hier ist es geschehen, nachdem Shayburn Herr über die Grafschaft wurde. Doch unser Plan wird ein gutes Ende haben, dessen bin ich gewiß.«
»Ist dein Vater damit einverstanden? Weiß er, daß du hier bist?«
»Ja«, log sie, denn sie hatte gegen das Verbot ihres Vaters gehandelt. Die Frau, der die Rolle des Opfers zugedacht gewesen war, hatte Angst gehabt und auf ihre Rolle verzichtet. Tess sollte sich jetzt eigentlich in dem Haus einer Nachbarin aufhalten. Und in der

Aufregung der Vorbereitungen hatte ihr Vater keine Zeit gehabt, sich davon zu überzeugen, daß es auch so war. »Ich möchte dich nur um etwas bitten …«
»Ja?«
»Halte mich eine Weile in deinen Armen, ehe du mir weh tust.«
»Liebes Kind, mich verläßt schon jeder Mut, wenn ich daran denke, daß ich dein hübsches Gesicht verunstalten muß.«
»Nimm mich sanft, John …«
»Tess, es muß nicht sein. Ein paar blaue Flecken genügen … den Rest kannst du ihnen vorlügen.«
»Nein, das genügt nicht.«
»Tess«, stöhnte er verzweifelt. »Was sagst du da?«
»Man kann ein Mädchen nicht auf galante Art und Weise vergewaltigen und verprügeln«, sagte sie sanft.
»Was hast du nur getan!« rief er wütend. »Du hättest den ganzen Plan zerstören können! Hier sollte eine erfahrene, verheiratete Frau auf mich warten. Was soll ich denn mit dir anfangen?«
»John Bollering«, seufzte sie, »erwartest du etwa von mir, daß ich dich verführe?«
»Geh zum Teufel! Das tue ich nicht. Dieses Vergnügen ist allein deinem Bräutigam vorbehalten.«
»Das ist keine Antwort, John.«
»Du bist einem anderen versprochen!«
»In unserem Dorf gibt es nur wenig vertrauenswürdige Leute. Nicht, weil sie Shayburn gegenüber loyal sind, sondern weil sie vor ihm Angst haben. Mein Verlobter muß mich eben nehmen, wie ich bin.«
»Nein! Geh nach Hause. Sag Rath, daß unser Plan

um vierzehn Tage verschoben wird. Ich will dich nicht unglücklich machen.«

»John! Meine Mutter hat im Brotkorb Sachen ins Haus ihrer Schwester geschmuggelt, damit wir nach der Plünderung das Nötigste zum Überleben haben. Ihr weniges Hab und Gut hat sie vergraben und hofft, es im Frühling wieder hervorholen zu können. Sobald unsere Nachbarn meine Schreie hören, werden sie ihre Häuser anzünden. Und du willst jetzt alles verschieben? Haben wir nicht lange genug gewartet?«

»Tess, liebste Tess, du bist ein verträumtes, romantisches Mädchen. Du erwartest von mir Liebe und Zärtlichkeit, aber die kann ich dir nicht geben. Junge Herzen suchen oft verzweifelt nach dem, was ihnen verweigert wird. Nein, Liebling, ich kann keine Jungfrau entehren.«

»Das tust du doch nicht«, hauchte sie.

»Du bist ein unschuldiges Kind ...«

»Ein Kind, das sich Nacht für Nacht nach dir sehnt? Ein verträumtes Mädchen, das dich seit Monaten liebt? Ein törichtes Herz, das sich in der Dunkelheit der Nacht hierher verirrt hat, um dich nur einmal zu spüren? Nein, John, du weißt, daß das nicht stimmt.«

»Tess«, sagte er heiser. »Du bist eine kaum erblühte junge Frau, und ich habe kein Recht ...«

Sie zog seine Hand an ihre Brust. »Leugnest du das Wissen um meine Liebe? Schon als Kind habe ich dich geliebt und sehnsüchtig auf deine Rückkehr gewartet ... ich liebe dich.«

»Und was ist mit deinem Bräutigam?«

»Er ist ein guter Mann, aber ich liebe ihn nicht. Hab keine Angst, John. Ich werde ihm eine brave Frau sein und dich nicht verraten. Ich werde keinen Bastard in die Welt setzen, denn wir werden in Kürze heiraten. Ich werde nicht einmal wissen, wer … John, wie sehr ich dich auch liebe, wir werden nie vereint sein. Aber meine Liebe soll einmal die Erfüllung finden, damit ich die Erinnerung daran in meinem Herzen bewahren kann.«
»Was für eine hübsche Romanze«, sagte er bitter. »Ein reizender Beischlaf, wirklich. O Gott, wie weit kann ein Mann gehen?«
»Magst du mich denn nicht berühren?«
»Oh, Tess«, stöhnte er.
»Warum will ich dich überhaupt? Du bist kein sehr galanter Verehrer! Ein Pirat, ein Dieb, ein Frauenschänder, ein Mörder … an dir ist nichts Liebenswertes! Du kommst mitten in der Nacht zu uns geritten, gibst dich als tapferer Ritter aus, der uns Freiheit verspricht und doch nur seine Rachegelüste befriedigen will. Du denkst nur an das Unrecht, das deiner Familie widerfahren ist! Du trägst weder Seide noch eine Perücke wie ein richtiger Baron. Sir John, der Ritter ohne Lady, der Ritter ohne Land! Du bildest dir ein, großartig zu sein! Auf dein Mitleid kann ich verzichten!«
Da warf er sich über sie, verschloß ihren Mund mit einem schmerzhaften Kuß und stöhnte auf, als er spürte, welche Lust ihre Lippen in ihm erweckten. In der Kälte der Nacht, auf einem Bett aus Heu erwiderte das Mädchen seine Brutalität mit Sanftheit. Er fügte sich in die Rolle des Vergewaltigers, da es Teil

ihres Plans war, und riß ihr das Leibchen vom Körper. Er haßte sich für die Leidenschaft und die Begierde, die er für diese junge Frau empfand.
»Lieber John«, flüsterte sie. »Warum haßt du mich? Wenn nur ein Funken Zärtlichkeit für mich in deinem Herzen ist, dann tu mir erst weh, wenn es vorbei ist.«
Sein Zorn verebbte, und mit einem Schluchzen in der Kehle suchte er wieder ihre Lippen, küßte sie, doch diesmal sanft und zärtlich. Er drückte sie fest an sich, und ihre kleinen Hände streichelten seinen Rücken. Ihre Haut war weich, ihre Brüste rund und voll, und ihre Hüften verschmolzen mit seinem Körper.
Er tat, was getan werden mußte, nahm sie rücksichtslos. Kein Schmerzensschrei kam über ihre Lippen, ihr Körper war weich und nachgiebig. »Ich mußte dir weh tun«, murmelte er heiser.
»Es hat nicht weh getan«, hauchte sie. »Angst ist Schmerz. Aber ich hatte keine Angst. Ich habe mich nie vor dir gefürchtet, Liebling.«
»Tess, bitte nicht. Du machst alles nur noch schlimmer.«
»Bitte«, flehte sie. »Wenn es auch eine Lüge ist, so laß mich wenigstens heute nacht in dem Glauben, daß es aus Liebe geschieht ...«
»Dann mach dir selbst was vor«, entgegnete er. »Ich helfe dir dabei. Ich liebe dich, Tess. Ich begehre dich, Liebling.«
Schluchzend klammerte sie sich an ihn, schmiegte ihren Körper an seinen, folgte seinen Bewegungen. Jede Berührung seiner Hände steigerte ihre Erregung,

erfüllte ihre Erwartungen. Auch ohne sie wirklich zu lieben, begehrte er sie. Vor Ekstase schwanden ihr fast die Sinne.

Danach lagen sie schweigend und eng aneinandergeschmiegt da. Die Flammen der Leidenschaft wichen einer wohligen Wärme. Er küßte ihren Hals und ihre Wangen, schmeckte das Salz ihrer Tränen.

»Warum weinst du?«

»Im Morgengrauen werden Shayburns Männer ins Dorf reiten, um die Abgaben von den Leuten einzutreiben. Dann müssen die Häuser in Schutt und Asche liegen, denn Räuber überfielen plündernd und mordend das Dorf und schändeten die Frauen. Es muß getan werden, John.«

»Und wem bist du versprochen?«

»Stephen Kilmore, einem Bauern.«

»Ein anständiger Mann«, gab er zu und küßte sie.

»Zögere nicht länger. Wir müssen unseren Plan zu Ende führen.«

Er achtete nicht auf ihre Worte. Seine Küsse wurden leidenschaftlicher, und sie preßte sich stöhnend an ihn. Sie verdrängte jeden Gedanken an den Morgen, denn ihr Lebenstraum erfüllte sich in diesen paar Stunden, in denen ihr Geliebter ihr ganz allein gehörte.

Und wenn dieser Mann, den sie liebte, wieder als Herr auf dem Landsitz der Bollerings lebte, würde sie in ihm nur noch den Lehnsherrn sehen. Ihr Mann würde sich seinen Befehlen beugen, ihm Steuern und Abgaben zahlen. Aber John würde ein gerechter Herr sein und seine Grafschaft vor Feinden schützen. Seine Untertanen würden wieder zufrieden und oh-

ne Angst leben können. Und ihre Liebe war der Preis, den sie für diese friedliche Zukunft zahlte.
Als er aufstand und seinen Mantel anzog, war er wieder der selbstbewußte, starke Mann mit hartem, entschlossenem Gesicht. In dieser Nacht hatte er Zärtlichkeit gezeigt, aber ein sanfter Mann war er nicht. Er war ein Kämpfer.
Er bückte sich, griff nach ihrem Rock und riß ihn ihr vom Leib. Seine Zähne schimmerten weiß in der Dunkelheit, als er lächelte.
»Du hast dich tapfer gehalten, Mädchen«, sagte er mit tiefer, schroffer Stimme. »Doch du mußt unserer Sache ein weiteres Opfer bringen.«
»Wenn es in meiner Macht steht, Sir John …«
»Du wirst diesen Kilmore nicht heiraten.«
»Es ist abgesprochen. Unsere Väter haben die Heirat beschlossen.«
Er schlug sie hart ins Gesicht. Sie schrie auf, so groß war der plötzliche Schmerz. Sie blutete aus der Nase, und ihre Lippen waren aufgesprungen. Da sie ihre Augen aus Angst fest geschlossen hatte, konnte sie nicht sehen, unter welcher Qual er noch einmal zuschlug. Als sie endlich wagte, ihn wieder anzusehen, war sein Gesicht wieder hart und ausdruckslos.
»Ich bin das Gesetz auf diesen Ländereien, Weib!« sagte er barsch. Er kniete, berührte die Wange, die er gerade brutal geschlagen hatte, und sagte mit seltsam beklommener Stimme: »Niemand außer mir soll dich haben.«
Dann küßte er sie flüchtig und stand auf. Die Hände in die Hüften gestemmt, die Beine gespreizt, ragte er wie ein Turm über ihr. Sein Lachen – ein furchterre-

gendes, gemeines Lachen – dröhnte durch die Scheune. Er wirkte wie eine majestätische, schreckliche Bestie.
»Zweifle nie an meinen Worten, Weib, denn es ist mir Ernst damit. Solltest du dich je von einem anderen Mann berühren lassen, bekommst du meine Peitsche zu spüren!«
Mit weitaufgerissenem Mund und entsetzten Augen starrte sie zu ihm hoch und fragte sich, ob er dem Wahnsinn verfallen war. Dann lachte er wieder dieses grausame Lachen, das sie an ein Raubtier erinnerte, das seine Beute in die Ecke getrieben hatte.
»Hat sich dein Traum erfüllt, Mädchen?«
»Ja«, sagte sie tapfer, obwohl sie jetzt Angst vor ihm hatte.
Er bückte sich und näherte sein Gesicht dem ihren. Dann sagte er mit gepreßter Stimme: »Ich habe dir nichts vorgemacht.«
Dann richtete er sich auf und war mit ein paar Schritten am Scheunentor. Dort drehte er sich um und sagte drohend: »Denk an meine Worte, Tess. Betrüg mich nie mit einem anderen.« Wieder lachte er. Dann war er fort.
Tess lag wie gelähmt im Heu und begriff überhaupt nichts mehr. Wollte er mit dieser Drohung ihre Enttäuschung mildern? Oder wollte er damit eine falsche Hoffnung in ihr wecken? Wollte er tatsächlich, daß sie auf ihn wartete, weil er sie offiziell zu seiner Geliebten machen wollte?
Sie setzte sich auf und lauschte. Kein Geräusch störte die Stille der Nacht. Dann schrie sie. Ihr Schrei zerschnitt schrill die Dunkelheit und machte ihr

angst. Die Wärme der Liebe wich einer Eiseskälte. Sie schrie wieder, und dieser Schrei ließ allen das Blut in den Adern gefrieren.
Aufgeregte Stimmen hallten durch die Nacht. Menschen liefen aufgeschreckt durch die Straßen, als würde das Dorf von einer Horde Räuber überfallen. Pferde galoppierten in wilder Panik davon. Tess spähte vorsichtig zum Scheunentor hinaus und sah die Häuser in Flammen stehen. Frauen rannten wie von Sinnen umher, rauften sich das Haar und schrien vor Angst.
Die Szene wirkte so realistisch, daß Hysterie in Tess aufstieg. Den Baron würde dieser vorgetäuschte Überfall überzeugen, denn sie selbst konnte nicht mehr zwischen Wirklichkeit und Schein unterscheiden. John hatte dafür gesorgt, daß Joanna Todd mit ihren zwei kleinen Kindern nach London gebracht worden war und dort Unterkunft gefunden hatte. Dann hatte man die Leichen von drei erst kürzlich verstorbenen Dorfbewohnern in Gaston Todds Haus gebracht, das er selbst in Brand setzte. Eine Vergewaltigung, drei Morde, geplünderte und niedergebrannte Häuser ... In dem kleinen Dorf lebten ein paar hundert Menschen, doch nur ein paar Dutzend waren in den Plan eingeweiht.
Nachbarn, die von den wahren Umständen keine Ahnung hatten, trösteten Todd, der um seine angeblich in den Flammen umgekommene Familie trauerte.
Talbot Rath entdeckte seine Tochter in der Menge und starrte sie ungläubig an. Er beleuchtete mit einer Fackel ihr Gesicht. Vater und Tochter nahmen den

Tumult um sich herum nicht mehr wahr. Tess konnte die Gedanken ihres Vaters lesen. Sie hatte ihn hintergangen. Verraten. Dann warf Talbot die Fackel in die Scheune und schlug seine Tochter so hart ins Gesicht, daß sie zu Boden fiel. Er hatte Tess noch nie geschlagen.

Sofort loderten aus der Scheune Flammen auf. Er bückte sich, hob Tess auf und drückte sie fest gegen seine Brust. Schluchzend barg sie ihr Gesicht an seinem Hals.

»Ruhig, Mädchen. Ich schlug dich nicht aus Zorn. Der gute John konnte dich nicht so verletzen, daß es den Baron überzeugen würde. Ich mußte es tun, doch es hat mir ebenso weh getan wie dir.«

Daraufhin trug er sie durchs Dorf. Die Bauern hasteten mit Wassereimern durch die Straßen und versuchten, das Feuer zu löschen. Es herrschte ein absolutes Chaos.

Tess blickte in das Gesicht ihres Vaters und sah, wie er zufrieden lächelnd ihr Werk betrachtete. Ihr Plan war geglückt.

12

Ein kalter Nieselregen kündete vom frühen Ende des Winters. Tiefhängende, dunkle Wolken drückten den Rauch aus den Kaminen nieder. Über den Häusern hing eine erstickende Dunstglocke. Die Menschen hasteten durch den Regen, ihre Kleider rochen muffig, und Schimmel setzte sich an den feuchten Mauern fest.
Wenn die Sonne für kurze Augenblicke durch die Wolken brach, strömten alle durch Londons Straßen, um Einkäufe zu machen und den neuesten Klatsch auszutauschen. Satirische Pamphlete wurden herumgereicht, und vor allem bei Hofe genoß man das Intrigenspiel. Erst im vergangenen Frühjahr hatte die Schwester des Königs England einen Besuch abgestattet und war bei ihrer Rückkehr nach Frankreich unter mysteriösen Umständen gestorben. Minette war die Lieblingsschwester des Königs gewesen, und ihr Tod bereitete ihm schmerzlichen Kummer. Es hieß, daß der Geliebte ihres Mannes sie in einem Anfall von Eifersucht vergiftet habe, doch diese Anschuldigung konnte nicht bewiesen werden. Charles' Zorn war ebenso groß wie seine Trauer. Um den König zu beschwichtigen, hatte man Louise de Keroualle von Frankreich an den englischen Hof geschickt.

Charles schien dieses ungewöhnliche Geschenk nicht zu mißfallen. Bereits während Minettes letztem Besuch hatte er Louise bewundert. Louise, die aus dem Hochadel stammte, schlüpfte geschickt in die Rolle der Lieblingsmätresse des Königs. Es schien ihr wenig auszumachen, daß die Engländer sie nicht mochten. Allerdings hatte sie sehr unter den Intrigen und Schikanen von Nell Gwyn, der zweiten Mätresse des Königs, zu leiden.
Unaufhörlich kursierten Gerüchte über eine Scheidung, denn der König wurde ständig bedrängt, sich von seiner Frau, die keine Kinder gebären konnte, zu trennen und wieder zu heiraten, damit England einen legalen Thronerben bekam.
Den Grafen von Bryant kümmerte dieses von Ränken und lockeren Sitten beherrschte Hofleben wenig. Auch Chelynne nahm keinen Anteil daran und glaubte in ihrer kindlichen Naivität nach wie vor an Anstand und Ehrbarkeit. Da er sie mit derart offensichtlicher Gleichgültigkeit behandelte, hielt man sie für unbedeutend und harmlos. Man schenkte ihr bei Hof so gut wie keine Beachtung, aber dadurch wurde sie auch nicht in die perversen Vergnügungen mit hineingezogen.
Chad beunruhigte allerdings die Aufmerksamkeit, die der König seiner Frau zuteil werden ließ. Und die Gräfin fühlte sich dadurch natürlich geschmeichelt. Charles blieb seinem Ruf treu. Er behandelte sie galant und ritterlich, doch sein Interesse für die junge Gräfin war nicht nur platonischer Natur. Wenn er eine Frau begehrte, ließ er sich weder durch gesellschaftliche Konventionen noch einen Ehe-

mann davon abhalten, sein Ziel zu erreichen. Er umwarb Chelynne auf eine zurückhaltende Weise, die Chad etwas in Erstaunen versetzte. Vielleicht lag der Grund darin, daß seine Frau selten bei Hof anzutreffen war und der König von seinen beiden Mätressen, Gwyn und Louise, voll in Anspruch genommen wurde. Allerdings liebte Charles die Jagd ebenso wie die Eroberung.

Als Chad an diesem Tag in sein Stadthaus kam, ging er direkt in sein Arbeitszimmer, entledigte sich der Perücke und des Mantels und setzte sich sofort an seinen Schreibtisch. Er hatte Briefe an seinen Verwalter und an Kaufleute und Freunde in Amerika zu schreiben. Außerdem mußte er Bess eine Nachricht schicken, die sie an John weiterleiten würde. Er hatte tausend Dinge zu erledigen.

Daher empfand er es als Störung, als leise an seine Tür geklopft wurde. In barschem Ton forderte er zum Eintreten auf. Chelynne blieb zaghaft im Türrahmen stehen und rang nervös die Hände, als sie Chads verärgerten Gesichtsausdruck sah.

»Wenn ich ungelegen komme ...« begann sie.

»Macht nichts. Was gibt es?«

»Nun, da sind ein paar Einladungen, über die ich gern mit Euch sprechen möchte.«

»Ja, ja.«

Sie deutete auf den Schreibtisch und sagte leise: »Sie liegen alle bei der Post. Ich wußte nicht, welche für Euch wichtig sein könnten.«

Chad brummte mißmutig und kramte die Einladungen unter seinen Papieren hervor. Er hatte weder Lust noch Zeit, sich mit diesen trivialen Belanglosigkeiten zu beschäftigen. Chelynne trat neben ihn, um mit ihm die Einladungen durchzusehen. Sie beugte sich über ihn und berührte mit ihrer weichen Brust seine Schulter. Die leichte Berührung irritierte ihn, und sein Blick fiel unwillkürlich auf ihr entblößtes Dekolleté. Er widerstand der Versuchung, sie zu berühren.

Er sah die Einladungen durch und warf eine nach der anderen auf den Schreibtisch. »Ist darunter ein gesellschaftliches Ereignis, an dem du unbedingt teilnehmen möchtest?« fragte er unwirsch.

»N … nein, Sir«, stammelte sie, nahm dann aber ihren ganzen Mut zusammen und fügte hinzu: »Doch, dieses Dinner in Whitehall … der König gab erst letzte Woche seinem Bedauern Ausdruck, daß er Euch so selten sieht …« Wieder lehnte sie sich über ihn. Der Duft ihres Parfüms und ihre Nähe verwirrten Chad. Schließlich fand sie die Einladung und legte sie oben auf den Stoß. Mit jedem Tag wurde es ihm unerträglicher, mit seiner Frau gemeinsam in einem Raum zu sein. Mit jeder Faser ihres erblühenden Körpers strahlte sie Sinnlichkeit aus und wartete so offensichtlich darauf, seine Aufmerksamkeit zu erregen. Wäre sie doch nur nicht so verdammt begehrenswert! Nur mit Mühe gelang es ihm, sich zu beherrschen. »Ich weiß nicht, ob ich dieser Einladung folge«, sagte er schroff.

»Wollt Ihr, daß ich allein hingehe, falls Ihr verhindert seid?«

»Das ist mir egal.«

»Soll ich mich nach einem Begleiter umsehen?« Sie setzte sich auf die Kante des Stuhls vor seinen

Schreibtisch und sah ihn mit großen unschuldigen Augen an. Unwillkürlich streifte sein Blick wieder ihr Dekolleté.

»Ja, wir sprechen morgen noch einmal darüber«, sagte er und wandte sich wieder seiner Arbeit zu. Ihre Anwesenheit irritierte ihn auf unerträgliche Weise.

»Außerdem hat uns der König eingeladen, mit ihm und seinem Gefolge ins Theater zu gehen. Ich habe diese Einladung schon vor ein paar Tagen auf Euren Schreibtisch gelegt.«

»Ich war seit Tagen nicht hier«, entgegnete er verärgert. »Ich hatte soviel in den Lagerhäusern zu erledigen, daß ich nicht einmal Zeit hatte, nach Hause zu kommen. Habe ich dir nicht erzählt, daß ich die Ankunft mehrerer Schiffe erwarte?«

Er hatte es beiläufig erwähnt. »Ja, doch die Theatervorstellung findet heute statt, und ich wußte nicht ...«

»Nun, Madam, wie kann ich mich darum kümmern, wenn ich nicht hier bin?«

»Nein, aber ...«

»Und heute kann ich mich auf keinen Fall freimachen. Ich muß arbeiten ... oder glaubst du etwa, ich verfasse hier törichte Pamphlete?«

»Nein, Sir«, antwortete sie ergeben. Dann stand sie auf, worauf er einen vernehmlichen Seufzer der Erleichterung ausstieß. »Soll ich an Eurer Stelle gehen?« fragte sie von der Tür her.

»Madam«, knurrte er wütend, tauchte seinen Federkiel in die Tinte und warf ihr einen zornigen Blick zu. »Das ist mir absolut egal.«

»Wenn es Euch mißfällt, mich allein ...«
»Chelynne! Um Himmels willen, tu, was dir gefällt. Du bist kein Kind mehr, das ständig eine Gouvernante an seiner Seite haben muß. Wenn meine Arbeit mich nicht abhalten würde, wäre es mir ein Vergnügen, dich zu begleiten. Wenn du gehen willst, dann geh. Wenn du zu Hause bleiben willst, dann bleib zu Hause.«
Er begann zu schreiben, aber sie stand noch immer im Türrahmen. »Es ist nur ... ich habe es eben gern, wenn Ihr mich gelegentlich begleitet.«
»Dann hättest du jemanden heiraten müssen, der nichts anderes zu tun hat, als seine Zeit auf Gesellschaften zu vertrödeln. Ich kann darauf verzichten, mir ein albernes Theaterstück anzusehen.«
Chelynne zuckte zusammen, drehte sich um und schloß die Tür leise hinter sich. Chad versuchte, sich auf den Brief, den er schreiben wollte, zu konzentrieren, aber seine Gedanken schweiften ständig ab. Schließlich warf er den Federkiel verzweifelt auf den Schreibtisch und suchte in einer Schublade nach Tabak. Er fand zwar keinen großen Genuß am Rauchen, aber der kräftige Geruch erfüllte den Raum und vertrieb den Duft von Chelynnes Parfüm.
Er sah ihre sehnsuchtsvollen braunen Augen vor sich, ihren verlockenden Körper. Energisch schüttelte er den Kopf. Nein, er hatte keine Zeit, hinter Unterröcken herzujagen und sich von seiner Frau an der Nase herumführen zu lassen. Wütend stand er auf und ging rastlos im Zimmer auf und ab.
Er fühlte eine Unruhe in sich wie seit Jahren nicht mehr. Chelynne ging ihm nicht mehr aus dem Kopf.

Sie schien sich dauernd vor ihm in Positur zu setzen und spielte die geduldige Prinzessin, die Göttin der Reinheit. Aber er hatte jetzt einfach nicht die Zeit, auf ihr Spiel einzugehen, ihr den Hof zu machen und sie zu Gesellschaften und ins Theater zu begleiten. Er brauchte keine Frau in seinem Leben, hatte nie eine gebraucht. Sogar mit Anne hatte die Notwendigkeit, seinen Lebensunterhalt verdienen zu müssen, eine wichtigere Rolle gespielt als ihr Liebesleben. Chelynne würde eben warten müssen.

Aber sie wartete nicht, selbst wenn sie vorgab, die geduldige Ehefrau zu sein. Immer war er sich ihrer Gegenwart bewußt. Bei jeder Gelegenheit suchte sie seine Aufmerksamkeit zu erregen und seinem Namen auch in der Gesellschaft Ehre zu machen. Durch ihre Naivität und mangelnde Erfahrenheit bewahrte sie sich ihr unschuldiges Wesen. Es war schwer, sie zu übersehen, da sie auf derart verzweifelte Weise versuchte, ihm zu gefallen.

Dann mußte Chad an seinen Sohn denken und an seine verstorbene Frau. Er versuchte, vor dem Gefühlsaufruhr in seinem Inneren zu fliehen. Doch er fand keine Erleichterung mehr in der Erinnerung an Anne. Er würde nie aufhören, sie zu lieben, doch er begann allmählich zu begreifen, daß er mit diesem Abschnitt seines Leben abschließen mußte. Und das Bild des armen, mutterlosen Kindes wurde von dem Wunsch verdrängt, ihm eine Mutter zu geben. Er sah Chelynne mit dem kleinen Jungen im Gras sitzen, stellte sich vor, wie sie ihm mit ihrer Liebe die leibliche Mutter ersetzte.

Das Bild des Jungen verschwand aus seinen Gedan-

ken und wurde durch Chelynnes betörenden Anblick ersetzt – wie sie aus dem Bad stieg, wie sie aus dem Schlaf erwachte und wie sie mit ihrem kleinen Hund spielte.
Verdammt, dachte er, wenn es schon soweit ist, daß ich mich nicht mehr auf meine Geschäfte konzentrieren kann, ist es wohl besser, ich schlafe mit ihr. Dann kann ich hinterher wieder klar denken.
Doch da überkam ihn plötzlich eine erschreckende Erkenntnis. Er hatte sie so lange übergangen, sie so viele Monate seine Gleichgültigkeit fühlen lassen, daß er nicht mehr wußte, wie er sich ihr nähern sollte. Er konnte doch nicht wie ein verlegener Jüngling vor sie hintreten und ihr sagen, daß er sich in Sehnsucht nach ihr verzehrte! Sollte er sie einfach vergewaltigen, damit sie dann ihn und die körperliche Liebe verabscheute? In seiner Zurückweisung hatte er sie schroff und beinahe grausam behandelt. Wie sollte er das jetzt wiedergutmachen?
Lange saß er tief in Gedanken versunken da. Er versuchte sich vorzustellen, mit ihr wieder aufs Land zurückzukehren. Er und John hatten gehofft, daß bis zum Frühling die Angelegenheit in Bratonshire geregelt war, doch wie es schien, konnte das noch Jahre dauern, denn Shayburn war ein gewiefter Gegner. Wenn er Chelynne nach Hawthorne brachte und ihr dort seinen Sohn präsentierte, könnte er ihr die Gründe für sein Verhalten erklären und ihr darlegen, mit welchen Problemen er zu kämpfen hatte. Auf dem Land würde er Zeit und Muße finden, sie zu verführen und zu seiner Vertrauten zu machen. Hier, in London, konnte er ihr seine Geheimnisse nicht

anvertrauen, denn damit brachte er ihr Leben in Gefahr. Was sie nicht wußte, konnte sie auch nicht versehentlich ausplaudern.
Er faßte einen Entschluß. Es war in seinem eigenen Interesse, daß er damit anfing, sie etwas sanfter zu behandeln, damit sie ihm näherkam. Er hatte eine zu breite Kluft zwischen ihnen entstehen lassen, und es war höchste Zeit, daß er versuchte, sie zu überbrükken. Er war ein praktisch denkender Mann. Er mußte nicht vorgeben, sie zu lieben. Chelynne war eine attraktive und sanfte Frau und entsprach eigentlich ganz seinen Vorstellungen. Dirnen hatten ihm nie das gegeben, was er suchte, und er hatte schon vor langer Zeit erkannt, daß nur eine dauerhafte Beziehung seine Bedürfnisse befriedigte. Chelynne war seine Frau, und es lag allein an ihm, mit ihr ein angenehmes Leben zu führen.
Es kam ihm nicht in den Sinn, daß er sie brauchte, um etwas wiederzufinden, was er verloren glaubte. Denn die Liebe zog er bei diesen Überlegungen nicht in Erwägung.
Er stülpte sich seine Perücke wieder auf den Kopf und zog seinen Mantel an. Er würde die Angelegenheit sofort in Angriff nehmen. Selbst jetzt, als er aufbrach, um seine junge Frau für sich zu gewinnen, handelte er wie ein kühl denkender Geschäftsmann. Stella sagte ihm, daß Chelynne ins Theater gegangen sei und er sie dort finden könne. Als er aus dem Haus trat, überreichte ihm ein Botenjunge eine Nachricht von Bess. Auf dem Zettel stand nur der Name einer Taverne, Tag und Zeitpunkt. John. Aber er hatte vorher noch Zeit, zu Chelynne ins Theater zu fahren. Er stieg in seine Kutsche.

Doch das Schicksal schien sich gegen ihn verschworen zu haben. Im Foyer traf er Gwen. Sie war in Begleitung eines jungen Mannes, den sie ungeduldig fortwinkte, als sie Chad entdeckte.
»Wie ich mich freue, Euch zu sehen, Milord. Man hat Euch bei Hof schmerzlich vermißt. Setzt Euch ein Weilchen zu mir, damit wir plaudern können.«
»Meine Frau erwartet mich, Gwen. Ein andermal vielleicht.«
»Ich habe etwas in Erfahrung gebracht, das Euch interessieren dürfte«, gurrte sie.
»Das kann ich mir kaum vorstellen«, entgegnete er gleichgültig.
Doch Gwen wollte um jeden Preis seine Aufmerksamkeit gewinnen und platzte sofort mit ihrer Neuigkeit heraus. »Ich habe mich mit dem Cousin Eurer Frau angefreundet. Wie es scheint, besitzt er etwas, das Euch gehört.«
Chad hob erstaunt die Brauen. Gwen war eine betörende Hexe, die seit Jahren mit ihrem Charme Herzöge und Grafen umgarnte. Es würde ihn nicht überraschen zu hören, daß sie ihre Reize auch bei Gecken wie Mondeloy einsetzte, wenn er ihr von Nutzen sein konnte. Chad hatte sich oft gewundert, wie sie bei der Vielzahl von Intrigen und Komplotten, die sie anzettelte, noch die Übersicht bewahrte.
Doch gerade jetzt wollte er nicht in ihrer Gesellschaft gesehen werden und hatte keine Lust, auf ihr Spiel einzugehen. Aber vielleicht bot sich ihm hier die einzige Gelegenheit herauszufinden, was sie wußte. Wie stets nutzte Gwen ihren Vorteil geschickt aus. Als er ihr bedeutete, in seine Kutsche

einzusteigen, schüttelte sie geziert den Kopf. Es blieb ihm also nichts anderes übrig, als ihr den Arm zu reichen und sie in den Theatersaal zu führen.
Von ihrer Loge aus konnte Chad seine Frau sehen. Sie befand sich in sehr beeindruckender Gesellschaft, und er hoffte, das Theater verlassen zu können, ehe Chelynne ihn zusammen mit Gwen sah.
»Was willst du mir erzählen?« fragte er ungeduldig.
»Also beunruhigt dich die Angelegenheit doch«, sagte Gwen lächelnd, als sie allein in einer Ecke saßen. »Ich war so enttäuscht, Liebling, daß du dich mir nie anvertraut hast.«
»Wir standen einander nie so nahe, wie du alle Welt glauben machen wolltest, Gwen.«
»Du hast mich grausam behandelt, Chad«, flüsterte sie mit vor Zorn sprühenden Augen. »Bei jeder Gelegenheit hast du mich vor deiner Familie und unseren Freunden gedemütigt. Es gab einmal eine Zeit, da glaubte ich, du magst mich. Wenn ich dir irgendwie weh getan habe, dann sag es mir, damit ich es wiedergutmachen kann. Aber deine Feindseligkeit kann ich nicht länger ertragen.«
»Dann beweise mir jetzt deine Loyalität, und verrate mir dein Geheimnis.«
»Ich könnte dir helfen, in den Besitz dieses Dokuments zu gelangen.«
»Und wie stellst du dir das vor?«
»Das kannst du ruhig mir überlassen. Du kennst mich doch«, sagte sie.
Er nickte nur. Mit ihrer Raffinesse konnte sie jeden Mann um den Finger wickeln.
»Und was erwartest du von mir als Gegenleistung?«

Sie versteifte sich. Ein Ausdruck der Verletztheit stand in ihren Augen. »Wenn du so denkst, dann vergiß die ganze Sache, Chad. Ich bin keine Dirne, die man kaufen kann.«

»Gwen«, sagte er beschwichtigend, »gesteh mir doch wenigstens zu, daß ich wenig Grund habe, an deine Aufrichtigkeit zu glauben. Du wendest nicht gerade zimperliche Methoden an, wenn du etwas erreichen willst. Du bringst meiner Frau keine Achtung entgegen, und es kümmert dich nicht, daß ich verheiratet bin. Wie sollte ich da an deine Bereitschaft, mir uneigennützig zu helfen, glauben?«

»Ich habe dich einmal geliebt«, flüsterte sie mit Tränen in den Augen. »Wie kannst du es mir da verwehren, Anteil an deinem Leben zu nehmen, obwohl du eine andere Frau geheiratet hast? Ist dir jemals bewußt geworden, wie grausam du mich behandelt hast? Du hast dich nur meiner Liebe bedient und mir damals geschworen, daß du nie heiraten würdest.« Sie lachte verbittert. »Bei jedem anderen Mann hätte mich dieses schäbige Verhalten nicht gewundert, aber du ...« Sie schüttelte betrübt den Kopf. »Ich dachte immer, du wärst anders.«

Wie überzeugend sie die Frau mit dem gebrochenen Herzen spielt, dachte Chad bewundernd. Wäre er nicht so an der Information interessiert gewesen, hätte er sie an die vielen Liebhaber erinnert, die in ihrem Leben eine Rolle gespielt hatten. Nie hatte er geglaubt, mehr für sie zu bedeuten als nur ein weiteres flüchtiges Abenteuer. Gwen war eine hervorragende Schauspielerin. Jeder andere Mann würde jetzt wohl vor ihr auf den Knien liegen und sie für das

Unrecht, das ihr widerfahren war, um Verzeihung bitten. Aber Chad kannte Gwen schon zu lange, um auf die Rolle, die sie spielte, hereinzufallen. Wahrscheinlich glaubte sie noch heute, Chad zu lieben, aber ihre Verbitterung kam wohl eher aus der Enttäuschung, nicht das erreicht zu haben, wofür sie so viele Opfer gebracht hatte. Ja, sie konnte ihm helfen, denn ihre schauspielerischen Fähigkeiten übertrafen bei weitem die der Darsteller auf der Bühne. Also mußte er auf ihr Spiel eingehen.

»Gwen, es tut mir leid, wenn ich dir unwissentlich weh getan habe. Ich habe dich nicht belogen, als ich dir sagte, ich würde nicht heiraten. Mein Vater bestand auf dieser Ehe, und daran ist jetzt nichts mehr zu ändern.«

»Du hast mich einfach vor die vollendete Tatsache gestellt, ohne mir eine Erklärung zu geben. Aber deine feindselige Haltung mir gegenüber hat es mir unmöglich gemacht, Verständnis für deine Situation aufzubringen. Nur ein paar freundliche Worte von dir hätten meinen Schmerz gelindert.«

»Ich will mich von keiner Schuld freisprechen. Zugegeben, ich hätte mit dir sprechen sollen, aber ich nahm Rücksicht auf deinen verstorbenen Mann. Laß uns Frieden schließen. Und bitte, räche dich nicht an der Gräfin. Sie hat wenig Erfahrung und weiß nicht, wie locker die Sitten bei Hofe sind. Sie glaubt noch an die Ehe.«

»Und du?«

»Ich?« Er lächelte und ließ seinen Blick langsam über Gwens Körper gleiten. Ihre Koketterie war derart schamlos, daß er beinahe versucht war, der Verlockung nachzugeben und sich auf ein flüchtiges Abenteuer mit ihr einzulassen. Sie bot sich ihm förmlich an.

Doch allein der Gedanke erfüllte ihn mit Abscheu. Er hatte es oft als Fluch empfunden, daß er Körper und Geist nicht voneinander trennen konnte. Er fand keinen Gefallen an der Sinnlichkeit einer Frau, wenn ihn nicht auch ihr Wesen anzog. So war es mit Anne gewesen – und jetzt auch mit Chelynne, stellte er überrascht fest. Aber er verbarg seine wahren Gefühle und sah Gwen in die Augen. »Ich habe immer getan, was mir gefiel. Ich dachte, du wüßtest das.«

»Ich begann schon daran zu zweifeln. Du hast den galanten Ehemann sehr überzeugend gespielt.«

Chelynne würde diese Ansicht wohl nicht teilen, dachte er. Aber bei Hof galt das gleichgültige Verhalten, das er seiner Frau gegenüber zeigte, nicht als ungewöhnlich. »Mein Eheleben steht hier nicht zur Debatte«, wies er Gwen schroff zurück. »Sprechen wir von diesem Schriftstück. Wird Mondeloy es mir aushändigen?«

»Er spielt mit dem Gedanken. Aber er erwartet dafür eine Gegenleistung. Bis jetzt ist es mir noch nicht gelungen, in Erfahrung zu bringen, was er wirklich vorhat.«

»Allein die Tatsache, daß er im Besitz dieses Schriftstückes ist, beweist, daß er an einem Mord beteiligt war. Hat er denn keine Angst vor einer Strafe?«

»Nein. Er hat seine Spuren sorgfältig verwischt. Er behauptet, die Papiere einem Straßenräuber abgenommen zu haben. Seine Freunde werden das bezeugen. Aber niemand hat das Dokument bisher zu Gesicht bekommen. Außerdem habe ich keine Ahnung, wo er es versteckt. Weißt du eigentlich, daß er zu dem Zeitpunkt Gast in deinem Haus war, als er das Schriftstück irgendwie an sich brachte?«

»Das wurde mir bewußt, als ich von der Ermordung des Priesters erfuhr.« Und Chad hatte auch in Erfahrung gebracht, daß nur wenig Menschen von seiner früheren Ehe und diesem Dokument wußten. Gwen war wohl nicht zufällig in den Besitz dieser Information gelangt, sondern hatte sich vorsätzlich an Mondeloy herangemacht, in der Hoffnung, etwas zu erfahren, womit sie Chelynne oder ihm Schaden zufügen konnte.

»Ich habe Mondeloys Vertrauen gewonnen. Er wird mir schon noch verraten, was er mit diesem Papier bezweckt. Wenn es mir allerdings gelingt, *meinen* Plan in die Tat umzusetzen, wirst du ungeschoren davonkommen.«

»Über diesen Plan wüßte ich gern Näheres«, sagte er.

»Nicht hier und nicht jetzt. Es war schon unvorsichtig genug, davon in der Öffentlichkeit zu sprechen. Wer weiß, wie viele neugierige Ohren uns belauschen. Bring mich nach Hause. Dort können wir eingehend darüber reden.«

»Gwen«, wandte er ein, »ich komme später zu dir. Meine Frau erwartet mich.«

»Nein, das tut sie nicht. Die Gesellschaft, in der sie sich befindet«, Gwen deutete mit dem Finger zur Loge des Königs, »geht anschließend zum Dinner in den *Fox and Hounds.*«

Chad war schockiert. Sein Treffpunkt mit John lag ganz in der Nähe, in einem berüchtigten Viertel Londons. Er wußte, daß es in Adelskreisen als schick galt, sich in schäbigen Tavernen zu amüsieren. Aber es gefiel ihm überhaupt nicht, daß Chelynne dort auch hinging.

»Ich bringe die Gräfin nach Hause, ehe der König seinen zweifelhaften Vergnügungen nachgeht.«

»Könnte sie sich in sicherer Gesellschaft aufhalten?« fragte Gwen spöttisch. »Wer würde es wagen, den König zu belästigen? Und außerdem hat sie zahlreiche Begleiter.«

Chad kannte die Vorliebe des Königs, sich gelegentlich als einfacher Mann verkleidet unters Volk zu mischen und nachts unerkannt durch die Tavernen zu ziehen. Charles prahlte gern mit diesen gewagten Unternehmungen.

»Und du nimmst an diesem Abenteuer nicht teil?«

»Man wird mich nicht vermissen«, antwortete sie. Dieses Geständnis war für Gwen demütigend. Wie gern wäre sie einer der begehrten Mittelpunkte gewesen. Aber sie hatte die bittere Erfahrung machen müssen, daß die nächtlichen Liebesschwüre eines Herzogs die Morgendämmerung nicht überdauerten. Sie wurde alt und des Intrigenspiels überdrüssig. Jetzt strebte sie ein permanentes Arrangement an und würde jedes Mittel einsetzen, um ihr Ziel zu erreichen.

Also fügte sich Chad widerstrebend ihrem Wunsch, und die beiden brachen auf. Er wollte diese Angelegenheit so schnell wie möglich hinter sich bringen. Das Foyer war voller Theaterbesucher. Zu sehen und gesehen werden war der eigentliche Reiz an diesen Vorstellungen. Chad half Gwen gerade in die Kutsche, als ihn jemand streifte. Er drehte sich um und stand dem Grafen von Rochester, Chelynne, Charles, Louise und dem gesamten königlichen Gefolge gegenüber. Er saß in der Falle.

Chad verbeugte sich vor dem König, und als er sich wieder aufrichtete, sah er den amüsierten Blick, den Charles in die Kutsche warf, in der Gwen schon saß. Chelynnes weit aufgerissene Augen zeigten, daß auch sie die Situation erfaßt hatte.

Chad ergriff mit übertriebener Höflichkeit Chelynnes Hand und neigte sich darüber. »Hat Euch das Theaterstück gefallen, Madam?«

Sie zwang sich zu einem Lächeln und reckte ihr kleines Kinn empor. »O ja, Sir. Und Euch?«

»Sehr«, antwortete er, obwohl er keinen Blick auf die Bühne geworfen hatte. »Zufällig traf ich Lady Graystone. Wir haben eine geschäftliche Angelegenheit zu besprechen.« Er errötete, als ein anzügliches Murmeln durch die Menge lief. Er war wütend und beschämt, weil er Chelynne in diese peinliche Lage gebracht hatte. Aber seine Augen leuchteten stolz auf, als er sah, mit welch einer Anmut und Würde seine Frau die Situation meisterte. Sie legte ihm ihre Hand auf den Arm und sagte verständnisvoll: »Natürlich, Milord. Vielleicht könnt Ihr später zu uns stoßen.«

Ihre Reaktion erstaunte ihn. Sein Blick wurde weich, und er antwortete: »Ich versichere Euch, daß mich diese geschäftliche Angelegenheit nicht lange in Anspruch nehmen wird.«

Der König, der diese albernen Spielregeln meisterhaft beherrschte, räusperte sich anzüglich. Chad sah das amüsierte Glitzern in Charles' Augen, doch Chelynne ließ sich nicht beirren. »Ich freue mich schon jetzt auf Euch, Milord.«
Dann deutete sie einen Knicks an und schenkte ihm ein strahlendes Lächeln, das ihn mitten ins Herz traf. Er sah ihr nach, als sie mit hocherhobenem Kopf am Arm des Grafen von Rochester davonging. Charles warf ihm einen Blick zu, der deutlich besagte, daß er ihn für einen kompletten Narren hielt. Und wie recht der König hatte!
Rochester verstand es geschickt, mit der Gräfin von Bryant allein in seiner Kutsche zu fahren. Sobald die Pferde sich in Bewegung setzten, sagte er zu ihr: »Meine Liebe, Ihr habt eine bewundernswerte Haltung gezeigt. Ist es vielleicht so, daß Ihr und der Graf ein gegenseitiges Abkommen diesbezüglich getroffen habt?«
Chelynne lächelte unter Tränen und entgegnete: »Hattet Ihr Euch etwas anderes erhofft, Milord? Der Gesellschaft dürfte es nicht verborgen geblieben sein, daß wir eine sehr tolerante Ehe führen.«
»Es hat ganz den Anschein. Trotzdem ist es ziemlich ungewöhnlich.«
»Das ist eine Abmachung, die nur meinen Mann und mich etwas angeht und die kein Anlaß für Klatschgeschichten sein sollte.«
»Gewiß, meine Liebe. Doch das Liebesleben in Adelskreisen ist und bleibt das Thema Nummer eins bei Hof.«
Chelynne wand sich innerlich vor Qual. »Natürlich

könnten mein Mann und ich darüber in Streit geraten. Würde das etwas ändern?«

Rochester kicherte. »Er würde also Eure Ehre nicht verteidigen?«

»Milord, mein Mann achtet und respektiert mich. Er würde mich vor jeder Form der Beleidigung schützen. Doch mein Verhalten stellt er nicht in Frage.«

»So einfach ist das also«, murmelte Rochester leicht amüsiert.

»Habt Ihr auch nur die geringste Feindseligkeit zwischen Seiner Lordschaft und mir bemerkt?«

»Nein, tatsächlich nicht.«

»Dann zweifelt nicht mehr an meinen Worten.« Sie wandte sich ab und sah zum Fenster hinaus. Die Kehle war ihr vor unterdrücktem Schluchzen wie zugeschnürt. Eine hübsche Lügengeschichte, dachte sie verbittert. Doch ihr blieb keine Wahl. Hätte sie bei dieser unglückseligen Begegnung etwa in Schreikrämpfe ausbrechen oder in Ohnmacht fallen sollen? Nur vorgetäuschte Gelassenheit und erzwungene Würde konnten sie vor einem Skandal bewahren. Doch damit überließ sie ihren Mann kampflos seiner Geliebten.

Der Graf legte ihr seine Hand auf die Schulter und zwang sie, ihn anzusehen. Mit ungewöhnlich ernstem Gesicht blickte er sie an, und zog sie sanft in die Arme. Das war eine weitere Folge der eben erlebten Szene. Man würde sie fortan als Freiwild betrachten. Der Graf küßte sie, und sie ließ es geschehen. Dieser flüchtige Kuß weckte romantische Gefühle in ihr. Sie sehnte sich nach Trost, vertrauensvoller Hingabe und Erfüllung in der Liebe. Rochester war gutaussehend, geistreich und ein angenehmer Gesellschafter. Sie mochte ihn sehr. Er würde sie nicht zurückweisen, sondern die Sehnsucht in ihr stillen, die sie seit Monaten quälte.

Aber diese kurze Gefühlsaufwallung würde nicht von Dauer sein. Es gab zu viele Dinge, mit denen sie fertig werden mußte, ehe sie sich hingeben konnte. Ihr stand nicht der Sinn nach einem flüchtigen Abenteuer, wie es bei Hof üblich war. Sie würde nur Erfüllung in einer auf gegenseitiger Liebe beruhenden, dauerhaften Beziehung finden. Doch dafür war sie noch nicht bereit.

Chelynne entzog sich der Umarmung. »Bitte«, sagte sie streng. »Milord!«

Rochester lehnte sich zurück und betrachtete sie mit einem belustigten Lächeln. »Ihr geht zu weit, Milord«, wies sie ihn zurecht. »Mein Mann und ich führen eine tolerante Ehe, aber dieses Abkommen schließt Indiskretionen nicht ein.«

»Ihr mögt mich also nicht?«

»Doch, ich bin Euch sehr zugetan«, widersprach sie. »Aber an einer Frau, die so leicht zu erobern wäre, könntet Ihr doch nicht viel Gefallen finden, oder?«

»Ich verstehe«, sagte er leicht pikiert über ihre Zurückweisung.

»Das bezweifle ich, Sir. Ich muß mich gegen Eure Zudringlichkeit wehren, doch nicht aus Mangel an Gefühlen. Schließlich bin ich keine Dirne.«

Er lachte leise und sagte ihr dann unverblümt die Wahrheit ins Gesicht. »Mir ist es gleich, Milady, ob Ihr Dirne oder Jungfrau seid. Für mich zählt allein mein Vergnügen.«

Chelynne revoltierte innerlich. Übelkeit stieg in ihr auf. Wie konnte die Königin eine ähnliche Situation nur ertragen? Wie konnte sie nur ein Leben an Charles' Seite ertragen, der sich mit seinen Mätressen vergnügte und ihr die Rolle der gehorsamen und toleranten Ehefrau überließ?
Auch Chad setzte selbstverständlich voraus, daß sie seine Spielregeln befolgte und es nie wagen würde, sich gegen seine Kälte und Gleichgültigkeit aufzulehnen. Denn schließlich hatte er sie über seine Vorstellungen von der Ehe nie im Zweifel gelassen. Er wollte sich nicht mit einer lebenslustigen Frau belasten und erwartete, daß sie ohne männlichen Schutz und ohne Liebe lebte. Ihre Ehe basierte tatsächlich auf einem stillschweigenden Abkommen, und die ganze Tragweite dieses Abkommens begann sie erst jetzt allmählich zu verstehen.

Die Nacht senkte sich über London. John Bollering wartete in der Taverne vergeblich auf Chad. Bess hatte ihm von Chad eine Nachricht überbracht, in der er ihm mitteilte, daß Shayburn den Grafen von Bryant um Hilfe ersucht hatte. Chad war scheinbar auf dieses Ersuchen eingegangen und hatte Shayburn versprochen, Geld und Söldner nach Bratonshire zu schicken. Dadurch konnte der Graf seine eigenen Männer in Shayburns Grafschaft stationieren, um die Sicherheit des Dorfs zu gewährleisten. Auf diese Weise war Shayburn ihnen in die Falle gegangen.
John empfand keine Freude über diesen gelungenen Schachzug. Er würde zwar das bittere Unrecht, das seinem Vater angetan worden war, rächen, doch

er war gezwungen, Shayburn mit dessen eigenen Waffen zu schlagen. Sollte man John mit den Überfällen auf Bratonshire in Verbindung bringen, würde er vor Gericht gestellt werden. Shayburn schien Verdacht geschöpft zu haben und zog Erkundigungen über Johns Aufenthaltsort ein. Auch sein Zögern, Bryant um Unterstützung zu bitten, ließ vermuten, daß der Baron irgendeine Verbindung zwischen John und Chad vermutete. Offensichtlich war er nicht davon überzeugt, daß Chad nicht mehr an den Bolleringschen Besitzungen interessiert war.
Um in diesem Stadtviertel nicht aufzufallen, hatte sich John als Seemann verkleidet. Er trank sein Bier aus und ging in die Nacht hinaus. Er wollte bei Bess eine Nachricht für Chad hinterlassen, dann konnten sie sich ein andermal treffen.
Zwielichtiges Gesindel trieb sich in den düsteren Gassen herum. John hielt sich im Schatten der Hausmauern, um möglichst unbemerkt zu bleiben. Er konnte es nicht riskieren, in irgendeinen Händel verwickelt zu werden.
Er bog gerade in eine schmale Gasse ein, als ein Schrei durch die Nacht gellte. Im trüben Licht einer Gaslaterne sah er, wie sich eine junge Frau verzweifelt gegen die Handgreiflichkeiten eines Mannes wehrte. Noch zwei Burschen standen daneben und grölten trunken, als die Frau nach dem Angreifer trat. Dabei öffnete sich ihr Mantel, und John sah, daß sie ein elegantes Kleid trug. Seine Neugier wurde geweckt. Er fragte sich, was eine Lady in diesem berüchtigten Stadtviertel zu suchen hatte. Da fiel ihm die Nacht ein, in der er Chelynne aus einer

ähnlichen Situation gerettet hatte. Er wollte sich schon abwenden, weil er mit diesem Streit nichts zu tun haben wollte, als er plötzlich wie vom Donner gerührt stehenblieb. Das war doch Lady Chelynne, die wieder in die Hände von Dieben gefallen war! Mit einem kurzen Blick vergewisserte er sich, daß weder eine Kutsche noch Bedienstete in der Nähe waren.

John zog schnell sein Messer und warf sich mit einem Schrei auf den Angreifer. Chelynne fiel zu Boden. Er drehte sich um und bedrohte die beiden anderen Gauner mit vorgestreckter Waffe. Sofort ergriffen die Diebe in wilder Panik die Flucht.

John beugte sich über Chelynne, die außer sich vor Angst am Boden kauerte und die Hände vors Gesicht hielt. Ihre schmale Gestalt bebte vor Schluchzen. Mit einem Seufzer kniete John neben ihr nieder und berührte leicht ihre Schulter.

Chelynne wandte ängstlich den Kopf und sah ihn erschreckt an. »Oh, Ihr seid es«, hauchte sie erleichtert.

»Kommt, meine Liebe, und erzählt Eurem edlen Ritter, wie Ihr diesmal in diese vertrackte Lage geraten seid.«

Chelynne wischte sich die Tränen vom Gesicht. »Wieder rettet Ihr mich«, sagte sie verblüfft und schüttelte den Kopf. Welch einer merkwürdigen Schicksalsfügung hatte sie es zu verdanken, daß dieser einfache Mann sie zweimal unter Einsatz seines Lebens gerettet hatte?

John stand auf und half ihr auf die Beine.

»Seid Ihr wieder auf der Suche nach Eurem Grafen?«

Sie schüttelte nur den Kopf. Als John sie tröstend in seine Arme nahm, fing sie wieder an zu weinen. Er streichelte sanft ihr Haar und murmelte beruhigende Worte. Als sie sich etwas gefaßt hatte, schob er sie von sich und sah ihr in die Augen.

»Ihr schuldet mir zumindest eine Erklärung, Milady. Erzählt mir, was passiert ist.«

»Ich habe mich ziemlich töricht verhalten«, gestand sie. »Ich war mit dem König und seinem Gefolge im *Fox and Hounds*. Zuvor waren wir im Theater, und dort bin ich Seiner Lordschaft ... meinem Mann mit seiner Mätresse begegnet. Ich hatte keine Wahl ... um die peinliche Situation zu überbrücken, gebot mir mein Stolz, seine Erklärung, er habe geschäftliche Dinge mit der Dame zu besprechen, zu unterstützen. Bei Hof wundert man sich seit langem über unsere ungewöhnliche Ehe. Der Graf begleitet mich selten zu gesellschaftlichen Ereignissen und zeigt kein Interesse an meinem Leben. Also spielten wir die Rolle des toleranten Ehepaars. Er ließ mich bei meinen Freunden zurück, während er mit seiner Mätresse davonfuhr.«

»Und deswegen seid Ihr jetzt hier?«

»O nein«, widersprach sie. »In der Taverne, in der wir einkehrten, mokierte sich Rochester über unsere Ehe. Sie waren so grausam, bezeichneten Chad ... Seine Lordschaft als den größten Schürzenjäger aller Zeiten ... und mich ... sie haben mich so beleidigt. Ich konnte diesen Hohn einfach nicht mehr ertragen! Als mir einer der Höflinge anbot, mich nach Hause zu bringen, nahm ich bedenkenlos an.«

»Ich glaube, ich verstehe Euch jetzt. Er hat Euch belästigt?«

Sie seufzte und senkte den Blick. »Kaum war ich mit ihm in der Kutsche, fiel er über mich her. Ich wehrte mich so verzweifelt, daß er mich schließlich gehen ließ. Da stand ich mitten auf der Straße, hoffte vergeblich auf eine Mietkutsche, und was dann geschah, wißt Ihr.«
»Wäre es nicht besser gewesen, in die Taverne zurückzugehen? Ihr hättet einen Boten nach Hause schicken können, damit man Euch abholt.«
»Nein«, sagte sie trübsinnig. »Ich wollte diese ganze widerliche Gesellschaft nicht mehr sehen.« Ihre Verzweiflung wandelte sich in Zorn. »Er hat mich in diese schmähliche Situation gebracht. Oh, wie ich dieses verderbte Leben hasse! Er gibt mir prächtige Kleider, kostbaren Schmuck, führt mich bei Hof ein und läßt mich allein! Oh, wie ich es hasse, nach seinen Spielregeln zu leben!«
»Wen meint Ihr, meine Liebe?«
»Er hat mich nie geliebt! Er hat mich nie begehrt! Es ist ihm nicht einmal peinlich, mit seiner Mätresse vor aller Welt zu prahlen! Oh, wie ich diese verlogene Moral hasse! Jeder Mann hier bei Hof schläft mit Huren, nimmt sich Mätressen oder schläft mit der Frau eines anderen Mannes.«
John lachte leise, um sie nicht zu verletzen. Wie zutreffend sie das Leben bei Hof beschrieb! »Ich bin Euer Freund, Milady. Ihr könnt mir Euer Herz ausschütten.«
»Wenn Ihr wirklich mein Freund seid, dann bringt mich fort von hier. Ich kann dieses Leben nicht länger ertragen. Oh, John, tausend Peitschenhiebe könnten mir nicht mehr Schmerzen bereiten als seine Gleichgültigkeit.«

»Das verstehe ich nicht unter Freundschaft. Ich würde nie einem anderen Mann die Frau wegnehmen.«
»Ihr würdet ihm doch nur einen Gefallen erweisen.«
»Wenn er Euch los sein wollte, würde er Euch doch fortschicken, nicht wahr?«
Die Traurigkeit in ihren Augen, ihre Verzweiflung und ihr Unglück rührten ihn zutiefst. »Warum duldet er mich denn überhaupt in seiner Nähe? Warum?«
»Meine Liebe, das kann ich nicht beurteilen.«
»John, seid Ihr dem Grafen je begegnet?«
»Ja, ein paarmal.«
»Wie schätzt Ihr seinen Charakter ein?«
»Ich halte ihn für einen freundlichen, gerechten Mann.«
»Behandelt ein freundlicher, gerechter Mann seine Frau auf diese Weise?«
John lachte leise und berührte ihre Wange. »Wie behandelt er Euch denn? Lauft Ihr in Lumpen umher? Hat er Euch verprügelt?«
»Ich bin noch Jungfrau«, gestand sie ihm leise.
»Mein Gott«, stammelte er und verstand jetzt Chad besser als je zuvor. »Eine jungfräuliche Frau.« Er legte einen Finger unter Chelynnes Kinn und sah ihr in die Augen. »Und Ihr liebt ihn?«
»Ich glaube, das ist vorbei, John«, sagte sie traurig. »Nein, ich habe ihn einmal geliebt. Ich habe mich nach ihm gesehnt, wollte ihn glücklich machen und ihm ein Kind schenken.« Sie umklammerte mit schmerzhaftem Griff seinen Arm, und die Qual in ihren Augen war schier unerträglich. »Einmal habe ich gewagt, von einem Kind zu sprechen, von einem

Sohn, den ich ihm gebären wollte ... Er wurde so wütend, daß er mir Angst einjagte. Nie wieder habe ich davon gesprochen«, sagte sie verwirrt. »Nein, eigentlich hat er von einem Sohn gesprochen, und ich ...« Ihre Worte verloren sich. »Aber er wurde zur Ehe mit mir gezwungen, und eines Tages wird er mich fortschicken. Dann ist alles vorbei.«

»Wenn er je vorgehabt hätte, Euch fortzuschicken, hätte er es doch längst tun können.«

»Warum hält er sich dann absichtlich von mir fern? Wie soll ich seine Gleichgültigkeit weiterhin ertragen?«

John zuckte die Schultern. »Vielleicht braucht er nur etwas Zeit.«

Sie lachte verbittert auf. Dann berührte sie sanft seinen Arm. »John, eine Frau kann Feindseligkeit nicht ertragen. Ich sehne mich nach Verständnis und Liebe. Er hat meine Gefühle verletzt und mich in aller Öffentlichkeit gedemütigt. Die Freiheiten, die sich mein Mann herausnimmt, unterstellt man auch mir. Deswegen bin ich heute nacht in diese peinliche Situation geraten. Er kann sich gegen Beleidigungen und Angriffe wehren. Ich kann es nicht.«

»Seid Ihr davon überzeugt, daß er eine Mätresse hat?«

»Oh, gewiß. Mehrere.«

»Aber er bestreitet es doch. Ihr verurteilt ihn, ohne Beweise zu haben.«

»Wie konnte ich nur eine Sekunde glauben, Ihr würdet mich verstehen!« sagte sie vorwurfsvoll. »Er hat nicht einmal mit mir geschlafen! Das ist doch Beweis genug. Ihr seid ein Narr!« Aufschluchzend

preßte sie die Hände vor ihren Mund. John nahm sie in die Arme und wiegte sie sanft. Dann hob er ihr Gesicht und bedeckte es mit zärtlichen Küssen. Sie war so sanft und liebenswert und so verletzbar. Sie sehnte sich verzweifelt nach Liebe. Ihr Körper schmiegte sich nachgiebig an ihn, und sie legte ihm die Arme um den Hals. Sie war verletzt. Sie war wunderschön. Und die Frau seines besten Freundes.
»Du möchtest dich mir hingeben, nicht wahr, Chelynne?«
Ihre Hände glitten langsam von seinen Schultern. Beschämt senkte sie den Blick. »Verzeiht mir«, murmelte sie verzagt.
»Du brauchst dich nicht zu schämen, Liebling. Sehnsucht, Leidenschaft, Begierde sind natürliche Gefühle, und du hättest sie nicht, wenn der Mann, den du liebst, sie befriedigen würde.«
»Aber ich schäme mich! Er spielt mit mir! Er berührt mich, erregt mich und weist mich dann zurück! Wenn er Knaben vorziehen würde, könnte ich mich damit abfinden, daß er kein Mann ist. Aber er begehrt mich ebenso wie ich ihn!« Wieder weinte sie haltlos. »Das ist alles, was von meiner Liebe geblieben ist, John. Dieses schamlose Begehren ... und ich weiß nicht einmal, wonach ich mich sehne! Was soll ich nur tun?«
In dem trüben Licht konnte er ihre vor Scham geröteten Wangen nicht sehen. Sie hatte ihre innersten Geheimnisse einem Fremden preisgegeben und fühlte sich nun zutiefst gedemütigt.
»Alles wird gut werden, Chelynne.«
Sie schlang ihre Arme um ihren Oberkörper und murmelte etwas Unverständliches.

»Du zitterst ja«, sagte er. Sie konnte ihn weder ansehen noch ihm antworten. »Komm, du mußt ins Warme, sonst holst du dir den Tod.«
»Ich kann nicht zu ihm zurückgehen.«
»Dorthin bringe ich dich auch nicht.«
»Wohin dann?«
»Ich nehme dich mit zu mir nach Hause. Es ist nicht weit von hier. Wir fahren mit der Kutsche.«
»Das kann ich nicht tun, John«, sagte sie und wich zurück. »Stella wäre außer sich vor Sorge.«
Er legte einen Arm um ihre Taille und zog sie an sich. »Du willst doch mit zu mir kommen, nicht wahr?«
Chelynne nickte nur. »Und du wirst später sehr böse auf mich sein, denn ich habe dir eine Menge zu erzählen, und dir werden meine Enthüllungen nicht gefallen.«
»Wir kennen uns doch kaum. Wie kannst du eine Fremde enttäuschen?«
»Wenn du erst einmal im Warmen bist, werde ich dir eine Geschichte erzählen. Laß uns jetzt eine Kutsche suchen.«
In Johns beschützenden Arm geschmiegt, fühlte sie sich auch in dieser bedrohlichen Umgebung sicher und geborgen wie seit langem nicht mehr. Alle Angst fiel von ihr ab.
Endlich kamen sie auf eine breitere Straße, und John winkte eine Kutsche heran. Er gab dem Kutscher eine Adresse. Vor einem Privathaus hielten sie kurz an. John klopfte dort an die Tür und sprach mit jemandem, den sie nicht erkennen konnte. Dann kam er zurück und sagte: »Jetzt fahren wir zu mir. Erwarte bitte nicht zuviel. Ich wohne ziemlich bescheiden.«

»Ich muß verrückt sein, weil ich mit dir gehe«, murmelte sie.
»Oder nur sehr verstört.«
»Du könntest mir gefährlich werden«, dachte sie laut.
»Das glaubst du nicht wirklich. Du weißt, daß du von mir nichts zu befürchten hast.«
Sie nickte nur.
»Aber ich verlasse mich auch auf dich, Chelynne. Ich hoffe, du besitzt etwas mehr Verstand, als du gezeigt hast, indem du mitten in der Nacht allein durch die Gassen gewandert bist. Na, jedenfalls ist es jetzt zu spät.«
»Die Umstände waren daran schuld ...«
»Nein, das stimmt nicht«, unterbrach er sie schroff. »Hättest du nur einen Augenblick überlegt, wärst du nicht in diese gefährliche Situation geraten. Du hättest eine Nachricht nach Hause schicken können, damit jemand – vielleicht der Graf selbst – dich abholt. Deine Impulsivität läßt dich Dinge tun, die du später bereust. Und du kommst aus dieser Lage nur unbeschadet heraus, wenn du endlich deinen Kopf gebrauchst.«
»Ich bin nicht nur einem Impuls gefolgt«, widersprach sie.
»Was hat dich dann dazu getrieben?«
Sie dachte eine Weile nach und mußte sich eingestehen, daß sie schon öfter ein Opfer ihrer Impulsivität geworden war.
»Wahrscheinlich hast du recht«, gab sie kleinmütig bei.
»Diese Unüberlegtheit mußt du dir abgewöhnen. Du

hast Verstand, also benutze ihn. Überstürzte Handlungen wie heute nacht werden dir nur schaden.«

»Und mit dir zu gehen ... ist auch ein gefährlicher Impuls.«

»Vielleicht, aber jetzt ist es zu spät. Die Entscheidung liegt nicht länger bei dir.«

Die Kutsche hielt an, und John führte sie über einen dunklen Treppenaufgang in den zweiten Stock hinauf. »Bescheiden« war eine übertriebene Beschreibung für seine Unterkunft. Der Raum war nur kärglich möbliert, und auf dem Tisch lagen Papiere, die er schnell wegräumte, damit sie keinen Blick darauf werfen konnte. John zündete ein Feuer in einem kleinen Ofen an, und sie kauerte sich davor auf den Boden. Welcher Wahnsinn hat mich befallen hierherzukommen, dachte sie verzweifelt.

Aber das wolltest du doch haben, schalt sie sich. Es wäre eine Lüge gewesen sich einzureden, daß sie nicht mit bestimmten Hoffnungen gekommen war. Seit langem schon wartete sie darauf, daß es endlich geschah.

Sie beobachtete John, der seinen Mantel auszog und ein paar Sachen wegräumte. Ihr war unverständlich, warum sie sich in seiner Gegenwart so wohl fühlte.

»Ist dir etwas wärmer?« fragte er.

»Ja«, antwortete sie leise. »Habe ich dir eigentlich schon gedankt?«

»Nein. Ich schulde dir Dank, Chelynne. Rein zufällig bin ich dir zweimal in einer Notlage begegnet, doch ich habe dir nur geholfen, weil ich wußte, wer du bist. Es gibt in dieser Stadt keine edlen Ritter, die freiwillig einen Kampf mit drei üblen Burschen aufnehmen, um die Tugend eines schönen Mädchens zu retten. Ich habe aus rein selbstsüchtigen Motiven gehandelt. Indem ich dir half und dich heute hierherbrachte, bietet sich mir die Möglichkeit, ein paar meiner eigenen Probleme zu lösen. Ich muß dir gestehen, daß ich deinen Mann seit Jahren kenne. Du bist für mich keine Fremde.«

»Du kennst Chad?«

»Ja. Sogar sehr gut.«

»Und das hast du mir verschwiegen? Warum?«

Er zuckte die Schultern. »Niemand darf von unserer Freundschaft wissen.«

»Du bist sein Freund?«

»Das war ich. Bis heute nacht.«

»Und warum bist du es nicht mehr?«

»Das ist doch ganz einfach. Du bist hier bei mir. Und in meinem Bett, wird er denken.«

»Glaubst du etwa, das würde ihm etwas ausmachen?« Chelynne lachte freudlos. »Er braucht es ja nicht zu erfahren. Du hast nichts zu befürchten, John, denn du bist immer gut zu mir gewesen. Aus welchem Grund sollte ich ihm sagen, wo ich die Nacht verbracht habe?«

»Ach?« Er grinste sie verschmitzt an.

Sie schluckte. »Das heißt ... falls es ... oh, bitte! Ich glaube, du willst mich erschrecken.«

»Vielleicht. Du bist eine törichte kleine Hexe, weißt du das? Wäre ich nicht zufällig vorbeigekommen, wäre es dir übel ergangen.«

»Du hast mir bereits eine Strafpredigt gehalten, und ich gebe dir in allem recht«, sagte sie schmollend.

»Ich habe ein Geschenk für dich, Chelynne«, sagte er

und zog ein Messer mit einem Perlmuttgriff aus seinem Stiefel. »Das kann dir von Nutzen sein, wenn du wieder einmal in eine gefährliche Situation gerätst.«
Sie wandte den Blick ab und sagte leise: »Dazu wird es wohl nicht mehr kommen.«
»Nur für den Notfall«, drängte er. »Ich möchte, daß du es immer bei dir trägst. Eines Tages, wenn du Ordnung in dein Leben gebracht hast, werde ich es von dir zurückverlangen.«
»Dieser Tag wird wohl nie kommen«, sagte sie seufzend. Sie schwiegen eine Weile, und sie verlor sich in Erinnerungen. »Weißt du, daß es eine Zeit gegeben hat, wo er mich ganz anders behandelt hat? Als wir uns zum erstenmal begegneten, wußte er nicht, wer ich war und hat versucht, mich zu verführen. Und ich liebte ihn vom ersten Augenblick an.«
»Das klingt ganz nach dem Chad, den ich kenne«, sagte John lachend.
»Aber jetzt bin ich nur nach außen hin seine Frau und muß zusehen, wie er sich mit seinen Mätressen vergnügt.«
»Du bist noch so jung«, sagte John. »Chelynne, ist dir je in den Sinn gekommen, daß es vielleicht einen triftigen Grund für sein Verhalten dir gegenüber gibt?«
»Mir fällt keiner ein. Ich würde gern seine Sorgen mit ihm teilen.«
»Und wenn er das nicht will? Vielleicht liegt es in deinem Interesse, daß er dich nicht mit seinen Problemen belastet. Schießlich ist er kein einfacher Mann, sondern ein Graf. Er trägt viel Verantwortung

und ist in politische Dinge verwickelt, die lebensgefährlich sein können.«
»Ist er denn in Gefahr?«
John lachte. Er verschränkte seine Arme vor der Brust und lehnte sich über den Tisch. »Vor einer Weile hast du gesagt, daß du ihn nicht mehr liebst. Warum hast du jetzt Angst um ihn?«
»John, spiel nicht mit mir! Ist er in Gefahr?«
»Jeder Mann, der in gewisse Angelegenheiten verwickelt ist, lebt gefährlich. Er hat sich auf eine riskante Sache eingelassen, und ich halte es für sehr klug von ihm, daß er dich da herausgehalten hat.«
»Aber ich möchte an seinem Leben teilhaben. Dann könnte ich ihn wenigstens verstehen. Ich möchte zumindest ein bißchen Aufmerksamkeit von ihm.«
»Nun, ich bewundere Chad zwar sehr, aber in manchen Dingen benimmt er sich recht töricht. Er ist ein anständiger Mann, gut und gerecht. Darüber solltest du einmal nachdenken.«
»Der Mann, den du schilderst, kann nicht der Mann sein, mit dem ich verheiratet bin.«
»Ich glaube, er gibt sich dir gegenüber bewußt gleichgültig. Das kostet ihn sicher oft seine ganze Willenskraft. Allein daß du hier in London bist, beweist doch, daß er dich in seiner Nähe haben will.«
»Zu welchem Zweck?«
»Chelynne, ich kenne Chads Beweggründe nicht. Ich würde dir jedoch raten, weniger mißtrauisch zu sein und abzuwarten, bis seine Angelegenheiten hier geregelt sind. Entzieh ihm jetzt nicht dein Vertrauen. Ich bin mir sicher, daß du darüber eines Tages sehr froh sein wirst. Und hör um Himmels willen

auf, voreilige Schlüsse zu ziehen! Ich weiß, du bist jung und ungeduldig. Die Vorstellung, ein Leben mit einem Mann zu verbringen, dem du scheinbar gleichgültig bist, ist dir entsetzlich … aber dieser Zustand ist nicht von Dauer. Steh zu deinem Mann, halte an deiner Liebe zu ihm fest.«
Obwohl sie den Sinn seiner Worte nicht ganz begriff, nickte sie. Dann wies er auf das schmale Bett und sagte lächelnd: »Mehr Platz zum Schlafen habe ich nicht.« Sie wurde blaß und wußte nicht, wie sie reagieren sollte. »Komm, hab keine Angst. Ich werde dir nicht weh tun. Wir wollen nur ein wenig ruhen. Aber ein paar Kleidungsstücke wirst du schon ablegen müssen.«
Entgeistert sah sie ihn an. Aber er hatte recht. In ihren weiten Röcken und mit dem verstärkten Mieder konnte sie sich nicht hinlegen. John half ihr, das Kleid aufzuknöpfen und zog es ihr über den Kopf. Als sie nur noch im Unterkleid vor ihm stand, ließ er bewundernd den Blick über ihre wohlgeformte Gestalt gleiten.
Sie setzte sich auf den Bettrand, und er zog ihr die schmutzigen Schuhe von den Füßen. Als sie die Strumpfbänder abstreifte, fragte sie lächelnd: »Willst du mich verführen, John?«
Er seufzte nur, setzte sich neben sie aufs Bett und zog seine Stiefel aus. »Es ist wohl eher andersrum«, murmelte er. Dann entledigte er sich seines ledernen Wamses und warf es zusammen mit seinem Leinenhemd auf einen Stuhl, behielt aber seine Hose an. »Du wirst mir nicht glauben, wenn ich dir sage …« Er verstummte, sah sie an und fügte achselzuckend

hinzu: »Komm, meine Liebe, es läßt sich einfach nicht ändern.«

Er zog sie neben sich aufs Bett. Durch ihr dünnes Unterkleid hindurch spürte sie seinen warmen Körper. Er nahm sie zärtlich in die Arme, und sie kuschelte sich an ihn.

Ein leichtes Beben überlief ihren Körper, als er sie streichelte, aber er murmelte beruhigende Worte in ihr Ohr. »Ich werde dir nicht weh tun, Liebling.« Sein Streicheln wurde drängender, und sie zweifelte nicht daran, daß sie ihre Jungfräulichkeit verlieren würde. Ihr gefielen die wonnigen Schauder, die seine Hände in ihr weckten. Als sie seine Zärtlichkeiten erwidern wollte, hielt er ihre Hände fest und bat sie, ihn nicht zu berühren. Er stöhnte leise auf, als er spürte, wie sie auf seine Liebkosungen reagierte. Im Kerzenlicht sah sie sein angespanntes Gesicht.

Eine leichte Unruhe befiel sie, doch sie wischte ihre Bedenken beiseite, denn schließlich hatte sie diese Situation herbeigeführt und wollte endlich dieses Gefühl erleben, nach dem sie sich seit Monaten sehnte. Mit einem leisen Aufstöhnen ließ sie sich von der Woge der Leidenschaft forttragen, die Johns Berührungen in ihr weckten. Eine ähnliche Erregung hatte sie jedesmal verspürt, wenn sie in Chads Nähe war.

In ihrer Unerfahrenheit merkte sie nicht, daß John nur an die Befriedigung ihrer Lust dachte. Mit seinen Küssen, dem drängenden Streicheln seiner Hände brachte er sie in eine Ekstase, die ihr die Sinne schwinden ließ. Tief in ihrem Inneren explodierte etwas, als sie mit einem Schrei den Höhepunkt

erreichte. Sie verlor sich in einer Woge der Leidenschaft.
Allmählich kam sie in die Wirklichkeit zurück, schwelgte noch in den lustvollen Wonnen, die sie genossen hatte. Zögernd öffnete sie die Augen und sah John an. Er küßte sie zärtlich, und ihre Lippen formten tonlos eine Frage.
»Psst«, flüsterte er. »Denk nicht darüber nach.«
»Aber wie ...«
Er zog sie an sich. »Nach diesem Gefühl hast du dich gesehnt, Liebes. Die Sehnsucht danach hat dich gequält.«
»Aber dazu gehört doch mehr ...«
John stöhnte. »Ja, viel mehr, aber nicht für mich. Denn schließlich gehörst du nicht mir.«
»Doch, jetzt gehöre ich dir mehr als jedem anderen«, murmelte sie.
Er lachte freudlos. »Das wird sich ändern.«
»Heißt das, du liebst mich?« fragte sie schüchtern.
»Nein, Liebes. Ich liebe dich ebensowenig wie du mich liebst. Was du eben erlebt hast, hat nichts mit Liebe zu tun. Es sind einfach natürliche Gefühle. Liebe ist etwas anderes. Wahre Erfüllung findest du erst, wenn beides zusammenkommt.«
»Nur eine gewöhnliche Dirne kann ...«
»Nein, Chelynne. Ich wollte deine Leidenschaft befriedigen.«
»Und du?«
»Das spielt dabei keine Rolle.« Er lachte wehmütig. »Was bin ich doch für ein selbstloser Bastard.«
»Was soll ich jetzt tun?« fragte sie mit einem Schluchzen in der Stimme.

»Nichts.«

»Wir gehen wieder getrennte Wege, als ob nichts geschehen wäre ...«

Mit angespanntem Gesicht beugte er sich über sie und sagte eindringlich: »Uns verbindet nichts, Chelynne. Nur die Liebe schafft unlösbare Bande, nicht eine flüchtige Leidenschaft. Dieses Bedürfnis zu befriedigen ist einfach, aber wahre Liebe ist viel komplizierter.«

Wie konnte er so leichtfertig, so gelassen über dieses Gefühl reden, das ihr ganzes Wesen erschüttert hatte? Wie distanziert und gleichgültig er jetzt wieder war. »Dann wäre es besser gewesen, ich hätte es nie kennengelernt«, flüsterte sie verstört.

»Mach dir keine Sorgen, Liebes, es wird nicht wieder geschehen. Von jetzt an wird uns Chad keinen Augenblick mehr allein miteinander lassen und dich etwas mehr im Auge behalten.«

»Er wird es nie erfahren«, sagte sie aufgebracht und wandte sich ab.

»Doch, er wird es merken«, entgegnete John und streichelte ihr Haar.

»Es ist ihm gleichgültig«, meinte sie niedergeschlagen.

»Du irrst dich, Liebes. Für das, was ich getan habe, wird er mich umbringen wollen.«

13

Chelynne wachte beim Morgengrauen auf. Als sie das kleine Zimmer sah und sich erinnerte, was geschehen war, schämte sie sich. Im hellen Licht der ersten Sonnenstrahlen wurde ihr die ganze Schäbigkeit ihres schändlichen Verhaltens bewußt. John stand vor einem Spiegel und rasierte sich.

Ihr ganzer Körper brannte vor Scham und Angst. Wie konnte sie Stella je wieder unter die Augen treten? Was sollte sie Chad antworten, wenn er sie fragte, wo sie die Nacht verbracht hatte? Was, um Himmels willen, hatte sie sich nur dabei gedacht? Und Johns Geständnis, daß er ein Freund ihres Mannes war, machte die ganze Geschichte noch schlimmer.

»Guten Morgen«, sagte John fröhlich und drehte sich zu ihr um.

»Ich muß sofort hier raus!« rief sie und sprang aus dem Bett.

»Dann zieh dich an. Ich bringe dich nach Hause.«

»Bist du verrückt? Ich fahre allein nach Hause und will dich nie wieder sehen!« Während sie laut vor sich hinschimpfte, suchte sie hastig ihre Kleider zusammen und zog sich an. Mit zitternden Händen versuchte sie, die zahllosen Knöpfe ihres Samtkleides zu schließen, und als sie nicht damit zurechtkam, half John ihr dabei. »Chelynne, wir werden uns nicht mehr sehen. Vielleicht später einmal, wenn du von Chad schwanger bist, komme ich dich besuchen.«

»Du bist wahnsinnig«, flüsterte sie, schüttelte den Kopf und nahm ihren Mantel von dem Haken an der Tür. »Du sprichst in Rätseln. Ich kann einfach keinen Sinn in deinen versteckten Andeutungen sehen. Wie konnte ich nur …«

»Das ist jetzt nicht mehr zu ändern«, sagte er lachend. »Es ist geschehen, und ich bringe dich nach Hause. Vielleicht wird dir der Graf in Zukunft mehr Aufmerksamkeit schenken und besser auf dich aufpassen.«

»Da muß er sich aber mächtig anstrengen«, entgegnete sie empört. »Diese ganze Stadt ist dem Wahnsinn verfallen. Ehe ich noch mal in eine derart unwürdige Situation gerate, für die ich mich zu Tode schäme, gehe ich aufs Land zurück – ganz gleich, ob Seine Lordschaft damit einverstanden sind oder nicht.« Am ganzen Körper bebend, knöpfte sie ihren Mantel zu und streifte ihre Handschuhe über. »Verdammt, ich habe meinen Schleier verloren.«

»Das macht nichts, Gräfin. In dieser Gegend wird dich niemand erkennen.«

»Du bist verrückt!«

»Laß uns gehen. Ich bringe dich nach Hause.«

»Nein! Man darf dich nicht mit mir zusammen sehen!«

»Ich begleite dich«, sagte er unbeirrt. Der harte Ausdruck in seinen Augen ließ sie verstummen. Seine Freundlichkeit hatte sich plötzlich in unnachgiebige Strenge verwandelt. Resigniert gab sie nach und duldete es, daß er ihren Arm nahm und sie zur Straße hinunterführte.

Dort wartete bereits eine Kutsche, die er wohl hatte holen lassen, als sie noch schlief. Während der ganzen Fahrt flehte sie ihn an, auszusteigen und sie allein nach Hause zurückkehren zu lassen, damit sie ihre nächtliche Abwesenheit auf ihre Weise erklären konnte.

»Erspar mir die Schande, wie ein ungezogenes Kind nach Hause gebracht zu werden«, sagte sie verzweifelt.

»Aber genau das bist du doch.«

»Wie kannst du es wagen, so unverschämt mit mir zu reden!«

»Du findest das unverschämt? Mein sinnliches kleines Kätzchen, du hast dich freiwillig und vertrauensvoll in meine Hände begeben, weil du dich vergnügen wolltest. Spielst du dieses Spiel mit jedem Mann? Aber natürlich, ich vergaß – du fühlst dich ja von deinem Mann vernachlässigt. An seiner ehelichen Treue zweifelst du, aber dein Verhalten spricht nicht gerade für deine weiblichen Tugenden.«

»Du bist grausam«, flüsterte sie.

»Nein, nicht grausam, nur ehrlich. Du schenkst dein Vertrauen und deine Zuneigung einem Fremden und machst damit den Mann lächerlich, der für dich sorgt.«

»Du verstehst überhaupt nichts«, rief sie außer sich vor Wut.

»Ich verstehe mehr, als du denkst. Ich halte dich für ein verzogenes und undankbares Kind, das rücksichtslos seinen Kopf durchsetzen will. Auch andere

Frauen haben Schwierigkeiten in der Ehe und sind mit einem weniger ehrbaren Mann verheiratet. Eine Ehe, die aus Vernunftgründen arrangiert wird, schließt nicht automatisch die große Liebe mit ein. Das braucht Zeit, wenn Liebe überhaupt jemals eine Rolle spielt. Warum versuchst du nicht, die Umstände zu akzeptieren und deinem Mann ein wenig weibliche Unterstützung zu geben, anstatt ihn dauernd zu kritisieren?«

Chelynne starrte John verständnislos an. Mit tränenerstickter Stimme sagte sie schließlich: »Dein Verhalten mir gegenüber hat sich merkwürdig verändert, John.« Er spürte, wie verletzt sie war.

Mit einem spöttischen Grinsen entgegnete er: »Mein Verhalten entspricht genau der Situation, in der wir beide uns befinden.«

»Ich ... ich dachte, du magst mich ... wenigstens ein bißchen ...«

Sein Lachen war laut und grausam. »Und das wirst du ebenfalls dem nächsten Mann glauben, der dir Komplimente macht, nicht wahr? Nimm dich in acht, Chelynne. Es gibt nur einen Mann, der ohne Hintergedanken um deine Zuneigung wirbt – und das ist dein Mann.«

Sie schniefte kläglich. Wie hatte sie sich nur so in ihm täuschen können? Seine Berührungen kamen ihr jetzt sündhaft und abscheulich vor. Wie konnte er sie nur auf so grausame Weise demütigen und beschmutzen? Was hoffte er, dadurch zu erreichen?

»Würdest du bitte aufhören zu weinen und etwas mehr Haltung zeigen? Wir sind da. Benimm dich wenigstens wie eine erwachsene Frau und laß dieses

kindische Theater!« Er wandte den Kopf ab und sagte dann in noch schärferem Ton, so als würde ihr Anblick ihn anekeln: »Gott, es gibt wirklich nichts Schlimmeres als heulende Frauen.«
Mit einem empörten Aufschrei streckte sie angriffslustig ihr Kinn vor. Ihr Kummer war jetzt fassungsloser Wut gewichen. Er sprang aus der Kutsche und ging sofort zur Eingangstür, ohne ihr herauszuhelfen. Laut und ungeduldig klopfte er, bis Bestel ihm öffnete. Bei Chelynnes Anblick lächelte der Diener erleichtert.
»Wir haben uns solche Sorgen um Euch gemacht, Madam«, sagte er. »Seine Lordschaft war die ganze Nacht auf.«
»Oh, mein Kind. Du bist in Sicherheit«, händeringend kam Stella die Treppe heruntergelaufen, doch Chelynne beachtete sie nicht, denn in der Tür stand jetzt mit steinernem Gesicht Chad. John verneigte sich leicht vor dem Grafen.
»Und wieder einmal habt Ihr meine Frau sicher nach Hause gebracht, Sir John«, sagte Chad mit gepreßter Stimme. »Ich danke Euch.«
»Es war mir ein Vergnügen, Milord«, antwortete John mit einem unverschämten Grinsen.
»Wann und wo seid Ihr ihr diesmal begegnet?«
»Spät in der Nacht, in einer sehr verrufenen Gegend.«
In Chads Wange zuckte ein Nerv. Er musterte John von Kopf bis Fuß und konnte nur mühsam seinen Zorn beherrschen. Ohne Chelynne eines Blickes zu würdigen, wandte er sich an Stella und befahl: »Bring die Gräfin in ihre Gemächer und kümmere

dich um sie. Sir John, bitte kommt mit mir in mein Arbeitszimmer.«

Ohne eine Antwort abzuwarten, machte Chad auf dem Absatz kehrt und ging mit langen Schritten voraus. John folgte ihm. Chelynne befreite sich mit einem leisen Aufschrei aus Stellas Armen und lief hinter den Männern her. Chad wollte eben die Tür hinter sich und John schließen, doch da drängte sie sich an ihm vorbei in den Raum. »Chad, hör mich an! Es ist mir nichts geschehen, das schwöre ich. Ich konnte keine Kutsche finden, und Sir John hat mich für die Nacht in einem Gasthof untergebracht.«

Chad blickte langsam von Chelynne zu John und schloß dann die Tür. »Ihr wollt also bei dieser Unterredung dabeisein, Madam?«

»Da gibt es nichts zu bereden! Wie ich schon sagte ...«

»Schweigt oder geht«, fuhr er sie an. Chelynne verstummte. Chads harter, unnachgiebiger Gesichtsausdruck machte ihr angst.

»Wo hat meine Frau die Nacht verbracht?« fragte er dann John barsch.

»Wie sie sagte, Euer Lordschaft, in einem Gasthof.«

»Dort gibt es Dienstboten. Sie hätte jemanden damit beauftragen können, ihr eine Kutsche zu holen oder mir eine Nachricht zu bringen. Warum ist das nicht geschehen?«

»Es war schon spät. Milady meinte, Ihr würdet Euch nicht über ihre Abwesenheit wundern.«

»Sie war nicht im Gasthof«, sagte er drohend.

»Nein«, gestand John mit einem spöttischen Grinsen.

»Wo hat sie die Nacht verbracht?«
»In meinem Zimmer.«
»Und habt Ihr die Situation ausgenützt?«
»Nein, das tat ich nicht!« protestierte John.
»Chad«, warf Chelynne ängstlich ein. »Hört mit diesem Wahnsinn auf. Er hat mich aus einer gefährlichen Situation gerettet. Es gibt keinen Grund, Sir John irgend etwas vorzuwerfen.«
»Daß er Euch einmal aus einer ähnlichen Lage befreit hat, ist noch glaubwürdig«, sagte Chad langsam, »aber es fällt mir schwer, an zwei Zufälle zu glauben. Schweigt jetzt oder geht.«
Er wandte sich wieder John zu und sagte mit leiser, drohender Stimme: »Mir drängt sich der Verdacht auf, daß Ihr meine Frau seit eurer ersten Begegnung begehrt, Sir John.«
»Vergiß die Förmlichkeiten, Chad. Ich habe ihr gesagt, daß wir alte Freunde sind. Ich entschuldige mich für diese peinliche Situation und lasse dich mit deiner Frau allein.«
»Du bleibst!« befahl Chad. John setzte sich achselzuckend in einen Sessel. »Ich kenne dich jetzt schon lange, mein Freund. Es wäre nicht das erste Mal, daß wir derselben Frau den Hof machen. Das stimmt doch, oder?«
»Worauf willst du eigentlich hinaus?«
»Du hast die ganze Nacht mit meiner Frau in einem Zimmer verbracht. Hast du sie berührt?«
John lächelte niederträchtig. Chelynne wurde kreidebleich. Was hatte er nur vor? Sie öffnete den Mund, aber Chad gebot ihr mit einem eisigen Blick Schweigen.

»Nun?«
»Ich habe die Lady zu nichts gezwungen«, antwortete John gelassen.
»Dann hast du also …«
»Großer Gott, Chad! Was zwischen der Lady und mir vorgefallen ist, wird nicht an die Öffentlichkeit gelangen, und wir sollten es vergessen. Ich werde keinen Fuß mehr über deine Schwelle setzen. Hör jetzt damit auf.«
»Ich fordere Genugtuung!«
»Nein!« rief Chelynne. »Wofür? Es hat dich doch nie gekümmert, was ich tue! Laß ihn gehen, Chad.«
»Geh in dein Zimmer! Sofort!«
»Nein! Du kannst mich nicht einfach fortschicken. Er hat mich nicht berührt, und du weißt, daß ich das nicht sagen würde, wenn ich es nicht beweisen könnte.«
»Meine Frau fleht mich an, dich zu schonen, John. Warum tut sie das?«
»Vielleicht hat sie ein sanftes Wesen und möchte Blutvergießen vermeiden.«
»Ach«, höhnte Chad und fügte dann hinzu: »Gut, dann biete ich dir folgende Alternative an: Du arbeitest zwei Jahre auf meiner Plantage in Jamaica. Du verläßt England!«
»Befürchtest du etwa, ich würde deiner Frau nachstellen? Wirklich, Chad, du übertreibst die ganze Angelegenheit.«
Chad musterte John aus schmalen Augen. »Du lehnst mein Angebot ab?«
»In der Tat!« Dann fügte er lachend hinzu: »Verdammt, ich habe die kleine Hexe von der Straße

aufgeklaubt. Und für die Unannehmlichkeiten, die ich hatte, willst du mich bestrafen?«

»Du zeigst vor der Frau eines anderen Mannes wenig Respekt.«

»Da sie doch dir gehört und dir anscheinend so viel an ihrem Wohlergehen liegt, warum läßt du sie dann nachts ohne männlichen Schutz durch die Straßen laufen? Ein Mann sollte seine Frau fürsorglicher behandeln.«

»John, du gehst zu weit! Mein Gott, für diese Unverschämtheit wirst du büßen!«

»Büßen? Willst du dein mächtiges Schwert gegen mich erheben oder mich mit deiner Grafenwürde zerschmettern? Dein verdammter Adelstitel kann mir gestohlen bleiben! Vor dem Tod deines Vaters waren wir gute Freunde, aber jetzt kehrst du den hochwohlgeborenen Grafen heraus! Wie edel von dir, mir die Wahl zu überlassen, wie du mich dafür bestrafen willst, daß ich deiner Frau zweimal das Leben gerettet habe. Was verteidigst du eigentlich? Ihre Ehre oder deinen Namen?«

Chad lehnte sich über den Schreibtisch und sah John kalt an. »Ich verfluche dich, du verdammter Pirat! Du hättest eine Tracht Prügel verdient. Es tut mir leid, daß ich das nicht schon längst getan habe.«

»Du hast dich schon einmal vor einem Kampf mit mir gedrückt. Welche Ausrede willst du diesmal gebrauchen?«

»Wovon sprecht ihr überhaupt?« fuhr Chelynne mit schriller Stimme dazwischen. »Hört auf zu streiten! Schließlich geht es um mich, und ich wurde weder beleidigt noch entehrt. Chad, mach Schluß mit diesem Wahnsinn. Ich flehe dich an!«

»Das ist nicht dein Kampf, Schätzchen«, sagte John.
»Wie nennst du meine Frau?«
»Ach, der Kosename gefällt mir«, entgegnete er unverschämt.
Chad hieb mit der Faust auf den Schreibtisch. »Ich halte an meiner Herausforderung fest. Wähle die Waffen ...«
»Nein!« schrie Chelynne.
»Spart Euch Eure hysterischen Anfälle, Madam. Geht in Euer Zimmer, oder ich lasse Euch dorthin bringen.«
Chelynne starrte fassungslos von einem zum anderen. Mit einem Entsetzensschrei lief sie aus dem Arbeitszimmer. Gleichmütig kam Chad um den Schreibtisch herum, ging zur Tür und sah, wie sich ein paar Dienstboten rasch im Gang versteckten. Er schloß die Tür.
»Ob das genügt?« fragte er John mit einem schiefen Grinsen.
»Hat man uns belauscht?«
»Den Dienstboten dürfte kein Wort unserer Auseinandersetzung entgangen sein«, antwortete Chad zufrieden.
»Versuch, sie zu beruhigen, Chad. Das ist ein schmutziges Spiel. Ich wollte ihr nicht weh tun, aber vielleicht nimmt sie sich in Zukunft mehr in acht. Ihr Leben war wirklich in Gefahr. Wann hast du meine Nachricht erhalten?«
»Heute morgen. Ich habe deine verschlüsselten Andeutungen erst verstanden, als du anfingst, die Moral meiner Frau in Zweifel zu ziehen.«
»Hast du dir vergangene Nacht keine Sorgen um sie gemacht?«

»Großer Gott«, murmelte Chad. »Ich bin über acht Stunden durch Londons Straßen gelaufen und habe unzählige schäbige Tavernen nach ihr abgesucht. Ich habe erst gestern erfahren, daß du in London bist, und besuchte am Abend deine Schwester, um mich nach deiner Unterkunft zu erkundigen. Was ist denn eigentlich geschehen?«

»Einer von Shayburns Leuten hat mich erkannt. Der Baron läßt mich jetzt im ganzen Land suchen, und falls ich erwischt werde, droht mir Gefängnis. Man muß uns unbedingt für erbitterte Feinde halten. Deswegen habe ich die ganze Geschichte mit Chelynne inszeniert, damit du einen Grund hast, mich scheinbar in einem Duell zu töten. Erst dann kann ich mich wieder frei bewegen.«

»Diesen Gefallen will ich dir gern tun. Sagen wir, heute nachmittag?«

»Einverstanden.« Die beiden Freunde schüttelten sich die Hände. An der Tür drehte sich John noch einmal um und lächelte Chad verlegen an.

»John, hast du sie berührt?«

»Natürlich.«

Chad versteifte sich. »Das wirst du nicht mehr wagen, verstehst du mich?«

»Dann kümmere dich mehr um sie.«

»John, du hast mich nie belogen. Hast du sie genommen?«

»Nein.«

»Aber du hast mit ihr gespielt?«

Er nickte. »Nach allen Regeln der Kunst«, fügte er hinzu.

»Warum?« fragte Chad tonlos. John warf seinem

Freund einen eindringlichen Blick zu und sah, daß Chad zutiefst getroffen war. Obwohl er versuchte, seine Gefühle hinter einer ausdruckslosen Miene zu verbergen, gelang ihm das nicht ganz. John hatte Mitleid mit Chad, aber Mitleid würde weder ihm noch Chelynne helfen.

»Weil sie es braucht. Und weil du ein verdammt schlechter Ehemann bist.«

»Das klingt nicht sehr schmeichelhaft.«

»Und du bist nicht sehr klug ... zumindest was Frauen betrifft. Großer Gott, Chad, sie verzehrt sich nach Liebe und Leidenschaft.«

»Darin bist du wohl Experte, wie?«

»Keineswegs, Chadwick.« John lachte. »Aber ich habe keine Scheuklappen vor den Augen.«

»Und die habe ich wohl?«

»Ja, und zwar von der schlimmsten Form – deine Erinnerungen machen dich blind, und dein Mißtrauen verbittert dich.«

»In dieser Angelegenheit komme ich sehr gut ohne deine weisen Ratschläge zurecht.«

»Das hoffe ich.« Er dachte an Chelynnes unschuldige und doch leidenschaftliche Sinnlichkeit, mit der sie auf seine Berührungen reagiert hatte. »Du Glückspilz«, sagte er und schlug seinem Freund auf die Schulter.

»Hüte dich vor meinem Schwert, John«, warnte Chad.

»Durchbohrt mein Herz!« rief John in vorgetäuschtem Zorn, um die Lauscher zu überzeugen. »Tötet Euren erbittertsten Feind!«

»Ihr werdet Euer unverschämtes Verhalten noch be-

reuen, Bollering!« schrie Chad zurück und öffnete die Tür. »Ich werde Euch mit meinem Degen durchbohren.«
John lachte hämisch. »Ich werde Euch ein großzügiges Geschenk machen, Ihr edler Narr! Einen Tropfen Blut, ehe Ihr durch meine Klinge sterbt!«
Bestel stand in der Halle und hörte mit wachsender Verwirrung der haßerfüllten Auseinandersetzung der beiden Männer zu. John würdigte ihn keines Blickes, als er an ihm vorbei zur Haustür hinausging. Dann sah der Diener seinen Herrn an und hoffte auf eine Erklärung. Aber Chad befahl ihm: »Finde dich heute nachmittag im Bayberry-Wäldchen am Rande Londons ein und bring meine Degen mit! Das Duell wird noch heute stattfinden.«
Bestel schüttelte fassungslos den Kopf. Er konnte nicht begreifen, welches Zerwürfnis diese beiden alten Freunde zu Todfeinden gemacht hatte. Aber Chad ließ ihn ohne ein weiteres Wort stehen.
Chelynne ging rastlos in ihrem Zimmer auf und ab. Stella versuchte vergeblich, ihr eine Erklärung zu entlocken.
Dann klopfte es an die Tür, und Stella ließ Chad ein. Chelynne bedachte ihn mit einem zornigen Blick.
»Laß uns allein, Stella!« befahl Chad ruhig und ließ Chelynne nicht aus den Augen. Die alte Frau ging.
Chelynne brach als erste das Schweigen und fuhr Chad entrüstet an: »Könnt Ihr mir in Gottes Namen erklären, was Ihr vorhabt?«
»Ihr habt es gehört, Madam. Er bestand auf einem Kampf.«
»Das ist doch absoluter Wahnsinn, Chadwick. Es gibt überhaupt keinen Grund für ein Duell.«

»Ihr seid meine Frau, Madam. Wenn man Euch beleidigt, fällt das auf mich zurück.«
»Ihr habt mich mit dieser Hure vor dem Theater beleidigt, allein deswegen bin ich in diese peinliche Situation geraten.«
»Und was hat das damit zu tun?«
»Indem ich Euer Verhalten gezwungenermaßen gutheißen mußte, stehe ich jetzt in dem Ruf, einen ebenso liederlichen Lebenswandel zu führen. Man stellt mich mit Lady Graystone auf eine Stufe. Als ich Lord Courtneys Angebot, mich nach Hause zu fahren, annahm, hat er mich in der Kutsche belästigt, und ich mußte vor ihm fliehen. *Er* hat mich beleidigt, nicht Sir John.«
»Chelynne, John hat mir keine andere Wahl gelassen. Ihr habt es doch selbst gehört, er besteht auf dem Duell. Er hat angedeutet, daß Ihr mit ihm intim wart, und selbst wenn das nicht stimmt, wird der Klatsch bald in aller Munde sein.«
»Aber Ihr könnt dieses Duell verhindern! Kämpft nicht mit ihm, ich flehe Euch an!«
»Habt Ihr soviel Angst?«
»Ja! Ich bin verzweifelt. Wer von euch beiden auch verletzt wird, euer Blut wird an meinen Händen kleben! Wenn Ihr schon kein Erbarmen mit ihm habt, dann nehmt wenigstens Rücksicht auf mich. Chad, bitte ...«
»Die Entscheidung ist gefallen, Madam. Einer von uns beiden wird sterben.«
»Ihr seid wahnsinnig«, stöhnte sie. »Ihr seid alle beide wahnsinnig! Oh, mein Gott«, schluchzte sie. »Er hat mit soviel Bewunderung von Euch gespro-

chen. Wie kann er nur voller Stolz von einer Freundschaft sprechen, aus der ein paar Stunden später tödliche Feindschaft wird? Chad, es gibt keinen Grund dafür! Denn schließlich bedeute ich Euch nicht soviel, daß Ihr wegen einer Lappalie Euer Leben aufs Spiel setzt. Nie habt Ihr zu mir von Liebe gesprochen! Ich flehe Euch an, Milord, tötet diesen Mann nicht aus verletztem Stolz!«
Er beobachtete sie mit wachsender Verwunderung, und als sie erschöpft verstummte, berührte er sanft ihre Wange.
»Waren seine Küsse so süß, Chérie? Haben dich seine Berührungen so entzückt?«
Sie umfaßte seine Hand mit beiden Händen und sah ihn flehentlich an. »Du hast mich immer nur zurückgewiesen, Chad. Räche dich nicht an jemandem, der mir nur Freundlichkeit entgegengebracht hat.«
»War es Freundlichkeit ... oder Leidenschaft?«
»Freundlichkeit!« rief sie aufgebracht. »Ich tue alles ... alles, um das zu verhindern!«
Chad lachte verbittert auf. »Was willst du denn tun, meine Liebe? Willst du seinen Platz einnehmen? Willst du dich mit mir duellieren?«
»Verhöhne mich nicht!« schrie sie ihn an. »Ich habe mich vor dir gedemütigt, habe dich angefleht ... Besitzt du denn kein Mitleid? Sag das Duell ab, und ich verspreche dir, mein Zimmer nie mehr zu verlassen. Du kannst mich hier einsperren, bis ich sterbe ... Oh, bitte ...«
»Er hat tatsächlich die Leidenschaft in dir geweckt«, sagte Chad heiser.

»Was macht dich so verdammt sicher, daß er mich geliebt hat?« rief sie wütend.
»Ach, es ist nur eine Ahnung«, antwortete er achselzuckend. »Es scheint dir nicht in den Sinn zu kommen, daß *ich* in dem Duell getötet werden könnte.«
»Ach, Chad ...«
»Es macht nichts, dafür ist es jetzt zu spät. Nichts kann John von seinem Vorhaben abbringen. Außerdem, Bestel ist schon unterwegs und holt einen Sekundanten. Heute nachmittag wird das Duell stattfinden, doch vorher habe ich noch einige geschäftliche Dinge zu erledigen.«
Er ging zur Tür, wandte sich noch einmal um und sagte: »Ich verbiete Euch, das Haus zu verlassen! Falls das Glück auf meiner Seite steht, werde ich Euch über den Ausgang des Duells informieren können.«
»Chad!«
Ohne ein weiteres Wort verließ er ihr Zimmer. Mit Entsetzen wurde ihr bewußt, daß sie ihn nur angefleht hatte, das Leben eines anderen Mannes zu schonen, während er selbst in Gefahr war. Am ganzen Körper bebend sank sie schluchzend aufs Bett.
Chad hörte draußen vor der Tür ihr Schluchzen. Er haßte sich dafür, was er ihr antat, aber gleichzeitig verspürte er auch einen Anflug von Haß auf Chelynne – er hätte ihr leichter verzeihen können, wenn sie ihn aus Angst um sein Leben angefleht hätte, auf das Duell zu verzichten. Aber ihre Sorge hatte ausschließlich John gegolten, und das schmerzte ihn zutiefst.
Er ging aus dem Haus und suchte einen guten Freund auf – einen Bader.

Die Sonne stand bereits tief am Himmel; ein leichter Dunst lag über dem flachen Tal. John Bollering ließ seinc Klinge ein paarmal durch die Luft zischen, um sich auf den Kampf mit Chad vorzubereiten.
Sechs Männer warteten auf die Ankunft des Grafen von Bryant, darunter der Bader, um die Verwundeten zu verbinden oder schlimmstenfalls den Tod eines der Duellanten festzustellen.
Bestel hielt mit verstörtem Gesicht die Degen des Grafen bereit. Er konnte sich nicht dazu überwinden, John auch nur einmal anzusehen.
John verstand die Reaktion des treuen Dieners, denn hätte es sich bei dieser Auseinandersetzung um ein Duell auf Leben und Tod gehandelt, konnte niemand vorhersehen, wer als Sieger daraus hervorgehen würde. Er und John waren gleich starke und kampferprobte Degenfechter.
Endlich galoppierte Chad heran, sprang aus dem Sattel und griff ungeduldig nach einem Degen. Er wollte die Angelegenheit so schnell wie möglich hinter sich bringen.
Colonel Debonet, einer der Sekundanten, ließ ein seidenes Taschentuch fallen. Auf dieses Zeichen hin begann der Kampf. Chad schien nicht recht bei der Sache zu sein, und John mußte aufpassen, daß er ihn nicht ernsthaft verletzte. Als sie mit gekreuzten Klingen dicht beieinander standen, flüsterte John warnend: »Paß doch auf, du Dummkopf!«
Chad lachte leise und drohend. John griff wieder an und verfehlte um Haaresbreite Chads Arm. »Verdammt«, murmelte John, »halt dich an die Spielregeln.«

Da schlitzte John mit einer raschen Bewegung Chads Hemd auf, ohne auch nur seine Haut zu ritzen. Chad flüsterte ihm zu: »Bitte, eine Verwundung, für Milady.«
Beide Männer boten eine wirklich überzeugende Vorstellung, und Chad achtete besonders darauf, nicht den Lederbeutel voll Hühnerblut aufzuschlitzen, der in Johns Achselhöhle befestigt war. Niemand durfte ahnen, daß das Duell nur ein Schwindel war.
John täuschte eine Finte vor, wich dann zurück und traf mit dem nächsten Hieb Chads linken Oberarm. Chad ließ den Degen sinken. Blut sickerte aus seinen Hemdsärmel. Die Verletzung schien schlimmer zu sein als beabsichtigt. Johns grausames Lachen dröhnte über die Lichtung. Chad schien das Duell zu verlieren. Da traf er mit einem mächtigen Stoß den Lederbeutel unter Johns Arm. John bäumte sich auf. Der Degen fiel ihm aus der Hand. Er sank reglos zu Boden. Ein großer roter Fleck breitete sich schnell auf seiner Brust aus.
Der Bader eilte zu ihm, tastete nach seiner Halsschlagader und blickte dann kopfschüttelnd auf. Chad schleuderte den Degen von sich und ließ sich von Bestel den Arm verbinden. Die Wunde schmerzte mehr, als ihm lieb war. Johns Leichnam wurde auf einen Karren gelegt, mit einem Tuch bedeckt und davongefahren. Bestel und Chad sahen ihm nach.
»Ihr habt viel Blut verloren, Milord. Reitet mit mir«, sagte Bestel besorgt.
»Nein, ich bin in Ordnung«, widersprach Chad.
»Wie konnte es nur dazu kommen? Ich hätte für Eure

Frau die Hand ins Feuer gelegt, und jetzt habt Ihr auch noch Euren besten Freund getötet.«

Chad blickte den alten Diener an und flüsterte: »Bestel, glaubst du wirklich, ich könnte John töten?«

»Was sagt Ihr da? Sir John ist tot wie ein kalter Fisch.«

»Nein. Er lebt. Das Duell war nur gespielt.«

»Alle Heiligen seien gepriesen!« stöhnte Bestel erleichtert. Er begriff sofort die wahren Beweggründe dieser Demonstration. »Aber er hat Euch eine ziemlich tiefe Wunde beigebracht.«

»Ja«, meinte Chad grimmig.

Er war lange vor Bestel wieder zu Hause. Unter seiner Jacke konnte man den Wundverband nicht sehen. Die enorme Anspannung dieses Tages und der Blutverlust hatten ihn geschwächt. Er stieß mit dem verwundeten Arm versehentlich gegen den Türrahmen und fluchte leise.

Dann schleppte er sich müde die Treppe in den zweiten Stock hinauf. Durch die Tür, die zu den Zimmern seiner Frau führte, hörte er Schritte und Stimmen und dachte mit Verbitterung, daß sich die Gräfin mit großem Aufwand zu Bett begab. Er brauchte zur Stärkung dringend einen Brandy. Gerade als er sein Glas geleert hatte, klopfte es an die Tür.

»Herein.«

Chelynne blieb eine Weile stumm im Türrahmen stehen und betrachtete ihn mit ernstem, abweisendem Gesichtsausdruck. »Ich bin froh, daß Euch nichts geschehen ist«, sagte sie schließlich bedrückt.

Chad beachtete sie nicht weiter und schenkte sich einen zweiten Brandy ein. Die Schmerzen in seinem Arm wurden unerträglich. Er war mit seinen Nerven am Ende. Er leerte das Glas in einem Zug und wartete mit zusammengepreßten Zähnen auf die lindernde Wirkung.
»Bitte«, sagte sie leise. »Erzählt mir, was passiert ist.«
Chad sah sie mit den kalten, harten Augen des Siegers an.
»Nein«, flüsterte sie.
»Ja. Ich habe ihn getötet.«
»Warum habt Ihr das nur getan?«
»Weil er einen Kampf auf Leben und Tod wollte!« rief er grimmig. »Es tut mir leid für Euch, daß nicht er als Sieger daraus hervorgegangen ist.«
»Chad, das habe ich nicht gewollt.«
»Ach, nein? Ihr habt eine recht merkwürdige Art, mir Eure Sorge um mein Wohlergehen zu zeigen.«
»Ich hatte nur um Johns Leben gebangt, weil er mir sagte, daß Ihr mit dem Degen unschlagbar seid. Und da Ihr so im Vorteil wart, kam es mir wie Mord ...«
»Madam! Er hat Euch belogen! Ich habe oft genug an Johns Seite gekämpft. Er war ein ebenbürtiger Gegner und hätte ebensogut als Sieger aus dem Duell hervorgehen können. Nun, er hat verloren. Es ist vorbei.«
Mit gesenktem Blick stand sie eine Weile schweigend da. Als er sein Glas wieder füllte, sah sie ihn an und sagte entschlossen: »Ich reise morgen früh ab, Chad.«
»Ihr verlaßt mich?«

»Ich verlasse London. Ich halte es hier keinen Tag länger aus. Mein Leben wird von Intrigen und Korruption bestimmt. In den Straßen kann ich mich nicht ohne männlichen Schutz bewegen, wenn ich nicht von räuberischem Gesindel überfallen werden will. Und Ihr habt Euren besten Freund in einem sinnlosen Duell getötet. Ich kann dieses Leben nicht länger ertragen.«

»Und wohin wird Euch Eure Reise führen?« fragte er höhnisch.

Sie sah ihn kurz an und wußte, daß er in seinem Zorn kein Verständnis für ihre Beweggründe aufbringen würde. Daher drehte sie sich wortlos um und ging aus dem Zimmer.

Chad füllte sein Glas noch mal und folgte ihr leicht schwankend. In ihrem Zimmer waren Tanya und Stella damit beschäftigt, Kleider in mehrere Truhen zu packen. Er lehnte am Türrahmen und kämpfte gegen ein aufsteigendes Schwindelgefühl an. Elend und erschöpft räusperte er sich. Da wandten sich ihm aller Blicke zu. »Laßt mich allein mit meiner Frau!« befahl er.

Chelynne starrte ihn kalt an. In diesem Augenblick empfand sie nur Empörung und Haß für ihren Mann.

»Wohin gehst du?«

»Nach Hawthorne House.«

»Das erlaube ich nicht. Du bleibst hier!«

»Nein, Milord. Ich gehe.«

»Chelynne, ich verbiete dir die Reise aus einem bestimmten Grund: Shayburns Grafschaft wird von Räuberbanden terrorisiert. Das ganze umliegende Land befindet sich im Kriegszustand. Man würde deine Kutsche überfallen, und selbst auf Hawthorne House wärst du nicht in Sicherheit. Du mußt hierbleiben.«

»Auf Hawthorne gibt es genug Diener ...«

»Nein! Der Besitz ist praktisch unbewohnt, denn ich habe meine Männer nach Bratonshire zum Schutz des Barons geschickt.«

Sie riß ungläubig die Augen auf: »Du unterstützt diesen widerlichen Tyrannen?«

»Chelynne! Es geht mir dabei nicht um den Baron. Er kann meinetwegen zur Hölle fahren! Doch die Menschen in dieser Grafschaft müssen vor Räubern geschützt werden. Wie immer ziehst du voreilige Schlüsse und sprichst über Dinge, von denen du keine Ahnung hast.«

Chelynne schluckte krampfhaft. Wieder hatte sie ihm unrecht getan. Zweimal an diesem Tag hatte sie ihm auf grausame Weise Vorwürfe gemacht, und beide Male hatte er entweder aus Selbstschutz oder zum Schutz anderer gehandelt.

»Es tut mir leid«, murmelte sie beklommen. »Dann gehe ich eben nach Welby Manor.«

Chad fragte heiser: »Hast du es denn so eilig, mich zu verlassen?«

Sie sah ihn an und sagte entschlossen: »Ja, denn ich kann nicht anders handeln.«

»Nun, ich verbiete es dir. Du bleibst hier.«

»Ich appelliere an dein Mitgefühl, Chadwick«, sagte sie mit bebender Stimme. »Laß mich nach Hause gehen.« Sie unterdrückte ein Schluchzen, hob stolz den Kopf und war fest entschlossen, für diesen Mann nicht noch mehr Tränen zu vergießen. »Ich bin am

Ende meiner Kräfte, Chadwick. Ich kann dieses Leben nicht länger ertragen. Laß mich aufs Land zurückkehren ... bitte ...«

»Und ebendas kann ich in deinem eigenen Interesse nicht zulassen.«

»Ach! Wie oft schon hast du das als Ausrede benutzt? Und nicht nur du!« protestierte sie wütend. »Dabei geht es jedem doch nur um seinen eigenen Vorteil. Du vergnügst dich mit anderen Frauen, und ich hoffe vergeblich auf deine Liebe. Du zwingst mich, eine Scheinehe zu führen, und mißachtest meine Gefühle. Hätte ich die Wahl, würde ich ein Leben an der Seite eines einfachen Mannes vorziehen, der mich begehrt und liebt!«

»An der Seite eines einfachen Mannes?« fragte er höhnisch. »In Gestalt eines John Bollering vielleicht?«

»Ich war dir treu, doch das hat mir wenig Anerkennung in den Augen deiner hochwohlgeborenen Freunde eingebracht! Im Gegenteil, erst jetzt, nachdem bekannt wurde, daß wir eine sehr freizügige Ehe führen, nehmen sie mich liebend gern in ihren illustren Kreis auf.« Sie trat vor ihn, stemmte eine Hand in die Hüfte und sagte mit einem boshaften Lächeln: »Ich war dir nicht untreu, und das könnte ich dir beweisen. Bist du denn gar nicht an der Wahrheit interessiert?«

»Es ist mir gleichgültig, mit wem du dich vergnügt hast«, schnaubte er verächtlich, drehte sich um und stapfte mit unsicheren Schritten in sein Zimmer zurück. Sie folgte ihm und sah, wie er ein weiteres Glas Brandy hinunterkippte.

»Triff eine Entscheidung«, sagte sie ruhig.
»Eine Entscheidung? Was gibt es da zu entscheiden? Wir wurden zu dieser Ehe gezwungen und sind bisher auf bewundernswerte Art damit fertig geworden, meinst du nicht auch?«
»Das mag für dich gelten, aber nicht für mich. Ich gehe dabei zugrunde. Diese Farce, die wir krampfhaft aufrechterhalten, zerstört meine Lebenskraft. Wenn dir etwas an mir liegt und dein Ehegelöbnis nicht nur eine Lüge war, nimm mich wirklich zur Frau und sei auch mein Geliebter. Wenn du das nicht kannst, laß mich gehen. Entbinde mich von meinen Verpflichtungen, damit ich wenigstens meinen Seelenfrieden wiederfinde. Respektiere mein Leben, damit ich nicht meine Selbstachtung verliere.«
Chads Kopf dröhnte. Er sah alles nur noch verschwommen. Er hörte zwar ihre Worte, begriff deren Sinn aber nur vage. »Vergiß es«, murmelte er undeutlich.
»Ich verlange jetzt eine Antwort von dir!«
»Chelynne«, stöhnte er. »Erspar mir deine Gefühlsausbrüche. Laß uns morgen darüber reden.«
Mit ein paar Schritten war sie bei ihm und sah ihn herausfordernd an. Ihr Gesicht verschwamm vor seinen Augen, und er wünschte nur noch, sie würde sein Zimmer verlassen, damit er sich hinlegen konnte. Mit einer Hand umklammerte er die Tischkante, sonst wäre er zu Boden gefallen.
»Das ist kein Wutausbruch, Chadwick. Ich will nur klare Verhältnisse schaffen.«
Ihre braunen Augen schossen Blitze, und ihre Wangen waren vor Zorn gerötet. Trotzig bot sie ihm die Stirn und wartete ungeduldig auf seine Antwort.

Chad konnte nicht mehr klar denken. Ohne zu wissen, was er tat, schlang er einen Arm um Chelynne und preßte seine Lippen auf ihren Mund. Alles in ihm drängte danach, sie aufs Bett zu werfen und ihren Widerstand mit seiner Männlichkeit zu brechen.

Chelynne erwiderte hingebungsvoll diesen leidenschaftlichen Kuß. Jeder Nerv in ihrem Körper begann zu vibrieren, doch gerade, als sie zu hoffen begann, daß sie etwas in ihm geweckt hatte, was sie verloren glaubte, schob er sie von sich. Wieder zerstörte er auf brutale Weise ihre Illusionen. Sein Blick war kalt und hart.

»Du würdest das unberührte Mädchen bis zum bitteren Ende spielen, nicht wahr? Was für eine Geschichte wirst du mir erzählen, wenn ich herausfinde, daß du mich betrogen hast?«

»Stell mich doch auf die Probe!« fauchte sie ihn an.

Er lachte dröhnend. »Hast du etwa einen magischen Zauber zwischen deinen Beinen, mit dem du einen Mann an dich binden kannst? Das bezweifle ich sehr! Wenn du bis jetzt noch nicht von diesem Nektar gekostet hast, warte damit nicht auf mich. Nutze deine Begabung! Du brauchst nur zu wählen!«

»Ihr stoßt mich zurück und verhöhnt mich auf unerträglich grausame Weise, Milord«, sagte sie mit gefährlich sanfter Stimme. »Ich will nicht mehr bei Euch bleiben und meine besten Jahre vergeuden, während Ihr nur Schmach und Spott für mich übrighabt. An Eurem Reichtum liegt mir nichts. Ich habe allein in die Ehe eingewilligt, weil ich auf Eure Liebe hoffte.«

Chad schnaubte verächtlich, doch der Schmerz in seinem Arm drohte ihm die Sinne zu rauben. »Du hast mich um meines Geldes willen geheiratet, und du wirst auch um des Geldes willen bei mir bleiben.«
»Nein«, schrie sie ihn an, denn sie konnte seine Beleidigungen nicht länger ertragen. »Ich habe keine Ahnung, welche schmerzlichen Erinnerungen Euch quälen, so daß Ihr keinen Frieden findet. Ihr habt mich lange genug auf die Probe gestellt, aber ich konnte Eure Bedingungen nicht erfüllen. Ihr verlangt einen zu hohen Preis von mir, und als Gegenleistung habt Ihr mir nur wenig zu bieten.«
Sie machte auf dem Absatz kehrt und ging zornig aus den Zimmer. Dann hörte sie, wie ein Glas klirrend zerbrach, und lächelte, da sie glaubte, ihn endlich aus seiner Gleichgültigkeit gerissen zu haben. Aber ihr Lächeln schwand, als ein qualvolles Stöhnen an ihr Ohr drang.
Langsam drehte sie sich um und ging zurück. Chad lehnte an der Wand und fiel dann auf die Knie. Verwundert starrte sie ihn an. »Chad?«
Er sah sie mit glasigen Augen an und preßte eine Hand gegen seinen linken Oberarm. Blut quoll zwischen seinen Fingern hervor.
»Du bist verletzt?« rief sie entsetzt und eilte zu ihm. »Ach, Chad, warum hast du mir das nicht gesagt?«
Er ließ sich von ihr aus der Jacke helfen. Verband und Hemdsärmel waren mit Blut durchtränkt. »Komm, versuch aufzustehen«, sagte sie und half ihm auf die Beine. Dann führte sie ihn zum Bett, und er ließ sich erschöpft darauf sinken. Besorgt murmelte sie vor sich hin: »Wäre doch nur Sebastian hier … Stella … Hoffentlich kommt Bestel bald zurück …«

Chad ließ willenlos alles mit sich geschehen. Vorsichtig entfernte sie den Verband. Er spürte ihre zarten Berührungen, hörte das sanfte Murmeln ihrer Stimme und entspannte sich mit geschlossenen Augen.
Wie aus weiter Ferne drangen andere Stimmen an sein Ohr. Chelynne wusch das Blut von seiner Wunde und legte ihm einen frischen Verband an. Jemand hielt ihm ein Glas an die Lippen, und er trank gierig. Welche Fürsorge mir diese Wunde doch beschert, dachte er benommen. Chelynnes Stimme bebte vor Mitgefühl und Sorge um ihren verletzten Mann. Ihre Gegenwart und tatkräftige Hilfe gaben ihm Trost und ein ungeahntes Glücksgefühl. Er verhielt sich ganz still, um diese tröstliche Atmosphäre voll auskosten zu können.
Dann wurde es still im Zimmer. Er spähte unter halb gesenkten Lidern hervor und sah sie auf einem Stuhl vor seinem Bett sitzen.
»Öffne doch wenigstens die Augen, damit ich weiß, daß du bei Bewußtsein bist«, flüsterte sie.
Chad verriet mit keiner Bewegung, daß er sie hörte. Chelynne berührte leicht seine Hand.
»Du bist ein Narr«, sagte sie zu ihrem scheinbar bewußtlosen Mann. »Du hast dein Leben völlig sinnlos aufs Spiel gesetzt.« Sie seufzte. Die Verletzung, die vielen Brandys – kein Wunder, daß er so tief schlief.
»Weißt du, wie mein Leben mit dir aussieht, Chadwick?« Sie betrachtete sein entspanntes Gesicht und sprach weiter: »Es besteht nur aus Widersprüchen. Du machst dir um meine Sicherheit Sorgen und

sagst mir im nächsten Augenblick, daß es dir egal ist, was ich tue. Dir liegt scheinbar nichts an meiner Ehre, doch dann duellierst du dich mit einem Mann, der nur so tut, als begehre er mich. Du versprichst mir, daß der Zeitpunkt kommen wird, wo deine geschäftlichen Angelegenheiten geregelt sind und du dich endlich den Verpflichtungen eines Ehemannes widmen kannst, doch du bemühst dich nicht, unsere Ehe aufrechtzuerhalten.«

Chads tiefes, gleichmäßiges Atmen war seine einzige Antwort. Die Aufregungen und emotionalen Anspannungen des Tages hatten auch Chelynne erschöpft.

»Ich habe mich nach deiner Liebe gesehnt«, gestand sie ihrem schlafenden Mann. »Aber jetzt habe ich nur noch Angst davor.« Nun wagte sie, Gedanken auszusprechen, die sie Chad sonst nie gestanden hätte. »Wir sind an einem Punkt angelangt, an dem wir uns entweder trennen ... oder eine neue Grundlage für unsere Beziehung schaffen müssen.

Meine Liebe zu dir hat mir viel Leid und Kummer bereitet, und es gab kaum erfreuliche Momente, die mich darin bestärkt hätten. Ich habe versucht, dich zu hassen – vergeblich.«

Bestel, der mittlerweile eingetroffen und sofort zum Zimmer seines Herrn geeilt war, blieb vor der halboffenen Tür stehen, als er Chelynnes Stimme hörte.

»Du besitzt so viel und scheinst doch ein unglücklicher Mann zu sein. Quälen dich schmerzliche Erinnerungen an die Vergangenheit? Das Zerwürfnis mit deinem Vater, mit dem du dich nie ausgesöhnt hast? Das Leben an deiner Seite hat mich Verständnis gelehrt und mir die Augen für die Wirklichkeit geöffnet. Heute weiß ich, daß es die Liebe, nach der ich mich sehnte, nicht gibt. Mein Onkel liebt meine Tante nicht, der König liebt die Königin nicht … es gibt keine Liebe zwischen den Menschen. Und die sinnliche Liebe, nach der ich mich einst verzehrte, erfüllt mich jetzt mit Abscheu. Was bleibt mir denn noch?

Aber ich habe keine Wahl, Chad. Wo soll ich denn hingehen? Zu meinem Onkel – diese Schande könnte ich ihm und mir nicht antun. Also werde ich zu deinen Bedingungen weiter mit dir leben – ohne Gefühle füreinander, ohne gegenseitige Anteilnahme, und nach außen hin werden wir das glückliche Ehepaar spielen. Morgens, wenn ich aufwache, werde ich nicht wissen, ob der Tag mir etwas Harmonie oder Streit und grausame Worte bringen wird. Nie wieder werde ich dich mit meinen Gefühlen belästigen, Chad. Nie wieder werde ich um meine Liebe weinen.«

Bestel war es peinlich, noch länger Zeuge dieser vertraulichen Worte zu sein, und er klopfte.

»Ja«, antwortete Chelynne.

»Milady? Kann ich mich jetzt um Seine Lordschaft kümmern?«

»Natürlich. Hast du ihn verbunden?«

»Ja, Madam.«

»Die Wunde ist wieder aufgebrochen, und er hat viel Blut verloren. Ich habe ihn noch einmal verbunden, so gut ich es vermochte.«

Da bewegte sich Chad leicht, und Bestel warf ihm einen flüchtigen Blick zu. Er hatte mit seinem Herrn schlimme Zeiten erlebt. Chad war angeschossen worden, hatte Stichwunden erlitten, war vom Pferd gefallen – aber er hatte noch nie das Bewußtsein verloren. Aber Chelynne hatte die leichte Bewegung nicht bemerkt.

»Ich sehe morgen früh wieder nach ihm. Ich bin so müde, ich könnte im Stehen einschlafen.«

»Macht Euch keine Sorgen, Madam. Ich kümmere mich um Seine Lordschaft.«

Sie nickte, küßte ihren Mann auf die Stirn und ging. Bestel betrachtete argwöhnisch den scheinbar schlafenden Chad und sah, daß der lächelte.

»Ja, die Milady wurde entehrt, aber nicht von Master John«, brummte Bestel vorwurfsvoll. Das Lächeln schwand, und Chad runzelte mißmutig die Stirn, blieb jedoch reglos und mit geschlossenen Augen liegen.

Chelynne hatte die Entscheidung, den Rest ihres Lebens an Chads Seite ohne Hoffnung auf Liebe zu verbringen, so erschöpft, daß sie nur noch erleichtert in ihr Bett sank und sofort einschlief. In ihren Träumen streichelten zärtliche Hände ihren Körper, und ein verlangender Mund küßte ihre Lippen. Wieder fühlte sie wonnige Schauder, und als sie ihren leidenschaftlichen Liebhaber ansah – war es Chad.

14

Chelynne hatte gehofft, am Morgen mit neu erwachter Lebenskraft in die Zukunft sehen zu können, nachdem sie den Entschluß gefaßt hatte, bei Chad zu bleiben. Doch sie wurde wieder von Sorgen und Rastlosigkeit gequält und kämpfte vergeblich gegen ihre deprimierte Stimmung an. Resigniert suchte sie Zuflucht in der täglichen Routine. Nachdem sie gebadet, sich angezogen und gefrühstückt hatte, ging sie ins Zimmer ihres Mannes, um sich nach seinem Wohlbefinden zu erkundigen.

Wie erwartet, war er bereits auf, angekleidet und trank gerade seinen Kaffee. Nur die Schlinge um seinen Arm wies auf die Verwundung hin. Die Erschöpfung war aus seinem Gesicht gewichen, und er wirkte vital und selbstbewußt wie immer. Er war wieder völlig Herr der Lage. Er erinnerte sie an ein wildes Tier, das aus Niederlagen und Rückschlägen gestärkt und um so entschlossener hervorging. Wie konnte sie – eine junge Frau ohne Lebenserfahrung – hoffen, ihn auf irgendeine Weise zu beeinflussen? Wie hatte sie nur glauben können, ihn verführen, seine Zuneigung gewinnen zu können, um an seinem Leben teilzunehmen? Aber das erwartet doch jede Frau, wenn sie sich nach Liebe sehnt. Doch ihre Hoffnungen hatten sich nicht erfüllt. Er würde sie

weiterhin aus seinem Herzen, seinem Leben aussperren.
»Ihr habt Euch gut erholt, Milord?« sagte sie.
»Ja, ich bin wieder wohlauf. Die Wunde schmerzt kaum noch.«
»Wie schön. Darf ich Euch etwas fragen?«
»Natürlich«, antwortete er kurz angebunden.
»Werdet Ihr zu Sir Johns Beerdigung gehen?«
Er runzelte mißmutig die Stirn und entgegnete: »Nein, ich glaube nicht.«
»Habt Ihr etwas dagegen einzuwenden, wenn ich ihm die letzte Ehre erweise?«
»Diese Geschichte hat schon Staub genug aufgewirbelt. Willst du den Skandal noch verschlimmern? Es wäre besser, du würdest dich da heraushalten.« Er wandte sich ab. Dann fügte er hinzu: »Außerdem wird man ihn bereits aus London fortgebracht haben. Seine Familie stammt vom Land.«
»Nun gut. Ich wollte nur Eure Meinung dazu hören.«
»Wahrscheinlich denkst du, daß ich die Angelegenheit auf die leichte Schulter nehme, aber da irrst du dich. John war mein bester Freund, und ich hätte es vorgezogen, unsere Differenzen auf eine andere Weise beizulegen.«
»Ich weiß, daß er auf diesem Duell bestand«, sagte sie beklommen. »Obwohl mir der Grund unbegreiflich ist.«
»Er war verbittert. Seiner Familie war schlimmes Unrecht widerfahren, und er haßte alle Adeligen. Seit seiner Rückkehr nach England hatte er sich grundlegend verändert.«
»Wird dieses Duell für Euch Folgen haben, Milord? Habt Ihr eine Strafe zu befürchten?«

»Nein, nichts dergleichen. Aber deine Freunde bei Hof werden dich jetzt mit mehr Respekt behandeln. Sie werden dich nicht mehr gegen deinen Willen belästigen.«

»Ich hätte nie gedacht, einen derart hohen Preis für Achtung zahlen zu müssen.«

»Damit du dich nicht allzusehr mit Schuldgefühlen quälst, Chelynne, muß ich dir sagen, daß John Bollering dich nur benutzt hat, weil er diesen Kampf austragen wollte. Wir sind nicht das erste Mal in Streit geraten. Bei diesem Duell ging es weder um seine noch meine Zuneigung zu dir. Wenn ein Mann meine Frau beleidigt, greife ich nicht gleich zum Degen.«

»Dann habt Ihr also meine Ehre nicht verteidigt?«

»Nein. Es tut mir leid, daß ich dich enttäuschen muß.«

»Ich hatte auch keine andere Antwort erwartet.«

»Du bist eine sehr selbstgerechte Frau, Chelynne, und urteilst oft voreilig. Ich würde dich vor jedem Mann beschützen, der dich beleidigt oder dir Gewalt antun will. Aber ich bin kein Narr. Wenn du dir einen Liebhaber nimmst, werde ich ihn nicht mit dem Degen vertreiben. Auf diese Weise würde ich deine Gunst wohl kaum gewinnen. Verstehst du, was ich meine?«

»Er war nicht mein Geliebter.«

»Und ich habe ihn nicht getötet, weil ich ihn dafür hielt. Wie ich dir schon sagte, gab es andere Gründe ...«

»Welche Gründe denn, Chadwick?«

»Mehr kann ich nicht sagen, Chelynne. Für dich ist

es nur wichtig zu wissen, daß die Nacht, die du bei ihm verbracht hast, dabei keine Rolle spielte. Diese Tatsache hat er nur als Vorwand benutzt, um mich zu provozieren.«
Noch ehe sie antworten konnte, klopfte es an die Tür. Dann trat Bestel ein.
»Ihr habt Besuch, Madam«, sagte er zu Chelynne.
»Wer kann das nur sein?« fragte sie verwundert.
»Der Kammerdiener Eures Onkels, Milady.«
»Dann sind sie endlich angekommen«, rief sie freudig erregt. Ihr Onkel und seine bedingungslose Liebe würden ihr jetzt, in diesen Stunden tiefster Verzweiflung und Unschlüssigkeit, den ersehnten Trost geben und ihr Selbstvertrauen stärken. »Entschuldigt mich, Milord. Ich muß ihn sofort sprechen.« Aufgeregt und mit einem vor Freude strahlenden Gesicht eilte sie aus dem Zimmer. Ihre Niedergeschlagenheit war wie fortgeblasen.
Bestel sah seinen Herrn mit einem sorgenvollen Ausdruck in den Augen an. »Er bringt schlechte Nachrichten«, sagte er. Chad stand auf und folgte seiner Frau. Unten in der Halle begrüßte Chelynne Gordon.
»Ist Lord Mondeloy eben erst angekommen?«
Gordon wirkte verstört. Sein Blick irrte vom Grafen zu der jungen Frau, die er schon als Kind gekannt hatte. »Gestern abend, Milady, aber ...«
»Wie wunderbar! Wo sind sie denn? Wann kann ich sie besuchen?«
»Milady, Lord Mondeloy hätte diese Reise nicht machen dürfen. Er war krank und ... und wir mußten mehrere Male Ruhepausen einlegen. Er wollte keine

Rücksicht auf seinen Gesundheitszustand nehmen, sprach von einer dringenden Angelegenheit, die er in London ... Er weigerte sich, nach Welbering zurückzukehren.«

»Ist Onkel Sheldon krank? Kann ich gleich zu ihm gehen?« Gordon warf Chad einen hilflosen Blick zu.

»Was ist los?« fragte Chelynne beunruhigt.

»Während der Nacht, kurz nach unserer Ankunft ... Er ist tot, Milady.«

Chelynne schwankte, wich einen Schritt zurück, und Chad trat fürsorglich hinter sie. Ihre Hand flog zum Mund, und sie unterdrückte einen Schrei. Wie gelähmt stand sie da, ließ dann die Hände sinken und hielt sich mit letzter Kraft auf den Beinen. Chad beobachtete seine junge Frau und hoffte inständig, sie würde unter diesem Schicksalsschlag nicht zusammenbrechen.

»Woran ist er gestorben?« fragte sie schließlich tonlos.

»Das weiß niemand. Er war schon längere Zeit krank. Lady Mondeloy und Harry ... Lord Mondeloy lassen einen Gottesdienst für Seine Lordschaft in der Stadt abhalten und bringen ihn dann zu seiner letzten Ruhestätte ins Familiengrab nach Welbering.«

Chelynne nickte wie benommen und sah ihren Mann an. Das Mitgefühl in seinen Augen nahm sie nicht wahr. Niemand konnte ihr jetzt helfen. »Wenn Ihr erlaubt, Milord, gehe ich sofort zu Lady Eleanor.«

»Natürlich.«

»Wartest du auf mich, Gordon?«

»Ich bringe Euch hin, Madam«, antwortete er mit einer leichten Verbeugung.

Chad folgte ihr nicht gleich in ihr Zimmer, sondern ließ ihr Zeit, den Schock zu überwinden und ihre Fassung wiederzugewinnen. Dann klopfte er und trat ein.

»Willst du, daß ich dich begleite?«

»Dein Angebot ist sehr freundlich«, sagte sie teilnahmslos, »aber ich würde lieber allein gehen. Meine Familie braucht mich jetzt.«

»Es wäre keine Belastung für mich, Chelynne. Ich würde mich freuen, wenn du meine Hilfe annehmen würdest.«

Sie blieb ihm die Antwort darauf schuldig und sagte statt dessen: »Ich werde nach Welhering reisen.«

»Dann treffe ich inzwischen die nötigen Vorbereitungen.«

»Nein, Chadwick. Auch das möchte ich allein tun.«

»Die Straßen sind nicht sicher. Ich kann dich nicht ohne Schutz ...«

»Dann gib mir ein paar Reiter mit, wenn du darauf bestehst. Es geht mir dabei nicht um meine Tante oder meinen Cousin – im Gegenteil, meine Anwesenheit wird sie nicht gerade erfreuen. Ich möchte mich im Haus umsehen, ob bei Sheldons Hinterlassenschaft etwas von meinen Eltern ist, ehe Harry oder Eleanor es aus Haß zerstören.«

»Du traust ihnen eine derartige Niedertracht zu?« fragte er ungläubig.

Mit erstaunlicher Gelassenheit sah sie ihn an. »Was ihre Gefühle für mich betrifft, gebe ich mich keinen Illusionen hin. Harry hat mich immer nur mit seinem Haß verfolgt und schreckte vor keiner Gemeinheit zurück. Und Lady Eleanor ist kalt und gefühllos wie ihr Sohn.«

»Ich könnte dich begleiten, und ...«
»Es gibt Zeiten ...« sagte sie mit einem Anflug von distanzierter Melancholie, so als würde sie zu jemand anderem sprechen. Dann verlor sich ihre Stimme. Und erst nach einer Weile konnte sie weitersprechen. »Es gibt Zeiten, da muß man ohne Hilfe auskommen. Bitte, versuch, meine Entscheidung zu verstehen. Er ... er war mein einziger Verwandter. Jetzt ist er tot, und ich habe etwas zu erledigen. Mit meiner Trauer muß ich allein fertig werden.« Dann sah sie Chad in die Augen und fügte hinzu: »Ich werde vorsichtig sein und so schnell wie möglich zurückkommen.«
Chad entging der entschlossene Unterton in ihrer Stimme nicht. Er mußte ihre Entscheidung respektieren. Auch in seinem Leben hatte es einen Zeitpunkt gegeben, wo er die Verantwortung für sich selbst übernommen und somit den ersten Schritt zum Erwachsensein getan hatte. Für Chelynne war es wichtig, in dieser Angelegenheit ohne Einmischung dritter auszukommen. Er konnte und durfte ihr diese Unabhängigkeit nicht verwehren, auch wenn er die Verantwortung für seine Frau trug.
Er legte ihr die Hände auf die Schultern und sah ihr in die Augen. »Wir haben schwere Zeiten durchgemacht, Chelynne. Ich bin ein harter Mann und habe dich oft rücksichtslos behandelt. Aber ich habe mich geändert. Wenn du mich brauchst, zögere nicht, zu mir zu kommen. Ich werde immer für dich dasein.«
Dieses Zugeständnis betrachtete er als großes Opfer, und er wünschte, sie würde es als Angebot für einen Neubeginn in ihrer Beziehung erkennen. Aber sie murmelte nur: »Du bist sehr freundlich, Chad.«

Gordon hatte beabsichtigt, Chelynne zum Haus der Mondeloys zu fahren, aber sie bestand darauf, daß er zu ihr in die Kutsche stieg. Während der Fahrt gab sie dem Diener Anweisungen und duldete keinen Widerspruch seinerseits.

Chelynne nahm an der Seite ihres Mannes am Trauergottesdienst für Sheldon Mondeloy teil. Da er sehr zurückgezogen auf dem Land gelebt hatte, erwiesen ihm nur wenige Adelige aus der Londoner Gesellschaft die letzte Ehre.

Lady Eleanor und Harry fuhren in ihrer Kutsche voraus, bis Chelynne später zu ihnen stoßen würde. Chad bestand darauf, daß seine Männer als zusätzlicher Begleitschutz mitritten. Die Hawthorne-Kutsche stand zur Abfahrt bereit. Summer, Chelynnes Pferd, hatte man hinten angebunden.

Stella und Tanya saßen bereits in der Kutsche. Chad hob den schweren schwarzen Schleier von Chelynnes Gesicht und küßte sie zum Abschied auf die Stirn.

»Sei vorsichtig und nimm dich vor allem vor Harry in acht. Meine Männer unterstehen ausschließlich deinem Befehl.«

Sie lächelte ihn an und stieg in die Kutsche. Dann trat er an die offene Tür und fragte: »Warum nimmst du Summer mit? Du willst doch nicht lange bleiben?«

»Ich möchte mich frei auf Sheldons Besitz bewegen können und auch ein paar Leute im Dorf besuchen, die ich aus meiner Kindheit kenne. Aber ich komme bald zurück.«

Chad hatte wegen dieser Reise ein ungutes Gefühl.
»Chelynne ... falls du mich brauchst ...«
Wieder wurde ihr nicht bewußt, daß diese Worte ein Entgegenkommen und Versöhnungsangebot waren.
»Ich danke dir, Chad.«
Chad schloß die Tür, und die Kutsche fuhr los. Außerhalb von London würde sie zu Mondeloys Gefolge stoßen und Sheldon Mondeloy zur letzten Ruhe nach Hause begleiten.
In der Kutsche nahm Chelynne sofort ihren Schleier ab und ließ sich von Stella das Kleid aufknöpfen. »Beeil dich, Tanya«, drängte sie ungeduldig.
Das Dienstmädchen schlüpfte aus ihrem Kleid, und in kürzester Zeit hatte sie mit Chelynne die Kleider getauscht. »Lady Mondeloy wird sich wundern, wenn sie in Welbering ankommt«, murmelte Chelynne.
In ihrem Strumpfband steckte ein Messer mit einem Perlmuttgriff. Die Kutsche hielt an, und Chelynne warnte Tanya: »Heb um keinen Preis den Schleier, auch nicht, wenn ihr unterwegs anhaltet. Stella wird dir in den Gasthöfen die Mahlzeiten aufs Zimmer bringen. Niemand darf Verdacht schöpfen. Seid vorsichtig.«
Dann stieg sie rasch aus der Kutsche. Gordon stand neben den beiden gesattelten Pferden. Wortlos half er ihr in den Sattel. Dann ritten sie davon – ein einfach gekleideter alter Mann in Begleitung einer jungen Frau.
Nach sechs Stunden Ritt legten sie eine erste Ruhepause ein. Gegen ein Entgelt stellte der Wirt des Gasthofes ihre Pferde bei sich unter und gab ihnen

zwei ausgeruhte Pferde für den Weiterritt. Auf dem Rückweg nach London würden sie die Pferde wieder austauschen. Chelynne drängte zum Aufbruch, denn sie fürchtete, daß Eleanor oder Harry das Täuschungsmanöver entdecken und ihrerseits die Reise beschleunigen würden, um vor ihr in Welbering einzutreffen, damit sie das Haus nicht durchsuchen konnte.
Chelynne hatte keine Ahnung, was sie zu finden hoffte. Aber sie mißtraute allem, was ihre Familie betraf, und handelte rein instinktiv. Sheldon hatte sie bezüglich ihrer Eltern belogen, obwohl sie verstand, daß es allein zu ihrem Schutz geschehen war. Aber es hatte ja ein Brief existiert – und vielleicht gab es noch andere Unterlagen.
Die Dienstboten würden ihr keine Schwierigkeiten machen, denn ihre Loyalität hatte ausschließlich dem Baron gegolten.
Bei Sonnenuntergang fanden sie in einem Dorf Quartier für die Nacht. Nach einer kärglichen Mahlzeit fielen Chelynne und Gordon erschöpft auf die Strohsäcke, die einzigen Lagerstätten, die der Gasthof zu bieten hatte.
Schon im Morgengrauen war Chelynne wach, ging in den Hof hinunter, wusch sich das Gesicht am Brunnen und traf Gordon beim Frühstück.
»Wir wollen keine Zeit vertrödeln«, drängte sie und aß hastig ein paar Bissen Brot zu ihrem Tee.
Der Diener nickte nur, stand auf und folgte ihr in den Stall zu den Pferden. Während der Knecht die Sättel auflegte, sagte Chelynne zu Gordon: »Ohne dich hätte ich dieses Abenteuer nie gewagt. Deine Loyalität wird reich belohnt, das verspreche ich dir.«

Gordon räusperte sich und sagte verlegen: »Das hatte ich gehofft, Madam.«
Ein wenig überrascht hob Chelynne die Brauen und fragte: »Wie meinst du das?«
»Der neue Lord von Welbering wird wohl keine Verwendung mehr für mich haben. Ich brauche eine neue Stelle.«
Natürlich. Wie töricht sie gewesen war. Harry würde Gordon nicht mehr auf Welby Manor dulden, nachdem er ihr dabei geholfen hatte, ihn zu hintergehen.
»Für dich ist immer ein Platz in meinem Haus, Gordon. Bist du damit zufrieden?«
Der Diener verneigte sich und half ihr in den Sattel.
Sie ritten ohne Unterbrechung bis zum Mittag, wechselten die Pferde und setzten nach einer kurzen Ruhepause ihren Weg fort. Die Nacht verbrachten sie wieder in einem schäbigen Gasthof, und am Nachmittag des folgenden Tages erreichten sie eine Kreuzung und hielten an. Chelynne kannte die Gegend. Welbering lag in der Richtung, in der sie ritten, aber die andere Straße führte nach Hawthorne, Chads Landsitz, auf dem alle ihre Träume und Hoffnungen begonnen hatten.
Chelynne verdrängte diese Gedanken und ritt weiter. Hinter einer Wegbiegung stießen sie plötzlich auf einen Trupp Männer, der die Straße blockierte. Mit Entsetzen dachte Chelynne an Chads Warnung vor Wegelagerern. Einer der Männer griff nach den Zügeln ihres Pferdes und fragte barsch: »Wohin soll denn die Reise gehen?«
»Nach Welbering«, antwortete Gordon an ihrer Stelle.

»Ah, Welbering«, wiederholte der Mann spöttisch und kratzte sich am Kinn. »Ein weiter Ritt ... auf dieser Straße, meine ich. Ein anderer Weg führt weiter östlich durch Bratonshire.«
»Aber das ist ein Umweg von Stunden«, protestierte Chelynne.
»Nun, wenn ihr in dieser Richtung weiterreiten wollt, müßt ihr Wegezoll bezahlen«, verlangte der Mann. »Zwei Pfund.«
»Wer erhebt diesen Zoll?« wollte sie wissen.
»Nun, Liebes«, mischte sich Gordon ein. »Ich habe das Geld und bezahle den Zoll.« Gordon hatte die Rolle des Vaters übernommen. Er kramte die Münzen aus seiner Manteltasche.
»Du bist ein kluger alter Mann«, sagte ein Kerl, der jetzt herbeischlenderte. Er trug eine schwarze Augenklappe, und sein vernarbtes Kinn jagte Chelynne Angst ein. Sein höhnisches Grinsen entblößte schwarze Zahnstummel. Er musterte Chelynne mit begehrlichem Blick. »Bist du seine Frau oder seine Tochter?«
Chelynne zwang sich zu einer möglichst gelassenen Antwort. »Der Zoll ist bezahlt, also gebt den Weg frei!«
»Vielleicht hat sich der Preis erhöht«, knurrte der Mann bösartig und betrachtete sie kalt. Sie waren dieser Bande von Strauchdieben hilflos ausgeliefert. Es gab keine Chance, ihnen zu entfliehen. Ihre einzige Hoffnung bestand darin, den Anführer mit dem Grafentitel ihres Mannes einschüchtern zu können.
»Wir befinden uns doch auf dem Besitztum des Grafen von Bryant, nicht wahr?«

»Ja.«
»Mir wurde gesagt, die Männer des Grafen würden die Straßen sichern. Aber von einem Wegezoll ist mir nichts bekannt. Wer hat Euch dazu ermächtigt?«
Der Mann grinste höhnisch. »Ihr seid wohl Spione, wie?« Er streckte die Hand nach ihr aus, aber da zog sie die Zügel an, und ihr Pferd bäumte sich auf.
»Laßt uns weiterreiten«, verlangte Gordon.
»Noch nicht, alter Mann. Lord Shayburn verlangt diesen Zoll«, sagte er zu Chelynne. »Warum interessiert dich das?«
»Meinen Gemahl wird es interessieren«, antwortete sie hochmütig.
»Und wer ist das, edle Dame?« höhnte er.
»Der Graf von Bryant«, entgegnete sie mit herrischer Stimme. Das schien den Mann kurz zu beeindrukken, aber dann grinste er wieder hinterhältig.
»Es ist mir ein Vergnügen, Eure Bekanntschaft zu machen, Milady«, sagte er unverschämt. »Freunde«, fügte er an seine Männer gewandt hinzu, »die Gräfin von Bryant. Holt sie vom Pferd.«
»Wagt es ja nicht, mich anzurühren!« rief Chelynne entsetzt. Doch da griffen bereits schmutzige Hände nach ihr und zerrten sie zu Boden. Der Anführer – der mit der Augenklappe – verneigte sich vor ihr und sagte spöttisch: »Captain Alex. Zu Euren Diensten, Madam.«
»Befehlt Euren Männern, mich loszulassen!« fauchte sie ihn an.
»Nein, Gräfin. Ihr könnt Euch doch gewiß vorstellen, daß Milord Shayburn seine Einnahmen vom Wegezoll nicht mit Seiner Lordschaft, dem Grafen,

teilen möchte, nicht wahr? Wir wären Euch zu großem Dank verpflichtet, wenn Ihr über diese Angelegenheit schweigen würdet.«
»Natürlich. Und nun laßt uns weiterreiten.«
Er lachte dröhnend und schien höchst amüsiert. »Aber gewiß doch, Milady. Warum habt Ihr es so eilig?«
Chelynne erkannte ihren Irrtum. Durch die Preisgabe ihres Titels hatte sie sich in eine aussichtslose Situation begeben. Man würde den Mord diesen Räuberbanden anlasten, die seit längerem Lord Shayburns Ländereien terrorisierten. Als könnte er ihre Gedanken lesen, sagte Captain Alex: »Wieder ein Verbrechen, das dieses Gesindel begeht, das unser Dorf plündert.«
Chelynne versuchte verzweifelt, sich aus den Händen der Räuber zu befreien, und trat um sich. Plötzlich hörte sie Geschrei und Waffengeklirr.
Eine Horde maskierter Männer stürmte aus dem Wald und stürzte sich auf die Wegelagerer. Das mußte die Räuberbande sein, vor der Chad sie gewarnt hatte.
Jetzt wurde sie nur noch von einem Mann festgehalten. Gordon war nirgends zu sehen. Einer der Maskierten trat auf sie zu und zwang ihren Bewacher, sie freizulassen. Bei seinem Anblick überfiel sie ein merkwürdiges Gefühl, und einen flüchtigen Augenblick lang glaubte sie, diesen Mann zu kennen. Während die beiden erbittert auf Leben und Tod kämpften, lief sie zu ihrem Pferd und hoffte, Gordon würde ebenfalls die Chance zur Flucht nutzen. Als sie aufsteigen wollte, wurde sie von Alex zurückgerissen

und zu Boden geworfen. Mit einer Hand hielt er ihren Hals umklammert, mit der anderen zog er sein Messer. Er wollte sie töten.
Chelynne kämpfte um ihr Leben. Ihre Finger schlossen sich um den kleinen Dolch mit dem Perlmuttgriff in ihrem Strumpfband. Dann stieß sie ihn Alex mit letzter Kraft in die Schulter. Der Captain starrte sie verwundert an, griff nach der Waffe und fiel zur Seite.
Chelynne befreite sich von ihm und lief um ihr Leben. Sie hörte seine Schritte hinter sich, dann einen dumpfen Schlag und einen Aufschrei. Als sie sich umdrehte, sah sie denselben maskierten Mann über Alex knien und ihm seinen Dolch in die Brust stoßen.
Aus den schmalen Schlitzen seiner Maske blickte er Chelynne kurz mit kalten, glitzernden Augen an. Sie wich zurück, bis sie mit dem Rücken gegen einen Baum stieß. Der Maskierte ging langsam auf sie zu.
»Milady!« rief da Gordon von der Straße her. Beide blickten in seine Richtung. Er saß auf seinem Pferd und hielt Chelynnes Stute am Zügel. Sie warf dem Maskierten einen furchtsamen Blick zu und sah in seinen Augenwinkeln Fältchen, als würde er lächeln. Er verschränkte die Arme vor der Brust und deutete mit dem Kopf zu Gordon hinüber.
Vorsichtig schob sie sich an ihm vorbei, raffte dann ihre Röcke und lief, so schnell sie konnte.
Gordon und Chelynne ritten, als wäre der Teufel hinter ihnen her. Von Zeit zu Zeit warfen sie einen Blick zurück, aber sie wurden nicht verfolgt. Als sie endlich das nächstliegende Dorf erreichten, mach-

ten sie in einem Gasthof Rast, um sich und ihren Pferden etwas Erholung zu gönnen.
Sie sagte zu Gordon: »Der Graf muß von diesem Überfall erfahren. Wenn er wüßte, welche Räuberbanden hier ihr Unwesen treiben, hätte er nicht … Die Wachposten sind schlimmer als die Diebe.«
Nachdem sie eine kärgliche Mahlzeit zu sich genommen hatte, verlangte sie von dem Wirt Federkiel und Papier und schrieb an Chad. Ein Bote würde ihm die Nachricht überbringen. Sie schilderte ihm kurz die Situation: Wachposten in den Diensten des Barons Shayburn hatten Wegezoll von ihnen erpreßt. Sie erwähnte nicht, daß sie ohne Geleitschutz allein mit Gordon geritten war. Sie versicherte Chad, daß sie bei ihrer Rückreise Shayburns Ländereien meiden würden. Dann unterzeichnete sie mit ihren Initialen.
Gordon übergab den Brief einem Burschen mit dem Auftrag, diesen nur dem Grafen von Bryant persönlich auszuhändigen.

Gordon und Chelynne konnten ihre Reise ohne weitere Zwischenfälle fortsetzen. Bei ihrer Ankunft in Welby Manor wurden sie herzlich empfangen, und niemand stellte Fragen über ihre verfrühte Ankunft. Die Dienstboten waren damit beschäftigt, das Haus für die Rückkehr ihres toten Herrn vorzubereiten.
Chelynne fand flüchtigen Trost in der vertrauten Umgebung ihres langjährigen Heims, doch dann überkam sie eine unsägliche Traurigkeit, denn sie wußte, es war das letzte Mal, daß sie einen Fuß hierhersetzte. Nach Sheldons Beerdigung würde sie

Welby Manor und damit den Erinnerungen an ihre Kindheit endgültig den Rücken kehren.

Nach dem Frühstück am nächsten Morgen rief sie die Hausverwalterin zu sich. Mistress Becker hatte viele Jahren in den Diensten des Barons gestanden und war in mancher Hinsicht seine Vertraute gewesen. Die rundliche, freundliche Frau war eine Freundin von Stella und tat alles, um Chelynne zu helfen. Aber sie wußte nicht, wo der Graf seine Dokumente aufbewahrte und welche persönlichen Dinge rechtmäßig Chelynne gehörten. Sie kannte die Räume, wie nur eine Haushälterin sie kennen konnte, wußte von verborgenen Wandschränken und Geheimfächern im Arbeitszimmer des Barons und in der Bibliothek. Chelynne durchsuchte Schreibtischschubladen, Ordner, Akten, ganze Bündel von Aufzeichnungen und Briefen. Am Ende des zweiten Tages war sie nahe daran aufzugeben und gelangte zu der Ansicht, daß Sheldon doch nichts vor ihr verheimlicht hatte. Aber sie zwang sich weiterzusuchen und hoffte, irgendeinen Schlüssel zu ihrer Vergangenheit zu finden.

Sie entdeckte Briefe, die an Eleanor adressiert waren. Die meisten stammten von ihrer Familie, doch es war keiner von Sheldon dabei. Dann stieß sie plötzlich auf ein Dokument, auf dem Chads Name stand. Sie ließ sich damit in einen Sessel sinken und starrte wie gelähmt darauf. Es war eine vergilbte Heiratsurkunde mit den Namen ihres Mannes und einer Frau darauf, die sie nicht kannte. Sie war vor sechs Jahren ausgestellt worden.

Chelynne war wie vor den Kopf gestoßen. Warum

hatte man ihr das nie gesagt? Hatte sie einen Witwer geheiratet, oder war die Ehe von einem Geistlichen für ungültig erklärt worden? Hatten bei dieser Verbindung Liebe, Ehre oder Familienstolz eine Rolle gespielt? Wem gehörte dieses Dokument? Sheldon? Doch sicherlich nicht Eleanor.

Chelynne hatte den Namen der Frau noch nie gehört. Hatte Chad sie verlassen? Er hatte nie eine Frau erwähnt – lebte sie noch, war sie tot? Wieder wurde ihr bewußt, wie wenig sie über ihren Mann wußte. War er auch zu dieser Ehe gezwungen worden? War er etwa noch verheiratet?

Lange Zeit saß sie vor Schreck wie gelähmt da. Ihr ursprüngliches Vorhaben, nach einer Hinterlassenschaft von ihren Eltern zu suchen, hatte sie völlig vergessen. Sie würde wohl keine Beweise für ihre wahre Identität finden. Sorgfältig steckte sie die Heiratsurkunde in einen Umschlag, denn auch in ihrem erregten Zustand war ihr klar, daß es einen Grund geben mußte, warum das Dokument unter Eleanors Papieren versteckt worden war. Jemand wollte damit Chad oder ihr schaden. Das mußte sie um jeden Preis verhindern.

Im Stall fand sie Gorely, einen Stallknecht, den sie schon seit ihrer Kindheit kannte und der ein loyaler Diener Sheldons gewesen war.

»Bring diesen Umschlag nach Hawthorne House und leg ihn in meine Truhe in meinem Schlafzimmer!« befahl sie ihm. »Zeig der Verwalterin diesen Brief, dann wird sie dich einlassen. Ich weiß, es ist ein gefährlicher Auftrag, denn die Straßen werden von Diebesbanden verunsichert. Traue niemandem.

Und bei deiner Rückkehr werde ich dich reich belohnen.«
Der Knecht nahm die Papiere wortlos an sich und steckte sie unter sein Hemd. Dann fragte er: »Wann soll ich aufbrechen?«
»Sofort. Diese Dokumente dürfen auf keinen Fall in fremde Hände fallen. Notfalls mußt du sie vernichten. Hast du verstanden?«
Gorely nickte. Für die Reise würde er fünf Tage brauchen. Chelynne sah ihn von ihrem Fenster aus kurze Zeit später auf einem Karren davonfahren. Sie blieb in ihrem Zimmer, bis Mistress Becker kam und mitfühlend fragte: »Habt Ihr die Suche aufgegeben, Madam?«
»Ja, ich habe nichts gefunden ... ich hatte wohl gehofft, irgend etwas ...«
Mistress Becker berührte leicht ihre Hand und sagte: »Ich habe etwas für Euch, eine kleine Erinnerung ...« Aus ihrer Tasche zog sie ein kleines Porträt von Sheldon. Da Chelynne wußte, daß Eleanor ihr nicht erlauben würde, irgendeinen Gegenstand aus dem Haus mitzunehmen, nahm sie das Bild dankbar an.
Nachdem Mistress Becker gegangen war, blieb Chelynne deprimiert allein zurück. Sie hatte niemanden, dem sie sich anvertrauen konnte, und dachte verbittert, daß sie auch von Sheldon betrogen worden war. Von allen Menschen, denen sie vertraut hatte, fühlte sie sich betrogen. Woher sollte sie nur die Kraft nehmen, dieses Leben weiterzuführen?
Am nächsten Tag gegen Mittag trafen die Mondeloys ein. Stella und Tanya kamen sofort in ihr Zimmer. Sie waren erschöpft von der mehrtägigen Reise.

»Wie es scheint, ist dir dein Vorhaben gelungen, meine Liebe«, meinte Stella.
Chelynne antwortete ihr nicht, sondern zog wieder ihr schwarzes Kleid an, um für die Öffentlichkeit die Rolle der Trauernden zu spielen. Ihr Schweigen sagte Stella alles. »Du hast also nichts gefunden«, stellte sie fest.
»Überhaupt nichts«, murmelte Chelynne.
»Nun, Liebes, du hast deine Chance genutzt. Mehr kannst du nicht tun.«
»Eleanor wird bald erfahren, daß ich den ganzen Haushalt auf den Kopf gestellt und alle Räume durchsucht habe. Einer der Dienstboten wird mich bestimmt verraten, um damit Eleanors Gunst zu gewinnen.«
»Wir reisen bald ab. Was kann sie dir denn schon antun?«
Chelynne zuckte stumm die Schultern. Es war ihr eigentlich egal, wie Eleanor reagieren würde. Nach Sheldons Beerdigung und Gorelys Rückkehr würde sie Welby Manor für immer verlassen.
Am Tag nach der Beerdigung ging sie noch einmal allein zu Sheldons Grab, denn im Beisein von Eleanor und Harry hatte sie ihre Trauer nicht zeigen wollen. Sie legte einen Blumenstrauß auf den Erdhügel, aber sie fühlte sich merkwürdig leer.
Ein paar Tage später sah sie Gorely wieder im Stall arbeiten. Er war klug genug gewesen, keinen Kontakt mit ihr aufzunehmen. Er hatte seinen Auftrag ohne Schwierigkeiten ausführen können. Wenigstens in dieser Hinsicht war sie erfolgreich gewesen, und sie belohnte ihn reichlich. Jetzt hielt sie nichts

mehr in Welby Manor, und sie machte sich zur Abreise fertig. Sie mußte sich nur noch von ihrer Tante verabschieden.

Eleanor saß in ihrem Schlafzimmer, eine Decke über die Knie gebreitet. Blicklos starrte sie vor sich hin und erwiderte Chelynnes Gruß nicht. Seit Sheldons Tod hatten die beiden kaum ein Wort miteinander gewechselt.

»Ich reise morgen früh ab, Tante«, sagte Chelynne.

Eleanor sah sie an. Der Tod ihres Mannes schien sie doch getroffen zu haben, denn ihr feistes Gesicht war jetzt von tiefen Falten gezeichnet und zeigte eine ungesunde Blässe. »Das hatte ich erwartet«, antwortete sie teilnahmslos.

»Es sei denn, Ihr braucht mich hier ...«

»Ich bin froh, wenn du fort bist.«

Chelynne schüttelte traurig den Kopf. »Lebt wohl, Eleanor. Ich wünsche Euch trotzdem alles Gute.«

»Halt nur fest an deinem feinen Titel, Gräfin. Den Namen Mondeloy wirst du nie mehr tragen. In Zukunft werde ich jede Verwandtschaft mit dir abstreiten.«

Chelynne warf ihrer Tante einen letzten Blick zu. »Zwischen uns gab es nie verwandtschaftliche Bande, Eleanor. Ihr habt mich immer gehaßt.«

»Du hast ohne meine Erlaubnis dieses Haus durchsucht. Dafür könnte ich dich ins Gefängnis bringen. Wage es ja nicht, je wieder einen Fuß über meine Schwelle zu setzen!«

Chelynne wandte sich ab. Eleanors böse Worte konnten sie nicht mehr verletzen. Sie empfand nur noch Mitleid für die verbitterte Frau.

Im Morgengrauen waren sie zur Abreise bereit. Tanya trug das Reisegepäck zur Kutsche hinunter. Chelynne sah sich noch einmal in dem Zimmer um, in dem sie ihre Kindheit verbracht hatte. Sheldon hatte es mit viel Liebe für sie einrichten lassen. Sie war zwar ohne Eltern aufgewachsen, doch ihr Onkel war immer wie ein Vater zu ihr gewesen. Und dafür war sie ihm dankbar. Erst jetzt, da er gestorben war, spürte sie, wie sicher und geborgen sie unter seinem Schutz gelebt hatte. Plötzlich fühlte sie sich sehr einsam und verlassen.

Mit einem tiefen Seufzer wandte sie ihrer Vergangenheit den Rücken. Sie war es ihrem Onkel schuldig, ihr Leben selbst in die Hand zu nehmen und in dem Sinn weiterzuführen, wie er sie erzogen hatte.

Sie zuckte leicht zusammen, als sie Harry in der Tür stehen sah. Sie hatte gehofft, ihm nicht mehr zu begegnen. Mit einem bösartigen Grinsen sah er sie an.

»Nimmst du diesmal die Kutsche, liebe Cousine, oder willst du wieder zu Pferd fliehen?«

»Ich reite, wohin ich will«, entgegnete sie müde.

»Ich habe deine Gerissenheit unterschätzt, Chelynne. Du hast mich wirklich beeindruckt.«

»Du scheinst betrunken zu sein, Harry. Ist es dafür nicht etwas früh?«

»Sag mir – hast du danach gesucht, oder ist dir das Dokument zufällig in die Hände gefallen?«

»Ich weiß nicht, wovon du sprichst.«

»Von der Urkunde natürlich. Ich möchte sie wiederhaben.«

»Was?«

»Vielleicht weißt du nicht, daß sie mir gehört, Chelynne.«
»Du redest unverständliches Zeug, Harry.«
»Erspar mir dein unschuldiges Getue!« fuhr er sie an. »Nur du kannst sie genommen haben. Gib sie mir zurück.«
»Es tut mir leid, Harry. Ich weiß nicht, was du meinst.«
»Die Heiratsurkunde deines Mannes natürlich.«
»Du sprichst in Rätseln. Kannst du dich nicht etwas deutlicher ausdrücken?«
Wütend schlug er mit der Faust gegen den Türrahmen. »Wo hast du das Dokument versteckt?«
Chelynne riß in gespieltem Erstaunen die Augen auf. »Seit meiner Ankunft hier bin ich nur einmal ausgeritten.«
»Ich weiß, daß du es nicht im Haus versteckt hast. Ich ließ dein Zimmer gründlich durchsuchen. Halt mich nicht zum Narren, Chelynne! Ich will das Papier wiederhaben!« Es war ihr nicht gelungen, Harry zu täuschen. »Vielleicht hoffst du, es selbst benutzen zu können, Chelynne.«
»Wofür sollte ich es denn benutzen?« fragte sie mit erzwungener Gleichmut.
»Die Heiratsurkunde deines Mannes. Der Beweis, daß er Anne Billings geheiratet hat. Willst du den Grafen damit erpressen?«
Chelynne begriff allmählich, welches Unheil Harry damit hatte anrichten wollen.
»Mein Mann wird darüber sehr verärgert sein, daß du in seinen Privatangelegenheiten herumgeschnüffelt hast.«
»Daran zweifle ich keine Sekunde«, antwortete Har-

ry lachend. »Nach all den Anstrengungen, die es ihn gekostet hat, diese Ehe geheimzuhalten!« Chelynne wurde blaß, was Harry nicht entging. Er nutzte seine Chance. »Es muß ein ungeheurer Schock für dich gewesen sein, Chelynne. Natürlich solltest du die letzte sein, die davon erfuhr.«
»Du bist verrückt!« zischte sie empört.
»Das hättest du wohl gern, wie? Was ist dein Graf doch für ein Lebemann! Hat zwei Frauen in derselben Stadt, und eine weiß von der anderen nichts. Du hattest wirklich keine Ahnung, nicht wahr?«
»Das ist doch wieder eines deiner Hirngespinste, Harry«, wies sie ihn zurecht und wollte an ihm vorbei hinausgehen. Er packte mit schmerzhaftem Griff ihren Oberarm.
»Ich habe dich nie belogen, Chelynne. Von mir hast du die Wahrheit über deine Eltern erfahren. Ich habe diesen Brief in dein Schmuckkästchen gelegt. Natürlich hätte ich ihn dem König präsentieren können, doch dessen Gunst wollte ich mir schließlich nicht verscherzen. Aber die Heiratsurkunde brauche ich.«
»Wozu, Harry?«
»Sie könnte mir sehr nützlich sein, dich in den Dreck zu ziehen. Wie würde es dir gefallen, in den Straßen Londons Äpfel zu verkaufen? Das wäre wirklich der größte Spaß meines Lebens.«
Chelynne begann zu zittern und hoffte, daß sie ihre Fassung nicht verlöre. Um ihre Empörung zu verbergen, zwang sie sich zu einem höhnischen Lachen, aber es wurde nur ein nervöses Kichern daraus. »Eine kleine Urkundenfälschung, um deine Kasse aufzubessern? Hältst du den Grafen für einen Narren? Du

wirst keinen Penny von ihm bekommen! Hör endlich mit dieser Schmierenkomödie auf!«

»Nein, Bryant ist kein Narr. Er wollte euch beide haben, und ehe ich die Wahrheit herausfand, hatte er auch damit Erfolg. Nur sehr wenige wissen um die Existenz der Lady Anne. Sie ist die Frau, die er liebt und verehrt, und du bist die edle Blume, die er bei Hof präsentieren kann. Dieses Doppelleben hätte er noch Jahre führen können, aber jetzt habe ich ihn in der Hand.«

Vor Chelynnes Augen begann sich alles zu drchen, denn Harrys Worte ergaben einen Sinn. Chad war selten in ihrem Haus in London, und er schlief nicht mit ihr. Er hatte von persönlichen Problemen gesprochen, die er lösen müsse. Wollte er die alte oder die neue Frau loswerden? Sie sah ihren Cousin verstört an und flüsterte: »Aber warum?«

»Ich habe keine Ahnung.«

Sie hob abwehrend die Hand, denn er hatte die Frage falsch verstanden. Mit einem schmerzerfüllten Ausdruck in den Augen fragte sie: »Warum schreckst du vor nichts zurück, um mich zu quälen?«

Sein Blick war so haßerfüllt, daß sie unwillkürlich ein paar Schritte zurückwich. Er war immer impertinent gewesen, doch jetzt ging eine gefährliche Bedrohung von ihm aus. »Aus Rache für die Jahre, die ich als Lakai für die uneheliche Tochter des Königs dienen mußte! Ach, wie wurde unsere süße Chelynne verehrt und gerühmt! Papas Liebling hier, Papas Liebling da! Ich habe lange genug in deinem Schatten gelebt, Chelynne. Mein ganzes Sinnen und Trachten gilt dem Tag, an dem ich dich in Lumpen sehe und du

mich um ein Dach über dem Kopf anflehst. Dein hochmütiges Wesen kotzt mich an!« Er drehte sich um und stapfte wütend davon.
»Und der Graf?« rief sie ihm nach. »Womit hat er deine Rache verdient?«
»Er verwöhnt dich. Und er ist ein unverschämter Bastard. Grund genug, ihm Schaden zuzufügen.«
Zutiefst entsetzt über Harrys abgrundtiefen Haß, lehnte sich Chelynne kraftlos gegen den Türrahmen. Diese Konfrontation hatte sie ihre letzten Kräfte gekostet. Das Leben schien ein einziger Wahnsinn zu sein. Chelynne glaubte, diesen Herausforderungen nicht mehr gewachsen zu sein.
Blindlings ging sie zur Kutsche, sah weder die Dienstboten, die sich von ihr verabschieden wollten, noch Stella und Tanya, die auf sie warteten. Sie stieg ein und ließ sich erschöpft in eine Ecke sinken. Gordon saß neben dem Kutscher. Für ihn war nun kein Platz mehr auf Welby Manor. Chelynnes Gedanken verwirrten sich: uneheliche Tochter des Königs? Gräfin? Milady? Ihro Gnaden, die Frau des Grafen Bryant, der ein Bigamist war? Lady Chelynne, die nicht einmal mit dem Mann, den sie liebte, in Sünde lebte? War ihr ganzes Leben eine Lüge? Woran sollte sie noch glauben? Ihr wurde schwarz vor den Augen. Sie hatte nur noch eine Hoffnung: den Tod.

15

Bittsteller waren in Whitehall ein vertrauter Anblick. Sie bedrängten den König auf dem Weg zu Kapelle, bestachen seine Mätressen, damit ihnen Audienz gewährt wurde, und verwöhnten seine Minister mit teuren Geschenken.

Charles Stuart wurde von einem seiner Höflinge dazu überredet, Baron Shayburn in einer dringenden Angelegenheit anzuhören. Mehr aus Neugier denn wirklichem Interesse gab er der Bitte statt.

Der König war in Gesellschaft einiger seiner Minister, als man Lord Shayburn hereinführte. »Ich danke Euer Majestät für die Gnade, mich zu empfangen«, begann Shayburn unbeholfen.

Charles war nicht gnädig gestimmt, sondern fühlte sich eher belästigt. »Tragt Euer Anliegen vor, Milord.«

»Ja, Sire. Es geht dabei auch um das Wohl Englands.«

Eine taktlose Bemerkung, dachte Charles. Es war oft das erste Anzeichen dafür, daß der Bittsteller wenig Hoffnung hatte, die Unterstützung des Königs zu gewinnen. Jeder gab vor, im Interesse Englands zu handeln, doch nur wenige taten es tatsächlich.

Er nickte gelangweilt und gab Shayburn durch eine ungeduldige Handbewegung zu verstehen, weiterzusprechen.

»Wir haben Probleme in Bratonshire, Majestät. Ernsthafte Probleme. Wie Ihr wißt, liegt unsere Grafschaft an einer der Hauptverbindungsstraßen vom Norden des Landes nach London. Daher ist es unerläßlich, dieses Bollwerk gegen jeden Angriff mit genügend Soldaten ...« Shayburn stolperte über seine eigenen Worte und merkte, daß er den König nicht davon überzeugte, daß Bratonshire für die Verteidigung des Landes eine bedeutende Rolle spielte. Er räusperte sich und fuhr fort: »Ich verwalte die Grafschaft im Namen der Krone seit vielen Jahren und halte es für unerläßlich, daß dort eine uneinnehmbare Festung errichtet wird. Ein Außenposten sozusagen, Majestät, für die Verteidigung Englands.«
»Ich fühle mich geschmeichelt«, sagte Charles gedehnt.
»Hm, ja, Sire. Aber wir kommen mit den Bauarbeiten nicht voran, weil mein Besitz von Räuberbanden terrorisiert wird.«
»Räuberbanden?« fragte der König erstaunt.
»Ja. Doch mir scheint, es handelt sich eher um eine kampferprobte kleine Armee unter der Führung von Rittern. Meine Männer sind ihren Angriffen nicht gewachsen, denn sie sind weit besser organisiert als übliches Diebsgesindel. Vielleicht wurden Euch Beschwerden über die Art und Weise vorgetragen, wie ich meinen Besitz verwalte, Majestät, aber ich kann Euch versichern, daß ich der Krone mehr Steuern als die meisten anderen Barone bezahlt habe.«
»Beschwerden?« fragte Charles.
Shayburn schluckte krampfhaft. »Es gab ein paar Mißverständnisse mit dem Grafen, lange vor Eurer Rückkehr nach England.«

»Welche Art von Mißverständnissen?«
»Er beschuldigte mich, die Bauern und Dorfbewohner schlecht zu behandeln und ihnen überhöhte Steuern abzupressen. Aber ich habe genau Buch geführt, und es gibt keine Beweise ...«
»Bratonshire war nicht Euer Familiensitz, nicht wahr?«
Shayburn wurde blaß. Er hatte nicht damit gerechnet, daß der König auf die Vergangenheit zu sprechen kommen würde.
»Nein, Sire.«
»Die Grafschaft war im Besitz der Bollering-Familie, nicht wahr?«
»Lord Bollering wurde des Verrats angeklagt, Sire.«
Das war eine schamlose Lüge, und Shayburn wußte sofort, daß er einen Fehler begangen hatte.
»Lord Bollering hat für die Krone gekämpft. Und einer seiner Söhne kämpfte ebenfalls für mich.«
»Das weiß ich, Majestät. Aber ich habe den Besitz damals rechtmäßig erworben.«
»Darum geht es nicht, Milord«, entgegnete Charles, »denn deswegen seid Ihr doch nicht zu mir gekommen. Was ist Euer Anliegen?«
»Ich bitte Euch um Unterstützung, damit ich meinen Besitz verteidigen kann.«
»Habt Ihr von anderer Seite bereits Hilfe erbeten?«
»Ja, vom Grafen von Bryant und anderen Baronen. Doch leider ohne Erfolg.«
»Bryant verweigert Euch seine Hilfe?«
»Nun, Sire, er hat mir zwar Männer und auch Geld geschickt, aber ich habe ihn in Verdacht ...« Shayburn verstummte. Er wollte Hawthorne nicht vor

dem König verleumden. Chad stand in der Gunst des Königs, und es bestand sogar die Möglichkeit einer insgeheimen Absprache. »Die angrenzenden Besitztümer werden merkwürdigerweise von Angriffen verschont. Mit diesen Überfällen scheint man nur mir schaden zu wollen. Und damit ich meinen Besitz verteidigen kann, brauche ich die Unterstützung der Krone … denn es geht dabei auch um das Wohl Englands.«

Diese unverschämte Behauptung verärgerte den König über alle Maßen. Was als edle Geste gedacht war, entsprach selten der Wahrheit. Welch eine Bedeutung hatten schließlich Bratonshire und Shayburn für England?

»Wir wissen Eure Ritterlichkeit zu schätzen, und wir danken Euch im Namen Englands. Wir werden Euer Anliegen in Betracht ziehen. Ihr hört von uns. Guten Tag.«

»Ich danke Euch, Sire. Ergebensten Dank.«

Shayburn ging rückwärts aus dem Raum. Charles sah ihm nach und murmelte verdrießlich: »Geld und Soldaten.«

Stuart handelte in politischen Angelegenheiten stets überlegt. Er war neugierig auf Hawthornes Stellungnahme zu dieser verfahrenen Situation. Damit wandte er sich vergnüglicheren Gedanken zu und enteilte in die Gemächer seiner französischen Geliebten.

Die Gräfin von Bryant kam erschöpft von der langen Reise in London an. Sie ging sofort in ihr Schlafzimmer. Stella und Tanya halfen ihr, die unbequemen

Kleider abzulegen. Dann schickte Chelynne sie fort, denn sie wollte allein sein.

Über eine Stunde war vergangen, als Chad, ohne anzuklopfen, ihr Zimmer betrat. Er blieb an der Tür stehen und betrachtete sie eine Weile. Dann sagte er: »Willkommen zu Hause.«

»Danke.«

»Bist du müde von der Reise?«

»Ja, sehr. Es war anstrengend.«

»Ich habe deine Nachricht erhalten. Möchtest du mir ausführlicher darüber berichten?«

»Es gibt wenig hinzuzufügen, Chad. Wie ich dir schon schrieb, wurden wir von Shayburns Männern überfallen, und ich habe ihnen törichterweise verraten, daß ich deine Frau bin. Ich wurde in letzter Minute durch das Eingreifen einer Diebesbande gerettet. Ich wußte nicht, von welcher Seite mir mehr Gefahr drohte – von Shayburns Wachen oder von den Dieben.«

Er hörte ihrer Schilderung mit ausdruckslosem Gesicht zu. Dann sagte er mitfühlend: »Du mußt Todesängste ausgestanden haben.«

»Ja, es war schrecklich.«

Chelynne sah das ihr wohlbekannte Glitzern in seinen Augen und fügte deshalb nervös hinzu: »Hast du in der Angelegenheit etwas unternommen?«

»Ja. Aber mach dir darüber keine Gedanken. Während deiner Abwesenheit wurde das hier für dich abgegeben.« Er ging zur Kommode und reichte ihr ein kleines Päckchen.

»Was ist das?« fragte sie.

»Ein Bote brachte es. Dein unerfreuliches Erlebnis

hatte ein gutes Nachspiel, meine Liebe«, sagte er beiläufig. »Während der Auseinandersetzung wurde der Captain von Shayburns Wachen getötet. Er war ein übler Bursche, dieser Alex.«

Während er sprach, öffnete Chelynne das Päckchen. Darin lag der Dolch mit dem Perlmuttgriff, den John Bollering ihr geschenkt hatte. Der Anblick versetzte ihr einen Schock. Hastig deckte sie das Papier darüber. »Und das nennst du ein gutes Nachspiel, Chad?«

»Ja, denn er war der Rädelsführer dieser üblen Bande. Mir wurde berichtet, daß Alex während des Kampfes von einem Mädchen niedergestochen wurde. Was ist in dem Päckchen?«

»Nichts von Bedeutung. Wurden die Diebe gefangen?«

Er schlenderte zu ihr, schob das Papier beiseite und sah den Dolch. »Das Mädchen hat ihn mit einem Dolch niedergestochen«, sprach Chad weiter. »Der Mann hatte den Tod verdient, denn er schadete Bratonshire mehr als irgend jemand anderer.«

Er sah ihr in die Augen, und da wußte sie, daß er über jedes Detail ihres Abenteuers unterrichtet war. Sie schluckte krampfhaft und wartete ängstlich auf seine nächsten Worte.

»Die junge Frau gab sich als die Gräfin von Bryant aus«, sagte Chad und schlenderte im Zimmer umher. Er wählte seine Worte sorgfältig, als er weitersprach. »Doch die Gräfin reiste nicht in ihrer Kutsche mit Geleitschutz –« er sah sie mit vor Zorn sprühenden Augen an –, »sondern ritt allein, nur in Begleitung eines Dieners.«

Chelynne mied seinen Blick und zuckte zusammen, als er losdonnerte: »Was, zum Teufel, hast du dir dabei gedacht?«
Sie brachte kein Wort über die Lippen. Außer sich vor Wut riß er sie hoch, schüttelte sie heftig und zog sie dann in seine Arme.
»Mein Gott, Chelynne, wie kann ich dich nur vor deiner eigenen Torheit bewahren?« Er schob sie von sich und sah ihr in die Augen. In seinem Blick lag ein Ausdruck tiefster Bekümmertheit, den sie noch nie gesehen hatte. »Wie oft schon hast du dich unbedacht in Gefahr gebracht? Mein Gott, Chelynne, wie kannst du nur so leichtsinnig sein?«
»Aber wie du siehst ... ist mir nichts geschehen«, antwortete sie zitternd. »Wahrscheinlich hat man diese Geschichte maßlos aufgebauscht.«
»Nein!« rief er. »Für meinen Informanten würde ich die Hand ins Feuer legen. Warum, in Gottes Namen, bist du allein weitergeritten?«
»Damit ich vor meiner Tante und meinem Cousin in Welbering bin. Ich wollte das Haus nach irgendeinem Erinnerungsstück an meine Eltern durchsuchen.«
»Warum hast du mir das nicht vorher gesagt? Dann hätte ich dich begleitet.«
»Nein, das war allein meine Sache.«
»Da dir herzlich wenig an deinem Leben zu liegen scheint, werde ich in Zukunft dafür sorgen, daß du dich nicht mehr in Gefahr bringst. Ab sofort verläßt du das Haus nicht mehr ohne meine Erlaubnis!«
»Ich wußte nicht, daß ich dir soviel bedeute, Chad.«
Er betrachtete sie nachdenklich. Ihre ganze Haltung drückte Würde, Stolz und Unnahbarkeit aus.

»Du beklagst dich also darüber, daß es unserer Ehe an Leidenschaftlichkeit mangelt. Verführt dich etwa deine Sinnlichkeit zum Leichtsinn? Treibt dich meine scheinbare Gleichgültigkeit dazu, immer wieder dein Leben zu riskieren?«

Sie sah ihn nur kalt an. Er lachte freudlos.

»Ich behandle dich also nicht gut genug, wie?« Er zog seinen Mantel aus und warf ihn beiseite. »Ich kann ja verstehen, daß du dir um mein Wohlergehen wenig Gedanken machst, aber diese Mißachtung deines eigenen Lebens ... verdammt noch mal!« Wütend kam er auf sie zu.

»Nein, Chad! Schlag mich nicht! Ich will in Zukunft vorsichtiger sein!«

Er blieb abrupt vor ihr stehen und starrte sie entgeistert an. »Dich schlagen?« fragte er sanft und merkte erst jetzt, daß sie Angst vor ihm hatte. Er nahm ihre Hand und zog sie langsam an sich. »Habe ich dir je Grund gegeben zu glauben, ich wollte dir weh tun? Nein, Chelynne. Ich würde dich nie schlagen. Ich will dich an mich binden, für immer und ewig.«

Er nahm sie in die Arme und küßte sie. Sein Zorn hatte sich in Leidenschaft verwandelt. Seine Lippen waren weich und zärtlich, und sie spürte, wie sich seine Gefühle auf sie übertrugen. Ihre Gedanken rasten, und ihre Knie drohten nachzugeben. Mit wehem Herzen mußte sie sich eingestehen, daß sie ihn trotz allem, was zwischen ihnen vorgefallen war, mit aller Leidenschaft begehrte.

Aber Chelynne konnte ihre Zweifel nicht überwinden. Was für ein Spiel trieb er jetzt mit ihr? Woher kam seine plötzliche Fürsorge, diese Leidenschaft, nach all den Monaten der Ablehnung und Kälte? War er wütend, weil er Angst hatte, sie zu verlieren? Sie, die ihm doch gleichgültig war? Sie hatte eine flüchtige Vision, wie sie mit Chad ins Bett ging und dann mitansehen mußte, wie er sie verließ, um zu einer anderen zu gehen. Einer Frau, die geduldig auf ihn wartete.

»Nein«, flüsterte sie und wich zurück. Dann schrie sie wütend: »Nein!« und stieß ihn von sich.

Ihre plötzliche Ablehnung schockierte ihn. Zornig schüttelte sie den Kopf und fügte hinzu: »Niemals.«

»Welcher Wahnsinn hat dich jetzt befallen?« fragte er aufgebracht.

»Laß mich in Ruhe!«

»Du hast kein Recht, dich mir zu verweigern ...«

»Dann mußt du mich mit Gewalt nehmen!«

Er merkte, wie wütend sie war, wußte aber nicht, warum. Dann sah er sie nachdenklich an und streichelte ihre Wange. »Wen bekämpfst du eigentlich, dich oder mich?«

»Wie lange hast du diese Komödie schon mit mir gespielt, Chad? Wie lange hast du dich geweigert, meine Existenz in diesem Haus überhaupt wahrzunehmen? Bin ich für dich nur ein Spielzeug, das deine Launen befriedigen soll? Wie steht es denn mit deinen Problemen? Hast du endlich eine Lösung dafür gefunden?«

Er stöhnte mißmutig. »Damit muß ich eben leben. Und was ist mit dir?«

Ihr Mund war nur noch eine schmale Linie. »Ich brauche Zeit«, antwortete sie schroff.

Langsam begann er zu begreifen. »Ach, jetzt drehst

du den Spieß wohl um, wie? Weil ich dich vernachlässigt habe, willst du mich jetzt hinhalten. Ist es so?«

»Nein, für mich ist es kein Spiel, Chad«, murmelte sie und schüttelte den Kopf.

»Na, komm schon, Chelynne«, sagte er zärtlich. »Es tut mir leid. Laß uns die alten Feindseligkeiten vergessen.«

»Ach, Chad«, sagte sie bitter. »Jetzt, da du bereit bist, soll ich einfach vergessen, was geschehen ist? Für einen Moment der Leidenschaft? In mir würde ich weiterhin Zweifel hegen und mir diese Nachgiebigkeit nicht verzeihen können.«

Er streichelte ihren Arm, da überlief sie ein wohliger Schauder. »Diese Berührung tut doch nicht weh«, murmelte er leise. »Sie heilt. Hast du dich denn nicht danach gesehnt?«

»Willst du mich jetzt verhöhnen, weil ich monatelang auf deine Zärtlichkeiten gewartet habe? Vielleicht hast du über meine Tränen gelacht, die ich Närrin vergossen habe, während du dich mit deiner Mätresse vergnügt hast? Ihre höhnischen Worte dröhnen mir noch heute in den Ohren. An meinen Händen klebt Blut, Chadwick! Das Blut eines Mannes, bei dem ich in meiner Verzweiflung Trost suchte. Glaubst du wirklich, ich könnte das alles vergessen und auf einen Wink von dir in deine Arme sinken? Für wie gefühllos hältst du mich eigentlich?«

»Ich bin dein Mann! Du gehörst mir!«

»Erst wenn du mein Herz gewinnst«, antwortete sie leise. »Alles andere kannst du dir mit Gewalt neh-

men, aber du wirst mich erst besitzen, wenn ich freiwillig zu dir komme.«
Chad kämpfte mühsam um seine Fassung. Er fühlte sich gedemütigt und mißverstanden. Er spielte kurz mit dem Gedanken, ihr zu erzählen, daß John Bollering lebte, um damit ihre Gunst zu gewinnen. Aber das würde sie nicht zueinanderführen. Er hatte ihre ablehnende Haltung selbst verschuldet und mußte nun mit Geduld und Liebe versuchen, ihr Herz zu gewinnen. Ihre Reaktion auf seinen Kuß hatte ihm gezeigt, wie sehr sie sich nach seiner Zärtlichkeit sehnte. Aber sie hatte von Zweifeln und Reue gesprochen, die sie empfinden würde, wenn sie sich ihm jetzt hingab. Er wollte sie nicht gegen ihren Willen zu einer Impulsivität verleiten, die sie später bedauern würde.
»Wie du willst«, sagte er resigniert. »Ihr gehorsamer Diener, Madam.« Er verneigte sich, nahm seinen Mantel und ging zur Tür. Dann wandte er sich noch einmal um und fügte hinzu: »Trotzdem bist du meine Frau, Chelynne. Und du wirst tun, was ich dir befehle. Ich werde dich zu nichts zwingen, aber du wirst nicht mehr ohne meine Erlaubnis dieses Haus verlassen.«
»Also bin ich jetzt deine Gefangene?«
Er lächelte nur und überging die Bemerkung. »Ich lasse dich jetzt allein und komme erst wieder, wenn wir beide in besserer Stimmung sind.« Leise schloß er die Tür hinter sich.
Chelynne ballte in ohnmächtigem Zorn die Fäuste und konnte ihre Tränen nicht mehr zurückhalten, obwohl sie sich geschworen hatte, nie mehr wegen dieses Mannes zu weinen.

Die Nacht senkte sich über Bratonshire. Die Menschen schlossen die Klappläden ihrer Häuser, um die Dunkelheit und etwaige Gefahren auszusperren. Ritter und Söldner wachten jetzt, nach dem letzten schrecklichen Überfall der Räuberbanden, über die Sicherheit der Dorfbewohner. Ihre Schilde trugen das Wappen der Hawthornes. Es herrschten bürgerkriegsähnliche Zustände, und die Bürger fühlten sich von einer unsichtbaren Armee bedroht, denn die Angreifer nutzten jede Nachlässigkeit der Wachposten für einen Raubüberfall.
Mehrere Häuser waren bis auf die Grundmauern niedergebrannt, und auf dem Friedhof häuften sich die Gräber der Getöteten.
Doch im Haus von Talbot Rath herrschte nicht nur der Diebe wegen Unfriede. Der Graf von Bryant hatte Rath mitteilen lassen, daß John Bollering tot war. An der Durchführung ihrer Pläne würde sich nichts ändern, nur würde ein anderer Herr eines Tages anstelle von Shayburn den Besitz übernehmen. Rath vertraute Bryant, denn selbst der Teufel konnte die Grafschaft nicht schlimmer terrorisieren als Shayburn. Rath trauerte um John Bollering, denn er hatte ihn geachtet und in ihm einen Freund gewonnen.
Daher war es nur zu verständlich, daß sein Herz kurz aussetzte, als es an die Tür klopfte und John Bollering plötzlich vor ihm stand. Fassungslos streckte er seine Hand aus und zog ihn zur Tür herein. Atemlos flüsterte er dabei: »Mein Gott, seid Ihr es wirklich?«
John nickte. »Ich wäre gern etwas länger der Grafschaft ferngeblieben, doch ich hörte von den Problemen in deinem Haus.«

Rath wandte beschämt und zornig den Blick ab. »Damit habt Ihr nichts zu tun.«
»Aber Rath! Wir beide wissen, daß ich sehr wohl etwas damit zu tun habe. Warum hast du mich nicht benachrichtigt?«
Rath hob stolz den Kopf. »Ich würde niemals Schande über Euer noch mein Haus bringen. Das Weibsstück hat ohne meine Zustimmung gehandelt und widersetzt sich den Befehlen ihres Vaters.«
»Sag die Wahrheit, Rath. Du wolltest es vor mir verheimlichen.«
»Auch das«, gab er widerstrebend zu.
»Und sie hält mich für tot?«
»So wie wir alle.«
»Hat sie dir gesagt, daß ich es war?«
»Nein, aber ich kannte die Wahrheit. Seit jener Nacht war sie mit keinem anderen Mann zusammen. Sie hat sich Euch auf schamlose Weise an den Hals geworfen ...«
»Hol sie her.«
»Nein! Nicht Ihr sollt für Tess' Fehlverhalten verantwortlich gemacht werden. Sie hat Euch belogen, allein um ihre Lust zu befriedigen. Das könnte ich ihr ja noch verzeihen, weil ich weiß, daß sie Euch liebt. Aber als ich versuchte, die Schande zu vertuschen, hat sie sich geweigert, ihren Verlobten zu heiraten.«
»Ich habe ihr befohlen, ihn abzuweisen.«
»Was sagt Ihr da?«
»Hol sie jetzt endlich!«
Rath starrte John verwundert an und ging dann kopfschüttelnd zur Tür, die in den einzigen anderen

Raum des Hauses führte. Er befahl seiner Tochter herauszukommen.

Tess hatte die Stimmen der beiden Männer gehört, aber kein Wort verstanden. Als sie in das Zimmer trat, erkannte sie John im trüben Licht der Lampe. Über den Schultern trug sie eine zerschlissene Dekke. Ihr dünnes Nachthemd schmiegte sich über ihren gewölbten Leib. Erschrocken schlug sie die Hände vor den Mund, um einen Aufschrei zu ersticken, denn sie glaubte, einen Geist vor sich zu sehen. Erst als John lächelnd seine Arme ausbreitete, kam sie wieder zur Besinnung und lief zu ihm. Er drückte sie so fest an sich, daß sie keuchend nach Luft rang.

Dann stellte er sie wieder auf die Füße. Mit zitternden Händen betastete sie sein Gesicht, um sich zu überzeugen, daß er kein Geist war. Er küßte sie zärtlich, da mußte sie weinen. Nur zögernd ließ er sie wieder los, denn er schuldete Rath eine Erklärung. Doch erst strich er zärtlich über ihren gerundeten Leib und fragte sie leise, warum sie ihm nichts von ihrer Schwangerschaft gesagt habe.

»Ich wußte nicht, wie du diese Nachricht aufnehmen würdest«, antwortete sie schüchtern.

»Du machst mir Sorgen, Tess. Ich wollte eigentlich nicht mehr als ein Dutzend Erben. Wie soll das nur weitergehen?« Sie schüttelte leicht den Kopf, und ihre Augen strahlten vor Liebe und Erleichterung.

»Es ist mein Kind, Rath, wie du vermutet hast. Ich nehme Tess jetzt mit, denn wir werden heiraten.«

»Sie ist ein gutes Mädchen, aber nur von einfacher Herkunft. Deshalb kann ich Euch meine Zustimmung zur Eheschließung nicht geben.«

»Ist es dir so unangenehm, daß deine Tochter in eine adelige Familie einheiratet?«

»Nein. Aber meinc Tochter hat sich ehrlos benommen, und Ihr sollt nicht die Folgen Ihres schändlichen Verhaltens tragen.«

John lächelte amüsiert. Er wandte sich an Tess und sagte: »Schande über dich, Tess. Du hast es wohl nur auf mein Geld abgesehen?«

Sie erwiderte sein Lächeln. »Heißt das, daß Ihr nun endlich welches besitzt, mein edler Ritter?«

»Genügend, um dich und das Kind durchzufüttern. Leider kann ich dir nicht mehr bieten.«

»Sir John, das Mädchen wurde einem anderen versprochen. Mit ihrem Benehmen hat sie Schande über die ganze Familie gebracht. Ihr braucht eine Frau mit einer ansehnlichen Mitgift. Ich muß Euch meine Zustimmung verweigern!«

»Wäre es dir lieber, sie käme als meine Mätresse zu mir? Würde dein verletzter Stolz dann weniger darunter leiden?«

»Sie ist einem Bauern versprochen, und den wird sie heiraten!« beharrte Rath eigensinnig.

»Nein, das wird sie nicht!« rief John wütend. »Ich will nicht in meinem Haus sitzen und zusehen, wie mein Kind von einem Bauern großgezogen wird. Außerdem hasse ich die Vorstellung, Tess in den Armen eines anderen zu sehen, wenn unserer Ehe nur ein dickköpfiger alter Mann im Weg steht! Mit dem Klatsch deiner Nachbarn mußt du allein fertig werden. Sie kommt mit mir, und sie wird meine Frau! Jetzt sofort!«

»Vater«, sagte Tess bittend.

»Warum hast du das getan?« fragte Rath verbittert.
Tess atmete tief durch und sah ihren Vater um Verständnis bittend an. »Gott hat mich als die Tochter eines einfachen Bauern auf die Welt kommen lassen, aber er hat mir auch die Liebe zu John geschenkt. Es tut mir leid, Papa.«
Rath seufzte schwer. »Ihr wollt sie also unbedingt haben, Sir John?«
»Ja, notfalls nehme ich sie mir mit Gewalt.« Er lächelte. »Und so Gott will, wirst du immer in der Nähe sein, um deine Enkelkinder heranwachsen zu sehen.«
»Nun, dann geht mit Gott. Aber ich warne Euch, Sir John! Ihr holt Euch eine eigensinnige Frau ins Haus.«
»Das weiß ich nur zu gut«, stimmte John zu und drückte Tess liebevoll an sich. »Hast du etwas anderes anzuziehen, oder soll ich dich im Nachthemd mitnehmen?«
»Meine Sachen sind schnell gepackt.«
»Zieh dir nur einen Mantel über. Beeil dich.«
Sie verschwand im Schlafzimmer, und John sagte zu Rath: »Ich hatte nicht vor, mich in sie zu verlieben. Doch unsere Liebe ist wichtiger als das Kind, das sie von mir erwartet. Denn ich hätte sie auf jeden Fall geheiratet. Das alles war nicht ihre Schuld. Bitte glaub mir, Rath.«
»Dazu kann ich nichts sagen, John. Ist Eure Liebe in einer Nacht voller Leidenschaft erwacht? Ihr seid kein junger Mann mehr und wißt, daß Leidenschaft ein vergängliches Gefühl ist. Es gibt nichts, was euch verbindet, ihr kennt euch kaum ...« Der alte Mann schüttelte verwirrt den Kopf. John legte ihm beruhigend seine Hand auf die Schulter.

»Rath, ich besitze genug Lebenserfahrung, um zu wissen, welche Frau zu mir paßt. Deine Tochter besitzt Kraft, Stolz und Entschlossenheit. Sie hat ein untrügliches Gefühl für Gerechtigkeit und ein mitfühlendes Herz. Was kann ein Mann mehr erwarten als die Liebe einer Frau, die ihm Kinder gebären wird? Ich wußte, daß deine Tess alle diese Eigenschaften besitzt, noch ehe ich sie zum erstenmal küßte.« Er lachte leise und fügte hinzu: »Sie hat meiner Entscheidung nur etwas nachgeholfen und die ganze Sache beschleunigt. Mach dir keine Sorgen, Rath. Sie ist zwar eigenwillig, aber das bin ich auch.«

Rath nickte und streckte lächelnd seine Hand aus. »Willst du mit mir anstoßen, mein Freund? Ich gebe dir meinen Segen.«

»Es ist mir eine Ehre.«

Als Tess zurückkam, blieb sie eine Weile stumm im Türrahmen stehen und betrachtete liebevoll ihren Vater und John, die einander zuprosteten und sich dann die Hände schüttelten.

Der Graf von Bryant wurde in einer dringenden geschäftlichen Angelegenheit nach Portsmouth gerufen. Er verabschiedete sich von seiner Frau und wiederholte seine strikte Anweisung, daß sie nur tagsüber Freunde in London besuchen dürfe.

Nach seiner Abreise ließ Chelynne Gordon zu sich kommen.

»Ich brauche eine bestimmte Information, Gordon. Es handelt sich dabei um eine sehr heikle Angelegenheit. Deshalb möchte ich dich bitten, mir zu helfen, weil ich nur dir vertraue.«

»Ich stehe zu Diensten, Madam.«
»Zufällig fand ich im Welby Manor ein altes Dokument, eine Heiratsurkunde, die mein Mann – der Graf – vor sechs Jahren unterschrieb.«
»Der Graf war verheiratet?«
»Es besteht sogar die Möglichkeit, daß er es noch ist. Er hat mit mir nie darüber gesprochen. Und ich bin mir sicher, daß auch mein Onkel nichts davon wußte, sonst hätte er es mir gesagt. Ich kann den Grafen nicht danach fragen und muß mir die Antwort auf eine andere Weise holen.«
»Und dafür braucht Ihr mich?« fragte Gordon.
»Ich kenne nur den Namen der Frau und den des Dorfes, wo der Graf sie geheiratet hat. Du mußt wieder aufs Land reiten, Gordon, in eine ziemlich unsichere Gegend. Versuche dort, ihre Familie oder Freunde ausfindig zu machen.«
»Gibt es sonst noch Anhaltspunkte?«
»Nein. Nicht, daß ich wüßte. Willst du das für mich tun?«
Der alte Diener nickte und sah seine Herrin besorgt an. »Und wenn die Ehe des Grafen noch rechtsgültig ist?«
Chelynne zuckte unwillkürlich zusammen und wandte sich dann ab. »Das würde bedeuten, daß ich nicht mit ihm verheiratet bin«, antwortete sie leise.
Nachdem Gordon sich verabschiedet hatte, ging sie in das Arbeitszimmer ihres Mannes und legte eine Einladung auf seinen Schreibtisch. Wenn er rechtzeitig von seiner Geschäftsreise zurückkehrte, würde sie darauf bestehen, an diesem Dinner in Whitehall teilzunehmen.

Es gab nur wenig Abwechslung in dem großen Haus. Chelynne verbrachte die meiste Zeit in ihren Gemächern und fand keine Möglichkeit, sich irgendwie zu zerstreuen. Tanyas Schweigen ging ihr auf die Nerven, und sie stritt sich mit Stella wegen jeder Kleinigkeit.

Nach ein paar Tagen kam der Graf spät am Abend nach Hause. Chelynne hörte seine Schritte auf der Treppe, öffnete die Tür ihres Schlafzimmers und rief nach ihm, ehe er sein Zimmer betreten hatte.

Er drehte sich nach ihr um, und sie sah, wie erschöpft er war. Das überraschte sie, denn sie hatte nicht an diese angebliche Reise geglaubt, sondern ihn bei seiner Mätresse oder seiner Frau in London vermutet. Vielleicht irrte sie sich in manchen Dingen.

»Was willst du?« fragte er ungeduldig.

»Ich möchte dich um einen Gefallen bitten: In zwei Tagen findet in Whitehall ein Dinner statt, und wir wurden dazu eingeladen.«

»Hast du jemanden, der dich begleitet?«

»Das könnte ich arrangieren«, antwortete sie entschlossen.

»Nein, ich begleite dich ... wenn dir soviel daran liegt. Wo ist die Einladung?«

»In deinem Arbeitszimmer auf dem Schreibtisch.«

»Na gut, ich sehe sie mir an. Ist das alles?«

Sie nickte und wollte noch ein paar Worte hinzufügen, aber er ging rasch in sein Zimmer, um nicht mehr mit ihr reden zu müssen.

Dann lehnte er sich völlig erschöpft gegen die geschlossene Tür. Sein verwundeter Arm schmerzte wieder, denn er hatte ihn überanstrengt. Geistesab-

wesend rieb er die verletzte Stelle und dachte über die vergangenen Tage nach.
Er war nicht nach Portsmouth, sondern nach Hawthorne House gerufen worden. Dort hatte er John und Tess angetroffen. Während Tess in der Obhut der Haushälterin zurückblieb, waren er und John mit ein paar Männern zu Shayburns Landsitz geritten. Doch sie hatten das Haus leer angetroffen.
Der Baron war geflohen. Nachdem der Anführer seines Trupps, Captain Alex, und mehrere seiner Gefolgsleute getötet worden waren, konnte Shayburn das Dorf nicht länger halten. Nun zweifelte er nicht mehr daran, daß John Bollering zurückgekehrt war, um ihn von seinem Besitz zu vertreiben, und daß Chad seinen Freund dabei unterstützte.
Der Graf zog seine dort postierten Männer ab und schickte sie nach Hawthorne. Da sich Shayburn in London aufhielt, räumten die beiden Freunde seinen Landsitz aus. Alles, was sie mitnahmen, hatte vor dem Krieg Johns Familie gehört. Sie versteckten die Sachen in dem alten Pförtnerhaus am Eingang des Grundstücks. Dabei wurden sie von ein paar Männern überrascht, die Shayburn als Wachen zurückgelassen hatte, und es kam natürlich zum Kampf. Vier von Shayburns Männern wurden getötet, ehe John und Chad mit ihren Gefolgsleuten fliehen konnten. Damit war der Baron endgültig geschlagen und stand vor dem finanziellen Ruin. Aber nun kannte er seinen Feind.
Chad nahm Tess mit nach London, die er dann zu Mistress Connolly brachte. Zwar lebten Johns Angehörige auch in der Stadt, aber er wollte Tess keiner Gefahr aussetzen.

Chad fiel erschöpft auf sein Bett und schlief sofort ein. Erst am nächsten Morgen, als er aufwachte, zog er seine schmutzige Kleidung aus, badete und frühstückte dann in seinem Zimmer. Gegen Mittag kam endlich die Nachricht, auf die er gewartet hatte. Nachdem er Bestel ein paar Anweisungen gegeben hatte, ging er in sein Arbeitszimmer und wartete auf seinen Besucher.

Er zwang sich, ein Lächeln zu unterdrücken, als Lord Shayburn mit wutverzerrtem Gesicht in sein Zimmer gestürmt kam.

»Wie freundlich von Euch, mich zu empfangen, Milord«, sagte er dennoch mit falscher Höflichkeit.

Chad nickte nur und lehnte sich in seinem Stuhl zurück. Er war neugierig, wie Shayburn sich aus der Affäre ziehen würde. »Wart Ihr sehr beschäftigt, Milord? Man sagte mir, Ihr hättet eine Geschäftsreise nach Portsmouth unternommen.«

»Kommt zur Sache, Milord. Was führt Euch zu mir?«

»Das brauche ich Euch wohl nicht näher zu erklären. Ihr könnt mich nicht länger zum Narren halten!«

»Leider weiß ich nicht, wovon Ihr sprecht.«

»Warum habt Ihr Eure Männer aus Bratonshire abgezogen? Mein Haus unbewacht gelassen?«

»Dem Dorf schien keine Gefahr mehr zu drohen. Außerdem brauchte ich meine Leute woanders.«

»Ihr habt mir jegliche Unterstützung entzogen.«

»Das stimmt.«

»Mein Haus wurde geplündert!« sagte der Baron vorwurfsvoll.

»Und der Familienschmuck geraubt«, fügte Chad lächelnd hinzu. Shayburn wurde blaß vor Wut.

Nichts war aus seinem Haus entfernt worden, was ihm oder seiner Familie gehört hatte. Es war Bollerings Besitz gewesen, den er ihm vor Jahren auf dieselbe Art und Weise genommen hatte.
»Raub ist kein geringfügiges Verbrechen«, sagte Shayburn drohend.
»Wenn ich mich recht erinnere, wird es manchmal sogar geduldet«, sagte Chad spöttisch.
»Ihr habt mich ruiniert!«
»Nein, ich habe Euch nur mit Euren eigenen Waffen besiegt, Milord. Trotzdem will ich Euch noch eine Chance lassen: Bezahlt Eure Schulden, oder verzichtet auf Bratonshire. Dann schlage ich dem König einen neuen Lehnsherrn vor.«
»Ich war schon beim König«, platzte Shayburn heraus.
Chad lächelte nachsichtig, aber diese Mitteilung war ihm nicht gleichgültig. »Ich hoffe, Ihr habt keine törichten Anschuldigungen vorgebracht, die Ihr nicht beweisen könnt.«
»Du Bastard ...«
»Milord, Ihr vergeßt Euch! Ich habe nicht die Absicht, Euch nackt auf die Straße zu setzen, obwohl Ihr an meiner Stelle weniger skrupellos wärt. Denn Ihr habt bereits alles verloren.«
»Noch nicht. Mir gehören die Ländereien.«
»Und Eure Schulden?«
»Ich brauche nur etwas Zeit ...«
»Die lasse ich Euch nicht. Ihr zahlt sofort! Ihr schuldet mir Steuern und Abgaben in enormer Höhe. Die Reihe Eurer Gläubiger ist schier endlos. Ihr seid am Ende, Milord.«

»Und was schlagt Ihr mir vor?« fragte Shayburn widerstrebend.
»Virginia.«
»Niemals!«
»Ihr lehnt diese Lösung ab?«
»Ich bleibe in England.«
»Ihr seid ein Narr, Shayburn«, sagte Chad gleichmütig, »und ein Feigling. Aber Ihr allein seid Herr Eures Schicksals. Ich räume Euch eine Zahlungsfrist von fünfzehn Tagen ein. Und versucht nicht, Euch das Geld durch Raubüberfälle zu beschaffen. Ich lasse Euch überwachen. Obwohl es mir ein Vergnügen wäre, Euch für Straftaten hängen zu sehen, die Ihr schon vor Jahren begangen habt.«
»Was habt Ihr vor?« fragte Shayburn.
»Die Leute in Bratonshire haben lange genug unter Eurer Herrschaft gelitten, Milord. Ich kann dem König nur einen neuen Lehnsherrn empfehlen, denn die Entscheidung liegt natürlich bei ihm. Und Euch gebe ich den Rat, das Land, das ich Euch in Amerika anbiete, anzunehmen.«
»Seiner Majestät werden Eure Machenschaften nicht gefallen. Ihr habt mich auf hinterhältige Weise um meinen Besitz gebracht und seid dabei nicht einmal vor Raub und Mord zurückgeschreckt. Und das alles geschah nur, um einem berüchtigten Piraten ...«
Shayburn verstummte, als er Chads Lächeln sah. Seine Drohungen schienen den Grafen nicht im geringsten zu beunruhigen. Schließlich beugte sich Chad vor und legte beide Hände auf den Schreibtisch.

»Für den Fall, daß Ihr irgendwelche Beweise vorbringen könnt, habe ich mindestens zweimal so viele Zeugen für weit schlimmere Verbrechen, die Ihr begangen habt. Ihr sprecht von Mord – in Eurer Grafschaft wurde kein Mord begangen. Ihr seid einem Täuschungsmanöver aufgesessen, denn die Totgeglaubten sind am Leben. Ihr habt Euren eigenen Untergang verschuldet, weil Ihr an das Gerücht glaubtet, John Bollering sei ein Pirat, während er vor Jahren schon vom König zum Ritter geschlagen wurde und in dessen Diensten steht. Ich würde Euch vorschlagen, in aller Stille England zu verlassen, Milord – wenn Ihr mit dem Leben davonkommen wollt.«
»Ich will wissen, welchen Trumpf Ihr in der Hand habt!«
»Es tut mir leid. Ich habe alles gesagt.«
»Dafür wirst du mir bezahlen, Bryant!«
Chad antwortete lächelnd: »Ich habe bereits dafür bezahlt, Shayburn. Viele Male.«
Shayburns Wut verwandelte sich in Angst. Er hatte so viele illegale Geschäfte abgewickelt, für die er mit der Höchststrafe rechnen konnte. Er hatte holländische Truppen und Schiffe finanziert; war vor Diebstahl und Beamtenbestechung nicht zurückgeschreckt und hatte Steuern unterschlagen. Oder hatte ihn diese alte Sache mit Bollering zu Fall gebracht? Er stülpte sich seinen Hut auf den Kopf und stapfte ohne Gruß aus dem Zimmer. Chad blickte ihm zufrieden lächelnd nach und lehnte sich in seinem Stuhl zurück. Doch allmählich wich das Lächeln aus seinem Gesicht. Er war müde. Er sehnte sich nur noch nach Frieden.

16

Whitehall glänzte in gewohnter Pracht und Schönheit. Pompös herausgeputzte Herren und elegant gekleidete Damen wandelten durch die Räume. Kunstvoll angerichtete Speisen auf den langen Tafeln ergötzten Auge und Gaumen. Riesige Skulpturen aus Eis schmückten die Tische. Ein Orchester spielte einschmeichelnde Melodien.
Aber der Schein trog. Hielt man sich inmitten der illustren Gesellschaft auf, wurde einem mit allen Sinnen bewußt, daß die dargebotene Schönheit nur fürs Auge war. Der Geruch ungewaschener Körper war überwältigend. Und es tat den höfischen Sitten keinen Abbruch, wenn ein Gentleman in einer Ecke oder einem der hohen Kamine verschwand, um sich zu erleichtern. Das Schmelzwasser der Eisskulpturen vermischte sich auf dem Boden mit Essensresten und vergossenem Wein. Die Menschen, die in scheinbar angenehme Unterhaltungen vertieft beisammen standen, spannen in Wirklichkeit gemeine Intrigen, um einen angeblichen Freund zu ruinieren oder sich selbst auf Kosten anderer in eine bessere Position zu manövrieren.
Chelynne merkte, daß ihre früheren Bewunderer eine gewisse Distanz zu ihr wahrten, während die Damen ihr mit mehr Freundlichkeit begegneten. Sie

plauderte angeregt mit einer Gräfin, während Chad die Nähe des Königs suchte.
»Wie ich hörte, gibt es Anlaß, Euch zu gratulieren, Milord«, sagte Charles, ohne ihn anzusehen.
»Der Ansicht bin ich nicht«, entgegnete Chad befangen.
»Eine unangenehme Sache«, sprach der König weiter. »Ein Mann, der eine schöne Frau geheiratet hat, ist ständig damit beschäftigt, ihr die Männer vom Leib zu halten.«
Chad brummte eine unverständliche Antwort, aber der König lachte, als hätte er einen Witz gemacht. Chad sah ihn verwirrt an und senkte verlegen den Blick, als Charles ihn rügte: »Es ist mir lieber, wenn meine Freunde ihre Privatangelegenheiten auf eine weniger dramatische Weise regeln, Bryant.«
»Ja, Sire.«
»Da ich weiß, wie sehr Ihr mit Sir John befreundet wart, kommt mir die ganze Sache etwas mysteriös vor.«
»Darf ich Euch erklären, Majestät ...«
»Nein. Ich will nichts hören. Für den Augenblick ziehe ich es vor, den ahnungslosen Beobachter zu spielen. Eure Geschichte höre ich mir an, wenn Ihr eine Lösung gefunden habt.«
»Ich fühle mich geehrt, Sire.«
»Dafür gibt es keinen Grund. Ich bin eigentlich kein großzügiger Mann. Diesen Ruf habe ich allein meiner Gewohnheit zu verdanken, meine Damen mit großzügigen Geschenken zu verwöhnen. Daß ich Euch freie Hand bei der Erledigung Eurer Geschäfte gewähre, geschieht aus reiner Selbstsucht.«

»Seid versichert, Majestät, daß ich stets auch im Interesse der Krone handle.«
»Ja, das habt Ihr mir schon des öfteren bewiesen. Wißt Ihr eigentlich, warum ich Euch vertraue, Bryant?«
»Weil ich Euch nie betrogen habe, Sire?«
»Das ist romantischer Quatsch. Jeder Mann ist des Verrats fähig. Aber Euch vertraue ich, weil Ihr mehr besitzt, als Ihr Euch je gewünscht habt oder braucht. Und Ihr seid vor allem ein Abenteurer und Kämpfer. Nein, Ihr habt mein Vertrauen, weil Ihr nichts von Diplomatie versteht und als Politiker völlig ungeeignet seid.« Charles lachte schallend über seine geistreiche Bemerkung. Doch Chad lächelte nur etwas gezwungen über diese elegant formulierte Beleidigung. Charles legte ihm kurz die Hand auf die Schulter und ging dann.
Chelynne sprach mit einer älteren Dame, die Chad nicht kannte. Als er näher kam, blickte sie auf und lächelte ihn an. Er berührte leicht ihre Schulter und stellte sich hinter ihren Stuhl. Da legte ihm plötzlich jemand die Hand auf den Arm. Chelynne preßte die Lippen zusammen und wandte sich ab.
»Der Gräfin scheint es heute abend an Bewunderern zu mangeln, Milord«, bemerkte Gwen.
»Nun, es gab da gewisse Probleme«, entgegnete Chad unwirsch und wünschte Gwen zum Teufel. »Habt Ihr mir etwas mitzuteilen?«
»Die bewußte Person ist noch nicht in London eingetroffen«, antwortete sie ausweichend. »Schwarz steht ihr nicht«, sagte sie dann und warf Chelynne einen boshaften Blick zu.

»Sie trägt Trauer, weil ihr Onkel gestorben ist, Milady«, entgegnete Chad schroff.
»Ach, wegen eines Verwandten trägt sie Trauer«, spottete Gwen. »Ich dachte, wegen eines anderen Mannes.«
Chads starrte sie mit einem finsteren Blick an. »Ihr habt eine seltsame Art, Eure Freundschaft zu zeigen, Gwen. Ich dachte, wir wollten die alten Feindseligkeiten begraben?«
»Gewiß, Chad. Ich wollte Euch nur mein Mitgefühl aussprechen, mehr nicht.« Sie sah ihn mit einem verführerischen Blick an und gurrte: »Ich weiß, wie schmerzhaft es ist, einen geliebten Menschen an jemand anderen zu verlieren.«
»Ach, wirklich? Dann habe ich Mitleid mit Euch, Madam. Ich kenne diesen Schmerz nicht.«
Ehe Gwen zu einer boshaften Antwort ansetzen konnte, näherte sich der König und sagte lächelnd zu Chelynne: »Ihr seht heute abend ganz bezaubernd aus, Madam.«
Chelynne schenkte ihm eines ihrer strahlendsten Lächeln.
»Ich fühle mich geehrt, daß Ihr mich überhaupt bemerkt, Sire«, antwortete Chelynne.
»Euch bemerken? Würde ich mitten im Winter einen Rosengarten in voller Blüte übersehen?« Er lachte freundlich, reichte ihr die Hand und schlenderte mit ihr durch den Salon. Sofort steckten die Hofschranzen flüsternd ihre Köpfe zusammen. Der König und Chelynne unterhielten sich angeregt, und er lachte ein paarmal über ihre treffenden Bemerkungen.
»Es mangelt Euch heute an der gewohnten Aufmerksamkeit, Madam«, sagte Charles.

»Glaubt Ihr? Dabei schenkt mir eben der begehrteste Mann des Landes seine Aufmerksamkeit.«

»Ihr schmeichelt mir«, sagte er mit einer leichten Verneigung.

»Mir scheint, auch Euch ist man heute nicht wohlgesonnen«, bemerkte Chelynne und warf einen Blick auf die schmollende Louise. »Ihr scheint die Dame verärgert zu haben.«

Charles entgegnete lachend: »Eine typisch weibliche Reaktion. Dabei erreichen Frauen mit Schmollen gar nichts.«

»Vielleicht könnt Ihr sie etwas aufheitern?« meinte Chelynne keck.

»Ach, Frauen mit gebrochenem Herzen warten meistens nur darauf, daß ihre Wunden mit teuren Geschenken geheilt werden.« Sie stimmte in sein Lachen ein, nahm dann ihren ganzen Mut zusammen und sagte so beiläufig, wie es ihr möglich war: »Dann werdet Ihr die Nacht wohl allein verbringen?«

Charles sah sie verwundert an. »Wie darf ich diese Bemerkung verstehen, Madam?«

Chelynne gelang ein koketter Augenaufschlag.

»Seid Ihr etwa auf der Suche nach einem neuen Zeitvertreib?«

Sie verstand die Anspielung auf das Duell und senkte kurz den Blick. Doch sie gab ihren Plan nicht auf. Mit einem bezaubernden Lächeln antwortete sie: »Vielleicht.«

»Der Auserkorene geht ein großes Risiko ein, Madam.«

»Nicht, wenn es sich dabei um einen Mann handelt, den niemand herauszufordern wagt.«

»Könnt Ihr es denn arrangieren?«

»Es gibt immer eine Möglichkeit.«

»Heute nacht?«

»Ja. Aber es wird spät werden.«

»Kommt über die Hintertreppe. Chiffinch wird Euch einlassen.« Charles lachte vergnügt. Schon seit langem hatte er Chelynnes Schönheit bewundert und sie begehrt. Er warf einen flüchtigen Blick zu ihrem Mann hinüber, der sich noch immer mit Lady Graystone unterhielt. Mit einem Schulterzucken sagte er: »Ich hatte nicht beabsichtigt, Bryant Hörner aufzusetzen. Aber jeder Mann, der eine schöne Frau heiratet, muß sie auch zu halten verstehen.«

»Wie recht Ihr doch habt, Majestät«, antwortete Chelynne, aber ihre Stimme klang bedrückt.

Später am Abend kehrte Chelynne mit ihrem Mann nach Hause zurück. Oben auf dem Flur trennten sich ihre Wege, und jeder ging in sein eigenes Zimmer. Chelynne wurde von Schuldgefühlen gequält, doch als sie hörte, wie Chad leise seine Zimmertür schloß und wieder ging, verflogen ihre Gewissensbisse sofort.

Er hatte ihr zwar verboten, das Haus zu verlassen, doch es gab nichts Überzeugenderes als ein paar Münzen, die in den Händen willfähriger Dienstboten verschwanden. Sie ließ sich in der Kutsche nach Whitehall fahren. Dort erwartete sie Chiffinch an der Hintertür. Wortlos führte er sie durch endlos scheinende Gänge in die Gemächer des Königs.

Welch weiten Weg ich zurückgelegt habe, dachte sie wehmütig, als sie eine schlecht beleuchtete Treppe hinaufstieg. Aus dem sorglosen jungen Mädchen, dessen größtes Vergnügen darin bestanden hatte, über die Wiesen zu reiten, war eine Intrigantin geworden, die dem König eine Liebesnacht versprochen hatte, um sich Zutritt zu seinen Privatgemächern zu verschaffen.

Chiffinch ließ sie im Vorzimmer zur königlichen Suite allein. Kein Geräusch war hinter der Tür zu hören, die in Charles' Schlafzimmer führte. Chelynne klopfte leise, und als niemand antwortete, ging sie einfach in den prächtig ausgestatteten Raum. Auch hier war niemand zu sehen. Verwundert blieb sie stehen, bis Charles' Stimme sie erschreckt zusammenfahren ließ.

»Da seid Ihr ja. Ich hätte Euch schon geholt.«

Ihr fiel nichts Besseres ein, als einen tiefen Hofknicks zu machen, und schalt sich gleich darauf eine Närrin. Der König wollte mit ihr ins Bett gehen, und sie benahm sich, als würde sie bei Hof vorgestellt. Sein belustigter Blick zeigte ihr, daß er ebenso dachte. Oh, Gott, wie peinlich!

»Es fiel mir nicht leicht hierherzukommen, Sire. Dieser Schritt kann für mich schlimme Folgen haben.«

»Fürchtet Ihr den Grafen?« fragte er gleichmütig. »Nun, das hättet Ihr Euch früher überlegen müssen.«

Der König saß nur mit Hemd, Hose und Socken bekleidet auf der Bettkante. Chelynne beschloß, ihr Anliegen unverzüglich vorzubringen.

»Nein, ich könnte Euren Zorn erwecken, Sire.«

»Das bezweifle ich, meine Liebe. Habt Ihr Angst, dem König zu mißfallen?«

Sie schluckte krampfhaft. »Ich bin in einer bestimmten Absicht zu Euch gekommen, Sire, und bitte um Euren Rat.«
Er lachte dröhnend. »Dafür hättet Ihr Euch nicht derart exponieren müssen, Madam. Eurer Bitte um eine Audienz hätte ich sicherlich stattgegeben.«
Sie trat einen Schritt näher und erklärte: »Ich wollte Euch unter vier Augen sprechen, nicht in der Gegenwart Eurer Minister.«
Jetzt hatte sie sein Interesse geweckt. »Die meisten Frauen warten mit ihren Anliegen, bis ich nachgiebiger gestimmt bin. Aber sprecht weiter.«
Chelynne errötete und hatte keinen Mut weiterzusprechen.
»Nun, Madam, sagt, was Ihr auf dem Herzen habt, damit wir uns dann vergnüglicheren Dingen zuwenden können.« Er stand auf und begann, sein Hemd aufzuknöpfen.
Panik befiel Chelynne, und sie platzte heraus: »Es geht um meine Mutter, Sire. Mir fiel ein Brief von ihr in die Hände, in dem sie andeutete, daß ihr Mann nichts gegen den leiblichen Vater des Kindes unternehmen könne ...« Charles war gerade dabei, seine Hosenknöpfe aufzumachen. Chelynne schrie ihn an: »Hört auf damit!«
Charles starrte sie verwundert an. Er hätte nie geglaubt, daß dieses sanftmütige Wesen es wagen würde, ihn anzuschreien. »Verzeiht mir, Majestät«, bat sie mit erstickter Stimme.
»Ein Brief, sagtet Ihr?«
»Ja«, antwortete sie leise. »Es besteht die Möglichkeit, daß ich Eure Tochter bin.«

»Großer Gott!« entfuhr es ihm, und er ließ sich entgeistert auf die Bettkante sinken. Er griff nach seinem Hemd und zog es hastig an.

»Könnt Ihr Euch erinnern, Sire?« fragte sie zaghaft.

»Das spielt doch jetzt keine Rolle mehr«, sagte er ärgerlich. »Ihr wurdet von dem Mann Eurer Mutter als leibliche Tochter anerkannt. Ihr habt einen Grafen geheiratet. Hört nicht auf diese alten Klatschgeschichten!«

Mit gesenktem Kopf sagte sie: »Ich kann mit der Ungewißheit nicht weiterleben, Sire.«

»Was wollt Ihr wirklich von mir?«

Sie hob den Kopf und lächelte ihn an. Sie hatte diesen Mann vom ersten Augenblick an gemocht. In seiner Gegenwart hatte sie sich stets wohl gefühlt. »Großer Gott, Sire! Was könnte ich von Euch schon wollen? Der Graf ist reicher als ...« Sie verstummte und schlug ihre Hände vor den Mund. Aber Charles lachte schallend.

»Ja, er ist bestimmt doppelt so reich wie ich.«

»Ich habe meine Eltern nicht gekannt, Sire. Sie starben vor langer Zeit.«

»Ich kann mich noch gut an sie erinnern. Mir ergebene Menschen vergesse ich nicht.«

»Und Ihr erinnert Euch an meine Mutter?« fragte sie atemlos.

»Ja.«

»Und ...«

»Ich kann die Möglichkeit nicht bestreiten.«

Jetzt hatte sie endlich die Wahrheit erfahren. Obwohl sie auf diese Antwortet vorbereitet gewesen war, trafen seine Worte sie doch wie ein Schlag.

»Aber der Schein trügt oft, Madam. Vielleicht hat es andere Männer gegeben, von denen Ihr nichts wißt.«
Fassungslos starrte Chelynne Charles an, wagte jedoch nicht, ihre Empörung zum Ausdruck zu bringen. »Die Wahrheit hat Eure Mutter mit ins Grab genommen. Ich will Euch nichts vormachen. Ich habe viele Frauen geliebt.«
Er ging zu ihr und betrachtete sie eingehend. Ihre Augen und der feine Schwung ihrer Brauen erinnerten ihn an eine seiner Töchter.
»Wie gesagt, es besteht durchaus die Möglichkeit, daß ich ... aber was hofft Ihr, dadurch zu gewinnen?«
»Nichts. Ich will nur die Wahrheit wissen, Sire. Sie wird mein Geheimnis bleiben.«
»Hier gibt es keine Geheimnisse«, widersprach er. »Was die Leute nicht wissen, erfinden sie. Nun, jedenfalls hat unser Rendezvous eine erstaunliche Wende genommen.«
»Mir ist es egal, wenn über mich geklatscht wird.«
»Aber ich hoffe, daß dieser Klatsch Euch nicht schadet.«
»Davor habe ich keine Angst.«
»Und was ist mit Bryant? Was werdet Ihr ihm erzählen?«
»Nichts. Und er wird mich nicht danach fragen.«
»Oh? Wie ich hörte, ist er ein eifersüchtiger Mann.«
»Wenn das zutrifft, wüßte ich nicht, wer seine Eifersucht ...« Sie verstummte, denn sie wollte Charles nicht mit ihren Eheproblemen belästigen. »Es wird ihn nicht interessieren, Majestät.«
»Und ich dachte, er sei in Euch verliebt.«
»Ihr täuscht Euch, Sire.«

»Nun, das wäre nicht das erste Mal, Madam. Wollen wir es dabei belassen?«
Chelynne lächelte. »Ja, Sire. Das entspricht ganz meinem Wunsch.«
Charles konnte seinen Blick nicht von ihr abwenden. Merkwürdigerweise überkam ihn ein Anflug väterlichen Stolzes.
»Ihr habt Glück, daß Eure Mutter nie verlauten ließ, daß Ihr meine Tochter seid. Wenn man eine uneheliche Tochter des Königs ist, hat man für gewöhnlich kein leichtes Schicksal, obwohl ich mich um alle meine illegitimen Kinder kümmere.«
»Aber sie sind stolz darauf, Eure Kinder zu sein, Sire.«
Er lächelte über ihre Naivität. Er kannte die Schwierigkeiten, mit denen seine Bastarde zu kämpfen hatten. Er konnte ihnen nur Titel verleihen, Apanagen gewähren und standesgemäße Heiraten vermitteln. Natürlich hätte er legitime Kinder vorgezogen, doch diese Gnade hatte ihm das Schicksal nicht gewährt.
»Und in Eurem eigenen Interesse wollen wir dieses Geheimnis für uns bewahren«, sagte er zu Chelynne.
»Ich habe nur noch eine Bitte, Sire«, sagte sie leise.
Er unterdrückte sein Erstaunen und fragte sich, ob sie wirklich anders als die meisten Frauen war.
»Könnten wir Freunde sein?«
Mit hörbarer Erleichterung lachte er auf und antwortete erfreut: »Ich habe mehr angebliche Freunde, als mir lieb ist, Madam. Doch es wäre mir eine Ehre, mit Euch befreundet zu sein. Gute Nacht, Lady Chelynne.«

Als Chelynne Charles das nächste Mal in Whitehall begegnete, behandelte er sie mit überaus herzlicher Zuvorkommenheit. Über eine Woche war seit ihrem Besuch beim König verstrichen. Das Geheimnis, das sie mit ihm teilte, gab ihr Selbstvertrauen und ließ sie in seiner Nähe förmlich aufblühen.

Als der König zu ihr trat, sagte sie nervös: »Seht nur, wie man uns anstarrt. Man hält mich jetzt für Eure neueste Eroberung.«

Charles ignorierte die anzüglichen Blicke der Anwesenden. Er wußte, daß man ihm jede Unterhaltung mit einer Dame als Liebesgeplänkel auslegte. Auf die Wahrheit legte hier am Hof niemand Wert. »Nun, damit müßt Ihr Euch abfinden. Wenn ich mit jeder Frau geschlafen hätte, mit der man mir ein Verhältnis nachsagt, wäre ich bereits im Grab. Merkt Ihr jetzt, daß es auch Nachteile hat, mit einem König befreundet zu sein?«

Chelynne stellte sich auf die Zehenspitzen und sah sich im Saal um. Endlich entdeckte sie Chad, der sie unentwegt ansah. Er hatte ihre Unterhaltung mit dem König argwöhnisch beobachtet. Selbst über diese Entfernung hinweg konnte sie das harte Glitzern in seinen Augen erkennen. Dann schenkte sie Charles ihr bezauberndstes Lächeln und sagte: »Nein, Majestät. Bisher gereichte sie mir nur zum Vorteil.«

17

Chelynne fragte sich, wie lange das feuchtkalte und trübe Wetter noch andauern sollte. An die Schönheit der Sommertage, das üppige Grün konnte sie sich kaum noch erinnern. Mit einer melancholischen Geste glättete sie den Samtrock ihres Kleides. Es war in Welby Manor angefertigt worden und hatte die Farbe der sommerlich grünen Wiesen. Doch ihre Stimmung entsprach jetzt den tristen, grauen Straßen Londons.

Chelynne hatte Stella erzählt, daß der König ihre Vermutung bezüglich ihrer illegitimen Abstammung bestätigt hatte, aber die treue alte Dienerin verteidigte beharrlich Madelynnes Ehrbarkeit.

Bei Hof hatte indes ihr Ruf irreparablen Schaden erlitten. Man munkelte mehr oder weniger verstohlen, sie sei des Königs neue Mätresse. Chelynne kümmerten diese Klatschgeschichten nicht, denn es wäre sinnlos gewesen, dagegen anzugehen. Aber die schlimmste Demütigung fügte ihr diesbezüglich Chad zu. Sie erinnerte sich noch gut an die erste Anspielung, die er machte.

Die Bemerkung fiel während einer Fahrt nach Whitehall zu einem der üblichen Dinners, an denen sie jetzt regelmäßig teilnahmen.

»Ihr scheint Euch an das gesellschaftliche Leben

Londons angepaßt zu haben, Madam. Habt Ihr endlich jemanden gefunden, der Euer Interesse geweckt hat?«

»Ich finde das Leben hier nach wie vor wenig amüsant, Milord. Ich habe mich eben damit abgefunden und bin es müde, dagegen anzukämpfen. Ich versuche nur, das Beste daraus zu machen.«

»Nun, es freut mich, daß Ihr jemanden gefunden habt, der Euch glücklich macht, da ich dazu nicht imstande bin.«

»Ach, Milord, wie könnt Ihr das nur sagen?« antwortete sie kokett. »Jede Frau wäre stolz darauf, mit einem so gutaussehenden und reichen Mann verheiratet zu sein. Sicherlich werde ich von jeder Dame bei Hof beneidet. Denn natürlich glaubt man, daß ich nicht nur Euren Namen trage, sondern auch Eure Liebe gewonnen habe. Wie würden die Damen lachen, wenn sie wüßten, daß Ihr ihnen mehr Aufmerksamkeit schenkt als mir.«

»Ihr habt mich zurückgewiesen, Madam. Vergeßt das nicht! Jedenfalls sprecht und benehmt Ihr Euch mittlerweile wie alle anderen.«

Er wandte sich von ihr ab, und sie interpretierte diese Geste als Abscheu. Sie wollte ihn so tief verletzen, wie er sie verletzt hatte.

»Das sollte Euch doch gefallen, Milord. Hattet Ihr das nicht immer von mir erwartet? Sollte ich nicht sein wie sie?«

»Meine Liebe, es geht nicht darum, was ich von Euch wollte. Ihr allein tragt die Verantwortung für Euer Leben. Ihr könnt mir nicht die Schuld an allem geben und gewiß nicht daran, daß über Euch geklatscht wird.«

Da wußte sie, daß er die Gerüchte über ihr angebliches Verhältnis mit Charles gehört hatte. Sie nutzte die Gelegenheit und fragte spöttisch: »Hattet Ihr auch das von mir erwartet? Daß ich der Versuchung erliege und mir einen Liebhaber nehme?«
Er entgegnete kalt: »Habt Ihr das denn getan?«
»Und wenn es so ist?« antwortete sie schnippisch und hoffte auf ein leises Anzeichen von Eifersucht oder Wut. Seine Gleichgültigkeit war unerträglich.
»Wie könnte ich es denn verhindern? Soll ich Euch einsperren? Ihr habt bewiesen, daß Ihr immer einen Weg findet, heimlich das Haus zu verlassen. Soll ich mich vor Eure Tür setzen? Wenigstens laßt Ihr jetzt die nötige Vorsicht walten und setzt Euer Leben nicht mehr leichtsinnig aufs Spiel.«
Unwillkürlich brach sie in Gelächter aus. Warum war er noch immer um ihr Leben besorgt? Wäre er traurig, wenn ihr etwas zustoßen würde? »Ihr habt mich von Anfang an zurückgewiesen, Milord. Was wollt Ihr denn noch von mir? Soll ich weiter darauf warten, daß es Euch eines Tages vielleicht gefällt, mir Eure Gunst zu schenken?« Er warf ihr einen seiner mörderischen Blicke zu, die ihr vor ein paar Monaten noch Angst eingejagt hätten. Aber jetzt rief er nur Hohn in ihr hervor. »Sagt mir, Milord, würde es Euch etwas ausmachen, dem Bastard des Königs Euren Namen zu geben?«
Endlich zeigte er eine Reaktion. Schockiert beugte er sich über sie und fragte: »Erwartest du ein Kind, Chelynne?«
In ihren Augen brannten ungeweinte Tränen. Ihre Worte hatten sie mehr verletzt als ihn, denn ihr

wurde wieder schmerzlich bewußt, wie hoffnungslos ihre Liebe zu Chad war. Wenigstens Kinder hatte sie ihm schenken wollen! Doch das würde niemals geschehen.

»Nein«, entgegnete sie bedrückt. »Dieses Glück bleibt mir wohl versagt.«

»Sehnt Ihr Euch denn so sehr nach einem Kind?«

»Das war einmal«, entgegnete sie abwehrend. »Ich wollte eine Ehe führen und Kinder haben. Es mag Euch vielleicht überraschen, Milord, aber auch ich hatte einmal Träume. Und in diesen Träumen spielten weder der Hof noch Liebhaber oder Reichtum eine Rolle!«

»Und das alles hast du verloren, Chelynne? Gibt es für dich keine Träume mehr?«

»Nein, Milord. Ich sagte Euch doch, daß ich mich mit diesem Leben abgefunden habe.«

»Chelynne«, sagte er eindringlich. »Chelynne, hör mir gut zu. Du mußt dich in acht nehmen. Tu in deiner Verzweiflung nicht etwas, was du später bereuen würdest. Es gibt Zeiten, da scheint das Leben hoffnungslos zu sein, aber du bist noch jung. Laß dich in deiner Impulsivität nicht zu einer unüberlegten Tat hinreißen, die dir über Jahre hinweg nur Kummer bereiten würde. Es gibt Wege, mit denen sich ernsthafte Komplikationen vermeiden lassen. Du solltest gewisse Vorsichtsmaßnahmen treffen.«

Ihre Augen weiteten sich ungläubig. Chad nahm seine Verantwortung als Ehemann wirklich sehr ernst und kümmerte sich um ihr Wohlergehen. Jetzt gab er ihr sogar gute Ratschläge hinsichtlich ihres Verhältnisses! Sie konnte diesen Mann noch immer nicht verstehen.

»Heißt das, Milord, daß Ihr mir empfehlt, gewisse Vorkehrungen zu treffen, damit wir nicht den Bastard des Königs aufziehen müssen?«

»Chelynne«, seufzte er, »ich versuche nur, dich zu verstehen. Ich rate dir nur, dich nicht in eine Situation zu bringen, aus der ich dir nicht mehr heraushelfen kann. Wie unüberwindlich dir deine Schwierigkeiten im Augenblick auch vorkommen mögen, so kommt vielleicht eine Zeit, in der du mit ihnen fertig wirst.«

»Seid ganz unbesorgt, Milord. Ich werde Euer Leben nicht weiter komplizieren. Ich gehe mit dem König nicht ins Bett und schulde Euch keine Rechenschaft über mein Leben. Denkt darüber, wie Ihr wollt!«

Er schwieg. Sie wußte nicht, ob er ihr glaubte oder sie für eine Lügnerin hielt. Wenn er durch dieses Gespräch die Wahrheit hatte erfahren wollen, so war sie nicht bereit, seine Zweifel zu zerstreuen.

Chelynne bekam eine Nachricht von Lady Graystone, in der sie ihren Besuch ankündigte. Chelynne konnte sich nicht vorstellen, was Gwen von ihr wollte, doch inzwischen wußte sie, daß sie von dieser Frau nur Schwierigkeiten zu erwarten hatte.

»Milady, Ihr seht bezaubernd aus«, begrüßte die Baronin Chelynne überschwenglich. »Dabei hatte ich befürchtet, Ihr würdet Euch nicht wohl fühlen, denn man sieht Euch so selten.«

»Ich ziehe die Ruhe und Abgeschiedenheit meines Hauses dem hektischen Leben bei Hof vor, Madam«, entgegnete Chelynne.

»Nun, natürlich bin ich Chad – Seiner Lordschaft –

des öfteren begegnet. Er hat mir versprochen, Euch meine Grüße auszurichten.«

»Wie freundlich von Euch, an mich zu denken.«

»Aber, meine Liebe, Ihr seid *das* Gesprächsthema bei Hof. Wißt Ihr das nicht?«

»Natürlich kenne ich die Klatschgeschichten, die man über mich verbreitet.«

Gwen kicherte zufrieden. »Es freut mich, daß Ihr so gelassen bleibt. Louise hingegen ...«

»Ihr habt doch viele Frauen in Whitehall kommen und gehen sehen, nicht wahr, Gwen?« fragte Chelynne spöttisch. Obwohl sie die Baronin nicht leiden konnte, hatte sie doch Mitleid mit ihr. Gwen war es nie gelungen, ihren Machthunger zu stillen und eine wirklich einflußreiche Postion zu erreichen.

»Ja, es gab etliche«, bestätigte Gwen gleichgültig.

»Leider muß ich Euch enttäuschen, Madam. Der König hat zwar Interesse an mir gezeigt, doch es fehlt mir der Mut, auf seine Avancen einzugehen. Es könnte zu große Schwierigkeiten geben.«

»Schwierigkeiten«, antwortete Gwen lachend. »Ihr scherzt! Welche Probleme könnten daraus erwachsen, in der Gunst des Königs zu stehen?«

»Ihr kennt meinen Mann«, entgegnete Chelynne.

Gwens Augen funkelten boshaft. »Welchen Schaden könnte er denn dem König zufügen? Ich weiß, er schreckt nicht davor zurück, Euretwegen einen Mann zu töten. Aber haltet Ihr Chad für einen derartigen Narren, daß er sich den Zorn des Königs zuziehen würde?«

»Gewiß nicht, Madam. Sein Zorn würde sich gegen mich wenden. Für eine Affäre würde ich mein Leben nicht aufs Spiel setzen.«

Gwen fragte entsetzt: »Hat er Euch etwa bedroht?«
Chelynne seufzte. Das fehlte ihr gerade noch! Nachdem sie jetzt schon das Thema Nummer eins bei Hof war, würde man jede ihrer Bemerkungen aufbauschen und verdrehen, bis irgendwelche unglaublichen Gerüchte daraus entstanden. »Wie ich Euch schon sagte, Madam, gibt es dafür keinen Grund. Außerdem liegen Chad Drohungen nicht. Er ist ein Mann der Tat.«
Gwen war enttäuscht. Sie hatte gehofft, Chelynne irgendeine aufregende Neuigkeit entlocken zu können. »Nun, wie auch immer ... aber deswegen bin ich nicht zu Euch gekommen, Madam. Glaubt mir, es fällt mir schwer, dieses heikle Thema anzuschneiden.« Gwen senkte ihren Blick und holte tief Luft. Dann sah sie Chelynne ernst an. »Verzeiht mir mein Benehmen. Vielleicht könnten wir doch noch Freundinnen werden.«
»Was wollt Ihr damit sagen? Habe ich Euch je Anlaß gegeben zu glauben, eine Freundschaft zwischen uns wäre unmöglich, Milady?«
»Ihr habt mich wohl von Anfang an durchschaut – ich war eifersüchtig auf Euch. Ich weiß nicht, was Chad Euch über mich erzählt hat, aber es stimmt, daß es eine Zeit gab, in der wir uns sehr nahe standen. Wir kennen uns seit unserer Kindheit ...«
Chelynne mißtraute Gwens scheinbarer Aufrichtigkeit. Sie wußte nicht, was dahintersteckte, aber sie ahnte Komplikationen. »Beruhigt Euch, Madam«, sagte sie nervös, denn Gwen hatte tatsächlich Tränen in den Augen. »Ihr braucht Euch mir nicht anzuvertrauen. Was geschehen ist, ist geschehen.«

»Ich hatte nie Glück in der Liebe«, klagte Gwen. »Wenn ich nicht geglaubt hätte, daß er mich liebt, hätte ich nie ...« Ihre Stimme brach und sie bemühte sich, ihre Fassung wiederzugewinnen. »Als Chad mir sagte, er könne mich nicht heiraten, habe ich aus verschmähter Liebe Lord Graystones Antrag angenommen. Aber auch ihn habe ich bald verloren.«

»Bitte, Madam, weint nicht. Denkt nicht mehr daran.«

Gwen trocknete ihre Tränen mit einem Spitzentüchlein. Mein Gott, diese dumme Gans begriff wirklich nichts, dachte sie wütend. Also erzählte sie ihre Leidensgeschichte weiter. »Als er mir erklärte, daß er mich unter keinen Umständen heiraten könne, wandte ich mich in meiner Verzweiflung an Lord Graystone. Ohne ihn hätte ich nicht gewußt, wie ich weiterleben sollte.«

»Ach, du meine Güte«, entfuhr es Chelynne. »Wart Ihr etwa schwanger?«

»Nein, das war nicht der Grund!« zischte Gwen jetzt ungeduldig. Dieses Frauenzimmer war aber auch zu dumm! Wenn ihre Information stimmte, hatte Chelynne doch Chads Heiratsurkunde, wußte aber nichts über die näheren Umstände. »Aber ich war wie vor den Kopf gestoßen, als er Euch zur Frau nahm. Bitte, verzeiht mir, daß ich Euch in meiner Verzweiflung so schlecht behandelt habe. Ich dachte, er hätte mich belogen ... denn ich glaubte, er würde mich lieben.« Sie schneuzte sich laut in ihr Taschentuch.

Chelynne begann plötzlich zu begreifen. »Hört auf zu weinen, Madam. Hat er Euch gesagt, warum er Euch nicht heiraten kann?«

»Oh, natürlich«, antwortete Gwen und sah Chelynne mitfühlend an. »Weil er bereits verheiratet war. Ich dachte, Ihr wüßtet das?«
»Nun«, begann Chelynne unsicher und überlegte, wie sie Gwen mehr Einzelheiten entlocken konnte, ohne als komplette Närrin dazustehen. »Er war verheiratet!«
»Ach, du meine Güte«, rief Gwen in scheinbarem Entsetzen aus. »Was habe ich jetzt angerichtet? Es tut mir so leid. Ich wollte die Dinge nur ins rechte Licht rücken.«
»Madam, was tut Euch leid?«
»Ich möchte Euch nicht noch mehr Schwierigkeiten machen«, sagte Gwen und stand auf. »Verzeiht mir. Ich habe schon zuviel gesagt. Ich muß gehen.«
»Nein, Madam. Ich bestehe darauf, daß Ihr mir die volle Wahrheit sagt.«
Gwen setzte sich wieder. »Das werde ich mir nie verzeihen. Chad wird mich umbringen, wenn er von meiner Indiskretion erfährt.«
»Er wird es nicht erfahren«, sagte Chelynne beruhigend. »Sprecht endlich.«
»Er behauptete damals, seine Frau sei tot.«
»Und Ihr kennt die Wahrheit?«
Gwen schluckte, preßte die Lippen zusammen und sah Chelynne bittend an. »Milady, ich habe niemanden, der mich beschützt. Chad wird sich dafür an mir rächen.«
»Unsinn. Ich habe Euch mein Wort gegeben, daß er nichts davon erfährt.«
»Es war einfach einer dieser törichten Zufälle, versteht Ihr, daß ich seine Frau gesehen habe. Er hat ja

versucht, die Ehe mit diesem Mädchen geheimzuhalten, doch dann wies ihm der Graf die Tür, und Chad verließ England. Später kursierte das Gerücht, daß sie gestorben sei, sein Vater ihm verziehen habe und Chad doch Besitz und Titel erben würde. Aber ich habe die Frau gesehen! Hier in London!«
»Wo?« fragte Chelynne ungeduldig.
»Ich bin ihr zufällig begegnet und folgte ihr zu ihrem Haus. Sie ist schwanger. Ach, es ist wohl mein Fluch, daß ich immer die Wahrheit ergründen muß! Ich habe mit ihr gesprochen, und sie erzählte mir, ihr Mann sei ein Kaufmann, der häufig nach Frankreich reisen müsse.«
»Und Ihr seid Euch sicher, daß sie Chads Frau ist?«
»Ganz sicher. Sie heißt Anne. Mein letzter Zweifel wurde beseitigt, als ich den Jungen sah. Er gleicht Chad aufs Haar.«
»Sein Sohn?«
»Ihr wißt doch, daß er einen Sohn hat, nicht wahr?« sagte Gwen unschuldig. »Das habe ja sogar ich gewußt. Er hält ihn hier in London versteckt, weil der Graf ihn nicht anerkannt hat.«
»Natürlich«, log Chelynne. Sie kämpfte gegen eine aufsteigende Übelkeit an. Da sie den Blick gesenkt hielt, bemerkte sie Gwens selbstgefälliges Lächeln nicht.
»Es besteht natürlich die Möglichkeit, daß die Ehe annulliert wurde oder er sich vielleicht hat scheiden lassen. Das ist heutzutage ja ...«
Chelynne hörte nicht mehr zu. Sie konnte weder an eine Annullierung noch eine Scheidung glauben.
»Würdet Ihr mir zeigen, wo die Frau wohnt?« fragte sie schließlich.

»Nein, Madam! Das könnt Ihr nicht von mir verlangen. Ich habe Euch schon Kummer genug bereitet!«
»Da Ihr so weit gegangen seid, Milady, werdet Ihr auch vor einem weiteren Schritt nicht zurückschrecken.«
»Seid vorsichtig, Madam«, riet ihr Gwen. »Chad hat sein Geheimnis gehütet, und wenn Ihr es aufdeckt ... Ich habe Angst um Euch, Madam. Ich könnte es nicht ertragen, wenn er Euch etwas antun würde ...«
Chelynne sah sie aus schmalen Augen an und stand auf. »Eure Fürsorge ehrt mich, Milady. Wartet Eure Kutsche vor dem Haus?«
»Wenn Ihr darauf besteht«, murmelte Gwen nun doch etwas ängstlich. »Aber vergeßt nicht, daß Ihr mir versprochen habt, mich nicht an Chad zu verraten. Gott, vor diesem Mann habe ich mehr Angst als ...«
»Kommt jetzt!« befahl Chelynne und ging hinaus. Gwen erschrak ein wenig über die Schroffheit der Gräfin, doch gleichzeitig umspielte ein verschlagenes Lächeln ihre Lippen. Chelynne war auf ihre Geschichte hereingefallen.
Gwen gab dem Kutscher Anweisungen, dann stiegen beide Frauen ein. Während der Fahrt erging sich Gwen in weiteren Selbstvorwürfen, bis Chelynne sie barsch anfuhr: »Nehmt Euch gefälligst zusammen, Madam. Schließlich ist es nicht Euer Mann, der mit einer anderen Frau verheiratet ist.«
Gwen versteifte sich und verbarg ihr zufriedenes Lächeln hinter ihrem Taschentuch. Als sie in der bewußten Straße ankamen, befahl sie dem Kutscher

anzuhalten und zeigte Chelynne das Haus. »Oh, sie scheint Besuch zu haben«, sagte sie, denn davor stand ein Einspänner.
»Wenn es Euch nichts ausmacht, werden wir hier warten«, sagte Chelynne mit gepreßter Stimme.
Die Baronin konnte sich kein größeres Vergnügen vorstellen. Es lief besser, als sie gehofft hatte. Sie hatte zwar Chad öfter beobachtet, wie er das Haus betrat und wieder verließ, doch seine Besuche fanden nach keinem festen Zeitplan statt. Aber es bestand die Möglichkeit, daß er jetzt im Haus war.
Schweigend saßen die beiden Frauen in der Kutsche und warteten. Schließlich öffnete sich die Tür des Hauses, und Chelynne schnappte hörbar nach Luft. Chad trat heraus. Eine schwangere Frau und ein Junge folgten ihm auf die Straße. Chelynne sah, daß der Knabe Chad wie aus dem Gesicht geschnitten war.
Chad legte der jungen Frau seinen Arm um die Taille. Chelynnes Kehle schnürte sich zusammen, als sie sah, wie liebevoll er sie behandelte. Dann streckte der Junge die Hand nach Chad aus, doch dieser kniete sich hin und nahm ihn in die Arme. Chelynne unterdrückte einen qualvollen Aufschrei. Ihre letzten Zweifel wurden zerstört, als Chad die Frau auf die Stirn küßte. Dann stieg er in den Einspänner und fuhr davon.
Chelynne war vor Schmerz wie gelähmt. Mit tränenblinden Augen sah sie noch, wie die Frau mit dem Jungen an der Hand wieder ins Haus ging.
Gwen wartete. Chelynne saß still und reglos in ihrer Ecke. Schließlich befahl die Baronin dem Kutscher zurückzufahren.

»Madam«, sagte Gwen und legte Chelynne mitfühlend die Hand auf den Arm. »Grämt Euch nicht. Vielleicht gibt es ja eine plausible Erklärung. Vielleicht ...«
»Schweigt!« rief Chelynne und schüttelte ihre Hand ab. »Hört mit diesem grausamen Spiel auf! Es reicht mir! Ihr habt Euer Ziel erreicht, aber jetzt will ich kein Wort mehr von Euch hören! Ihr habt mich um Verzeihung gebeten ...«
»Aber, Milady, was werft Ihr ...«
»Schweigt!« rief Chelynne noch einmal, außer sich vor Empörung. »Ihr habt Eure Rolle sehr gut gespielt. Beinahe hätte ich geglaubt, daß Eure Tränen und Euer Leid echt sind. Dabei habt Ihr nur wieder eines Eurer grausamen Spiele mit mir getrieben.«
Gwen zischte boshaft: »Ich habe Euch nur die Augen geöffnet.«
»Ich weiß nur, was ich gesehen habe. Doch die Erklärung dafür wird mir mein Mann geben.«
»Aber Ihr habt mir versprochen ...«
»Wenn Ihr die Wahrheit gesagt habt, habt Ihr nichts zu fürchten«, entgegnete Chelynne schroff. »Solltet Ihr aber gelogen haben ...« Sie vollendete ihre Drohung nicht. Den Rest der Fahrt legten die beiden schweigend zurück. Vor ihrem Haus angelangt, stieg Chelynne hastig aus der Kutsche, blieb einen Augenblick an der offenen Tür stehen und sagte zu Gwen: »Ihr seid eine ausgezeichnete Intrigantin, Milady, und ich wäre Euch dankbar, wenn Ihr mich in Zukunft nicht mehr belästigen würdet. Guten Tag.«
Sie hörte noch Gwens empörten Aufschrei, ehe sie die Haustür hinter sich schloß. Nur ihr maßloser

Zorn hielt sie noch auf den Beinen und hinderte sie daran, weinend zusammenzubrechen. Dieser Schuft! Dieses Ungeheuer! Auf welch schamlose Weise er sie benutzt hatte! Damit er sich mit seinem Vater aussöhnen und sein Erbe sicherstellen konnte, hatte er sich ihrer bedient. Wie dieser Mann sie gedemütigt hatte! Sie fühlte sich zutiefst beschmutzt. Noch nie in ihrem Leben war sie derart belogen und verraten worden.

»Ist Seine Lordschaft zu Hause?« fragte sie einen Diener und gab ihm ihren Schal und ihre Handschuhe.

»Ja, Madam. Aber er will nicht gestört werden.«

»Wo ist er?«

»In seinem Arbeitszimmer. Bestel ist bei ihm.«

»Danke«, entgegnete sie und ging mit entschlossenen Schritten auf Chads Refugium zu. Sie hörte Gemurmel und wollte eben ohne anzuklopfen eintreten, als Chads wütende Stimme sie wie erstarrt stehenbleiben ließ.

»Verdammt! Was hat dieses Miststück jetzt schon wieder angestellt?«

Wieder hörte Chelynne nur Gemurmel und dann einen lauten Schlag. Chad hatte wohl mit der Faust auf den Schreibtisch geschlagen. »Warum, zum Teufel, sollte es mich interessieren, mit wem sie schläft? Das ist mein geringstes Problem.«

Bestels weitere Worte schienen Chad noch mehr zu erzürnen. »Ach, hat sie das tatsächlich getan? Mein Gott, mit ihr hatte ich von Anfang an nur Schwierigkeiten. Ich will nichts mehr mit ihr zu tun haben. Na, da werde ich dem Weibsstück mal die Leviten lesen.«

In Chelynnes Augen brannten ungeweinte Tränen. Er wollte nichts mehr mit ihr zu tun haben? Damit war sicher nicht die Frau gemeint, die er so liebevoll geküßt hatte. Völlig verzweifelt ging sie in ihr Zimmer. Ihr Zorn war einer abgrundtiefen Hoffnungslosigkeit gewichen.
Im Arbeitszimmer sagte Chad jetzt zu Bestel: »Sollte Lady Graystone je wieder hierherkommen, erkundige dich nach dem Grund ihres Besuchs, ehe du sie einläßt. Mittlerweile werde ich versuchen herauszufinden, warum sie heute Milady besucht hat.«

Chelynne blieb in ihrem Zimmer, schickte die Mahlzeiten unberührt zurück und weigerte sich strikt, Besuch zu empfangen. Nachts fand sie kaum Schlaf, und tagsüber lag sie apathisch in ihrem Bett. Sie vertraute nicht einmal Stella ihren Kummer an.
Und dann kehrte Gordon von seiner Mission zurück.
»Die Familie des Mädchens ist aus dem Dorf fortgezogen. niemand weiß, wo sie jetzt lebt. Der junge Graf hat Anne damals geheiratet und mit ihr ebenfalls die Grafschaft verlassen.«
»Wir wissen, daß sie geheiratet haben«, sagte Chelynne teilnahmslos. »Aber was geschah danach?«
»Darüber konnte ich nichts in Erfahrung bringen, Madam. Man sagte mir nur, sie wären nach London gezogen, und hier verloren sich alle Spuren. Es tut mir leid, Madam. Ich hätte Euch gern erfreulichere Nachrichten gebracht.«
»Du hast dein Bestes getan, Gordon. Ich hatte nichts anderes erwartet.«
»Kann ich sonst noch etwas für Euch tun, Madam?« fragte er mitfühlend.

»Nein, danke, Gordon.«
Als der alte Diener ging, warf er Stella einen besorgten Blick zu, doch diese zuckte nur hilflos die Schultern.
Der Graf von Bryant wurde in jenen Tagen von seinen Geschäften und privaten Schwierigkeiten ganz in Anspruch genommen. Harry Mondeloy schien wie vom Boden verschluckt. Er war weder in seiner früheren Wohnung noch in Gesellschaft seiner Londoner Freunde anzutreffen.
Chad stellte Lady Graystone zur Rede, erhielt aber keine sehr aufschlußreiche Antwort von ihr. Sie gab zu, Chelynne besucht und zu einer Ausfahrt überredet zu haben, blieb jedoch bei der Behauptung, es habe sich dabei um einen rein freundschaftlichen Besuch ohne Hintergedanken gehandelt. Da Chad jedoch Gwen nur zu gut kannte, ahnte er, daß sie irgendein Komplott schmiedete.
Chad kehrte frustriert und müde an diesem Abend in sein Arbeitszimmer zurück, denn er hatte noch ein paar Geschäftsberichte durchzusehen. Er ließ sich schwarzen Kaffee bringen. Dann klopfte es an seine Tür, und er warf wütend über diese erneute Störung den Federkiel auf seinen Schreibtisch. Die Schwierigkeiten wuchsen ihm allmählich über den Kopf, und er wollte wenigstens nicht mit häuslichen Problemen belästigt werden. Die Tür öffnete sich langsam, und Stella trat zögernd ein.
»Ich komme wegen der Gräfin, Milord«, sagte sie mit bebender Stimme.
Chad seufzte und fragte unwirsch: »Was ist mit ihr?«
»Sie ist krank, Milord.«

»Krank?«
»Ich scheine ihr nicht helfen zu können, Milord. Sie duldet mich kaum in ihrer Nähe.«
»Braucht sie einen Arzt?« fragte er, jetzt doch beunruhigt durch Stellas offensichtliche Besorgnis.
»Ich weiß nicht, was ihr fehlt, Sir. Ich kenne sie seit ihrer Kindheit und habe sie nie in einem derart desolaten Zustand gesehen. Sie weigert sich zu essen, schläft nachts kaum und verbringt die Tage völlig apathisch im Bett ...«
Stellas Gesicht war von Sorgenfalten durchzogen, und Chad wußte, daß die alte Frau nicht übertrieb.
»Wie lange ist Chelynne schon krank?«
»Seit letzter Woche, Milord. Ich hielt es zunächst für eine Grippe, aber sie scheint sich nicht davon zu erholen.«
Chad wurde bewußt, daß er nicht wußte, wann er zum letztenmal mit seiner Frau gesprochen hatte.
»Warum hast du mir nicht früher Bescheid gegeben?«
»Sie ... sie wollte Euch nicht beunruhigen und hat mir verboten, Euch zu unterrichten. Und Ihr wart ja auch kaum zu Hause, Sir.« Ihre Stimme verebbte, doch dann fügte sie leise hinzu: »Ich fürchte um ihr Leben, Sir. Sie ist so schwach ...«
Stella hatte kaum ausgeredet, da rief Chad schon nach Bestel und befahl ihm, einen Arzt zu holen. Dann ging er zu Chelynne. Ihr Anblick ließ ihn alle anderen Sorgen und Schwierigkeiten vergessen.
Ihr Gesicht war schmal und bleich, ihr Haar strähnig, und ihre Augen lagen tief in den Höhlen. Jede Lebenskraft schien aus ihr gewichen zu sein. Er flüsterte ihren Namen.

»Ja, Chad«, hauchte sie.
»Hast du Schmerzen?«
»Nein, ich habe keine Schmerzen«, antwortete sie und schüttelte matt den Kopf. »Ich bin nur unendlich müde.«
»Was ist mit dir? Warum bist du so krank?« Er setzte sich auf die Bettkante und nahm ihre schmale, kraftlose Hand.
»Mir fehlt nichts. Es wird vorübergehen.« Sie versuchte zu lächeln, aber es mißlang. Chad war über ihren elenden Zustand erschüttert. Er erkannte sie kaum wieder.
»Ich habe nach einem Arzt geschickt, Chelynne. Er wird dir helfen.«
»Du warst so lange fort, Chad. Wie gehen die Geschäfte?«
Er schüttelte nur stumm den Kopf. Wie hatte er sie nur derart vernachlässigen können? Alle anderen Probleme waren plötzlich nebensächlich geworden. Er wich dem Blick ihrer fiebrig glänzenden Augen aus.
»Denk nicht an meine Geschäfte, Liebes. Sag mir nur, was ich für dich tun kann.«
»Ich habe mir immer Gedanken über deine Angelegenheiten gemacht. Doch du wolltest mich nicht daran teilhaben lassen. Du hast mich aus deinem Leben ausgesperrt ...«
»Chelynne, sprich jetzt nicht. Es strengt dich zu sehr an.«
»Aber ich möchte mit dir sprechen. Vielleicht ist es die letzte Gelegenheit ...«
Er starrte sie entgeistert an. War sie im Delirium?

»Chad, hast du je geliebt?«

»Ja«, antwortete er nur. Warum fragte sie ihn das gerade jetzt?

»War es ein schönes Gefühl?«

Er sah sie mitleidig an und berührte zart ihre Wange. Sie war eine der schönsten Frauen gewesen, die er kannte. Wie sehr hatte sie sich nach seiner Liebe gesehnt, während er sie mit seiner Gleichgültigkeit in die Krankheit getrieben hatte. Auch jetzt noch klammerte sie sich an ihn, suchte Trost und Fürsorge. Er schämte sich entsetzlich.

»Nein, Chelynne. Es war ein sehr schmerzliches Gefühl, denn meine Liebe war hoffnungslos, und ich wußte nicht, wie ich damit umgehen sollte. Damals war ich zu jung dafür.«

»Man sagt doch, die Liebe gehört der Jugend.«

»Das stimmt nicht ganz, Chelynne«, antwortete er sanft. »Ich bin kein junger Mann mehr, aber ich glaube, ich könnte wieder lieben.«

»Fürchtest du nicht, wieder verletzt zu werden? Wäre es nicht besser für dich, du würdest diesem Gefühl aus dem Weg gehen?«

Wie recht sie hat, dachte er. Genau das habe ich getan. Ich hatte Angst vor meinen eigenen Gefühlen.

»Diese schmerzliche Erfahrung gehört zum Erwachsenwerden, Liebling. Man muß lernen, die Dinge zu akzeptieren, wie sie sind.«

»Ich frage mich oft, ob man ohne Liebe leben kann.«

Erst jetzt wurde ihm schmerzhaft bewußt, wie sehr er Chelynne mit seiner Gleichgültigkeit gequält hatte. »Nein, ich glaube nicht, Liebling«, antwortete er überzeugt.

»Was hält dich dann am Leben?« fragte sie mit einem bitteren Unterton in der Stimme. »Deine Geschäfte? Die Verpflichtungen deinem Erbe und dem König gegenüber? Was?«
»Haß«, antwortete er. »Und Rache.«
»Wen haßt du so vehement?« fragte sie müde.
»Nur noch mich selbst, Chelynne.« Diese Erkenntnis verblüffte ihn über alle Maßen. Wofür hatte er denn bisher gelebt? »Und ich wurde das Opfer meiner Rache.« Als er diese Worte aussprach, erkannte er ihre Wahrheit.
Sie schloß seufzend die Augen. »Chelynne«, bat er leise. Sie antwortete nicht. »Chelynne«, wiederholte er drängender und drückte ängstlich ihre Hand. Sie öffnete die Augen und starrte ihn blicklos an. Wie müde und alt sie aussah. »Kannst du noch lieben?«
Lange lag sie stumm und reglos da. Dann sagte sie mit einer Stimme, die ihm fremd vorkam: »Ich fühle gar nichts mehr.«
Chad, der kühle Geschäftsmann und furchtlose Kämpfer, hatte zum erstenmal in seinem Leben Angst. Er hatte seine eigene Frau zugrunde gerichtet!
Chelynne begann leise zu weinen. Er nahm sie sacht in die Arme und drückte sie an sich. Jetzt wollte er ihr seine ganze Liebe geben, aber sie war zu schwach, um sie anzunehmen. Zu spät, dachte er voller Qual. Immer zu spät.
Als der Arzt kam, wurde Chad hinausgeschickt. Er ging in sein Arbeitszimmer, goß sich einen Brandy ein und ging ruhelos auf und ab. Vor sich sah er Chelynnes liebes Gesicht, erinnerte sich an ihr verführerisches Lächeln und ihre strahlenden Augen.

Immer war sie in seiner Nähe gewesen und hatte vergeblich auf seine Liebe gehofft.
»Mein Gott«, sagte er plötzlich laut. »Ich liebe sie!« Nicht wegen ihrer Schönheit, nicht wegen ihrer hingebungsvollen Liebe zu ihm, und nicht, weil er sie begehrte. Verwirrt schüttelte er den Kopf. Er wußte, daß er sie immer begehrt hatte, daß sie alle Eigenschaften besaß, die sich ein Mann nur bei einer Frau wünschen konnte. Aber war das Liebe? Geliebt hatte er Anne. Und mit ihr war auch seine Liebesfähigkeit gestorben.
Du Narr! schalt er sich. Plötzlich konnte er seine eigene Dummheit nicht mehr begreifen. Anne war tot! Um ihr Andenken nicht zu entehren, hatte er beharrlich an seiner Liebe zu ihr festgehalten. Und diesem Prinzip hatte er Chelynnes Liebe geopfert und ihr unsägliches Leid zugefügt. John, sein bester Freund, der einzige Mann, dem er rückhaltslos vertraute, hatte ihn davor gewarnt, die Gefühle seiner Frau nicht zu mißachten. Aber er hatte nicht auf ihn gehört. Wieviel Zeit hätte es ihn denn gekostet, ihr ein wenig Freundlichkeit entgegenzubringen? Ihr etwas Zärtlichkeit zu geben? Kein Wunder, daß sie ihn jetzt haßte.
In seiner Verzweiflung betete er zu einem Gott, an den er nicht glaubte, ihm noch eine Chance zu geben, begangenes Unrecht wiedergutzumachen.
Als der Arzt zu Chad ins Arbeitszimmer kam, sagte er mit sichtlicher Verwirrung: »Ich verstehe das einfach nicht, Milord. Eure Frau hatte zwar eine Grippe, aber sonst fand ich keine Anzeichen einer Krankheit bei ihr. Und dennoch bin ich der Meinung, daß die Gräfin todkrank ist.«

»Was, zum Teufel, wollt Ihr damit sagen?«

»Ich habe sie gründlich untersucht, Milord. Mir scheint, sie hat keinen Lebenswillen mehr. Ich kann nichts für sie tun.«

Chad starrte den Arzt kalt an. »Aber jemand muß ihr doch helfen! Tut etwas, ganz gleich, was es kostet!«

»Gäbe es gegen diese Krankheit ein Heilmittel, wäre ich ein reicher Mann, Milord.«

»Welche Krankheit?«

»Eure Frau hat einfach den Wunsch zu sterben. Anders kann ich mir ihre Krankheit nicht erklären.«

»Habt Ihr alles versucht? Ist sie vielleicht schwanger? Hatte sie eine Fehlgeburt?«

»Eine Schwangerschaft?« fragte der Arzt erstaunt.

»Ja! Die einfachste ...«

»Aber, Milord, Ihr wißt doch sicher, daß Eure Frau noch unberührt ist ...« Der Arzt verstummte, denn er fürchtete, zu weit gegangen zu sein. Er behandelte seit Jahren Patienten in Adelskreisen und war mit allen erdenklichen Absonderlichkeiten des Lebens vertraut.

»Dann hat sie sich also in diese Krankheit geflüchtet?«

»Eure Frau scheint ein unsäglicher Kummer aufzuzehren, Milord. Sie hat sich selbst aufgegeben. Ihr müßt dafür sorgen, daß sie die größtmögliche Fürsorge erfährt, denn in ihrem geschwächten Zustand besitzt sie kaum noch Widerstandskräfte.« Der Arzt wandte sich zum Gehen. »Wenn keine Änderung eintritt, wird sie die Woche nicht überleben. Soll ich morgen wieder nach ihr sehen?«

»Ja, ja. Kommt morgen wieder«, entgegnete Chad und begleitete den Arzt hinaus. Dann eilte er die Treppe zu Chelynnes Zimmer hinauf.
Stella stand über seine Frau gebeugt da und versuchte, ihr ein wenig Brühe einzuflößen. Chelynne schien in tiefer Ohnmacht zu liegen. Chad nahm Stella die Schüssel aus der Hand und übernahm die Pflege seiner Frau.
Während der ganzen Nacht wachte Chad an ihrem Bett, und jedesmal, wenn sie sich bewegte, benetzte er ihre Lippen mit Flüssigkeit. Am nächsten Morgen nahm er sich nur die Zeit, seine Kleider zu wechseln, ein Bad zu nehmen und sich zu rasieren. Dann setzte er sich wieder an Chelynnes Bett.
Eine weitere Nacht verging ohne Anzeichen der Besserung. Morgens öffnete Chad die Fenster, um frische Luft ins Krankenzimmer zu lassen. Unermüdlich zwang er Chelynne, wenigstens kleine Schlucke kräftigender Brühe oder heißer Milch zu sich zu nehmen. Am Nachmittag brachte ihm Bestel eine Nachricht mit dem königlichen Siegel. Der König beorderte ihn zu sich. Normalerweise hätte er einer solchen Aufforderung unverzüglich Folge geleistet, doch jetzt bat er Charles mit ein paar kurzen Zeilen, ihn wegen des schlechten Gesundheitszustandes seiner Frau von seiner Verpflichtung zu entbinden. Spät am Abend kam die Antwort vom König. Charles drückte darin seine Besorgnis über das Wohlergehen der Gräfin aus und erlaubte Chad, zu einem späteren Zeitpunkt in Whitehall vorzusprechen.
Übermüdet und mit seiner Geduld am Ende, harrte

er am Bett seiner Frau aus. Vergeblich hatte er versucht, ihre Lebensgeister zu wecken. »Verdammt!« fluchte er plötzlich mitten in der dritten Nacht. »Hast du denn keine Kraft, einem Schicksalsschlag zu begegnen?« Er drückte sein Gesicht gegen ihre Wange und flüsterte: »Um der Liebe Christi willen, Chelynne, kämpf um dein Leben!«
Ihre Lider zuckten, aber er wußte nicht, ob sie ihn gehört hatte. »Gibt es für dich keinen Grund weiterzuleben?« flüsterte er voller Qual. Sein Kopf sank auf ihre Brust, und er murmelte: »Überhaupt keinen Grund mehr?«
Sie bewegte sich und öffnete die Augen. Ihr Blick war klar, und sie schien ihm etwas sagen zu wollen. Er hielt ihr ein Glas an die Lippen, und zum erstenmal seit Tagen trank sie freiwillig ein paar Schlucke. Chad schöpfte wieder Hoffnung.
Während des darauffolgenden Tages war sie über längere Zeit hinweg bei Bewußtsein und trank gierig heiße Milch und Brühe. Am Nachmittag des folgenden Tages fühlte sie sich schon besser und bat Chad, sie im Bett aufzurichten. Am nächsten Morgen wachte sie auf und nahm zum erstenmal seit Beginn ihrer Krankheit ihre Umgebung bewußt war. Sie sah Chad am Bett sitzen und murmelte: »Mir tun alle Knochen weh.«
Chad war überglücklich. Sie würde wieder gesund werden. Sie hatte schon wieder die Kraft, sich zu beklagen. Das war ein sicheres Anzeichen für ihre Genesung. Er war unendlich erleichtert, nahm sie in die Arme und küßte sie auf die Stirn.
In dieser Nacht schlief er zum erstenmal wieder in

seinem Bett. Nach einem erfrischenden Bad und einem ausgiebigen Frühstück eilte er am nächsten Morgen ungeduldig zu ihr. Es war erstaunlich, wie der neu erwachte Lebenswille ihre Genesung beschleunigte. Sie saß aufrecht im Bett und widmete sich mit Heißhunger den köstlichen Speisen auf dem Tablett vor ihr. Es würde noch eine Weile dauern, bis sie ihre frühere Vitalität zurückgewonnen hatte. Chad hatte ihr so viel zu sagen, wollte zu ihr von seinen Schuldgefühlen und Hoffnung sprechen, aber er nahm nur ihre Hand und sagte sanft: »Wie konntest du nur so töricht sein, dich selbst aufzugeben? Du hast noch das ganze Leben vor dir.«

»Das stimmt«, antwortete sie leise.

»Wie gut, daß du es überstanden hast. Bald bist du wieder ganz gesund.«

»Ich bin dir eine große Last gewesen«, sagte sie verlegen.

»Ja, das warst du«, antwortete er lachend. »Aber du bist auch eine sehr eigensinnige Person, Chelynne.«

»Ich finde nicht sehr viel Gefallen am Leben einer Gräfin«, bekannte sie freimütig.

»Das ist nicht deine Schuld«, antwortete er ernst. »In Zukunft wirst du es leichter haben.«

»Auch das Leben in London gefällt mir nicht«, fügte sie hinzu.

»Dann gehen wir zurück aufs Land, sobald du kräftig genug für die Reise bist. Freut dich das?«

Sie nickte lächelnd.

»Chelynne, ich verspreche dir, daß alles besser wird. Sieh du nur zu, daß du so schnell wie möglich wieder zu Kräften kommst.«

Wie einfach es doch ist, einen Mann mit Schuldgefühlen gefügig zu machen, dachte sie.
»Während deiner Krankheit wurde ich vom König nach Whitehall befohlen und bat ihn um Aufschub, bis es dir wieder besser geht. Kann ich dich für ein paar Stunden allein lassen?«
»Aber natürlich, Chad«, antwortete sie, erstaunt über seinen offenkundigen Widerwillen, von ihrer Seite zu weichen. Vielleicht liebte er sie doch ein wenig. Aber diesen Gedanken verdrängte sie schnell wieder. Wahrscheinlich gebot ihm nur die Pflicht, ihr seine Fürsorge angedeihen zu lassen.
Chad nahm ihre Hand, küßte sie auf die Stirn und ging.

Der König hatte am Morgen eine Nachricht vom Grafen von Bryant erhalten, in der er ihm mitteilte, daß sich die Gräfin auf dem Weg der Besserung befinde und er untertänigst um eine Audienz bitte. Charles ließ dem Grafen mitteilen, daß er ihn am Nachmittag empfangen werde.
Keiner seiner Minister verstand des Königs persönliches Interesse an den Schwierigkeiten in Bratonshire. Doch Sir John war ein Mann, der der Krone stets loyal gedient hatte, und da der Besitz seines Vaters damals verkauft worden war, mußte John die Erlaubnis des Königs einholen, Shayburn auszubezahlen. Und Charles war eher geneigt, den Baron Shayburn zu verärgern, als Bollering den Anspruch auf seinen alten Familienbesitz zu verwehren.
Als Bryant vor den König trat, sah dieser mit Genugtuung die Anzeichen von Erschöpfung und Besorgnis in dessen Gesicht.

»Der Gräfin geht es also besser?« fragte er.
»Ja, Sire. Ich danke für Euer Interesse an ihrem Ergehen.«
»Ihr dankt mir? Das ist eine überraschende Wendung in Eurer Einstellung.«
»Ja, ich danke Euch«, antwortete Chad einfach.
»Ihr habt Euer Haus lange Zeit nicht verlassen, Bryant. Wie ich hörte, seid Ihr während der Krankheit Eurer Frau nicht von ihrer Seite gewichen.«
»Ja, denn ich fürchtete um ihr Leben.«
»Woran war sie denn erkrankt?«
»Der Arzt konnte keine Diagnose stellen, Sire.«
»Nun, diesbezüglich habe ich gewisse Vermutungen, da mir das Wohl der Gräfin sehr am Herzen liegt. Außerdem habe ich Euch überwachen lassen.«
Chad sah den König erstaunt an. »Hattet Ihr dafür einen besonderen Grund, Majestät?«
»Ja. Denn ich wollte verhindern, daß Ihr flieht«, antwortete Charles und beobachtete Chad genau.
»Warum sollte ich fliehen, Sire?«
»Habt Ihr denn nicht gehört, daß wir neue Gäste im Tower haben? Einen Baron aus Eurer Grafschaft und erstaunlicherweise jenen Mann, den Ihr angeblich im Duell getötet habt.«
Chads Augen weiteten sich vor Überraschung, aber er bemühte sich, Haltung zu bewahren. »Sie wurden arretiert?«
»Ganz recht. Lord Shayburn beschuldigt Sir John Bollering, seinen Besitz verwüstet und die Bewohner ausgeraubt zu haben. Er beschuldigt ihn außerdem des Mordes. Bollering bestreitet diese Anklage und beschuldigt seinerseits Shayburn, das Herrenhaus

und das Dorf in Brand gesteckt zu haben, damit er den Besitz nicht zwangsweise an Bollering abtreten muß, da er seine Schulden nicht bezahlen kann. Was wißt Ihr über diese ganze unerfreuliche Angelegenheit?«

»Mein Gott«, murmelte Chad, »dieses Feuer hat alles ruiniert, außer ...«

»Außer was?«

»Sire, wurde das Herrenhaus ebenfalls zerstört?«

»Bis auf die Grundmauern, so wie das ganze Dorf. Alles liegt in Schutt und Asche.« Chad wunderte sich flüchtig über Charles' Gelassenheit. Aber er wußte auch, daß des Königs Nachsicht hinsichtlich Streitereien zwischen seinen Untertanen begrenzt war. Chad beschloß, dem König die ganze Geschichte zu erzählen. Charles hörte aufmerksam zu.

»Der Grund dieser Fehde liegt in Shayburns betrügerischem Verhalten. Er hat sich mehrerer schwerer Verbrechen schuldig gemacht, seine Untertanen terrorisiert und Abgaben unterschlagen. Leider konnte ihm nie etwas nachgewiesen werden, denn er fälschte seine Bücher und wußte seine kriminellen Machenschaften geschickt zu verschleiern. Doch dann gelangten wir in den Besitz eines Dokuments, das ihn schwer belastet. Aber wenn das Haus niedergebrannt ist, haben wir unser einziges Beweisstück verloren.«

»Wovon sprecht Ihr?«

»Von einem Vertrag, in dem steht, daß Shayburn holländische Schiffe finanziert hat. Dieses Geschäft – falls man es als ein solches bezeichnen kann, denn schließlich handelt es sich um Landesverrat – liegt zwar schon Jahre zurück, aber es gibt Aufschluß über den Charakter dieses Mannes. Alles, was er besitzt, hat er durch Betrug oder Diebstahl erworben. Während des Krieges unterstützte er sowohl England als auch Holland, wenn es ihm zum Vorteil gereichte.«

»Eine ziemlich kostspielige Sache«, sagte Charles gedehnt.

»Die Bewohner von Bratonshire mußten einen hohen Preis dafür bezahlen, Sire. Ich habe den Kammerdiener meines Vaters in Shayburns Haus eingeschleust, und Sebastian fand diesen Vertrag mit den Holländern. Der Baron hat ihn wohl aufbewahrt, um daraus irgendwann Nutzen zu ziehen.«

»Aber das ist nur eine unerfreuliche Affäre in Eurer Grafschaft, Bryant. Wie ich höre, stehen die Gläubiger vor Eurer Tür Schlange.«

»Es ist nicht ganz so schlimm, Majestät. Ich habe nur größere Kredite aufgenommen, um John Bollering Geld zur Verfügung stellen zu können, damit er seinen Besitz zurückkaufen kann.«

»Dann erklärt mir auch gleich diese Komödie – dieses Duell. Wozu war das denn nötig?«

»John wurde auf den Ländereien des Barons erkannt, und Shayburn schickte seine Schergen nach ihm aus. Sie hätten ihn ohne Gerichtsverhandlung getötet.«

»Und die Menschen, die in Bratonshire getötet wurden?

»Niemand wurde von John Bollering getötet. Die Überfälle waren mit dem Einverständnis einiger Dorfbewohner inszeniert worden. Aber Shayburn hat etliche Morde auf dem Gewissen.«

»Ihr habt Euch da auf ein sehr riskantes Abenteuer

eingelassen, Bryant. Hattet Ihr keine andere Möglichkeit, die alte Fehde beizulegen?«
»Nein, Sire. Wie ich schon sagte, konnten wir Shayburn nichts nachweisen.«
Charles seufzte. »Der Preis der Macht«, murmelte er.
»Sire, John Bollering ist nicht nur der rechtmäßige Erbe des Besitzes, sondern außerdem ein loyaler Lehnsmann der Krone und ein gerechter Herr über seine Untertanen. Wir wollten Shayburn den Besitz abkaufen, so wie er es damals mit Johns Vater getan hat.«
»Da Ihr mir nie Grund gabt, an Euren Worten zu zweifeln, Bryant, glaube ich Euch. Obwohl Ihr Eure Ansprüche auf eine etwas skrupellose Weise durchgesetzt habt, will ich darüber hinwegsehen, daß Ihr das Recht in die eigene Hand genommen habt. Seht zu, daß Ihr die Angelegenheit ohne weiteres Aufsehen in Ordnung bringt.«
Chad lächelte erleichtert. »Seid versichert, Majestät, daß Bratonshire in Sir John einen gerechten Lehnsherrn bekommen wird.«
»Habt Ihr Shayburn eine Entschädigung für die Ländereien angeboten?«
»Ich machte ihm ein sehr großzügiges Angebot, Sire. Doch das lehnte er ab. Er will in England bleiben und will sich nicht in Virginia ansiedeln.
»Dann bleibt mir also wieder nur die Wahl zwischen zwei Übeln, was mir nicht gefällt. Ich werde mir ein Urteil darüber bilden, während meine Gäste im Tower weilen. Würdet Ihr ihnen gern Gesellschaft leisten?«

»Ich habe nie an Flucht gedacht, Sire. Ich werde mich auf jeden Fall Eurem Urteilsspruch beugen, Majestät.«

»Diese Einsicht kommt ein wenig spät, meint Ihr nicht?«

»Ja, Sire«, antwortete Chad verlegen.

»Rechnet mit meiner Entscheidung in ein paar Tagen.«

»Danke, Sire. Ich stehe stets zu Euren Diensten.«

»Ich würde gern die Gräfin besuchen. Natürlich nur mit Eurer Erlaubnis, Bryant.«

»Gewiß, Sire. Sie ist noch ziemlich geschwächt. Vielleicht sollte sie sich erst noch ein paar Tage erholen.«

»Ich beabsichtige, ihr die Position einer Hofdame bei der Königin anzubieten. Ich weiß mehr über die Lebensumstände der Gräfin, als Ihr ahnt.«

Chad senkte beschämt den Blick. »Ich habe sie nicht auf die ihr gebührende Weise behandelt, und das bedauere ich jetzt zutiefst, Sire.«

»Euer Bedauern wird sie nicht heilen«, entgegnete Charles.

Chad antwortete leise: »Das weiß ich.«

»Gerade mir steht es nicht zu, Ratschläge über den richtigen Umgang mit Frauen zu erteilen, Bryant. Darin habe ich selbst zu oft versagt. Doch wenn sich die Gräfin in Eurem Haus nicht wohl fühlt, ist sie mir bei Hof herzlich willkommen, und Ihr werdet ihr eine großzügige Apanage gewähren. Doch diese Entscheidung wird allein die Gräfin treffen, und ich werde keine Einmischung Eurerseits dulden. Habt Ihr mich verstanden?«

»Ja, Sire.«

»Ich sage es Euch nur einmal, Bryant: Eure Machenschaften haben mein Mißfallen erregt. Durch Eure Konspiration gegen einen meiner Barone habt Ihr auch gegen die Krone konspiriert, wenn Ihr darüber auch anderer Meinung seid. In Eurer Grafschaft herrschten bürgerkriegsähnliche Zustände, und ich dulde nicht, daß weiterhin sinnlos Blut vergossen wird oder Ländereien verwüstet werden. Mit dieser alte Fehde muß ein für allemal Schluß sein! Ihr habt es nur meiner Großzügigkeit zu verdanken, daß Ihr ohne Schaden aus diesem ganzen Debakel herauskommt.«

»Ich danke Euch, Sire«, sagte Chad, verneigte sich und ging.

18

Die Gräfin von Bryant erholte sich zusehends, und die ersten Vorboten des Frühlings trugen zu ihrer raschen Genesung bei. Der warme Regen verwandelte das Grau des Winters in knospendes Grün.

Chad besuchte seine Frau regelmäßig, und obwohl sie nicht sehr gesprächig war, freute er sich über ihr gesundes Aussehen und schmeichelte ihr mit Komplimenten. Es entging ihm nicht, daß die Geschenke des Königs sie erfreuten. Chelynne hatte sich seit ihrer Krankheit sehr verändert. Die Nähe des Todes hatte ihr eine gewisse Reife und Entschlossenheit verliehen. Der Ausdruck in ihren Augen sprach von dem Leid, das sie erlebt hatte, aber ihrem Blick fehlte das bewundernde Strahlen, mit dem sie ihn noch im vergangenen Sommer angesehen hatte. Wenn sie mit ihm sprach, wirkte sie distanziert, und er wagte nicht, sie zu berühren. Chad war ratlos, er wußte nicht, wie er ihre Zuneigung wiedergewinnen konnte.

Ich kann diese Mauer der Ablehnung nicht durchbrechen, dachte er oft verzweifelt. Sie weist jeden meiner Annäherungsversuche zurück. Ich habe Dutzende von Frauen in mein Bett gelockt, aber meiner eignen Frau wage ich nicht, den Hof zu machen.

Trotzdem besuchte er sie täglich. Für jedes kleine

Geschenk, das Charles ihr schickte, kaufte Chad ein schöneres. Chelynne zeigte sich nicht sehr beeindruckt von den kostspieligen Schmuckstücken, die er sorgfältig für sie aussuchte. Als er ihr eine Diamantbrosche überreichte, die ihn zweitausend Pfund gekostet hatte, dankte sie ihm nur höflich, hauchte einen Kuß auf seine Wange und legte sie unbeachtet in ihr Schmuckkästchen.
Eines Morgens, nachdem Stella Chelynne angekleidet und frisiert hatte, ruhte sie auf einer Liege und spielte mit ihrem kleinen Hund Brandy. Da stürmte die alte Dienerin plötzlich ins Zimmer und sagte außer Atem: »Der König, Chelynne! Der König kommt dich besuchen!«
Schon stand Charles in der Tür und kam mit weitausholenden Schritten auf Chelynne zu und beugte sich mit einem strahlenden Lächeln über ihre Hand.
»Ihr seht wunderschön aus«, sagte er. »Einfach wunderschön! Ich kann einfach nicht glauben, daß Ihr krank wart.«
»Euer Besuch ehrt mich sehr, Sire«, sagte sie mit leiser, warmer Stimme.
»Habt Ihr meine Geschenke bekommen?« fragte er.
»Ja, Sire. Ihr seid zu großzügig.« Sie wies auf die silbernen Gegenstände und das Armband, das auf ihrer Kommode lag. Charles schlenderte durch das Zimmer und betrachtete jeden einzelnen Gegenstand, denn obwohl er ihr die Geschenke hatte schicken lassen, hatte er keins davon gesehen. Neben dem Armband lag ein Gedichtband. Er schlug ihn auf und sah Chads handgeschriebene Widmung darin. Dann betrachtete er bewundernd die Dia-

mantbrosche. »Dagegen wirken meine Geschenke armselig«, sagte er.

»Ein Geschenk des Grafen«, erklärte sie.

»Er ist ein sehr fürsorglicher Ehemann«, meinte Charles.

»Erst in letzter Zeit«, antwortete sie mit gesenktem Blick. Charles hörte die Ablehnung in ihren Worten.

»Vielleicht habt Ihr ihm mit Eurer Krankheit einen derartigen Schrecken eingejagt, daß sich seine Gefühle Euch gegenüber geändert haben. Das wäre doch sehr begrüßenswert, nicht wahr, Madam?«

Sie stimmte so schnell zu, daß Charles ihre Unsicherheit merkte. Auf Chelynnes Frisiertisch lagen kunstvoll gearbeitete silberne Kämme, Bürsten und ein Handspiegel. »Wie wunderschön«, sagte er laut.

»Auch Geschenke vom Grafen, Sire.«

»Habt Ihr sie nach Eurer Krankheit bekommen?«

Sie nickte, und er runzelte nachdenklich die Stirn.

»Er scheint Euch den Hof zu machen, Madam. Viele Frauen würden Euch darum beneiden.«

»Mag sein«, antwortete sie beiläufig. »Euren Besuch würden sie mir auf jeden Fall neiden.«

»Ich habe nicht viel Zeit«, sagte Charles entschuldigend. »Aber es gibt da eine Sache, die ich mit Euch besprechen möchte. Wie sehen Eure Zukunftspläne aus?«

Chelynne antwortete achselzuckend: »Der Frühling auf dem Land ist wunderschön. Vielleicht verlasse ich London.«

»Der Hofstaat begibt sich bald nach Windsor. Ich werde die Rennen in Newmarket besuchen. Wart Ihr je bei einem Rennen, Madam?«

»Noch nie, Sire. Ist es aufregend?«

»Nicht besonders«, entgegnete er lachend. »Aber Windsor ist nicht Whitehall, falls Ihr versteht, was ich meine.«

Chelynne verstand sehr gut. Der König liebte Abwechslung und suchte Zerstreuung bei der Jagd und den Rennen. Und für gewöhnlich wurde er von einer seiner Mätressen begleitet.

»Wollt Ihr aus gesundheitlichen Gründen aufs Land zurückkehren?« fragte er.

»Ja, Sire. Ich bin auf dem Land aufgewachsen und liebe es auszureiten. Dort ist es friedlicher als …«

Er hob ihre Hand und betrachtete den Ring, den ein kostbarer Rubin zierte. »Das ist ein wunderschönes Schmuckstück, Madam.«

»Es gehörte der letzten Gräfin von Bryant, Sire.«

Charles sah sie verwundert an. »Für einen Mann, dem wenig an Euch liegt, macht Euch der Graf aber sehr teure Geschenke.«

An seinem Blick konnte sie erkennen, daß es ihm schwerfiel zu glauben, daß ihr Mann sie weder liebte noch begehrte. Chelynne spielte flüchtig mit dem Gedanken, dem König ihre Zweifel anzuvertrauen, denn ihm gegenüber konnte sie absolut ehrlich sein. Aber sie schwieg.

»Manche Geschenke kommen zu spät, Sire«, sagte sie dann leise.

»Zu spät«, brummte er. »Wie ich diese Worte hasse! Wißt Ihr, wie oft ich zu spät kam? Glaubt mir, Madam: Es kann auch zu spät sein, weil Ihr es so wollt.« Chelynne starrte ihn fassungslos an. Er tätschelte beruhigend ihre Wange und sprach weiter:

»Aber ich bin nicht gekommen, um Euch mit meinen törichten philosophischen Betrachtungen zu langweilen. Ich möchte Euch einen Vorschlag machen. Wenn Ihr wollt, könnt Ihr als Hofdame der Königin nach Whitehall kommen.«

»Womit habe ich diese Ehre verdient, Sire?«

»Es geht dabei nicht um Ehre, Lady Chelynne. Ich will offen mit Euch sprechen. Mir scheint, Ihr seid nicht glücklich im Haus des Grafen, und deshalb biete ich Euch diese Stellung an. Ihr werdet in Whitehall über Eure eigenen Gemächer verfügen, habt aber natürlich gewisse Verpflichtungen zu erfüllen. Es geht mir darum, Euch eine Alternative anzubieten.«

»Wie großzügig Ihr seid, Sire«, sagte sie atemlos. Das Angebot des Königs würde sie zwar aus der Abhängigkeit von Chad befreien, ihr aber andere Verpflichtungen aufbürden, die sie verabscheute.

»Ich bin nicht so großzügig, wie Ihr glaubt, Lady Chelynne. Es gefällt mir, mich mit schönen Frauen zu umgeben. Trefft Eure Entscheidung.« Er hob wieder ihre Hand und betrachtete den Ring. »Überlegt gut, was Ihr haben wollt, und wenn Ihr es bekommen könnt, dann nehmt es Euch. Nur auf diese Weise könnt Ihr je glücklich werden.«

»Ich danke Euch, Sire. Ich werde darüber nachdenken.«

Der König verabschiedete sich und ging. Chelynne konnte sich gut vorstellen, wie die Hofschranzen über sie klatschen würden. Sie hätte bei diesem Gedanken fast laut aufgelacht.

Chad hatte unten in der Halle auf den König gewartet.

»Euer Majestät«, grüßte er und verneigte sich.
»Milord«, antwortete Charles. »Ich habe der Gräfin meinen Vorschlag unterbreitet und würde mich freuen, sie als Hofdame der Königin begrüßen zu können.«
»Ihr seid zu gütig, Majestät«, antwortete Chad widerstrebend. Verdammt, dieser sinnenfrohe König war ein Fluch. Er konnte schließlich seinen König nicht zum Duell fordern. Chad befand sich in einer äußerst prekären Situation.
»Ich habe der Gräfin geraten, gründlich darüber nachzudenken«, fügte Charles amüsiert hinzu.
»Dafür danke ich Euch, Sire.«
Charles legte Chad eine Hand auf die Schulter. »Ich habe Euch immer für einen Mann gehalten, der für das kämpft, was er haben will, Bryant«, sagte er anzüglich.
»Wenn der Gegner ebenbürtig ist, Sire«, entgegnete er grimmig.
Charles unterdrückte ein Lachen. »Auch ich bin ein Mann, der gern erobert. Das wißt Ihr doch, nicht wahr?«
»Nur zu gut, Sire.«
»Ihr werdet schon einen Weg finden, das zu bekommen, was Ihr haben wollt, Bryant. Ich glaube sogar, Ihr könntet mich in einer bestimmten Angelegenheit besiegen.«
»Und wenn mir das gelingt, Sire?«
Charles' Augen strahlten vor Vergnügen. Er liebte Spiele, und jede Intrige war ein Spiel für ihn. »Dann werde ich ein guter Verlierer sein.«
Dann begleitete Chad den König zur wartenden Kutsche hinaus.

Erst am Nachmittag fand Chad eine Gelegenheit, Chelynne in ihrem Zimmer zu besuchen. Von der Tür aus sah er sie an. Sie lag graziös auf ihrer Liege. Ihr honigfarbenes Haar umrahmte ihr Gesicht wie ein Glorienschein. Eine Hand lag auf Brandys Kopf.
»Schläfst du?« fragte er leise.
Sie zuckte leicht zusammen und blickte ihm entgegen. »Nein, ich ruhe nur.«
Er ging zu ihr und fragte sich, welchen Eindruck er jetzt wohl auf sie machte. Sah sie in ihm den kühlen, selbstbewußen Aristokraten? Oder ahnte sie, wie nervös und unsicher er in ihrer Nähe war?
»Wenn du müde bist, komme ich später wieder.«
»Nein, Milord, ich bin …«
»Milord! Milord! Chelynne, hast du eine Abneigung gegen meinen Vornamen? Glaubst du, ich merke nicht, wie selten du ihn benutzt?«
»Es tut mir leid, Chad. Ich wußte nicht, daß dir etwas daran liegt.«
Er ging nervös im Zimmer auf und ab und sagte schließlich: »Du hast es mir in letzter Zeit nicht leichtgemacht, mit dir zu sprechen, Chelynne. Ich habe dich für mein Verhalten dir gegenüber um Verzeihung gebeten, aber du kommst mir kein bißchen entgegen. Ich wünschte bei Gott, du würdest mir sagen, was du von mir erwartest.«
»Setz dich zu mir, Chad«, sagte sie freundlich lächelnd. »Erzähl mir von deinen Geschäften.«
»Sollten wir nicht lieber über den Vorschlag des Königs sprechen?« entgegnete er und zog einen Stuhl neben ihre Liege.
»Er hat dir davon erzählt?«

»Ja. Und er warnte mich davor, dich in deiner Entscheidung irgendwie zu beeinflussen.«
»Was hältst du davon?«
»Ich dachte nicht, daß du mich nach meiner Meinung fragen würdest«, antwortete er zurückhaltend.
»Ich verstehe. Dann möchtest du also, daß ich akzeptiere.«
Chad hob ruckartig den Kopf. »Glaubst du das wirklich? Mein Gott, Chelynne ...« Er verstummte und holte tief Luft. »Ich habe dem König mein Wort gegeben, mich nicht einzumischen.«
»Aber ich möchte deine Meinung dazu hören. Bitte, Chad, der König wird nichts davon erfahren.«
»Um die Wahrheit zu sagen, Chelynne, es ist mir verdammt egal, ob er es erfährt. Ich habe dieses Intrigenspiel bei Hof gründlich satt. Schließlich bist du meine Frau, und es würde mir überhaupt nicht gefallen, dich als eine von Charles' Mätressen in Whitehall zu wissen.«
Seine unverblümten Worte entlockten ihr ein Lächeln. »Du glaubst also, das ist der Grund, warum er mir die Position einer Hofdame angeboten hat?«
»Das ist doch offensichtlich, Chelynne. Ich habe etwas mehr Lebenserfahrung als du und kann dich nur warnen: Wenn du glaubst, in diesem Sündenpfuhl deine Tugend bewahren zu können, wirst du eine bittere Enttäuschung erleben.«
Wieder lächelte sie verhalten. »Du sprichst, als würde es dir etwas ausmachen, mich mit einem anderen Mann zu teilen.«
»Das überrascht dich?«
»Es amüsiert mich. Nach so langer Zeit wirst du

plötzlich besitzergreifend. Dabei stehst du doch in dem Ruf, es mit der ehelichen Treue nicht zu genau zu nehmen. Mit wie vielen Frauen mußte ich dich teilen?«

Er runzelte finster die Stirn. »Mit weitaus weniger, als du annimmst.«

Sie sah ihn kühl an, und dieser Blick schüchterte ihn auf seltsame Weise ein. Er rutschte unbehaglich auf seinem Stuhl hin und her. Es fiel ihm nicht leicht, die Kritik seiner jungen Frau zu ertragen.

»Aber das spielt jetzt keine Rolle mehr«, sagte sie gleichgültig. »Es ist wohl etwas spät, mir jetzt noch darüber Gedanken zu machen.«

Chad senkte den Kopf und murmelte: »Was würde ich dafür geben, neu anfangen zu können.«

»Am Morgen nach unserer Hochzeit hast du mir gesagt, du würdest mich freigeben, wenn ich mit dir nicht glücklich wäre.«

Es war ihm peinlich, daß sie davon sprach. »Ja, das habe ich gesagt. Warum erinnerst du mich jetzt daran?«

»Weil ich wissen möchte, ob du zu deinem Wort stehst.«

Zweifel und Reue waren in seinem Gesicht zu lesen. Er dachte eine Weile nach. Sie erwartete eine Entscheidung von ihm. Und zu ihrer größten Überraschung nahm er sie plötzlich in die Arme und küßte sie. Einem ersten Impuls folgend, hob sie die Hände, um ihn von sich zu schieben, doch dann gab sie nach, und ein leiser Schauder lief ihr über den Rücken. Ihre Lippen bebten leicht, als sie seinen Kuß erwiderte. Als er sie freigab, sah er sie an und fragte: »Willst du wirklich aufgeben? Willst du mich verlassen?«

»Ich wollte ja nur wissen, ob du mich freigeben würdest«, antwortete sie sanft.
Er küßte sie wieder, und sie fand nicht die Kraft, ihn abzuwehren.
»Ich werde dich nicht gegen deinen Willen zwingen, bei mir zu bleiben. Aber ehe du eine Entscheidung triffst, solltest du dein Herz befragen. Vielleicht haben wir doch noch eine Chance, miteinander glücklich zu werden.«
Mit den Fingerspitzen zeichnete sie die Konturen seines Gesichts nach. Seine Lippen wurden drängender, erregten und verführten sie, ihm nachzugeben.
»Aber zwischen uns hat sich doch nichts geändert«, flüsterte sie.
»Doch, Chelynne. Jetzt liebe ich dich.« Als er sie wieder küssen wollte, erwachten die alten Zweifel in ihr, und sie wand sich aus seinen Armen.
»Nun gut, Chelynne«, sagte er enttäuscht. »Ich will dir meine Gefühle nicht aufdrängen.« Er brauchte einen Augenblick, um sich zu beruhigen. Dann sagte er zu ihr: »Du kannst jederzeit zu mir kommen, und ich werde deine Entscheidung – wie immer sie auch ausfallen mag – akzeptieren. Ich bitte dich nur, überlege dir jeden Schritt gründlich.« Dann stand er auf und ging.
Chelynne atmete tief durch, um ihre zitternden Nerven zu beruhigen. Chads Küsse hatten sie zutiefst aufgewühlt, und sie war nahe daran gewesen, sich ihm hinzugeben. Erst allmählich gelang es ihr, ihre Fassung wiederzugewinnen.
Er besuchte sie weiterhin täglich, und seine liebevolle Art ließ ihren Widerstand dahinschmelzen. Er gab

ihr keinen Grund mehr, ihn zu hassen. Er war fürsorglich und sanft, übte keinerlei Druck auf sie aus, doch diese Veränderung in seinem Wesen verwirrte sie über alle Maßen.

Nach ihrer Genesung gab es keinen plausiblen Grund mehr, dem Hof fernzubleiben, und deswegen hatte Chad eine Einladung zum Dinner nach Whitehall angenommen und bat sie, ihn zu begleiten. Er fragte sie auf derart freundliche Weise, daß sie nicht ablehnen konnte.

An diesem Abend blieb Chad fürsorglich an ihrer Seite. Mit ausdruckslosem Gesicht hörte er die mit unverhohlener Neugier vorgebrachten Andeutungen, die ein paar Damen zu Chelynne machten: »Wann darf man denn zum ersten Kind gratulieren?« oder »Hattet Ihr etwa eine Fehlgeburt?« oder »Wie schön, daß Ihr Zeit hattet, das Leben zu genießen, ehe Euch die erste Schwangerschaft ans Haus bindet.«

Chelynne ertrug diese Sticheleien mit bewundernswerter Haltung. Als sie den König näher kommen sah, atmete sie erleichtert auf. Sie begrüßte ihn mit einem strahlenden Lächeln.

»Ihr habt Euch sehr gut erholt, Madam. Wie bezaubernd Ihr wieder ausseht.«

»Ich danke Euch, Sire«, antwortete sie geschmeichelt.

»Habt Ihr mir etwas mitzuteilen?«

Sie warf Chad einen flüchtigen Blick zu, aber der zeigte keine Reaktion. »Leider nicht, Majestät. Ich brauche noch etwas Zeit …«

»Es eilt gar nicht, meine Liebe. Außerdem bin ich ein sehr geduldiger Mann.«

»Ich werde bald ...« begann sie.
Charles hob abwehrend die Hand. »Laßt Euch Zeit, Madam. Habt Ihr etwas dagegen, wenn ich Euch den Grafen für eine Weile entführe? Er weicht heute abend keinen Augenblick von Eurer Seite.«
Chelynne nickte nur lächelnd und sagte dann zu Chad: »Ich ruhe mich in der Zwischenzeit etwas aus.«
Chad reichte ihr seinen Arm und begleitete sie zum Erfrischungsraum. Chelynne ließ sich erschöpft auf eine der Liegen sinken und schloß die Augen. Sie hatte das Gefühl, schon seit Stunden auf den Beinen zu sein. Ihre Erschöpfung kam wohl von der Anstrengung, die vielen taktlosen Bemerkungen lächelnd ertragen zu müssen.
Wie sollte sie dem König nur erklären, daß sie Whitehall haßte und es nicht aushalten könnte, hier zu leben. Sie wollte Charles nicht verletzen, denn sie liebte ihn und war ihm für seine Freundschaft dankbar.
»Seid Ihr so erschöpft von Euren Affären, Milady?«
Chelynne öffnete die Augen und sah Gwens spöttisches Gesicht. Ihre Lippen umspielte ein triumphierendes Lächeln.
»Wie Ihr wißt, war ich lange Zeit krank, Baronin«, entgegnete sie eisig.
Gwen lachte boshaft. »Ja, ich hörte häßliche Gerüchte über diese Krankheit ...«
»Ihr habt gewiß ein paar davon verbreitet.«
»Ich?« Gwen sah sie entrüstet an. »Natürlich nicht, Madam. Das würde ich nie wagen.«
Chelynne wandte müde den Kopf ab.

»Eine Weile glaubte ich, daß Chad Eurer Affären überdrüssig wäre, doch jetzt umgurrt er Euch wie ein verliebter Hahnrei.«

Chelynne stand auf und setzte sich vor einen Spiegel. Während sie ihre Wangen puderte, wappnete sie sich gegen Gwens Gehässigkeiten.

»Ihr habt uns alle mit Eurem tugendhaften Getue getäuscht, das muß ich zugeben. Dabei hattet Ihr es nur auf den König abgesehen«, giftete Gwen weiter.

Chelynne drehte sich langsam um und sah Gwen an.

»Madam, Ihr dürft nicht von Euch auf andere schließen. Und Tugendhaftigkeit ist für Euch wohl ein Fremdwort.«

Gwen lachte laut. »Tugendhaftigkeit nennt Ihr das? Mit welch großartigen Worten man doch Hurerei umschreiben kann.«

Chelynne entgegnete gleichmütig: »Ihr habt eine schmutzige Phantasie, Madam.«

»Eure hinterlistigen Spielchen habe ich längst durchschaut, Gräfin. Wie habt Ihr es nur geschafft, daß Chad Euch jetzt förmlich zu Füßen liegt? Ihr müßt von den Anstrengungen sehr erschöpft sein.«

»Gwen!« sagte Chelynne barsch. »Erspart mir Eure vulgären Anspielungen. Mir steht nicht der Sinn danach.«

»Ach, es gefällt Euch wohl besser, Euren Mann gegen den König auszuspielen, wie? Die bezaubernde kleine Gräfin! Die einzige tugendhafte Frau bei Hof! Dabei seid Ihr eine ganz gerissene Intrigantin, die beide Männer haben will.«

»Darum geht es Euch also«, sagte Chelynne verwundert. »Ihr liebt Chad noch immer.«

Gwen lachte höhnisch. »Nein, ich liebe ihn nicht! Glaubt Ihr etwa, ich interessiere mich für einen Mann, der gleich mit zwei Frauen verheiratet ist? Meine liebe Gräfin, hinter Eurem Rücken lacht man über Euch. Wenn ich Chad haben wollte, brauchte ich nur mit dem Finger zu schnippen!«
Sie hob die Hand, um ihre Worte mit der entsprechenden Geste zu unterstreichen, aber erstarrte mitten in der Bewegung.
»Madam!«
Gwen drehte sich langsam um und sah den Grafen von Bryant mit wutverzerrtem Gesicht vor sich stehen. Ihr Magen krampfte sich zusammen. Sie wußte nicht, wie lange er schon in der Tür gestanden und was er gehört hatte. Innerlich zitterte sie, doch äußerlich gab sie sich gelassen.
Chad trat mit zwei schnellen Schritten auf Gwen zu und blieb dann direkt vor ihr stehen.
»Ihr spracht von zwei Frauen, Lady Graystone«, sagte er zornig. »Und wer ist meine andere Frau?«
Gwen hob furchtlos ihr Kinn. »Anne ...« begann sie.
Chad packte ihren Arm. »Anne ist seit sechs Jahren tot! Welch ein verteufeltes Spiel spielst du jetzt?«
Gwen entgegnete hastig: »Mondeloy ... Er hat mir gesagt, daß deine Frau lebt, und mir das Haus gezeigt, in dem du sie versteckst. Und dich habe ich ein paarmal dort gesehen. Der Junge sieht dir so ähnlich, daß du nicht abstreiten kannst, der Vater zu sein. Außerdem ist die Frau schwanger.«
»Mondeloy? Wahrscheinlich hast du dir die Geschichte ausgedacht und steckst mit ihm unter einer Decke. Würde Anne noch leben, hätte er die Heirats-

urkunde nicht zu stehlen brauchen. Sie dient einzig dem Nachweis, daß mein Sohn mein legitimer Erbe ist!« Er stieß Gwen von sich und wischte sich die Hände an seiner Jacke ab, als hätte er sich an ihr schmutzig gemacht. Dann ging er zu Chelynne und reichte ihr seinen Arm.

»Der Junge ist mein Sohn, und die Frau dort ist mit meinem Freund verheiratet. Sie steht unter meinem Schutz.«

Er blickte auf Chelynne hinunter und sah den verwirrten Ausdruck in ihren Augen. Zärtlich berührte er ihre Wange. »Geht es dir gut, Liebes?«

Chelynne konnte nur nicken. Chad war etwas über die offensichtliche Verstörtheit seiner Frau erstaunt, bis er endlich begriff und Gwen wütend anfuhr: »Jetzt durchschaue ich dein teuflisches Spiel! Du hast Chelynne eingeredet, daß ich noch mit Anne verheiratet bin und unsere Ehe deswegen ungültig ist!«

Gwen wandte sich nur mit einem Achselzucken ab, blickte in den Spiegel und zupfte ihre Locken zurecht. »Diese Möglichkeit erschien mir durchaus realistisch. Wie konnte ich wissen, daß Mondeloy gelogen hat?« Sie drehte sich um und lächelte Chad an. »Ich habe dich mit der Frau zusammen beobachtest. Du scheinst ihr sehr zugetan zu sein.«

Chad antwortete langsam: »Gwen, ich habe dich oft genug gewarnt, dich aus meinem Leben herauszuhalten. Mit deinen widerlichen Intrigen hast du nur Unheil angerichtet. Geh mir aus den Augen, ehe ich mich vergesse!«

Dann verließ er mit Chelynne den Raum.

Als Gwen ihm nachsah, brach etwas in ihr zusammen. Jetzt hatte sie Chad endgültig verloren. In ohnmächtigem Zorn zerknüllte sie ihr Taschentuch und fuhr erschrocken zusammen, als sie plötzlich den König in der Tür stehen sah. Ein zynisches Lächeln umspielte seinen Mund.
»Majestät, ich ...«
»Spart Euch Eure Entschuldigungen, Madam. Es war immer mein Stolz, mich mit schönen, anmutigen und wohlerzogenen Damen zu umgeben. Ich bin enttäuscht, da mich mein Urteilsvermögen offensichtlich, was Euch betrifft, im Stich gelassen hat.«
»Majestät, ich bitte um Verzeihung. Ich war ...«
»Natürlich verzeihe ich Euch, meine Liebe. Ich kenne die Qualen der Eifersucht und den Schmerz, den ein Verlust bereitet.«
»Majestät, ich danke ...«
»Der Hofstaat reist bald nach Windsor. Ihr könnt gehen, wohin Ihr wollt. Eure Anwesenheit ist hier nicht mehr erwünscht.«
»Majestät!«
»Mein Entschuß steht fest. Spart Euch weitere Worte.«
Gwen versteifte sich. Chelynne war an allem schuld. Keinen Augenblick machte sie ihr eigenes Verhalten für diese demütigende Strafe verantwortlich. »Wie viele Beschützer hat sie eigentlich?« murmelte sie.
Charles schüttelte nur den Kopf. Gwen hatte auch mit ihm eine flüchtige leidenschaftliche Affäre gehabt, wie mit vielen anderen. »Frauen versetzen mich immer wieder in Erstaunen. Anstatt der Gräfin ihren Erfolg zu neiden, könntet Ihr doch etwas von ihr lernen.«

In Gwen brach eine Welt zusammen. Zuerst hatte sie Chad endgültig verloren, und jetzt gab der König ihr zu verstehen, daß sie bei Hof nicht mehr erwünscht war.
»Dafür ist es zu spät, Majestät«, entgegnete sie bitter.
»Ja, das ist es wohl, Madam.«

Chad führte Chelynne direkt zur Kutsche. Die unerfreuliche Auseinandersetzung mit Gwen hatte sie völlig verstört.
»Ich verstehe jetzt, was geschehen ist«, sagte Chad zu ihr. »Gwen hat deine Zweifel an der Aufrichtigkeit meiner Gefühle zu dir mit dieser Lügengeschichte unterstützt ... warum hast du nie mit mir darüber gesprochen?«
Chelynne antwortete mit bebender Stimme: »Das wollte ich ja. Gleich, nachdem ich von der Ausfahrt zurückkam, ging ich zu deinem Arbeitszimmer. Gwen hat mich zu dem Haus gebracht, um mir deine Frau und deinen Sohn zu zeigen.« Sie lachte kläglich. »Ich glaubte ihr ... oh, wie habe ich dich gehaßt! Ich wollte dich sofort zur Rede stellen, doch ich hörte, wie du sagtest, daß du nichts mehr mit ›ihr‹ zu tun haben wolltest.« Dann fügte Chelynne mit tränenerstickter Stimme hinzu: »Ich dachte, du meinst mich damit.«
Chad umarmte sie. »Mein Gott, welche Qualen hast du meinetwegen ausgestanden! Hätte ich dir nur alles erzählt ...«
»Die Schuld liegt nicht allein bei dir, Chad. Ich habe deine Heiratsurkunde gefunden. Sie lag zwischen

den Briefen von Tante Eleanor. Da wußte ich, daß Harry sie gestohlen hat.«

»Du hast sie?«

»Ja, ich habe jemanden damit nach Hawthorne House geschickt. Sie liegt dort in meinem Schmuckkästchen.« Mit einem nervösen Lachen sprach sie weiter: »Ich habe die Urkunde nur zufällig gefunden, als ich nach Erinnerungsstücken von meinen Eltern suchte. Ich habe dich nicht belogen.«

»Warum bist du damit nicht zu mir gekommen?« fragte er wieder und sah ihr in die Augen. »Hattest du soviel Angst vor mir?«

»Angst vor dir? Nein, ich hatte Angst, dich zu verlieren. Solange eine Chance bestand, daß ich eines Tages deine Liebe gewinnen würde, hätte ich gewartet.«

»Sogar als du glaubtest, daß ich dich hasse!« Chad drückte sie fest an sich und küßte sie. »Und ich habe dich geliebt! Ich liebte dich vom ersten Augenblick an.« Er hob ihr Gesicht und sah sie an. »Die Frau, von der ich in meinem Arbeitszimmer sprach, war Gwen. Bestel erzählte mir von ihrem Besuch bei dir. Mit ihrer Hilfe hoffte ich wieder in den Besitz der Heiratsurkunde zu kommen. Harry und Gwen haben dieses Komplott gemeinsam geschmiedet, um unsere Ehe zu zerstören.«

»Aber welches Interesse sollte Harry daran haben? Wollte er mir nur weh tun?« Sie schüttelte verzweifelt den Kopf. »Warum haßt er mich nur so?«

»Harry ist nicht nur ein boshafter Intrigant, Chelynne. Als er die Urkunde stahl, wurde ein Priester ermordet, ein Mädchen geschändet und die Kirche niedergebrannt.«

Chelynne sah ihren Mann entsetzt an. Für einen Verbrecher hatte sie Harry nicht gehalten. »Und du hast mir nichts davon gesagt!«

»Ich hatte keine Beweise. Auch wenn er im Besitz der Urkunde war, hätte er noch immer bestreiten können, an dem Diebstahl und Mord beteiligt gewesen zu sein.«

Chelynne dachte eine Weile nach und sagte dann leise: »Du hattest mich in Verdacht.« Chad wollte widersprechen, doch sie unterbrach ihn. »Wärst du von meiner Unschuld überzeugt gewesen, hättest du deinen Sohn zu mir gebracht.«

»Am Anfang unserer Ehe hegte ich ein gewisses Mißtrauen gegen dich, das muß ich zugeben. Aber später wußte ich nicht mehr, wie ich das Geheimnis lüften sollte, weil soviel Zeit verstrichen war. Ich wartete auf eine günstige Gelegenheit.«

»Und wer ist diese Frau?«

Er seufzte. »John Bollerings Frau. Er lebt. Wir haben das Duell nur inszeniert, um ihn vor Lord Shayburns Schergen zu retten. Jetzt sitzt er zusammen mit dem Baron im Tower und wartet auf den Richtspruch des Königs.«

»Konntest du mir nicht anvertrauen, daß er lebt?« fragte sie wütend.

»Ich weiß, wie sehr dich Schuldgefühle gequält haben, weil du ihn für tot hieltst, doch eine unvorsichtige Bemerkung hätte ihn das Leben kosten können. Er war jener Dieb, der dich vor Captain Alex gerettet hat.«

Chelynne schnappte nach Luft. »Er hat mir den Dolch geschickt!« Chad nickte. »Ich habe ihm leid

getan. Damit wollte er mir einen Hinweis geben, daß er lebt!«
»Wahrscheinlich.«
»Was wird jetzt geschehen? Hat John eine Strafe zu befürchten?«
»Ich glaube, der König wird Gnade vor Recht ergehen lassen. Ich habe mit der ganzen Angelegenheit nichts mehr zu tun. Johns Schicksal liegt in den Händen des Königs, und mit Gwen bin ich fertig. Durch dieses Komplott hat sie sich selbst ruiniert. Und was Harry betrifft ... den überlasse ich dir. Er ist dein Cousin. Wenn du ihm verzeihen willst, werde ich deine Entscheidung akzeptieren. Willst du ihn vor Gericht bringen, hast du ebenfalls meine Unterstützung.«
Chelynne schwieg.
Chad sprach weiter. »Zwischen uns gab es viele Mißverständnisse, weil ich dir meine Gefühle nicht zeigen konnte. Aber ich glaube, wir haben uns von Anfang an geliebt. Ich war ein Narr, weil ich so lange gebraucht habe, um es zu merken. Doch auch die stärksten Männer haben manchmal schwache Seiten.«
Gerade, als Chelynne zu einer Antwort ansetzte, wurde die Tür der Kutsche geöffnet. Ein Lakai stand wartend davor. Keiner der beiden hatte gemerkt, daß sie zu Hause angekommen waren. Widerstrebend löste sich Chelynne aus Chads Armen und ließ sich aus der Kutsche helfen.
Schweigend gingen sie nebeneinander die Treppe hinauf. Ihre Hand lag auf Chads Arm, und als sie vor seiner Zimmertür ankamen, blieben sie stehen, und

er sah ihr in die Augen. »Wir haben zuviel Zeit mit den Problemen anderer Menschen vergeudet, Chelynne, und unsere Ehe wäre beinahe daran zerbrochen. Aber jetzt gibt es nur noch uns, und ich will dich bis ans Ende meiner Tage lieben.«

Chelynne warf einen Blick auf ihre Zimmertür. Stella würde dort auf sie warten, um sie auszukleiden. Wie konnte sie Chad nur begreiflich machen, daß sie bei ihm bleiben wollte? Aber dafür bedurfte es keiner Worte. Sie legte ihm die Arme um den Hals und teilte ihm ihren Wunsch mit einem langen, leidenschaftlichen Kuß mit. Chad hob sie auf und trug sie in sein Schlafzimmer. Mit dem Fuß stieß er die Tür von innen zu.

19

Der Sommer auf dem Land war erfüllt vom süßen Duft der Blumen und dem melodischen Gesang der Vögel. Chelynne wachte auf und sah, wie sich die Vorhänge in der Morgenbrise bewegten. Sie schmiegte sich an den warmen Körper ihres Mannes und gab sich ganz dem Gefühl der Zufriedenheit und Geborgenheit hin, das ihre Tage hier in Hawthorne House erfüllte.

Schläfrig ließ sie ihre Gedanken zu jener Nacht in London zurückschweifen, als ihre Liebe endlich die volle Erfüllung gefanden hatte. Mit unendlicher Geduld und Zärtlichkeit hatte Chad ihre geheimsten Sehnsüchte befriedigt.

Am folgenden Morgen hatte Chelynne darauf bestanden, daß Chad seinen Sohn in ihr Haus holte. Kevin hatte sie sofort bezaubert. Sie liebte ihn vom ersten Augenblick an.

Ihr Glück wurde noch durch die Nachricht gekrönt, daß der König Sir John als Lehnsherrn auf dem früheren Besitz seines Vaters bestätigt hatte. Gemeinsam kehrten sie alle aufs Land zurück, und im Sommer gebar Johns Frau einen Sohn.

Chad war seinen Untertanen ein fürsorglicher und gerechter Herr, und Chelynne übernahm mit Hilfe der Dienstboten die Führung des umfangreichen Haushalts von Hawthorne House.

Chads zahlreiche geschäftliche Verpflichtungen erforderten es, daß er oft tage- oder wochenlang abwesend war, und dann erwartete Chelynne voller Sehnsucht seine Rückkehr. Jetzt ließ er sie an allen Problemen und Aufgaben teilhaben, und sie sprachen oft bis in die Nacht hinein über die Bedürfnisse der Bauern und Dorfbewohner der Grafschaft.
Chad streckte träge den Arm nach ihr aus und legte seinen Kopf auf ihre Brust. Schlaftrunken murmelte er: »Welch eine Freude es ist, morgens neben dir aufzuwachen.«
Chelynne lachte zärtlich und küßte ihn.
Da wurde die Schlafzimmertür aufgestoßen, und Kevin kam hereingestürmt. »Guten Morgen, Sir«, sagte er. »Guten Morgen, Madam.« Beide starrten den Jungen verblüfft an. Er war schon angekleidet, trug sein Holzschwert am Gürtel und seinen Federhut auf dem Kopf. »Ihr hattet mir versprochen, heute früh aufzustehen, Sir, und mit mir auf die Jagd zu gehen.«
Chad unterdrückte ein Lachen und fragte: »Erlaubst du mir, daß ich mich vorher anziehe und frühstücke?«
»Aber Sir John kommt bald, und ich möchte ihm zeigen, wie gut ich schon mit Pfeil und Bogen umgehen kann. Wir haben nicht mehr viel Zeit ...«
»Na gut. Ich komme sofort.«
»Danke, Sir«, antwortete der Junge strahlend.
»Kevin?«
»Ja, Sir?«
»Geh jetzt zu Mrs. Connolly und laß dir von ihr sagen, was man tut, ehe man ein Zimmer betritt.«

Kevin zog seinen Hut, schwenkte ihn in einer großartigen Geste und verneigte sich. »Ja, Sir«, sagte er grinsend und lief hinaus.
»Mein Sohn verlangt, daß ich aufstehe«, stöhnte Chad.
Chelynne kicherte und küßte ihn liebevoll. »Er hat recht, Chad. John und Tess kommen heute morgen. Wir wollen sie doch nicht im Bett empfangen, oder?«
Chad stand auf und schlüpfte in seine Kleider. »Er ist zwar noch etwas zu jung, um auf der Jagd mitzureiten, aber ich gebe ihm ein kleines Pferd und sorge dafür, daß er nicht mitten in den Trubel gerät.« Dann zog er seine Stiefel an, küßte Chelynne und sagte: »Dich bitte ich, mir nur Töchter zu schenken. Söhne sind viel zu anstrengend.«
Als sie dann abends zusammen mit John und Tess im Salon saßen, trat plötzlich eine der Wachen ein und bat Chad um eine Unterredung. Er kehrte nach dem kurzen Gespräch gleich wieder zurück und sagte zu Chelynne: »Harry wurde aufgegriffen und hierhergebracht, wie ich es befohlen hatte. Willst du mit ihm sprechen?«
Chad hatte seine Männer damit beauftragt, nach Harry zu fahnden, aber Chelynne hatte gehofft, ihren Cousin nie wiederzusehen. Jetzt hob sie resigniert die Hand und sagte: »Na, gut. Es hat keinen Sinn, dieser Unterhaltung aus dem Weg zu gehen. Dann will ich es gleich hinter mich bringen.«
Chad beugte sich über sie und sagte: »Wenn du willst, kann ich das für dich erledigen. Sag mir nur, was mit ihm geschehen soll.«
Sie lächelte dankbar. »Nein, das ist meine Sache, Chad. Bleib nur an meiner Seite.«

Harry wurde hereingeführt, und Chelynne hätte ihn beinahe nicht wiedererkannt. In den vergangenen Monaten war er dünn geworden, und seine Kleidung sah verwahrlost aus.

»Ich habe erfahren, daß du die Heiratsurkunde des Grafen von Bryant gestohlen und dabei einen Priester ermordet, ein Mädchen geschändet und die Kirche niedergebrannt hast, Harry. Was sagst du dazu?«

Mondeloy verneigte sich übertrieben und grinste höhnisch: »Damit hatte ich nichts zu tun, meine liebe Cousine.«

»Ich bin nicht mehr deine Cousine, Harry. Beantworte meine Frage!«

»Cousine«, sagte er spöttisch. »Meine liebe Cousine, ich beteure hiermit meine Unschuld, denn Captain Alex beging die Verbrechen, die du mir jetzt anlastest.«

»Du warst dafür verantwortlich, denn er hat nur deine Befehle ausgeführt.«

»Meine Befehle?« fragte er lachend. »Auch ich handelte im Auftrag einer anderen Person. Ja, Lady Graystone heckte diesen Plan aus, um in den Besitz der Heiratsurkunde zu kommen. Mit Mord wollte *ich* nichts zu tun haben.«

»Und wie hat sie von meiner früheren Eheschließung erfahren?« fragte Chad.

»Sie hat gehört, wie Ihr mit Eurem Vater darüber spracht, und kannte daher den Ort, an dem Ihr getraut wurdet. Am Morgen nach Eurer Hochzeit hat sie mich in ihren Plan eingeweiht. Ich führte ihn nur aus.«

Chelynne sah erst ihren Mann und dann Harry an:

»Was hoffte diese Person damit zu erreichen?« fragte sie.
Harry lachtc. »Darüber war sie sich selbst nicht im klaren ... bis ich ihr sagte, daß du mit dieser Urkunde leicht zu überzeugen wärst, daß Seine Lordschaft bereits verheiratet ist. Sie wäre vor nichts zurückgeschreckt, um deine Ehe zu zerstören und den Grafen für sich zu gewinnen.« Er kratzte sich nachdenklich am Kinn. »Und das wäre ihr doch beinahe gelungen, nicht wahr?«
Chelynne entgegnete schroff: »Du warst an diesem widerlichen Komplott beteiligt, Harry. Dafür mußt du bestraft werden. Mit deiner maßlosen Rachsucht hast du viel Leid über die Menschen gebracht ...«
»Du wirst nicht über mich richten!« rief er. »Dazu hast du kein Recht! Nimm dich in acht, Prinzessin, sonst sage ich deinem Mann die Wahrheit über deine Herkunft.«
Chelynne holte tief Luft und entgegnete tapfer: »Du siehst mich hier nur von Freunden umgeben, Harry. Ich fürchte die Wahrheit nicht.«
»Dann weiß dein Mann also, daß er eine uneheliche Tochter des Königs geheiratet hat?«
Chad war mit zwei Schritten bei Harry und packte ihn beim Hemd. Am liebsten hätte er diesen unverschämten Kerl zusammengeschlagen, doch Chelynne rief laut: »Chad! Chad, es stimmt. Er spricht die Wahrheit.«
»Chelynne, das sind doch nur Gerüchte«, widersprach Chad.
Chelynne schüttelte traurig den Kopf. »Der König hat mir gestanden, daß die Möglichkeit besteht. Und in dem Brief meiner Mutter ...«

Chad unterbrach sie und fuhr Harry zornig an: »Ihr habt meiner Frau diese Geschichte eingeredet. Sagt jetzt endlich die Wahrheit!«
Er schüttelte Harry so lange, bis dieser um Gnade flehte und mit kläglicher Stimme gestand: »Chelynne, es hat nie einen Zweifel daran gegeben, daß wir denselben Vater haben. Madelynne hat sich nur mit dem König eingelassen, um Lord Mondeloy zu schützen. Wahrscheinlich war sie damals schon schwanger.«
Chelynne stand jetzt zitternd und mit weit aufgerissenen Augen vor Harry.
»Woher weißt du das?« flüsterte sie.
»Von meiner Mutter. Sie hat es immer gewußt und haßte dich deswegen.«
Nach diesem Geständnis sank Chelynne wie leblos in ihrem Sessel zusammen. Chads Worte hörte sie nicht mehr.
»Um Euch kümmere ich mich später, Mondeloy. Ihr bleibt so lange als Gefangener in meinem Haus, bis ich Beweise für Eure Beteiligung an den Verbrechen habe. Danach werdet Ihr vor Gericht gestellt.«
Chad öffnete die Tür des Salons und übergab Harry den Wachen. Dann ging er zu Chelynne und kniete vor ihr nieder.
»Du wußtest das alles bereits?« fragte sie mit tränenerstickter Stimme.
»Am Tag vor unserer Hochzeit hat Sir Sheldon mir die Wahrheit gesagt, um dich vor Schaden zu bewahren, denn er kannte die Gerüchte den König betreffend. Er sprach von seiner Liebe zu Madelynne. Damals war ich nahe daran, ihm von Anne zu erzäh-

len ... Wäre ich zu deinem Onkel so ehrlich gewesen wie er zu mir, hätte es viele Probleme in unserem Leben nicht gegeben, Chelynne. Aber ich glaube, wir haben endlich gelernt, aufrichtig zueinander zu sein.«

Er nahm Chelynne in die Arme und küßte sie zärtlich. »Wenn du mich jetzt fortschicktest, würde ich um dich kämpfen«, murmelte sie.

Chad lachte leise, hob sie auf und ignorierte ihren entsetzten Aufschrei: »Was sollen denn unsere Gäste denken!« Ohne sich von John und Tess zu verabschieden, trug er sie aus dem Salon und die Treppe hinauf.

»Hat er zugesagt, John? Wird er der Taufpate unseres Sohns?« fragte Tess.

John streichelte zärtlich Tess' Wange. »Ja, und spätestens nächsten Sommer werde ich ihm denselben Gefallen erweisen«, sagte er mit einem verschmitzten Lächeln.

Knaur®

Der Drohbrief
Ein Traum scheint für Julia Wirklichkeit zu werden. Nach drei Jahren der Trennung hält endlich der Schafzüchter Paul um ihre Hand an. Doch auf seiner Farm leben merkwürdige Menschen. Ein anonymer Drohbrief macht Julia mißtrauisch… 192 S. [1445]

Die entführte Braut
Kriminalfall oder Liebesgeschichte? Man liest diese atemberaubende Geschichte in einem Zuge. 160 S. [1004]

Ein Clan von Bedeutung
»Bei weitem der beste Roman, den Dorothy Eden je geschrieben hat…« (Publishers Weekly) 320 S. [1192]

Die seltsame Hochzeit
Als die 26jährige Luise einen reifen Witwer heiratet, ist die Welt noch in Ordnung. Doch bald kann sich niemand mehr an die Hochzeit erinnern… 160 S. [1050]

Heißer Mittag
Ella Simpson ist fasziniert von einem verfallenen Haus, das sie auf einem Spaziergang entdeckt. Ein Schrei und Stimmen deuten auf geheimnisvolle Vorgänge hin, in die – wie sie feststellt – offensichtlich auch ihr Mann verwikkelt sein muß… 224 S. [1444]

Die Spur führt durch die Wälder
Willa Bedford, Sekretärin der britischen Botschaft, ist verschwunden. Grace, ihre Cousine, macht sich auf die Suche nach Willa. Eine Spur führt in die unendlichen Wälder Nordschwedens… 208 S. [1161]

Yarrabee
Zu Beginn des 19. Jahrhunderts ist Australien ein noch unberührtes Land. Dorthin holt sich der reiche englische Weinbauer Gilbert die zarte Eugenia als Herrin auf sein Gut »Yarrabee«… 320 S. [1294]

Sing mir das Lied noch einmal
Die reiche Beatrice hat nur einen Traum: das Geschäft ihres Vaters groß und berühmt zu machen. Sie verliebt sich in den charmanten Habenichts William und heiratet ihn. Dies hält Beatrice jedoch nicht davon ab, eine der erfolgreichsten Frauen Londons zu werden… 352 S. [1443]

Dorothy Eden